Zu diesem Buch

«Ironisch und amüsant, kenntnisreich und bösartig beschreibt die Autorin die regelbesessene Diplomatenwelt ebenso wie die wehmütigen Eltern, die angesichts der Ergebnisse ihrer pädagogischen Bemühungen in traditionslose Ratlosigkeit verfallen. Glücklicherweise steht eine bodenständige Engländerin im Mittelpunkt des Geschehens, die weder vom Mutterwahn noch von Selbsterfahrungswünschen geplagt wird. Deswegen kann man am Ende bei einer Tasse Tee sitzen und den Lauf der Dinge abwarten.» (Manuela Reichart, «Die Zeit»)

Nancy Mitford wurde am 28. November 1904 als älteste Tochter David Freeman-Mitfords, des zweiten Baron Redesdale, in London geboren. Sie besuchte keine öffentlichen Schulen, sondern erhielt Privatunterricht. Ihr erstes Buch, «Highland Fling», erschien 1931. Im Jahre 1933 heiratete sie Peter Rodd, doch die Ehe erwies sich schon bald als unglücklich. Während des Zweiten Weltkriegs leitete Nancy Mitford eine Buchhandlung in London. 1942 lernte sie Gaston Palewski kennen, der Charles de Gaulle als enger Vertrauter im Londoner Exil zur Seite stand. Vier Jahre später übersiedelte sie mit Palewski nach Paris, 1967 von dort nach Versailles, wo sie am 30. Juni 1973 starb.

Von Nancy Mitford erschienen in der Reihe der rororo-Taschenbücher außerdem die Romane «Englische Liebschaften» (Nr. 13128), «Liebe unter kaltem Himmel» (Nr. 13136) und «Ein Segen für die Liebe» (Nr. 13141).

Nancy Mitford

Die Frau des Botschafters

Roman

Aus dem Englischen von
Reinhard Kaiser

rororo

Rowohlt

Veröffentlicht im Rowohlt Taschenbuch Verlag GmbH,
Reinbek bei Hamburg, April 1995

Titel der Originalausgabe: «Don't tell Alfred»
Umschlaggestaltung Barbara Hanke
Satz Baskerville (Linotronic 500)
Gesamtherstellung Clausen & Bosse, Leck
Printed in Germany
1290-ISBN 3 499 13142 0

Für Anna Maria Cicogna

I

An dem Tag, der zu einem Wendepunkt in meinem Leben werden sollte, fuhr ich mit dem Neun-Uhr-sieben nach London. Ich wollte ein paar Einkäufe erledigen; jemand hatte mir erzählt, es gebe chinesische Festgewänder im Ausverkauf, für das Dinner daheim wunderbar geeignet, da man sie über allem anderen anziehen könne. Außerdem wollte ich meinen ungeratenen Sohn Basil besuchen, der mir ständig Sorgen machte; Tante Sadie hatte mich gebeten, bei Onkel Matthew vorbeizuschauen, und es gab da etwas, worum ich ihn schon seit langem bitten wollte. Mit Basil hatte ich mich zum Lunch verabredet, mit Onkel Matthew zum Tee. Es war ein Samstag. Da hatte Basil den halben Tag frei – sonst «paukte» er bei einem Repetitor, zur Vorbereitung auf den Dienst im Außenministerium. Wir wollten uns in einem Restaurant treffen und dann in seine Wohnung gehen – das, was man früher «Bude» nannte und heute *service flat*, eine Etagenwohnung mit Service. Ich hatte mir vorgenommen, dort ein bißchen aufzuräumen, was bestimmt dringend nötig war. Außerdem wollte ich die schmutzigen Sachen einsammeln und zum Waschen oder Reinigen mitnehmen. Ich hatte eine große Leinentasche dabei, in die alles hineinpaßte, auch das chinesische Festgewand, falls ich es kaufen würde. Aber so albern wie in diesem Gewand bin ich mir noch nie vorgekommen – meine braunen Straßenschuhe lugten klobig unter dem Saum hervor, mein Haar war zerzaust, weil ich mir den Hut vom Kopf gerissen hatte, und meine Lederhandtasche hielt ich krampfhaft vor die Brust gepreßt, weil achtundzwanzig Pfund darin waren, und ich wußte, daß beim Ausverkauf immer Handtaschen geklaut werden. Die Verkäuferin sagte in vollem Ernst, ich solle mir den Unterschied vorstellen, wenn ich sorgfältig *coiffée* und *maquillée* und *parfumée* und *manicurée* und *pedicurée* wäre und außerdem die chinesischen

Sandalen (nächste Abteilung, sechsunddreißig Shilling, sechs Pence) trüge und bei gedämpftem Licht auf einer Couch ruhte. Es war zwecklos – angesichts so vieler Voraussetzungen und Unwägbarkeiten versagte meine Phantasie; mir wurde das alles zuviel, und außerdem war mir heiß; ich riß mir das chinesische Festgewand vom Leib und ergriff die Flucht vor dem Mißfallen der Verkäuferin.

Ich hatte mich mit Basil schon vor einigen Tagen abgesprochen, am Telefon, denn er ist, wie alle Kinder, völlig unfähig, Briefe zu lesen oder zu schreiben. Ich machte mir seinetwegen mehr Sorgen als gewöhnlich; bei seinem letzten Besuch in Oxford hatte er sich wie ein halbstarker Teddy-Boy eingekleidet, und seine Frisur – vorn eine Tolle (bis tief in die Stirn gekämmt oder vielmehr gezogen), hinten glatt – bot einen eigentümlich schauderhaften Anblick. Gewiß, das war gerade Mode, insofern also noch kein Anlaß zur Unruhe. Aber in einer stillen Minute, unter vier Augen, hatte er über seine Zukunft gesprochen und mir erklärt, die Aussicht auf den diplomatischen Dienst langweile ihn, und seine Begabung für Fremdsprachen könne er in einer anderen Karriere bestimmt nutzbringender einsetzen. Es fielen auch die bedenklichen Worte «schnell reich werden». Heute wollte ich ihn unbedingt sehen und ein Wörtchen mit ihm reden. Deshalb war ich enttäuscht, wenn auch nicht sonderlich überrascht, als er in dem Restaurant gar nicht auftauchte. Ich aß allein zu Mittag und machte mich dann auf die Suche nach seinem *service flat*. Er hatte mir eine Adresse in Islington genannt: wie sich herausstellte, ein altes, ziemlich hinfälliges (und bald wohl auch baufälliges) Haus. An der Tür waren fünf oder sechs Klingeln mit Namensschildchen; eine Klingel war ohne Schild, aber jemand hatte auf die Wand daneben «Baz» gekritzelt. Ich drückte sie ohne große Hoffnung. Niemand kam. Ich drückte in Abständen noch ein paarmal.

Ein Bursche in Teddy-Kluft lungerte auf der Straße herum und beobachtete mich. Schließlich kam er herüber und sagte: «Wenn Sie hinter Old Baz her sind – der ist nach Spanien.»

Rain, rain, go to Spain, and never come back again.

«Und wann kommt er zurück?» fragte ich.

«Wenn er den nächsten Pulk holt. Old Baz hat ein Reisebüro aufgemacht, wußten Sie das nicht? Hat sich mit seinem Opa zusammengetan – manche Leute haben wirklich Glück mit ihrer Verwandtschaft. Baz schafft sie an die Costa Brava, geht in Deckung, während sie da auf den Putz hauen, und bringt das, was danach von ihnen noch übrig ist, eine Woche später wieder zurück. So stellt er es sich jedenfalls vor – hat ja gerade erst angefangen.»

Reisebüro – Opa – was meinte dieser Junge? Wollte er mich mit seinem Gerede nur so lange festhalten, bis der Mann, der dort drüben die Straße entlangging, außer Sicht war? Sonst war niemand zu sehen, und dieser schreckliche Teddy, der bestimmt mit einem Messer bewaffnet war, hatte es offensichtlich auf meine Handtasche und die 28 Pfund abgesehen. Ich lächelte ihn an, nervös und ziemlich idiotisch. «Vielen Dank», sagte ich, «das hatte ich mir auch schon gedacht. Auf Wiedersehen und nochmals vielen Dank.»

Die Upper Street war in der Nähe, und bald saß ich im guten alten Neunzehner, der gemächlich zum Piccadilly zockelte. Solche Dinge passierten immer, wenn ich Basil zu treffen versuchte. Andererseits mußte man sich auch einmal in seine Lage versetzen. Warum sollte er große Lust haben, den Samstagnachmittag mit einer Mutter im mittleren Alter zu verbringen? Wie langweilig für einen jungen Mann, der zum erstenmal auf sich selbst gestellt ist, wenn er dabei zusehen soll, wie diese Frau mittleren Alters in seinem Zimmer herumhantiert und seine Anzüge weghängt. Trotzdem, es war nicht seine Art, andere Leute so kaltschnäuzig zu versetzen; was war bloß geschehen? Wie sollte ich es herausfinden? Nun saß ich hier, an einem Samstagnachmittag in London, und hatte bis zur Teezeit nichts zu tun. Der Bus fuhr gerade an der National Gallery vorbei, aber ich war zu niedergeschlagen für einen Besuch. Ich beschloß, mir die schlechte Laune mit einem Spaziergang im Park zu vertreiben.

Obwohl ich im Laufe meines Lebens mehrmals für längere Zeit in London gelebt habe, bin ich nie eine Londonerin gewesen, so daß die Vorstellungen, die ich mit dieser Stadt verbinde, eher literarischer und historischer Art sind und weniger auf persönlicher Erfahrung beruhen. Aber jedesmal, wenn ich hierherkomme, machen mich die Veränderungen zum Schlechteren ganz traurig: das Verschwinden der Eleganz; die zunehmende Charakterlosigkeit; die Verdrängung altgewohnter architektonischer Orientierungspunkte durch nichtssagende, gesichtslose Glaskästen. Als ich bei Hydepark Corner aus dem Bus stieg, betrachtete ich trübsinnig das riesige Hotel in der Park Lane, wo Montdore House gestanden hatte. Dieses Hotel war nach seiner Fertigstellung als ein Triumph der modernen Architektur gefeiert worden, es stand erst seit drei Jahren, aber es war schon schäbig, hatte die Farbe alter Zähne angenommen und wirkte sonderbar veraltet. Ich stapfte zu den Kensington Gardens hinüber. Jemand hatte mir erzählt, daß die Knightsbridge-Kasernen bald verschwinden sollten, deshalb nahm ich Abschied von ihnen. Ich hatte sie mir noch nie genau angesehen – jetzt erkannte ich, daß sie sehr solide gebaut waren, eine eigenartige Mischung aus Ziegel- und Natursteinmauerwerk. Kein Glanzstück, aber bestimmt viel besser als die hochgepriesene Tankstelle, die an ihrer Stelle errichtet werden sollte. Wendys Wünschelbrunnen war auf scheußliche Weise verunstaltet worden, und was war mit den Bäumen am Broad Walk geschehen? Aber der Kensington Palace steht noch da, wenn auch wahrscheinlich nicht mehr lange, und exzentrische alte Männer lassen auf dem Round Pound noch immer ihre Schiffe zu Wasser. Noch hat man ihn nicht trockengelegt, eingeebnet und in einen Parkplatz verwandelt.

Auf einmal begann es zu regnen. Es war halb drei. Onkel Matthew hatte nie etwas dagegen, wenn man zu früh kam; ich beschloß, sofort zu seinen Stallungen hinüberzugehen. Wenn er daheim war, würde er sich freuen, mich zu sehen, wenn nicht, konnte ich in dem kleinen Schuppen, in dem die Mülltonnen untergestellt wurden, auf ihn warten.

Onkel Matthew hatte Alconleigh seinem einzigen noch lebenden Sohn, Bob Radlett, vermacht und sich auf dem Anwesen nur ein kleines Haus im Regency-Stil vorbehalten. Tante Sadie war entzückt über diesen Wechsel; es gefiel ihr, näher beim

Dorf zu wohnen, das neue Haus hatte den ganzen Tag Sonne, und sie machte sich ein Vergnügen daraus, es herzurichten. Von oben bis unten frisch gestrichen und ausstaffiert mit den besten der kleineren Möbelstücke, die in Alconleigh gestanden hatten, war es tatsächlich ein sehr viel reizvolleres Heim als das alte. Aber kaum waren sie eingezogen, da hatte sich mein Onkel mit Bob zerstritten; es war die alte Geschichte: der greise und der junge König. Bob hatte seine eigenen Vorstellungen über die Jagd und die Gutsverwaltung; Onkel Matthew wetterte heftig gegen jede Neuerung. Sein Schwiegersohn Fort William, sein Schwager Davey Warbeck und jene Nachbarn, mit denen Onkel Matthew auf einigermaßen freundlichem Fuß verkehrte – alle hatten ihn gewarnt, daß es so kommen werde; er hatte ihnen geraten, sich um ihre eigenen Angelegenheiten zu kümmern. Jetzt, da sie recht behalten hatten, weigerte er sich, die wirkliche Ursache für seinen Verdruß zur Kenntnis zu nehmen, und redete sich ein, Bobs Frau, Jennifer, sei an allem schuld. Er machte keinen Hehl aus seiner heftigen Abneigung gegen sie und verkündete, ihre Nähe sei ihm unerträglich. Die arme Jennifer war eine ganz und gar friedfertige Person, die mit allen gut stehen wollte, und dies war so offenkundig, daß selbst Onkel Matthew nicht wußte, was er sagen sollte, wenn man ihn nach dem Grund für seinen Haß fragte. «Bedeutungsloses Stück Mensch», murmelte er nur. Unbestreitbar, Jennifer gehörte zu jenen Frauen, deren Bedeutung, wenn sie denn eine haben, nur für ihren Ehemann und ihre Kinder erkennbar ist, aber einen solchen Sturzbach von Haßgefühlen hatte sie nicht verdient.

Selbstverständlich konnte Onkel Matthew nicht an einem Ort bleiben, wo er ständig Gefahr lief, seiner verhaßten Schwiegertochter zu begegnen. Er nahm sich eine Wohnung in London, die von allen nur «Die Stallungen» genannt wurde, und seltsamerweise schien er sich in dieser Stadt, die er bisher für eine Pestbeule gehalten hatte, sehr wohl zu fühlen. Tante Sadie blieb friedlich in ihrem hübschen, neuen Haus wohnen, besuchte ihre wenigen Freundinnen und hatte oft ihre Enkelkinder bei sich zu Gast, ohne daß irgendwelche Explosionen zu befürchten waren. Onkel Matthew, der seine eigenen Kinder sehr geliebt hatte, als sie klein waren, hatte von deren Nachkommen nur eine geringe Meinung, während meine Tante sie sogar noch mehr liebte und besser verstand, als sie früher deren Eltern geliebt und verstanden hatte.

Anfangs stand das Leben in den Stallungen im Zeichen des Unfriedens mit dem Personal. Es gab kein Zimmer für ein Dienstmädchen; Zugehfrauen, die nur tagsüber ins Haus kamen, fanden sich, aber Onkel Matthew bezeichnete sie als Flittchen; Zugehmänner rochen nach Alkohol und waren unverschämt. Aber zuletzt war das Glück meinem Onkel hold, und er fand die ideale Lösung. Eines Tages, als er im Taxi zum Oberhaus unterwegs war, erblickte er auf dem Boden des Wagens eine Pfundnote. Beim Aussteigen übergab er sie dem Fahrer zusammen mit dem Geld für die Fahrt und ohne Zweifel auch einem gewaltigen Trinkgeld (als Trinkgeldgeber übertrieb er immer gewaltig). Aber der Fahrer meinte nur, wie lästig ihm das sei, denn nun müsse er bei der Polizei vorbeifahren und die Pfundnote dort abliefern.

«Lassen Sie das bloß sein!» rief Onkel Matthew seltsamerweise, denn immerhin gehörte er einer gesetzgebenden Körperschaft an. «Die holt sich sowieso niemand ab. Behalten Sie sie, mein Lieber.» Der Taxifahrer dankte ihm herzlich sowohl für das Trinkgeld wie für den Ratschlag, und dann trennten sie sich stillvergnügt, wie zwei Verschwörer.

Am nächsten Tag rief Onkel Matthew bei der Taxistation (oder, wie sie jetzt wahrscheinlich heißt, beim Freizeit- und Kulturzentrum der Kraftdroschkenfahrer) seines Viertels an, um sich einen Wagen zum Oberhaus zu bestellen, und bekam zufällig denselben Mann. Der erzählte nun meinem Onkel, ihm habe der Rat von gestern zwar eingeleuchtet, er habe die Pfundnote aber trotzdem zur Polizei gebracht.

«Verdammter Dummkopf», sagte Onkel Matthew, erkundigte sich nach seinem Namen und wollte wissen, wann er morgens anfange. Er hieß Payne und war ungefähr ab halb neun unterwegs. Onkel Matthew sagte ihm, in Zukunft solle er sein Freizeichen wegklappen, wenn er seine Garage verlasse, und sofort zu den Stallungen kommen.

«Ich möchte jeden Morgen rechtzeitig zur Öffnung der Stores in die Victoria Street, das paßt doch sehr gut für uns beide.» Die Stores (Army and Navy) hatten für meinen Onkel seit jeher große Anziehungskraft besessen; Tante Sadie sagte oft, für jedes Pfund, das er dort ausgegeben habe, hätte sie gern einen Penny. Er kannte die meisten Angestellten mit Namen und pflegte in diesen magischen Gefilden seinen Verdauungsspaziergang zu machen, wobei er zuletzt auf die Brücke hinaustrat, um festzustellen, aus welcher Richtung der Wind kam. Von den Stallungen aus war nämlich kein Himmel zu sehen.

Bald gelangten Payne und mein Onkel zu einem sehr bequemen Arrangement. Payne ließ ihn bei den Stores aussteigen, kehrte dann zu den Stallungen zurück und legte ein paar Stunden Hausarbeit ein. Dann holte er Onkel Matthew wieder ab und fuhr ihn entweder in seinen Club oder nach Hause; in letzterem Fall besorgte er für ihn auch ein warmes Mittagessen aus dem Freizeit- und Kulturzentrum, wo die Taxifahrer es sich, meinem Onkel zufolge, außerordentlich gutgehen lassen. (Besonders viel Freude macht mir dieser Gedanke immer, wenn ich bei kaltem Wind darauf warte, daß einer von ihnen mit Schlemmen fertig wird.) Während des übrigen Tages durfte Payne seinem Gewerbe nachgehen, unter der Bedingung, daß er nach jeder Tour in den Stallungen anrief und sich erkundigte, ob irgend etwas benötigt werde. Onkel Matthew bezahlte immer sofort, was das Taxameter anzeigte, und außerdem ein Trinkgeld. Er sagte, es schone seinen Geldbeutel und mache alles viel einfacher. Das System funktionierte fabelhaft. Seine Altersgenossen beneideten Onkel Matthew sehr, nur wenige von ihnen wurden so gut betreut wie er.

Während ich den Kensington Gore entlangging, hielt ein Taxi neben mir, Payne am Steuer. Ohne sich um seinen Kunden zu scheren, der überrascht und keineswegs entzückt dreinblickte, lehnte er sich hinaus und sagte in vertraulichem Ton: «Seine Lordschaft ist ausgegangen. Falls Sie jetzt zu den Stallungen wollen, gebe ich Ihnen am besten den Schlüssel. Ich hole Seine Lordschaft nachher im St. George's Hospital ab, wenn ich diesen Herrn zur Paddington Station gebracht habe.» Der Fahr-

gast drehte jetzt die Scheibe herunter und sagte wütend: «Hören Sie, Fahrer, ich muß einen Zug erreichen, also bitte!»
«Sehr wohl, Sir», sagte Payne, gab mir den Schlüssel und fuhr davon.
Als ich vor der Haustür stand, regnete es stark, und ich war froh, daß ich mich nicht auf die Mülltonne setzen mußte. Der Juli hatte zwar schon begonnen, aber es war kühl an diesem Tag; in Onkel Matthews Wohnzimmer brannte ein kleines Feuer. Ich ging, meine Hände reibend, nach oben. Das Zimmer war klein, dunkel und häßlich, eine Miniaturausgabe des Geschäftszimmers in Alconleigh. Es hing der gleiche Geruch nach Holzfeuer und Virginiazigaretten darin, und wie früher im Geschäftszimmer standen überall häßliche Apparate und Gerätschaften herum. Die meisten hatte mein Onkel vor Jahren selbst erfunden, und jede dieser Erfindungen hatte ihm ungeheuren Reichtum bescheren sollen. Der Alconzigar-Aschenbecher, der Alconschür-Feueranzünder, der Alconschall-Plattenständer und der Heimverschönerer, eine Fliegenfalle aus Sperrholz in Gestalt eines Schweizerhauses. Das alles erinnerte mich lebhaft an meine Kindheit und die langen Abende in Alconleigh, an denen Onkel Matthew immer seine Lieblingsplatten gespielt hatte. Mit einem Seufzer dachte ich daran, wie leicht es Eltern und Aufsichtspersonen damals gehabt hatten – keine Teddy-Boys, keine Beards, kein Chelsea-Schickeria, keine Erbinnen, jedenfalls keine, die sich in der Öffentlichkeit so herumreichen ließen, wie dies heute der Fall war; wir waren brave kleine Kinder gewesen, so kam es mir vor – in der Rückschau.
Der Tisch war schon zum Tee gedeckt, silberne Warmhalteplatten mit *scones* und *girdle cakes* und ein Glas Tiptree-Marmelade. Auf einen guten Tee konnte man in den Stallungen immer rechnen. Ich sah mich nach etwas Lesbarem um, griff nach der *Daily Post* und schlug zufällig die Paris-Seite von Amyas Mockbar auf. Über die modischen und geistigen Entwicklungen in dieser letzten Bastion der Lebensart und der Zivilisation in Europa werden Provinzlerinnen wie ich durch jenen Mr. Mockbar auf dem laufenden gehalten, der viermal die Woche aus der Perspektive des Insiders über Leben, Lieben und Skandale von

Paris berichtet. Eine herrliche Lektüre für eine Hausfrau, die sich an dieser Chronik ergötzen kann, ohne mit den menschlichen Scheusalen umgehen zu müssen, die darin geschildert werden; wenn sie dann die Zeitung beiseite legt, ist sie mit ihrem eigenen Los zufriedener denn je. Heute jedoch war die Seite ziemlich langweilig, es ging um Spekulationen über die Ernennung eines neuen englischen Botschafters in Paris. Sir Louis Leone sollte offenbar nach einer ungewöhnlich langen Amtszeit in den Ruhestand treten. Mockbar hatte ihn immer als eine Katastrophe für den diplomatischen Dienst dargestellt, zu brillant, zu gesellig und viel zu franzosenfreundlich. Angeblich hatte sich seine schöne Frau in Paris mit viel zu vielen Leuten angefreundet, und zwischen den Zeilen konnte man lesen, daß Mockbar jedenfalls nicht zu ihnen gehört hatte. Jetzt aber, da die Leones im Begriff waren, Abschied zu nehmen, hatte ihn eine unerklärliche Zuneigung für sie erfaßt. Vielleicht wollte er seine Munition für den neuen Sir Sowieso aufsparen, den er in vertraulichem Ton den Nachfolger von Sir Louis nannte.

Da hörte ich, wie sich das Taxi den Stallungen näherte. Es hielt an, eine Tür wurde zugeschlagen, das Taxameter klingelte, mein Onkel zog unter dem Klirren der übrigen Münzen ein paar Halbkronenstücke aus der Tasche, Payne bedankte sich und fuhr davon. Ich ging Onkel Matthew entgegen, als er langsam die Treppe heraufkam.

«Wie geht es dir, mein liebes Kind?»

Es war sehr angenehm, wieder einmal das liebe Kind zu sein; ich war so daran gewöhnt, mich als Mutter zu sehen – und heute sogar als eine bedauernswerte, vernachlässigte Mutter, die auch noch allein zu Mittag hatte essen müssen. Ich betrachtete mich in einem Spiegel, während Onkel Matthew in die kleine Küche ging, um den Kessel aufzusetzen, und dabei sagte: «Payne hat alles hingestellt, nur der Tee muß noch gemacht werden.» Irgend etwas an meiner äußeren Erscheinung sorgte dafür, daß «mein liebes Kind» nicht völlig lächerlich klang, trotz meiner fünfundvierzig Jahre. Ich nahm den Hut ab und kämmte mir das Haar, das so elastisch wie eh und je wippte, ringsum aufgelockt und weder verblichen noch grau. Falten gab es in meinem Gesicht nur ganz wenige, und meine Augen strahlten und sahen ziemlich jung aus. Ich wog genausoviel wie mit achtzehn. Ich hatte zwar etwas Altmodisches an mir. Es rührte daher, daß ich die meiste Zeit meines Lebens in Oxford verbracht hatte, so fern der Welt, als hätte ich mich in Tibet aufgehalten. Aber irgendeine Radikalkur, zum Beispiel (Gott behüte!) eine Liebesaffäre oder ein Ortswechsel, hätte mein Aussehen bestimmt noch einmal gründlich verändern können; der Stoff dazu war vorhanden.

«Sehr freundlich, daß du gekommen bist, Fanny.»

Ich sah Onkel Matthew in letzter Zeit nur selten und hatte mich nie wirklich daran gewöhnt, daß er alt geworden war und inzwischen nicht mehr im angenehmen, scheinbar endlosen Herbst des Lebens stand, sondern in den tiefen Winter geraten war. Er war so kraftvoll und heftig, so aufbrausend und voll überschäumender Energie gewesen, daß mir sein jetziger Anblick in der Seele weh tat, die steifen, langsamen Bewegungen, die Brille, die Schwerhörigkeit. Solange wir nicht selbst das mittlere Alter erreicht haben, liegt das wirkliche Alter jenseits unseres Vorstellungsvermögens. Solange wir noch jung sind, erscheint uns jeder Erwachsene alt, während die wirklich alten Menschen, mit denen wir in Berührung kommen, sich während der wenigen – für sie kurzen, für uns endlos langen – Jahre, in denen wir mit ihnen umgehen, nie zu verändern scheinen und uns eher wie eine andere Gattung vorkommen statt wie Angehörige der gleichen Rasse in einem anderen Stadium. Aber es kommt der Tag, da diejenigen, die wir in der Blüte ihres Lebens gekannt haben, ihrem Ende entgegengehen, und dann verstehen wir, was das Alter wirklich ist. Onkel Matthew war erst in den Siebzigern, aber sehr gut erhalten war er nicht. Er hatte immer mit einer Lunge gelebt, seit ihm die andere im Burenkrieg weggeschossen worden war. 1914 war er als Reserveoffizier mit den ersten hunderttausend Soldaten nach Frankreich gekommen und hatte zwei Jahre in den Schützengräben verbracht, bevor er verletzt heimkehrte. Danach hatte er gejagt und geschossen und Tennis gespielt, als wäre er kerngesund.

Ich erinnere mich noch, daß ich schon als Kind oft sah, wie er nach Atem rang – es muß sein Herz stark belastet haben.
Auch hatte er große Kümmernisse durchlitten, die die Menschen immer älter machen. Drei seiner Kinder waren gestorben, jene drei, die ihm die liebsten gewesen waren. Ich habe selbst ein Kind verloren und weiß, daß einem Menschen nichts Schrecklicheres widerfahren kann; aber meines war als Baby gestorben und hinterließ keine Lücke wie der Tod von Linda und der beiden Jungen, auf die er so stolz gewesen war.
Als er mit dem Tee zurückkam, glich er einem alten Schafhirten aus den Bergen, der einen Gast in seine Kaminecke eingeladen hat. Ich fragte: «Wen hast du im St. George's Hospital besucht?»
«Na, Davey! Du konntest nicht wissen, daß er dort ist, sonst wärst du sicher auch gekommen.» Davey Warbeck war mein Onkel, der Witwer meiner Tante Emily, die mich meiner eigenen, höchst unmütterlichen Mutter entrissen und großgezogen hatte.
«Ich wäre bestimmt gekommen. Was hat er denn?» Meine Stimme klang nicht erschrocken, als ich dies fragte; Davey brachte einen großen Teil seines Lebens in Privatkliniken und Krankenhäusern zu, denn die eigene Gesundheit war sein Steckenpferd.
«Nichts Ernstes. Offenbar haben sie aus Amerika ein paar menschliche Ersatzteile hereinbekommen, tiefgefroren, verstehst du? Davey kam vom Land in die Stadt, um einen Blick darauf zu werfen. Er sagt, die Wahl sei ihm schwergefallen, verlockend seien sie alle gewesen. Ein paar Meter Dickdarm, ein paar hübsche Bindegewebsstücke, ein Auge (aber wohin damit? Auch Davey würde mit dreien ziemlich seltsam aussehen) – zuletzt hat er dann eine Niere genommen. Seit ewigen Zeiten sei er hinter einer passenden hergewesen – er läßt sie sich jetzt einpflanzen, um den beiden anderen eine Chance zu geben. Wer außer ihm würde auf so eine Idee kommen? Wunderbarer Kerl – und alles umsonst, weißt du? *Wir* zahlen – der Gesundheitsdienst.»

«Das klingt ja abenteuerlich – was machte er für einen Eindruck?»

«Stark wie ein Stier und fühlt sich so wohl wie noch nie. Ärzte und Schwestern sind stolz auf ihn – ein Prachtexemplar. Ich habe gefragt, ob sie mir nicht eine neue Lunge einbauen könnten, aber da wollen sie nicht ran. Behaupten, es würde mich umbringen, bei dem Zustand, in dem mein Herz ist. Für solche Verpflanzungen muß man in Hochform sein, wie Davey.»

«Köstlich, dieser *girdle cake.*»

«Kommt aus der Taxistation – sie haben da jetzt eine schottische Köchin. Ich habe von dem neuen Mann deiner Mutter gehört. Du weißt ja, Davey will immer alles ganz genau wissen – er war auf ihrer Hochzeit.»

«Wie konnte er nur! Waren die Zeitungen nicht schrecklich?»

«Das fand ich auch, aber er sagte, es hätte noch viel schlimmer kommen können. Zum Glück war die Woche gestopft voll mit Erbinnen, die Leprakranke besuchen, und Dockarbeitern in Monte Carlo, denen der Lohn gekürzt wird. Aber *was* sie geschrieben haben, war natürlich alles falsch. Hast du ihn gesehen, Fanny?»

«Wen? Den Mann meiner Mutter? Nein, sie hat aufgehört, Alfred und mir ihre Verlobten vorzustellen. Sie sind ins Ausland gefahren, nicht wahr?»

«Nach Paris, glaube ich. Er ist erst zweiundzwanzig, weißt du?»

«Ich kann es mir vorstellen.»

«Sie freut sich wie eine Schneekönigin, sagt Davey. Er sagt, das müsse man ihr lassen, sie habe wie vierzig ausgesehen, keinen Tag älter. Anscheinend war auch dein Sohn Basil bei der Hochzeit – er hat die beiden zusammengebracht.»

«Du liebe Zeit! Wirklich?»

«Sie sind aus der gleichen Clique», sagte Onkel Matthew und fügte hinzu: «Bei uns gab es solche Cliquen nicht, als ich jung war. Aber macht nichts, dafür hatten wir Kriege. Mir hat es im Burenkrieg gut gefallen, als ich in Basils Alter war. Wo es keine Kriege gibt, muß man offenbar mit Cliquen rechnen.»

«Geht mein zweiundzwanzigjähriger Stiefvater (wirklich, Onkel Matthew, das ist nicht mehr komisch, für die Jungen ist er sogar der Stiefgroßvater, stell dir vor!), geht er irgendeiner geregelten Arbeit nach, oder ist er einfach ein Krimineller?»
«Davey sagte da etwas von einem Reisebüro. Sehr wahrscheinlich sind sie deshalb ins Ausland gefahren.»
Mir fiel ein, was der Teddy-Boy gesagt hatte. «Old Baz hat jetzt ein Reisebüro… hat sich mit seinem Opa zusammengetan.» Ich wurde sehr nachdenklich. Was sollte ich Alfred sagen, wenn ich nach Hause kam?
Ich sagte: «Immerhin klingt es ganz respektabel.»
«Glaub doch das nicht! Ein Bursche im Parlament hat mir mal von diesen Reisebüroleuten erzählt. Banditen, sagte er. Knöpfen den Leuten das Geld ab und verschaffen ihnen dafür zehn höllische Tage. Na, für mich wäre das Ausland auch ohne Reisebüro die Hölle. Wie viele sind es denn jetzt alles in allem, Fanny?»
«Wie bitte, Onkel Matthew?»
«Wie viele Ehemänner hat die Hopse jetzt gehabt?»
«In der Zeitung stand, sechs –»
«Ja, aber das ist Unfug. Sie haben die afrikanischen weggelassen – es sind mindestens acht oder neun. Davey und ich haben schon versucht zusammenzurechnen. Dein Vater und sein bester Freund bei der Hochzeit und der beste Freund dieses besten Freundes, macht drei. Damit kommen wir nach Kenia und zu den heißen Geschichten dort – da war die Sache mit der Pferdepeitsche und die mit dem Aeroplan und dann der Franzose, der sie in einer Lotterie gewann. Davey ist sich nicht sicher, ob sie ihn je geheiratet hat. Also lassen wir es dabei: vier. Rawl und Plugge – fünf und sechs, Tschuan sieben, der junge Mann, der Bücher über Griechenland schrieb – relativ jung, er hätte der Vater von diesem sein können –, acht, und der neue Knabe, neun. Sonst fällt mir keiner mehr ein, dir?»
In diesem Augenblick klingelte das Telefon, und mein Onkel nahm den Hörer ab. «Sind Sie das, Payne? Wo sind Sie jetzt – East India Docks? Ich hätte gern den *Evening Standard*, bitte. Danke, Payne.» Er legte auf. «Er kann dich zum Bahnhof brin-

gen, Fanny. Ich nehme an, du nimmst den Sechs-Uhr-fünf? Wenn es dir nichts ausmacht, ein bißchen zu früh am Bahnhof zu sein, damit er rechtzeitig für die Cocktailparty wieder hier sein kann.»

«Für die Cocktailparty?» fragte ich verblüfft. Onkel Matthew haßte Partys, verabscheute fremde Menschen und trank nie etwas, nicht mal ein Glas Wein bei Tisch.

«Eine neue Idee – gibt es das bei euch in Oxford nicht? Wird sich bald ändern – das prophezeie ich dir. Mir gefallen sie ganz gut. Man muß mit niemandem reden, und wenn man heimkommt, ist es Zeit zum Schlafengehen.»

Schüchtern und ohne viel Überzeugungskraft, aber weil ich es für meine Pflicht hielt, kam ich nun auf das Thema zu sprechen, das der Grund für meinen Besuch war. Ich fragte ihn, ob Fabrice ihn einmal besuchen dürfe, Lindas Sohn, den Alfred und ich adoptiert hatten. Er ging zusammen mit unserem Charlie auf die Schule; sie waren am gleichen Tag zur Welt gekommen, in der gleichen Klinik; Linda war gestorben; ich war am Leben geblieben und verließ die Klinik mit zwei Babys statt mit einem. Tante Sadie fuhr manchmal nach Eton und lud die Jungen zum Essen ein, aber Onkel Matthew hatte seinen Enkel zum letzten Mal während des Krieges gesehen, als Fabrice noch ein Baby gewesen war.

«Oh, nein, meine liebe Fanny, vielen Dank», murmelte er verlegen, als er begriffen hatte, was ich von ihm wollte. «Ich lege keinen besonderen Wert auf anderer Leute Kinder, weißt du. Gib ihm das und sag ihm, er soll sich fernhalten, wirst du das tun?» Ein Portemonnaie lag neben ihm – er nahm eine Fünfpfundnote heraus. Meine unglückselige Idee wirkte wie ein kalter Löffel im Soufflé; die Unterhaltung stockte, und ich war dankbar, als Payne mit dem *Evening Standard* erschien.

«Achtzehn Shilling und sechs Pence auf der Uhr, Mylord.»

Mein Onkel gab ihm ein Pfund und zwei halbe Kronen. «Danke, Payne.»

«Danke – verbindlichsten Dank, Mylord.»

«Also, Payne, Sie werden jetzt Miss Fanny zur Paddington Station fahren – aber nicht rasen, bitte, wir wollen nicht, daß sie im

Straßengraben landet, wir haben Miss Fanny alle sehr gern. Wenn Sie dort sind, würden Sie dann bitte zu Wyman's hinübergehen, Mr. Baker vom Zeitungskiosk meine freundlichsten Grüße ausrichten und ihn fragen, ob er mir mit einem Knäuel Bindfaden aushelfen kann? Dann bitte sofort hierher zurück, ja? – Wir fahren zu Lord Fortinbras am Groom Place. Ich bin für halb sieben eingeladen – es wäre nicht gut, den Anfang zu versäumen.»

Als ich in Oxford ankam, erblickte ich zu meiner Überraschung Alfred, der mich auf dem Bahnsteig erwartete. Sonst holte er mich nie ab, und ich hatte ihm nicht einmal gesagt, welchen Zug ich nehmen würde. «Ist irgend etwas passiert?» fragte ich. «Mit den Jungen?»

«Mit den Jungen? Oh, Liebste, es tut mir leid, wenn ich dich erschreckt habe.» Dann sagte er mir, er sei zum Botschafter in Paris ernannt worden.

2

MAN KANN SICH VORSTELLEN, daß ich in dieser Nacht wenig Schlaf fand. Mir schwirrte der Kopf, und zunächst waren die Gedanken, die mir durch den Sinn gingen, ganz vernünftig. Aber im Laufe der Stunden wurden sie immer phantastischer und verwandelten sich zuletzt, zwischen Schlafen und Wachen, in wirkliche Alpträume. Ich freute mich natürlich darüber, daß die Verdienste meines lieben Alfred nun endlich öffentliche Anerkennung finden sollten, daß er für seine Leistungen und seine Klugheit einen (wie mir schien) so glänzenden Lohn erhalten sollte. Sicherlich vergeudete er auf einem Lehrstuhl für Pastoraltheologie sein Talent, wenngleich seine Vorlesungen über pastorale Themen bei den Hörern einen bleibenden Eindruck hinterließen. Während des Krieges hatte er einen Posten von nationaler Wichtigkeit bekleidet, und ich hatte erwartet, er werde nachher einen Platz in der öffentlichen Arena einnehmen. Statt dessen kehrte er (ob aus Mangel an Ehrgeiz oder weil sich ihm keine Chance bot, ist mir nie recht klargeworden) nach dem Krieg in die Ruhe von Oxford zurück und schien dazu bestimmt, dort bis an das Ende seiner Tage zu bleiben. Ich habe schon erzählt*, wie enttäuschend für mich als jungverheiratete Frau mit hochgesteckten Erwartungen das Universitätsleben war, und an dieser Meinung hat sich nie etwas geändert. Ich gewöhnte mich daran, die Gattin eines «Don» zu sein. Ich wußte, welche Rolle ich zu spielen hatte, und fühlte mich ihr gewachsen; das war alles. Die Jahre flossen gleichförmig dahin; die Studentengenerationen kamen und gingen; in meinen Augen glichen sie einander wie die Jahre. Mit zunehmendem Alter verlor ich den Geschmack an der Gesellschaft von Heranwachsenden. Meine eigenen Kinder hatten inzwischen das Haus verlassen: die beiden jüngsten waren in Eton, und Basil – oh, wo war er nur und wann sollte ich Alfred meine ihn betreffenden Befürchtungen anvertrauen? Der bärtige David, der älteste, war Professor an einer neugegründeten Universität und ging «mit der Zeit», jedenfalls stellte er es mir gegenüber so dar. In Augenblicken der Selbstbesinnung kam mir oft der Gedanke, daß das Bedürfnis einer Frau nach Kindern fast ausschließlich körperlicher Natur sei. Solange sie Babys sind, schmust sie mit ihnen, küßt sie, gibt ihnen hin und wieder einen Klaps und unterhält eine höchst zufriedenstellende Beziehung zu ihnen, wie zu einem Tier. Aber wenn sie heranwachsen und das Nest verlassen, scheint plötzlich alle Zusammengehörigkeit verflogen. Konnte ich meinen Söhnen denn überhaupt noch nützlich sein? Auch Alfred, dem alle menschlichen Gefühle ziemlich fern waren, würde wahrscheinlich, wenn ich plötzlich nicht mehr da wäre, ins College zurückkehren und dort genauso glücklich weiterleben, wie er mit mir gelebt hatte. Wozu war ich überhaupt auf der Welt, und was sollte ich mit den dreißig oder vierzig Jahren anfangen, die noch zwischen mir und dem Grab lagen?

Ich wußte natürlich, daß sich viele Frauen der Mittelschicht, wenn sie in die mittleren Jahre kommen und ihre Kinder in die

* in *Liebe unter kaltem Himmel*

Welt hinausgegangen sind, mit solchen Gedanken plagen. Die Ursachen hierfür, sowohl die psychologischen wie die physiologischen, sind heute allgemein bekannt, und bekannt ist auch, daß es hier kein Heilmittel gibt. Was man nicht heilen kann, muß man ertragen. Aber vielleicht konnte Alfreds wunderbare Ernennung auch eine wunderbare Heilung bewirken. Wie oft hatte ich mir gewünscht, mein Dasein möge eine Spur hinterlassen, eine Muschel am Strand der Ewigkeit. Jetzt bekam ich meine Chance; vielleicht würde Alfred einer jener Gesandten werden, an deren Namen man sich für alle Zeit mit Dankbarkeit und Hochachtung erinnert, und einiges Verdienst daran würde vielleicht auch mir zukommen. Zumindest würde ich als eine der Bewohnerinnen eines berühmten Hauses einen winzig kleinen Platz in der Geschichte einnehmen.
Das alles waren aufmunternde, wenn auch etwas hochfahrende Mitternachtsgedanken. In den frühen Stunden des neuen Tages jedoch stürmten Zweifel und Schrecken auf mich ein. Über Paris und das diplomatische Leben wußte ich nicht viel, aber immerhin wußte ich genau wie jeder andere, daß Sir Louis und Lady Leone, deren Nachfolge wir antreten sollten, dort glanzvoll hofgehalten hatten, im Stil der großen Botschaften vergangener Tage. Lady Leone galt für schöner, charmanter und geistreicher als jede andere Frau im öffentlichen Leben. Es war absurd zu glauben, ich könnte es mit ihr aufnehmen – wie sollte ich ihren Platz auch nur halbwegs angemessen ausfüllen? Nicht bloß, daß ich keinerlei Erfahrung mit der Diplomatie besaß, ja nicht einmal die geringste Ahnung von ihr – ich brachte sogar einige äußerst hinderliche Schwächen mit. Ich besitze zum Beispiel ein sehr schlechtes Personengedächtnis, kann mich weder an Namen noch an Gesichter noch an sonst irgend etwas erinnern. Auch in der Führung eines Haushalts bin ich nicht sonderlich geschickt. Als ich jungverheiratet nach Oxford gekommen war, hatte ich beschlossen, es in dieser Beziehung anders zu halten als die anderen Professorenfrauen; und von Anfang an waren meine Dinners deutlich besser als die ihren. Aber über einen bestimmten Punkt kam meine gute Mrs. Heathery nie hinaus. Ich hatte vier Söhne, die die Vitamine nur so in sich

hineinschaufelten, und einen Mann, der bei Tisch gar nicht bemerkte, was er eigentlich aß. Als dann die Zeit der Lebensmittelkarten vorüber war, wurde das Essen bei den anderen Leuten besser, bei mir aber nicht. Ich hatte nie ein großes Haus geführt und hatte nie im Leben mehr als drei Hausangestellte (eine davon nur tagsüber) gehabt. Was sollte aus dem Haushalt der Botschaft werden, wenn ich die Leitung übernahm? Minister oder gar Angehörige der königlichen Familie, die zu Besuch kamen, würden sich beklagen, und das wiederum würde Alfred schaden. Und meine Kleider – lieber nicht hinsehen! Mit meiner Zerstreutheit, den abscheulichen Mahlzeiten und den gräßlichen Kleidern würde ich zweifellos zur Tante Sally des diplomatischen Lebens, eine Zielscheibe des Spotts, ein Witz.

Hätte ich doch nur ein wenig Schlaf finden können, um all das zu vergessen. Ja, ein Witz. Schon sah ich mich in den absurdesten Situationen. Zum Beispiel diese alberne, nach dem Krieg aufgekommene Sitte, jeden zu küssen. Examenskandidaten, die bei uns zu Gast sind, und andere Freunde geben mir einen Kuß, wenn sie mich begrüßen; die Geste ist längst zu einem Automatismus geworden. Vor mir das Bild eines Empfangs in irgendeinem offiziellen Gebäude, sehr pompös, sehr vornehm. Und in meiner Zerstreutheit gebe ich dem Präsidenten der Republik einen Kuß.

Ich bin etwas schwach auf den Beinen, und manchmal knicke ich ganz unerwartet ein. Wenn mir das auf der Straße in Oxford passiert, macht es niemandem etwas aus; irgendein freundlicher junger Mann hilft mir wieder auf, ich gehe nach Hause und ziehe mir andere Strümpfe an. Vor mir das Bild des Arc de Triomphe, Marschmusik, Girlanden, Fernsehkameras. Ich kippe um und lösche die ewige Flamme aus. Jetzt mußte ich wirklich erwachen, um von diesen Schreckensträumen loszukommen, die mir all meinen Mut raubten. Ich trat ans Fenster, betrachtete das Christ Church College im ersten Sonnenlicht und wartete, bis mir sehr kalt war. Dann kehrte ich in mein warmes Bett zurück und sank in einen traumlosen Schlaf.

Als ich Alfred am Morgen von diesen entnervenden Gedanken

erzählte (aber nicht von den Träumen um Küsse und Stürze), sagte er: «Genau dies wollte ich vermeiden – daß du im Bett liegst und dich aufregst. Deshalb habe ich deine Rolle bei dieser ganzen Sache gestern abend nicht erwähnt. Erfreulicherweise ist Philip gerade in England, und ich habe ihn gebeten, herüberzukommen und heute mit dir den Lunch einzunehmen. Mit ihm kannst du alles besprechen, dann wirst du deine Sorgen rasch los. Ich muß für ein paar Stunden nach London.»

«Ach, natürlich, in Paris haben wir ja Philip – ich hatte ganz vergessen, daß er dort ist. Was für eine Erleichterung!»

«Ja, auch für mich. Aber denk immer daran, daß die gesellschaftliche Seite ganz unwichtig ist. Wie ich dir schon gestern abend sagte: Meine Amtszeit soll von Ernsthaftigkeit geprägt sein – Nüchternheit und Verläßlichkeit werden den Grundton bilden. Die Adeligen, die sich längst selbst überlebt haben, hatten ihre große Zeit bei den Leones. Ich werde mich auf die Politiker und die wirklich wichtigen Leute konzentrieren. Ach übrigens, Liebste, könnte man die – wie soll ich sagen –, die flatterhafteren unter deinen Angehörigen vielleicht davon abbringen, uns allzuoft zu besuchen?»

«Ja, Liebling, ich bin ganz deiner Meinung. Aber die Jungen –»

«Die Jungen! Nun, sie sind dort selbstverständlich zu Hause und jederzeit willkommen. Es ist doch sehr schön, wenn ein gesundes, jugendliches Element hinzukommt, daran hat es dort in letzter Zeit sehr gefehlt.»

Es war offensichtlich nicht der Augenblick, über meine Sorgen im Hinblick auf Basil zu sprechen. Aber bald würden die Ferien beginnen, er würde das Repetitorium verlassen und an irgendeinem ruhigen Ort allein weiterarbeiten. Ich beschloß abzuwarten.

Philip Cliffe-Musgrave kam um ein Uhr hereingeschlendert. Er war zehn Jahre jünger als ich und ist mir unter all den Studenten, die im Laufe der Zeit sozusagen durch unsere Hände gegangen waren, immer der bei weitem sympathischste gewesen. Infolge des Krieges war er erst spät nach Oxford gekommen, als

Mann, nicht als Knabe. Er hatte sich, glaube ich, ein bißchen in mich verliebt, und vielleicht würde ich mich wohl auch ein bißchen in ihn verliebt haben, hätte mir nicht das Beispiel meiner Mutter, der Hopse, für immer den Mut zu solchen Abenteuern genommen, die so munter beginnen und unter soviel Falschheit enden. Statt dessen hatten wir den Weg einer liebevollen Freundschaft eingeschlagen, und ich mochte ihn noch immer sehr gern. Er war elegant, der bestgekleidete Mann, den ich je gesehen hatte, und gehörte zu jenen Leuten, denen ihre Welterfahrung offenbar in die Wiege gelegt ist. Alfred hielt ihn für einen ausgezeichneten Kopf.

«Na, so was», sagten wir und sahen einander lachend an.

«*Madame l'Ambassadrice.* Das ist ja ungeheuer interessant. Es gab die wildesten Gerüchte über den Nachfolger von Sir Louis, aber die Wahrheit ist oft seltsamer als alle Erfindung. Wenn ich an all die Dinners denke, zu denen ich eingeladen werde, sobald herauskommt, daß ich dich kenne!»

«Philip, ich bin entsetzt!»

«Kein Wunder. Sie werden dich in Stücke reißen, all diese schicken Frauen. Zuerst jedenfalls. Aber auf lange Sicht wirst du dich wohl gegen sie zur Wehr setzen.»

«Du bist schrecklich – Alfred sagte, du würdest mir Mut machen.»

«Ja, ja, das war doch nur ein Scherz.»

«Vorsicht – ich bin im Augenblick empfindlich. Es gibt so viel, was ich dich fragen will; womit soll ich bloß anfangen? Wissen die Leones es schon?»

«Daß sie aus Paris weggehen? Selbstverständlich.»

«Ich meine, wissen sie von uns?»

«Als ich mich vor drei Tagen auf den Weg hierher machte, wußte er von der Möglichkeit. Ich denke, sie werden froh sein, daß es so kommt. Lady Leone wird zwar sterben, wenn sie auszieht, aber wenn sie die Botschaft schon hergeben muß, dann lieber an jemanden wie dich.»

«Du meinst, an eine, die so langweilig ist wie ich?»

«So anders! Und vor allem nicht an die Frau eines Amtskollegen. Du glaubst nicht, wie eifersüchtig Diplomatenfrauen aufeinander sein können. Sir Louis ist ein typischer Berufsdiplomat. Er verachtet den Amateur und ist fest davon überzeugt, daß Alfred nur Unheil anrichten wird. Das lindert natürlich den Schlag, den die Abberufung darstellt, ganz erheblich.»

«Philip, sag mal – warum haben sie eigentlich Alfred für diesen Posten ausgesucht?»

«Das sind so ihre Schachzüge, weißt du.»

«Was soll das heißen?» fragte ich ängstlich.

«Keine Sorge. Ich meine nur, als der Krieg endlich vorbei war, als die Entente funktionierte, als die Alliierten einander liebten – nicht die Regierenden, aber die Leute – und jeder mit seinen eigenen inneren Angelegenheiten beschäftigt war, da schickten sie Sir Louis, um die Franzosen für uns einzunehmen. Und das hat er geschafft – sie fressen ihm da drüben aus der Hand. Jetzt aber, da wir auf unruhigere Gewässer zusteuern, schicken sie Alfred, um die Franzosen zu verwirren.»

«Und *wird* er sie verwirren?»

«So wie er jeden verwirrt. Recht betrachtet, ist seine ganze Karriere ein einziges Rätsel. Was hat er im Krieg zusammen mit Ernie Bevin getan? Hast du es je verstanden? Dann wärst du die einzige. Wußtest du, daß er wenigstens einmal in der Woche mit dem Premierminister in Downing Street Nr. 10 zu Mittag ißt? Ich wette, nein. Oder daß gutinformierte Leute ihn zu den Männern zählen, die dieses Land wirklich regieren?»

«Alfred ist sehr verschwiegen», sagte ich nachdenklich. «Oft kommt es mir vor, als wäre ich gerade deshalb so glücklich mit ihm. Leute, die ihr Herz auf der Zunge tragen, sind so langweilig.»

«Ich bin sehr gespannt, wie er die Sache anpackt. Ohne Zweifel wird er Bouche-Bontemps und seine Truppe in einen Zustand chronischer Perplexität versetzen, was unter Umständen sehr nützlich sein kann.»

«Wer ist Bouche-Bontemps?»

«Arme Fanny, mit der politischen Lage wirst du dich noch ein bißchen vertraut machen müssen. Du hast bestimmt schon von ihm gehört – er ist der französische Außenminister.»

«Die wechseln so oft.»

«Das schon, aber es gibt einige alte Getreue, die immer wieder in Erscheinung treten, und er ist einer von ihnen.»
«Ich habe schon von M. Mendès-France gehört.»
«Aber nur, weil er France heißt. In England hat jeder von ihm gehört, weil die *Daily Post* ihn immer Mr. France nennt, das macht die Sache leicht.»
«Ich habe auch schon von General de Gaulle gehört.»
«Also, den kannst du vergessen, jedenfalls für die nächste Zeit.»
«Noch einmal zu den Leones. *Ihr* fällt der Abschied also furchtbar schwer?»
«Alle Botschafterfrauen nehmen so etwas schwer. Meistens werden sie schreiend aus dem Haus getragen – *«encore un instant, M. le Bourreau»* – arme Pauline, ja, sie ist verzweifelt.»
«Und auch dir tut es leid, wenn sie geht?»
«Ja. Ich bewundere sie. Andererseits, da du ihre Nachfolgerin bist, Fanny, bin ich natürlich auf deiner Seite.»
«Muß es denn Seiten geben? Muß man jemanden zum Feind machen?»
«Es geht nie anders. Ich sollte dir vielleicht sagen, wie so etwas abläuft. Wenn ihr ankommt, hat man den Leones gerade einen gewaltigen Abschied an der Gare du Nord gegeben – ganz Paris war dabei – Blitzlichter, Blumen, Ansprachen, Tränen. Alle Welt hat inzwischen erfahren – nicht direkt von ihr, sondern über eine Art Buschtelefon –, was für Tölpel ihr seid, du und Alfred. Ich denke, ich werde ein bißchen gegen den Strom schwimmen, werde mich dabei aber nicht überanstrengen – ein paar träge Züge –, denn dieser Strom wird ohnehin bald in die entgegengesetzte Richtung fließen. Solange ihr noch nicht da seid, wird die Gesellschaft von Paris eure Namen verfluchen und euch den Tod wünschen, aber von dem Augenblick an, da ihr die Botschaft zum erstenmal betretet, finden euch alle einfach wunderbar. Bald wird man hören, eigentlich hätten es die Leones in Paris nie so ganz *geschafft*.»
«Wie zynisch du bist.»
«So ist das Leben, vermute ich. Gewiß, die Freunde der Leones werden sie auch weiterhin lieben, sie werden Dinners für sie veranstalten, wenn sie zurückgehen, und so weiter. Aber Macht

und hohe Ämter üben immer eine große Anziehungskraft auf die Leute aus; ein Haus wie diese Botschaft, wo die Herrscher der Welt ein und aus gehen, ist für diejenigen, die es bewohnen, mehr wert als das netteste Gesicht, das freundlichste Herz und die älteste Freundschaft. Fanny, du hast doch genug von der Welt gesehen, um das zu wissen. Diesmal hast du den Nutzen davon. Bald wird es so sein, als wäre Pauline nie dort gewesen – Pauline Leone, meine ich. Pauline Borghese hingegen wird nie verschwinden, aber sie steht immer auf der Seite des jeweiligen Bewohners.»

«Wer ist Pauline Borghese?»

«Ihr hat das Haus früher gehört. Wir haben es von ihr gekauft, mit dem Mobiliar und allem, nach Waterloo.»

«Oje. Viel Mut hast du mir wirklich nicht gemacht. Noch etwas, Philip – Kleider. Es gibt natürlich Elliston's Petite Boutique, aber sie ist so teuer.»

«Ich würde mir deswegen keine Sorgen machen. Sobald du dort bist, triffst du eine Abmachung mit einem der Damenschneider dort. Bist du inzwischen nicht ziemlich reich, Fanny?»

«Reicher als früher, ja. Mein Vater hat mir einiges hinterlassen – ich war überrascht. Aber da sind ja auch noch die Jungen, und ich habe immer das Gefühl, ich sollte nicht zuviel für mich ausgeben.»

Dann erklärte er mir, wie eine Botschaft geleitet wird, und dämpfte meine Befürchtungen in dieser Richtung. Angeblich taten der Budgetverwalter und die Haushälterin die ganze Arbeit. «Du wirst nur eine Sekretärin benötigen, die Einladungen verschickt und dergleichen – irgendein nettes, ruhiges Mädchen, das nicht sofort heiraten will.»

«Daran habe ich schon gedacht. Meiner Cousine Louisa Fort William ist genau die Richtige eingefallen, Jean Mackintosh.»

«Ja, die kenne ich. Nicht gerade ein Energiebündel, oder? Übrigens, weißt du, wen ich gestern abend bei einer Cocktailparty getroffen habe? Lord Alconleigh.»

«Nein! Erzähl, was hat er getan?»

«Er lehnte an der Wand, ein großes Glas Wasser in der Hand, und schoß wütende Blicke in die Runde. Die übrigen Gäste standen dicht gedrängt wie eine Herde Rehe, wenn ein alter Löwe in der Nähe ist. Es war eindrucksvoll – allerdings nicht sehr gemütlich.»

Alfreds Ernennung wurde von den maßgeblichen Zeitungen wohlwollend aufgenommen, gewiß auch deshalb, weil viele ihrer Mitarbeiter in Oxford gewesen waren und ihn dort kennengelernt hatten. Heftigen Widerspruch meldete jedoch die *Daily Post* an. Diese kleine Zeitung, die man früher als sinnvolle Schullektüre angesehen hatte, war von einem Pressemagnaten gekauft worden, den alle Welt unter dem Namen Old Grumpy kannte, und spiegelte seither dessen verdrießliche Lebensanschauung wider. Sie lebte von Skandalen, Unglück und allen Formen menschlichen Leidens und präsentierte sie mit einer Schadenfreude, die das Publikum offenbar genoß, denn je mehr die *Daily Post* ihre Opfer quälte, desto höher kletterten die Auflagenzahlen. Die politische Haltung dieses Blattes, sofern man von einer solchen überhaupt sprechen konnte, war gegen das Ausland gerichtet, gegen den Kulturapparat und gegen die jeweils amtierende Regierung, gleichgültig, ob sie von den Konservativen oder von der Labour Party gestellt wurde. Vor allem jedoch verabscheute die *Daily Post* das Außenministerium. In unserem Fall mündete ihr Lied in den Refrain: Wozu unterhält man einen kostspieligen diplomatischen Dienst, wenn er nicht in der Lage ist, für den Botschafterposten in Paris einen erfahrenen Mann zu stellen, sondern auf einen Professor für Pastoraltheologie zurückgreifen muß.

Die französischen Zeitungen waren sehr freundlich, wenn auch verwirrt. Der *Figaro* brachte einen Leitartikel aus der Feder eines Mitglieds der Académie Française, in dem das Wort «pastoral» absichtlich mißverstanden wurde und die Theologie ganz unter den Tisch fiel. Mit seinem Pferd, so das metaphorische Bild, komme der Ritter (Alfred) zur Schafhirtin (Marianne) in den Obstgarten. Von der Frau und den Söhnen des Ritters war dabei nicht die Rede (Alfred war übrigens jetzt wirklich ein Ritter, ein *Knight*; er war in London von der Königin empfangen worden).

Ich bekam viele Gratulationsbriefe, die Alfred und auch mich in den höchsten Tönen lobten und hervorhoben, wie ausgezeichnet wir uns für die vor uns liegende Tätigkeit eignen würden, um anschließend auf ein Kind, einen Freund, einen Protegé des Schreibers oder der Schreiberin zu sprechen zu kommen, der gern bereit sei, uns in dieser oder jener Eigenschaft in unserem neuen Aufgabenbereich beizustehen. Louisa Fort William, praktisch wie immer, ließ das Lob weg und empfahl mir Jean. Alfred kannte diese Jean, die in Oxford eine der Besten gewesen war, und zählte sie nicht zu den flatterhafteren unter meinen Angehörigen. Mit seiner Zustimmung schrieb ich ihr und engagierte sie als Sekretärin für unsere gesellschaftlichen Verpflichtungen.
Alfreds Kollegen in Oxford und deren Frauen nahmen kaum Notiz von den uns betreffenden Neuigkeiten. Das überraschte mich nicht. Wer nie in einer Universitätsstadt gelebt hat, kann sich nicht vorstellen, wie weltfremd es dort zugeht. Die Professoren leben wie Mönche in einem Kloster, außerhalb von Zeit und Raum, ganz in den eigenen Tagesablauf versponnen; Botschafter in Paris erwecken bei ihnen nicht das geringste Interesse oder geraten gar nicht erst in ihr Blickfeld. Rektor oder Dekan zu werden erschiene ihnen wesentlich bedeutsamer. Allerdings gab es damals auch einige reiche, dem Irdischen verhaftete Professoren, deren Frauen sich bei Dior einkleideten und die über Paris und das diplomatische Leben Bescheid wußten, eine winzige Minderheit am Rande der Universität, und zwar in jeder Hinsicht; sie wohnten nicht einmal in der Stadt selbst, wie wir es taten. Sie hielten Alfred für einen Langweiler; er beachtete sie nicht; und ihre Frauen beachteten mich nicht. Diese Dior-Dons waren über unsere Ernennung nicht entzückt; wie gute Freunde uns berichteten, lachten sie lange und laut darüber und machten Witze auf unsere Kosten. Offenbar waren sie der Meinung, eine solche Auszeichnung hätte eher ihnen zugestanden – und im Grunde gab ich ihnen recht.
Nach fünfundzwanzig Jahren Universitätsleben war mir der mönchische Typ des Professors näher als der Dior-Typ, aber ich wußte, wie es in der Welt zuging, auch wenn ich nicht ge-

rade welterfahren war. Meine Cousine Linda war mit ihr in Berührung gekommen, und meine Mutter war selbst in ihren wildesten Kapriolen immer ein Teil dieser Welt geblieben. Lady Montdore hatte die Welt zwar immer durch eine Zerrbrille gesehen, aber sie hatte sich in ihr ausgekannt, und nicht umsonst war ich eine Art Hofdame von ihr gewesen. Ich hätte mir gewünscht, daß sie noch am Leben wäre und sehen könnte, was das Schicksal mir beschert hatte – wie die Dior-Dons hätte sie sich mokiert und die Nase gerümpft, aber im Unterschied zu ihnen wäre sie zweifellos beeindruckt gewesen.

Unsere Sommerferien verliefen wie immer. Alfred und ich fuhren nach Kent zu Davey Warbeck und machten außerdem den einen oder anderen Besuch. Von unseren beiden Jüngsten, Charlie und Fabrice, sahen wir kaum etwas. Ein Junge namens Sigismond de Valhubert, der in Eton im gleichen Haus wie sie wohnte, hatte sie in die Provence eingeladen, und nachher wollten sie zu dritt zur Jagd nach Schottland fahren. Der bärtige David schickte Postkarten aus dem Lake District – er wanderte. Von Basil hörten wir überhaupt nichts – er hätte genausogut tot sein können; ich erklärte Alfred, er sei nach Barcelona gefahren, um sein Spanisch aufzupolieren. Sehr bald kamen mit den letzten Augusttagen auch die letzten Tage unseres eintönigen, aber vertrauten Lebens in Oxford.

3

Meinen ersten Eindruck von der Botschaft werde ich nie vergessen. Nach dem Trubel des Empfangs an der Gare du Nord, nach der Fahrt durch das Verkehrsgewühl von Paris, das alle, die nicht daran gewöhnt sind, immer so nervös macht, war das schöne, große honigfarbene Haus mit dem stillen Innenhof für mich wie eine köstliche Oase. In seiner Atmosphäre gleicht es eher einem Land- als einem Stadthaus. Zum einen hört man nichts vom Lärm der Stadt, sondern nur Blätterrascheln, Vogelgezwitscher und gelegentlich einen Rasenmäher oder eine

Eule. Dank der großen Balkontüren auf der Gartenseite sind die Räume von Licht und Luft erfüllt, und die Aussicht wird von Bäumen beherrscht; das einzige große Gebäude, das man sehen kann, ist der Invalidendom, ein purpurner Schatten am Horizont, durch die sommerlichen Blätter kaum sichtbar, außerdem ganz rechts der Eiffelturm. Im übrigen aber deutet nichts darauf hin, daß dieses Haus mitten in der blühendsten und geschäftigsten Hauptstadt des europäischen Kontinents steht. Philip führte uns gleich in den ersten Stock. Wenn man die schöne Treppe hinaufgestiegen ist, gelangt man zunächst in ein Vorzimmer, von dort in den gelben Salon, dann in den weißgoldenen Salon, den grünen Salon (der unser privates Wohnzimmer werden sollte) und schließlich in Pauline Borgheses Schlafzimmer, das die andere Pauline erst kürzlich verlassen hatte. Alle diese Räume gehen nach Süden und sind durch Türen miteinander verbunden. Auf der anderen Seite, zum Hof hin, liegen das Ankleidezimmer des Botschafters, die Bibliothek und das Büro der Sekretärin für gesellschaftliche Angelegenheiten. Gratulanten hatten das Haus mit Blumen gefüllt, deren herrliche Farben im Abendlicht ermutigend wirkten. Immerhin schien es viele Leute zu geben, die uns freundlich gesonnen waren.

Es wäre wohl angebracht gewesen, wenn ich der Frau des scheidenden Botschafters kurz nach der Bekanntgabe unserer Ernennung einen Besuch gemacht hätte. Aber diese Botschaftergattin hatte ein derart hemmungsloses Weh und Ach angestimmt, als sie von ihrem bevorstehenden Abschied erfuhr, hatte aller Welt ihren Schmerz so laut geklagt und sich so vehement dagegen gewehrt, die positive Seite der Sache ins Auge zu fassen (ein geruhsames, ehrenvolles Alter in einer Wohnung in Kensington), daß viele glaubten, sie würde nicht besonders freundlich zu mir sein. Ihr Betragen erschien mir ziemlich übertrieben, aber nur so lange, bis ich gesehen hatte, was wir ihr wegnahmen; danach verstand ich sie. Während fünf langer Jahre hatte Lady Leone hier regiert, und das Wort Regierung ist nicht zu hoch gegriffen – sie hatte sich mit ihrer Schönheit, ihrer Eleganz und ihrem Witz wie eine Königin in diesem Palast bewegt. Kein Wunder, daß sie ihn nun mit dem Tod im Herzen verließ.

Meine Befürchtungen indessen verflüchtigten sich und mit ihnen der Trübsinn der mittleren Jahre. Das Haus schien auf meiner Seite zu sein; vom ersten Augenblick an, da ich es betreten hatte, fühlte ich mich freudig erregt, aufgeweckt, amüsiert und zu allem bereit. Als ich am nächsten Morgen erwachte und feststellte, daß ich in Paulines Bett lag, in dem Bett beider Paulinen, als ich die dunkelroten Wände und die Mahagonimöbel erblickte, die in einem seltsamen Kontrast zu der hellen Fröhlichkeit des übrigen Hauses standen, dachte ich: «Das ist der erste Tag, der Anfang.» Dann überlegte ich, wie ich mich wohl am letzten Tag, am Ende, fühlen würde. Lady Leone tat mir sehr, sehr leid.

Alfred erschien in bester Laune. Er werde in seiner Bibliothek frühstücken. «Philip kommt gleich und wird sich, während du hier frühstückst, mit dir unterhalten. Er sagte, du solltest nie zu früh aufstehen. Du hast ein anstrengendes Leben vor dir; versuch dich morgens auszuruhen.» Er lud einen Packen Zeitungen auf meinem Bett ab und ging hinaus. Über uns stand nicht viel darin – ein kleines Blitzlichtfoto im *Figaro* – eine kurze Meldung in der *Times*, daß wir eingetroffen seien. Erst ganz zuletzt stieß ich auf die *Daily Post*. Auf der ersten Seite prangte ein riesiges Foto von Alfred, der mit offenem, idiotisch wirkendem Mund einen Hitlergruß zu vollführen schien. Mir sank das Herz, und entsetzt las ich:

Die Amtszeit des früheren Pastoraltheologen Sir Alfred Wincham in Paris begann mit einem unglücklichen Zwischenfall. Als M. Bouche-Bontemps, der seinen Urlaub unterbrochen hatte, um Sir Alfred an der Gare du Nord zu begrüßen, mit einer Willkommensgeste auf unseren Gesandten zutrat, schob dieser ihn unwirsch beiseite und begann ausführlich und auf deutsch mit einem großen, blonden jungen Mann in der Menge zu plaudern...

Ich blickte von der Zeitung auf. Da stand Philip lachend neben meinem Bett.
«Ist es gestattet? Pauline besuchte man immer vor dem Aufstehen – es schien ein günstiger Augenblick zu sein.»
«Oje», sagte ich, «du scheinst dieses hübsche Gesicht unter dem Baldachin sehr zu vermissen.»
«Jetzt ist ein anderes da», er setzte sich an das Ende des Bettes, «und es ist in mancher Beziehung noch hübscher. Wie ich sehe, bist du schon beim Zwischenfall.»
«Philip!»
«Sag bloß nicht, du hättest dich deshalb aufgeregt. Das ist noch gar nichts, verglichen mit dem, was noch kommen wird – der Mann von der *Daily Post* hier, Amyas Mockbar (merk dir diesen Namen), will euch eine ganz besonders gründliche Behandlung zukommen lassen; ihr steht auf der schwarzen Liste von Old Grumpy.»
«Aber warum?»
«Der englische Botschafter steht immer darauf, außerdem hegt Lord Grumpy eine persönliche Abneigung gegen Alfred, der von seiner Existenz nichts zu wissen scheint.»
«Er weiß wirklich nichts über ihn. Zum Glück liest Alfred nur die *Times*, und mir soll es egal sein, was die *Daily Post* schreibt.»
«Da wäre ich mir nicht so sicher. Mockbar hat ein außerordentliches Talent, dafür zu sorgen, daß den Leuten nicht egal ist, was er über sie schreibt. Ich mußte den Umgang mit ihm abbrechen – eigentlich schade, er ist so ein fröhlicher alter Knabe, ein Whisky mit dem alten Amyas in der Pont Royal Bar, es gibt nichts Herrlicheres.»
«Aber dieser Zwischenfall», sagte ich.
«Siehst du, es ist dir doch nicht egal.»
«Ja, weil er völlig aus der Luft gegriffen ist.»
«Nicht völlig – Amyas greift nie einfach in die Luft, das ist ja das Vertrackte.»
«Alfred soll an der Gare du Nord mit einem Deutschen gesprochen haben?»
«Während du Mme. Hué vorgestellt wurdest, entdeckte Alfred

den alten Dr. Wolff vom Trinity College, der unter den Bogenlampen zu ihm hinüberspähte. Selbstverständlich ging Alfred auf einen Sprung zu ihm hinüber – aber er kam gleich wieder zurück und erklärte Bouche-Bontemps alles. Ein völlig belangloser Zwischenfall, doch völlig aus der Luft gegriffen ist er nicht.»

«Aber Dr. Wolff ist kein großer, blonder junger Deutscher – sondern ein kleiner alter, mit dunklem Haar.»

«Mockbar sieht die Dinge nie so wie andere Menschen, und sein Stil ist streng subjektiv; daran wirst du dich gewöhnen müssen.»

«Ich verstehe.»

«Es gibt hier manches, woran du dich gewöhnen mußt, aber er ist, glaube ich, das Schlimmste. Was hast du im Hinblick auf eine Sekretärin unternommen?»

«Ich habe mich für Jean Mackintosh entschieden, sie kommt nächste Woche. Ich möchte mich zunächst ein wenig eingewöhnen, und Alfred meinte, du könntest mir solange zur Hand gehen, obwohl ich weiß, daß du dafür eigentlich einen viel zu wichtigen Posten hast.»

«Selbstverständlich. Es macht mir Spaß, und ich kann dir wirklich helfen, denn ich kenne mich hier aus. Im Moment habe ich nicht viel zu tun – völlige Windstille an der internationalen Front, und alle Minister sind fort. Auch Bouche-Bontemps reist morgen wieder ab. Also, fangen wir gleich an. Hier ist zunächst eine Liste der Leute, die Blumen geschickt haben; du wirst ihnen persönlich danken wollen. Dann meinte Alfred, du solltest dir die Termine für diese Woche lieber vorher ansehen – es wird leider ziemlich hektisch. Ihr müßt die Kollegen abhaken – ich meine: besuchen –, und es gibt hier achtzig Botschaften, das dauert seine Zeit.»

«Gibt es denn so viele Länder auf der Erde?»

«Natürlich nicht – das Ganze ist ein großer Unsinn. Aber wir müssen so tun, als ob – den Amerikanern zuliebe. Es gibt nichts, was Millionäre lieber sind als Botschafter; im Moment sind es achtzig, und sie spenden immer eifrig für die Parteikasse. Da müssen wir eben mitspielen. In kleinen Ländern wie den Kanalinseln sind heutzutage praktisch alle männlichen Einwohner Botschafter.»

Ich warf einen Blick auf die Namensliste, die er mir gegeben hatte. «Ich kenne nur eine von denen, die mir Blumen geschickt haben – Grace de Valhubert.»

«Sie ist noch nicht wieder in der Stadt», sagte Philip. «Woher kennst du sie?

«Ihr Sohn und meine beiden Jüngeren sind Schulfreunde. Sie waren gerade bei ihr in der Provence zu Gast. Und daß sie mir gnädigerweise versprochen haben, Weihnachten hierherzukommen, habe ich vor allem Sigismond zu verdanken.»

«Der süße Sigi, ein faszinierendes Kind», sagte Philip voller Rührung. «Da wir alte Freunde sind, Fanny, und du es bestimmt sowieso herausfinden würdest, will ich dir lieber gleich sagen, daß ich in Grace verliebt bin.» Ich spürte einen kleinen, albernen Stich, als er das sagte. Es hätte meiner Eitelkeit natürlich mehr geschmeichelt, wenn er sich ganz auf mich konzentriert hätte, wie früher in Oxford.

«Und was kommt dabei heraus?»

Betrübt sagte er: «Oh, sie läßt mich hängen. Sie ist ganz vernarrt in ihren Mann, und wahrscheinlich gefällt es ihr, ihm zu zeigen, daß es jemanden gibt, der in sie ganz vernarrt ist.»

«Die dumme alte Liebe», sagte ich, «zum Kuckuck mit ihr! Gehen wir die Liste doch einmal durch. Wer ist Mrs. Jungfleisch?»

«Sie sagte, du würdest sie kennen.»

«Wirklich? Ich kann mich gar nicht erinnern –»

«Sie fährt andauernd nach Oxford, ich nehme an, du hast sie dort irgendwann kennengelernt.»

«Bei den Dior-Dons wahrscheinlich, obwohl ich mit denen nur wenig zu tun habe – ich bin nicht ihr Fall.»

«Das kann ich mir vorstellen.»

«Siehst du, jetzt sagst du es schon selber. Wie soll ich da bloß hier zurechtkommen, wo die Leute doppelt so furchteinflößend sind wie diese Sorte Dons?»

«Langsam, langsam!»

«Mrs. Jungfleisch ist vermutlich eine *femme du monde*?»

«Ja, unbedingt. Ich kenne sie seit Jahren – wir haben in New York, als ich bei der UNO war, den gleichen Charme-Kursus besucht.»
«Du hast einen Charme-Kursus besucht? Du warst für mich immer der leibhaftige Charme!»
«Danke. Mildred und ich sind hingegangen, weil wir dachten, wir könnten uns ein bißchen zusätzliche Herzlichkeit im Umgang mit unseren Mitmenschen aneignen. Aber, wie du ja freundlicherweise schon angedeutet hast, wir mußten leider feststellen, daß wir zu weit fortgeschritten waren.»
«Ich könnte so einen Kursus bestimmt gebrauchen.»
«Er würde dir nichts nützen, weil du kein Personengedächtnis hast. Ein Gedächtnis für Namen und Gesichter ist die Grundlage des Charmes, alles beruht zwar auf der Formel ‹*pleased to see you*›, aber man muß auch zeigen können, daß man weiß, über wessen Anblick man sich freut.»
«Ich kenne so wenige Amerikaner», sagte ich. «Magst du sie, Philip?»
«Ja, schließlich werde ich dafür bezahlt.»
«Und im Grunde deines Herzens?»
«Man muß sie einfach gern haben. Sie tun mir furchtbar leid – vor allem die in Amerika, sie sind so verrückt, so krank, und sie fürchten sich so.»
«Werden wir hier viele von ihnen sehen? – Vermutlich, ja. Alfred hat Anweisung, mit ihnen zusammenzuarbeiten.»
«Man kommt nicht drum herum, es wimmelt hier von ihnen.»
«Sind auch freundliche dabei?»
«Freundliche? So freundlich, daß man anfängt, sich nach einem Feind zu sehnen. Aber ein paar von ihnen werden dir gefallen. Die, die hier sind, lassen sich in drei Kategorien einteilen. Es gibt die Geschäftsmänner, die darauf aus sind, sich als Experten für Jurrpp zu Hause eine bessere Position zu verschaffen. Sie befürchten, daß es in Jurrpp zu einem Aufschwung kommen könnte. Andererseits wollen sie natürlich nichts verpassen. Zum Beispiel den Kunstmarkt – all die Antiquitäten, die man hier für Dollars abstauben kann. (‹Art› ist im Auf-

schwung, und ‹Art› lieben sie, sogar ihre Kinder nennen sie nach ihr.) Die Dollars fließen auch in die Musik – Schubert und Schumann können genauso profitabel sein wie Telefon und Telegraf. Kunst und Musik findet man nur in Jurrpp. Sie kommen herüber und schürfen danach – gleichzeitig wollen sie nichts von dem verpassen, was daheim vor sich geht, rasen deshalb in ihren Raketen zwischen Jurrpp und den Staaten hin und her und werden dabei immer verrückter und kränker und fürchten sich immer mehr.»

«Wovor fürchten sie sich denn?»

«Davor, daß irgend jemand etwas früher erfährt als sie; daß sie plötzlich tot umfallen; daß es eine Rezession gibt – alles mögliche, sie sind furchtbar nervös. Außerdem gibt es Tausende von Beamten, die dafür bezahlt werden, daß sie hier sind. Man sieht sie nie, ausgenommen die wenigen Kollegen aus der Diplomatie. Sie sind furchtbar unglücklich, glucken immer in einer Art Ghetto zusammen – und haben Angst, sie könnten ihren amerikanischen Akzent verlieren.»

«Wie kann man über einen solchen Verlust traurig sein?»

«Für sie wäre es grauenhaft. Sie wären für immer als unamerikanisch gebrandmarkt. Schließlich gibt es noch den Henry-James-Typ, die Ausgewanderten, die hier leben, weil sie es zu Hause nicht aushalten – reizende Kerle. Ein bißchen zu ernst vielleicht, aber wenigstens schwatzen sie nicht immerzu von Kunst und Dollars – ihr Thema ist die Zukunft der Menschheit. Mildred gehört zu diesem Lager – man könnte sagen, sie ist die Lagerkommandantin.»

«Ob sie mir gefallen wird?»

«Da besteht wenig Aussicht. Sie verehrt Pauline und hat sich vorgenommen, dir gegenüber sehr kühl und korrekt aufzutreten.»

«Warum schickt sie mir dann Blumen?»

«Das ist ein amerikanischer Tick. Sie sind machtlos dagegen – Blumen schicken sie an Freunde und Feinde. Jedesmal, wenn sie an einem Blumengeschäft vorbeikommen, juckt es sie in den Fingern, nach einem Stift zu angeln und Namen und Adresse von irgend jemandem aufzuschreiben.»

«Das gefällt mir», sagte ich und sah zu den Gartenwicken von Mrs. Jungfleisch auf meiner Kommode hinüber. «Sie sind hübsch…»

Nach einigen Tagen in der Botschaft kam mir der Verdacht, daß hier irgend etwas nicht stimmte. Natürlich kann man sich in einem neuen Haus nicht alles, was man sieht, und jedes Geräusch sofort erklären; und trotzdem, auch wenn ich das berücksichtigte, blieb da ein rätselhafter Rest. Ganz deutlich konnte ich von meinem Schlafzimmer aus hören, daß sich irgendwo Leute versammelt hatten, bei denen es lustig zuging, Abend für Abend, eine Art Party, die immer bis in den frühen Morgen dauerte; nachts wurde ich oft durch nicht endendes, kreischendes Gelächter geweckt. Zuerst dachte ich, der Lärm komme aus dem Haus nebenan, aber dann stellte ich fest, daß es ein Bürogebäude im Besitz der amerikanischen Regierung war, deren Bedienstete ja wohl kaum die ganze Nacht hindurch lachten. Neben meinem Bett stand ein Telefon mit einem diskreten kleinen Summer, das nicht mit der Vermittlung der Botschaft, sondern direkt mit dem öffentlichen Netz verbunden war. Manchmal summte dieser Summer, und wenn ich abnahm, hörte ich wirre Satzfetzen wie «Herrje, ich hatte vergessen –», *«C'est toi, chérie? Oh, pardon, Madame, il y a erreur!»* oder bloß «Ähhh!», ehe am anderen Ende wieder aufgelegt wurde. Zweimal kam Alfreds *Times* zu spät, und das Kreuzworträtsel war schon gelöst.
Der Hof schien immer voller elegant gekleideter Leute zu sein. Ich glaubte, sie seien gekommen, um ihre Namen in unser Gästebuch zu schreiben (dessen Seiten sich, Alfred zufolge, wie ein Rollenverzeichnis der französischen Geschichte lesen). Aber warum standen sie so oft in der Nähe der kleinen Außentreppe an der Südwestecke des Hofes beisammen? Ich hätte schwören können, daß ich dort immer wieder die gleichen Leute sah, Leute mit bekannten Gesichtern, die selbst mir nicht fremd waren; ein juwelengeschmückter Couturier, der wie eine Zeichentrickfigur aussah und dessen Gesicht aus lauter braunen Golfbällen zusammengesetzt schien; ein Feldmarschall; ein Pianist

mit schuldbewußter Miene; ein Exkönig. Eine hübsche junge Frau, die mir irgendwie bekannt vorkam, war ständig im Hof der Botschaft und auf der kleinen Treppe unterwegs, auf und ab, mit Blumen, Büchern oder Schallplatten; manchmal trug sie auch einen großen Picknickkorb vor sich her. Als sich eines Tages unsere Blicke trafen, errötete sie und sah weg. Mockbar, den ich inzwischen kennengelernt hatte, tauchte oft in unserer Straße auf und linste durch das Tor in den Hof. Er war unverwechselbar – die bukolische Erscheinung eines kleinen alten Stallburschen, mit seinem wettergegerbten Gesicht, seinem krummen Rücken, den steifen O-Beinen, den wild fuchtelnden Ellbogen und dem Kranz von struppigem grauem Haar, der seinen Kopf zierte.

«Möchten Sie eine Erklärung abgeben?» fragte er dicht neben mir, als ich an einem der folgenden Nachmittage vom Schneider nach Hause kam.

«Was für eine Erklärung?»

«Zur Lage in Ihrem Haus.»

«Oh, sehr freundlich, nein, vielen Dank, da müssen Sie meinen Mann fragen.» Ich ging nach drinnen und ließ Philip zu mir kommen.

«Philip», sagte ich, «ich bin von der Zeitung. Willst du eine Erklärung abgeben?»

«Was für eine Erklärung?»

«Zur Lage in meinem Haus.»

Er machte ein komisches Gesicht, halb belustigt, halb besorgt.

«Wer bewohnt die Räume auf der rechten Seite des Hofes – habe ich sie eigentlich gesehen, als du mich herumgeführt hast?»

«Ja, es wird Zeit, daß du es erfährst», sagte er. «Es ist nämlich so, daß sich Pauline dort verschanzt hat, und wir schaffen es nicht, sie zum Gehen zu bewegen.»

«Lady Leone? Aber sie ist doch gegangen. Ich habe sie in einer Wochenschau gesehen, in Tränen aufgelöst. Wie kann sie da noch hiersein?»

«Sie ist von der Gare du Nord abgefahren, das schon, aber sie ließ den Zug in Orry-la-Ville anhalten und kehrte sofort wieder um, die Rosen von Bouche-Bontemps hatte sie noch in der Hand. Sie sagte, sie sei sehr krank, vielleicht sogar sterbenskrank, und zwang Mrs. Trott auf diese Weise, im Entresol ein Bett für sie aufzuschlagen. Es gibt dort eine kleine Wohnung, in der sonst die Privatsekretärin wohnt. Selbstverständlich ist Pauline überhaupt nicht krank. Sie empfängt bei sich ganz Paris, tagsüber und nachts – es wundert mich, daß du noch nichts gehört hast.»

«Ich habe es gehört. Ich dachte, es seien die Amerikaner nebenan.»

«So kreischen Amerikaner nie.»

«Ich verstehe. Aber, Philip, das ist doch nicht gut für Alfred. So eine absurde Situation zu Beginn seiner Amtszeit.»

«Das Außenministerium denkt genauso. Von dort heißt es, wir sollen sie vor die Tür setzen – gut und schön, aber wie? Ich war eben wieder bei Ashley. Weißt du, anfangs hielten wir es für einen Jux und dachten, sie würde es in ein, zwei Tagen leid werden. Deswegen wollten wir dich nicht weiter damit behelligen. Aber jetzt spielen die Leute hier in Paris mit, und es ist die große Mode, sie zu besuchen. Viele kommen früher als sonst aus den Ferien zurück, um nur ja nichts zu verpassen. In den schicken Seebädern herrscht große Verzweiflung – es ist niemand mehr da, den man am Strand fotografieren kann. Pauline amüsiert sich dabei natürlich königlich, und, ehrlich gesagt, ich weiß wirklich nicht, wie wir sie dazu bringen sollen zu gehen. Wir alle sind mit unserer Weisheit am Ende.»

«Können wir den Hausangestellten nicht verbieten, ihr etwas zu essen zu bringen?»

«Das tun sie nicht. Mildred bringt ihr das Essen, und zwar reichlich.»

«Die mit dem Picknickkorb? Wir könnten sie daran hindern zu kommen – wir könnten dem Concierge sagen, er soll sie nicht hereinlassen.»

«Sehr schwierig – es wäre ihm furchtbar peinlich, wenn er ihr den Weg versperren müßte. Er kennt sie seit Jahren.»

«Ich verstehe – und entführen können wir sie natürlich auch

nicht. Aber vielleicht bestechen? Was liebt Mildred am meisten auf der Welt?»
«Die englische Führungsspitze.»
«Wie bitte? Parlamentsabgeordnete und solche Leute?»
«Minister, Bankiers, den Erzbischof, den Master of the Belvoir, den Herausgeber der *Times* und so weiter. Sie liebt die Vorstellung, sie könnte dabei zusehen, wie Geschichte gemacht wird.»
«Na, wunderbar! Diese Politiker sind doch bestimmt auf unserer Seite. Warum locken sie sie nicht nach England – ein Lunch in der Downing Street oder ein Platz auf der Zuschauerbank bei der Großen Debatte am Donnerstag?»
«Du hast offenbar noch nicht verstanden, wer Mildred ist. Im Oberhaus genießt sie die größte Verehrung – die mögen dort mit ihrer Debatte gar nicht anfangen, solange sie ihren Platz nicht eingenommen hat. So ein dankbares Publikum hatten sie noch nie. Und was den Lunch in der Downing Street angeht – sie wohnt dort, wenn sie in London ist.»
«Zu dumm –!»
«Und wenn ich es mir recht überlege, ist sie ohnehin nicht der Schlüssel zur Lösung unseres Problems.»
«Du hast doch gesagt, sie bringt das Essen.»
«Ich weiß. Aber Pauline macht sich nichts aus Essen.»
«Trotzdem, ohne zu essen, kann man nicht leben.»
«Sie schon! Sie war regelmäßig zur Hungerkur in Tring. Dieses Hungern ist mir ein Rätsel. Auf Flößen fangen die Leute nach einer Woche an, sich gegenseitig aufzufressen; Pauline und Mildred sind manchmal einen ganzen Monat in Tring – aber wenn sie zurückkommen, fehlt ihnen kein Bißchen, weder an der Schulter noch sonstwo.»
«Herrje, wir wollen Pauline nicht noch einen Monat hier haben. Die verantwortlichen Politiker müssen ihren Untergebenen doch zur Seite stehen, Philip, und ihnen zu Hilfe kommen. Hast du denn schon mit ihnen gesprochen?»
«Sie tun, was sie können. Der Premierminister hatte gestern abend bei Brook's eine kleine Unterredung mit Sir Louis. Völlig zwecklos. Sir Louis saß bloß da, die Hand vor der Nase, und

versuchte, auf seine sympathische Art ein Kichern zu verbergen», sagte Philip liebevoll. «Aber was soll er tun? Mal abgesehen davon, daß es ihn köstlich amüsiert –»

«Irgendeine wichtige Person sollte herüberkommen und mit ihr sprechen, ihr sagen, daß sie sich unpatriotisch verhält und so weiter. Denn das tut sie doch!»

«Wir haben es versucht. Moley war zu einer Stippvisite hier, zwischen zwei Flugzeugen. Als er kam, war er sehr streng, aber er hielt nicht durch. Sie habe dagelegen wie ein herrlicher, waidwunder Hirsch, sagte er, und er habe es nicht übers Herz gebracht, ihr böse zu sein.»

«Warum, glaubst du, tut sie das?»

«Oh, ich glaube, einen tieferen Grund gibt es nicht – es macht ihr Spaß – sie hat sonst nichts zu tun – und wenn es dich ärgert, ist ihr das nur recht. Sie ist der Meinung, Alfred habe den Posten bekommen, weil er gegen Sir Louis konspiriert hat.»

«Du weißt, daß es nicht stimmt.»

«Wirklich nicht? Jedenfalls wäre Sir Louis auf keinen Fall länger geblieben – es war Zeit für einen Wechsel.»

«Ich habe Mockbar auf der Straße getroffen.»

«Das war für ihn zweifellos ein gefundenes Fressen.»

«Hat er Lady Leone besucht?»

«Bestimmt nicht. Selbst für Pauline gibt es irgendwo Grenzen.»

«Wir müssen Alfred Bescheid sagen, bevor Mockbars Artikel erscheint.»

«Er weiß es schon. Er war derjenige, der meinte, wir sollten dir nichts sagen, Fanny.»

Aus der Ferne drang Hohngelächter an mein Ohr. Es wurde Abend; das Entresol erwachte. Ich war wütend.

«Wie nimmt der Quai d'Orsay die Sache auf?»

«Mit Spannung. Hughie hat Weisung gegeben, es sollten sich keine Frauen beteiligen, aber es kommt mir so vor –»

«Wer ist Hughie?»

«Jacques-Olivier Hué, der Protokollchef. Alle nennen ihn Hughie.»

Mein Ärger wuchs von Minute zu Minute. An Humor fehlt es

mir, wie ich hoffe, nicht, und diese Situation war offensichtlich sehr komisch; zu dumm, daß ich mich an einem derart guten Witz nicht beteiligen konnte, daß ich auf der spießigen, offiziellen Seite stand, gegen dieses fröhliche Gelichter. In gehässigem Ton sagte ich: «Nach allem, was Alfred feststellen kann, hat sich dein Freund Sir Louis nur ein schönes Leben gemacht, solange er hier war.»

«So reden Botschafter immer übereinander», sagte Philip. «Der Vorgänger ist ein Faulpelz und der Nachfolger ein Intrigant. Das alte Lied. Aber täusche dich nicht – Sir Louis war ein ausgezeichneter Diplomat.»

«Na schön», sagte ich. «Versuchen wir, unseren Zorn zu mäßigen. Wenn wir in Ruhe darüber nachdenken, muß sich doch eine Lösung finden.»

Wir schwiegen lange. Schließlich sagte ich: «Ich werde mit Mrs. Jungfleisch reden.»

«Das kannst du sofort, wenn du willst – sie sitzt draußen im Hof in ihrem Wagen und informiert sich über den New Deal.»

«Warum kreischt sie denn nicht mit den anderen?»

«Ich sage dir, sie ist eine sehr ernsthafte Person – jeden Tag reserviert sie ein paar Stunden für historische Studien. Außerdem ist es ihr dort unten zu heiß – zwanzig Leute in einem so winzigen Zimmer an einem Tag wie heute – es muß sein wie im Black Hole in Kalkutta.»

«Und warum geht sie dann nicht nach Hause und studiert den New Deal dort?»

«Sie ist immer gern da, wo etwas los ist.»

«So eine Frechheit!» sagte ich.

Ich stapfte hinaus in den Hof, öffnete die Tür von Mrs. Jungfleischs Buick und setzte mich einfach neben sie. Sie war sehr blond und hübsch und sah wie ein Chorknabe aus, ein Eindruck, der durch ihren großen plissierten weißen Kragen und ihre glatte Ponyfrisur noch unterstrichen wurde. Sie richtete ihre intelligenten blauen Augen ganz ruhig auf mich, ließ die Akte sinken, die sie gerade las, und sagte: «Wie geht es Ihnen? Ich bin Mildred Jungfleisch. Wir sind uns vor ewigen Zeiten schon einmal begegnet, in Oxford.»

Ich war angenehm überrascht von ihrer Stimme. Sie klang nicht sehr amerikanisch, sondern eher wie die einer Engländerin, die lange in den Vereinigten Staaten gelebt hat. Ich wußte zwar, daß sie über den Lehrplan des Charme-Kursus längst hinaus gewesen war, und vermutete, daß sie nun die charmante Zeitgenossin spielte, in einer besonders herzlichen Variante, um eine erzürnte Botschaftergattin auf dem Gelände ihrer eigenen Botschaft zu besänftigen – aber es funktionierte. Ich fühlte mich tatsächlich besänftigt und sagte: «Bitte entschuldigen Sie, daß ich ohne Einladung in Ihr Auto gestiegen bin.»

«Bitte entschuldigen Sie, daß ich ohne Einladung in Ihrem Hof sitze.»

«Ich möchte mit Ihnen sprechen.»

«Das sollten Sie auch, Lady Wincham. Über Pauline, nehme ich an?»

«Ja – was glauben Sie, wie lange will sie bleiben?»

«Pauline ist völlig unberechenbar. Sie wird gehen, wenn ihr danach ist. Wie ich sie kenne, wird sie Weihnachten noch hier sein.»

«Und Sie werden sie weiter mit Proviant versorgen?»

«Tut mir leid.»

«Wenn mein Gatte ein Privatmann wäre, würde das alles nicht weiter wichtig sein. Aber so wie die Dinge stehen, werde ich dafür sorgen, daß wir Lady Leone loswerden.»

«Wie?»

«Das weiß ich nicht.»

«Nach meiner Erfahrung ist es unmöglich, Pauline von einem Vorsatz, den sie einmal gefaßt hat, abzubringen.»

«Ach! Sie hat einen Vorsatz?»

«Bitte, verstehen Sie mich nicht falsch, Lady Wincham. Sie hat sich einfach vorgenommen, es sich gutgehen zu lassen. Es ist nicht ihr Wunsch, Sie zu ärgern, geschweige denn, der Botschaft zu schaden oder das Außenministerium in Verlegenheit zu bringen. Es fing damit an, daß sie aus einer spontanen Regung den Zug in Orry-la-Ville halten ließ, um eine letzte Nacht in diesem Haus, das sie so sehr bewundert, zu verbringen – Sie können sich nicht vorstellen, wie sie daran hängt.»

«Im Gegenteil, ich verstehe sie sehr gut. So ergeht es den Menschen mit Häusern, und dieses hier ist wirklich ein ganz besonderes.»

«Es hat Sie also schon in seinen Bann geschlagen! Dann stellte sie fest, daß es ihr Spaß machte. Sie rief ein paar Freunde an, es sollte ein Jux sein; sie kamen vorbei. Und schließlich wurde eine große Sache daraus; man schreibt sich in das Gästebuch der Botschaft ein, und anschließend besucht man Pauline. Bitte entschuldigen Sie, da kommt der Nuntius – ich glaube, er sucht nach ihrer Tür.»

Sie stieg aus dem Wagen, zeigte dem Prälaten den Weg und kam zurück.

«Philip behauptet, Sie seien eine sehr verantwortungsbewußte Person», sagte ich. «Könnten Sie ihr nicht erklären, daß sie, wenn sie so weitermacht, all das zerstört, was sie selbst und Sir Louis während ihre glänzenden Amtszeit aufgebaut und geleistet haben?»

Die redlichen Chorknabenaugen öffneten sich weit.

«Wirklich, Lady Wincham, das habe ich ihr doch schon gesagt. Ich habe sie sogar darauf aufmerksam gemacht, daß am Ende nur ein einziger von ihrer Handlungsweise profitieren wird.»

«Und wer bitte?»

«Mr. Chruschtschow.»

Mir schien das etwas übertrieben; aber die Richtung stimmte.

«Leider hat Pauline überhaupt kein politisches Verantwortungsgefühl. In Europa gibt es viele Frauen, die ihr darin sehr ähnlich sind. Nie denken sie an die großen Probleme unserer Zeit, an das prekäre Gleichgewicht zwischen Ost und West zum Beispiel – sie würden keinen Finger krumm machen, um der NATO, der UNESCO, dem Marshallplan oder der Weltbank den Weg zu ebnen. Pauline ist da absolut desinteressiert.»

«Sie können also nichts tun?»

«Bedauerlicherweise, nein.»

«Also schön», sagte ich. «Vielleicht komme ich Ihnen ein bißchen bieder vor, aber ich versichere Ihnen, meistens bekomme ich meinen Willen. Auf Wiedersehen.»

«Auf Wiedersehen, Lady Wincham. Furchtbar nett, daß wir uns getroffen haben.»

4

«Wir müssen Davey kommen lassen», sagte ich.

Dieser Onkel, der Mann meiner verstorbenen Tante Emily, hatte in unserer Familie schon des öfteren eine ganz ähnliche Rolle gespielt wie der Herzog von Wellington in der Familie der Königin Victoria. Wenn sich im Lauf der Welt irgendeine scheinbar unüberwindliche Schwierigkeit ergab, dann fragte man ihn um Rat. Als Alfred und ich im Sommer bei ihm gewesen waren, hatten wir natürlich fast nur über unsere Berufung nach Paris gesprochen, und Davey hatte mir eingeschärft, ich solle nicht vergessen, daß er die Franzosen kenne. Er hatte früher (vor vierzig Jahren) eine Zeitlang in Paris gelebt, hatte in Salons verkehrt und war der Liebling der Gastgeberinnen gewesen. Er kannte die Franzosen. Er hatte sie nie besonders gemocht, diese «schlauen, raffinierten Leute», und hatte in den Tagen des Niedergangs der Weimarer Republik, bevor die Nazis an die Macht kamen, die Deutschen entschieden bevorzugt. Ausschlaggebend war dabei die Gemeinsamkeit der Interessen; für seine beiden Hauptinteressen, die Gesundheit und die Musik, war in Deutschland besser gesorgt als in Frankreich. Doch als diese gesunde, musikalische Rasse anfing, sich anderweitig zu betätigen, kehrte Davey Berlin und all den herrlichen Bädern, die er so liebte und die ihm so guttaten, für immer den Rücken. Nachher sagte er immer, die Deutschen könne er einfach nicht begreifen. Aber die Franzosen kannte er weiterhin.

Ich weiß nicht recht, welche Art von Zauberei ich von ihm eigentlich erwartete, denn Lady Leone und Mrs. Jungfleisch waren ja keine Französinnen, und *sie* zu kennen hatte er nie behauptet. Gewiß, als Kind war er mit Lady Leone befreundet gewesen, aber warum sollte er deshalb mehr Überzeugungskraft besitzen als die Spitze des Außenministeriums. Dennoch versprach ich mir Trost davon, ihn in der Nähe zu haben, denn ich war sicher, daß er auf meiner Seite stehen würde, sicherer als bei Philip, dessen Loyalität nach Lage der Dinge einigermaßen gespalten sein mußte. Nach meinem Gespräch mit Mrs. Jungfleisch hatte ich eine lange Unterredung mit Alfred, und danach telefonierte ich unverzüglich mit Davey.

«Ein Notruf», sagte ich. «Ich erkläre es dir, wenn du hier bist.»

«Dann seid ihr also noch früher, als ich es erwartete, in stürmische Gewässer geraten», sagte Davey und gab sich wenig Mühe, seine Belustigung zu verbergen. «Ich sage dir Bescheid, sobald ich einen Flug gebucht habe.»

Am nächsten Morgen war auf Mockbars Seite zu lesen:

Herzöge

Vier französische Herzöge, drei ehemalige Minister, neun Rothschilds und zahllose Gräfinnen überquerten gestern abend den Hof der britischen Botschaft. Wollten sie unserem diplomatischen Vertreter Sir Alfred Wincham, einen Höflichkeitsbesuch machen? Nein.

Allein

Der frühere Pastoraltheologe und Lady Wincham saßen allein in der großen Suite der Empfangsräume im ersten Stock und warteten auf Besucher, die sich nicht einstellen wollten. Die Crème der Pariser Gesellschaft drängte sich unterdessen in einem winzigen Raum neben der Hintertreppe.

Zwei Botschaftergattinnen

Es ist hier für niemanden ein Geheimnis, daß in der Botschaft unerwarteterweise eine peinliche Lage entstanden ist, wo es zur Zeit allem Anschein nach einen Botschafter und zwei Botschaftergattinnen gibt. Lady Leone, die Frau des früheren Botschafters, wohnt immer noch dort. Lady Wincham kann es trotz des ihr eigenen Charmes mit ihrer brillanten Vorgängerin nicht aufnehmen; man ignoriert sie. Das diplomatische Corps beobachtet den Fortgang der Dinge mit Interesse.

Ich holte Davey in Orly ab. Obwohl er inzwischen über fünfundsechzig war, hatte sich seine Erscheinung kaum verändert, seit ich ihn vor fast dreißig Jahren mit den aufmerksamen Augen eines kleinen Mädchens zum erstenmal in Alconleigh gesehen und sofort erkannt hatte, daß er weder wie ein Captain noch wie ein Ehemann aussah. (Zumindest was den zweiten Punkt anging, hatte ich mich allerdings sehr geirrt. Niemand hat je eine glücklichere Ehe geführt als meine liebe Tante Emily.) Sein Gesicht sah jetzt zwar so aus, als hätte Soutine es in jüngeren Jahren porträtiert, aber seine Figur war vollkommen. Elegant und geschmeidig, mit der *Daily Post* winkend, kam er aus der Gruppe der soeben von London eingetroffenen Flugpassagiere zu mir herüber. «Schöne Bescherung!» rief er munter. «Muß noch mein Gepäck durch den Zoll bringen – warte im Wagen auf mich.»
Als er sich wenig später neben mich setzte, sagte er: «Glaube nur nicht, so etwas habe es noch nie gegeben. Lady Pickle behielt den Schlüssel zum Garten der Botschaft in Rom und veranstaltete dort noch Wochen, nachdem die Betteridges eingetroffen waren, eine Gartenparty. Sir George sah aus dem Fenster und erkannte, daß sie die schwarze Liste der Botschaft komplett eingeladen hatte. Lady Praed eröffnete eine Trödelladen hier am Faubourg St. Honoré und lauerte allen auf, die zur Botschaft wollten. Lady Pike kehrte nach Wien zurück und lebte dann, soviel ich weiß, wie ein Vogel auf einem Baum. Englische Botschaftergattinnen sind meistens ein bißchen verrückt, und wenn sie ihre Botschaften verlassen müssen, schnappen sie vollends über. Alfreds Erklärung steht in den Abendzeitungen – ausgezeichnet, sehr würdig.» Alfred hatte gesagt, Lady Leone habe sich zur Reise nicht wohl gefühlt, und es sei ihm selbstverständlich ein Vergnügen gewesen, ihr die Wohnung der Sekretärin so lange zu überlassen, bis eine Besserung eintreten würde. «Du brauchst dir keine Sorgen zu machen, Fanny, der amtierende Botschafter hält alle Trümpfe in der Hand – am Ende muß er gewinnen.»
«Wenn er nicht bald gewinnt, dann ist er womöglich schon am Ende», sagte ich.

«Ja, es wird Zeit, daß sie geht. Ich war neulich zum Lunch bei Boodle's – Alfreds Feinde fangen an zu frohlocken, wie du dir vorstellen kannst. Die *Daily Post* ist dort sehr gefragt.»
«Wir verlassen uns ganz auf dich, Davey.»
«Recht so. Wenn wir angekommen sind, brauche ich einen sehr starken Cocktail, und dann gehe ich sofort zu Pauline.»
«Gut», sagte ich. «Ich bekomme um sechs Besuch von einer Botschaftergattin aus irgendeinem erfundenen Land (die echten sind alle noch nicht wieder in der Stadt). Das trifft sich doch gut, und nachher sehen wir uns beim Dinner.»
Während ich mit einer kleinen rattenhaften Frau in schwarzem Samtkleid mit weiten Ärmeln zusammensaß (angezogen wie für den *thé dansant*, so kam es mir vor, bis mir einfiel, was für eine altmodische Vorstellung das war), hörte ich das übliche ferne Lachen, in das sich nun unüberhörbar auch das bekannte, besonders durchdringende Organ von Davey mischte. Er fühlte sich offenbar sehr wohl. Es fiel mir noch schwerer als sonst, mich auf die Probleme zu konzentrieren, die die Dame vom *thé dansant* mit ihren Dienstboten hatte. «Die Amerikaner bekommen alle, weil sie nicht aufs Geld achten.»
Um die Dinnerzeit tauchte Davey wieder auf, mit schwarzer Krawatte.
«Sonst niemand eingeladen?» fragte er, als er nur drei Cocktailgläser erblickte.
«Ich dachte, du wärest nach der Reise müde.»
«Seit ich diese Zusatzniere habe, bin ich niemals müde. Na, macht nichts.»
«Wen würdest du denn gern sehen – jemand Bestimmten? Viele Leute sind noch nicht wieder da, aber ich vermute, Philip könnte für morgen jemanden finden, und du mußt natürlich auch deine eigenen Freunde einladen, solange du hier bist, Davey.»
«Tja, also morgen –» ein Anflug von Verlegenheit – «habe ich schon Pauline zugesagt.»
«Erzähl mir nicht, daß die arme Mrs. Jungfleisch jetzt das Essen für eine ganze Dinnerparty über unseren Hof schleppen muß!»

«Nur für Pauline und mich. Die anderen essen zu Hause und kommen dann später.»
«Soll vielleicht auch mein Koch etwas beisteuern?» fragte ich sarkastisch.
«Komm, Fanny, sei mir nicht böse, und keine falschen Verdächtigungen. Das ist nur eine kleine Erkundungsoperation – wenn ich zur Heilung beitragen soll, muß ich den Fall doch gründlich kennen, oder?»
«Hm. Wer war da?»
«Ein ständiges Kommen und Gehen – furchtbar elegant und charmant und lustig, das muß man ihnen lassen. Ich hatte vergessen, wie anders die Mode in Frankreich ist. Sie finden es sehr mutig von dir, daß du Mrs. Jungfleisch in ihrem eigenen Wagen zur Rede gestellt hast.»
«Sie stand auf *meinem* Hof. Reden sie denn dort über mich?» fragte ich, nicht besonders erbaut.
«Meine Liebe, du bist das Thema Nummer eins. Sie wissen absolut alles über dich, bei welchem Schneider du arbeiten läßt, welche Kleider du bestellt hast *(ça alors!)*, welchen Eindruck Alfred am Quai d'Orsay macht *(évidemment ce n'est pas Sire Louis)* und so weiter. Als sie hörten, ich sei dein Onkel, bestürmten mich alle. Glaubten, ich sei eine neue Feder an Paulines Hut, sie hätten jetzt jemanden, der wirklich bei dir wohnte und obendrein mit dir verwandt ist. Übrigens, dieser Philip Cliffe-Musgrave – ich nehme doch an, er steht auf deiner Seite? Wenn du mich fragst, er hat Verbindung mit dem Feind aufgenommen.»
«Das ist unter diesen Umständen anscheinend unvermeidlich.» Alfred erschien, und wir begaben uns zum Dinner.
Den nächsten Morgen verbrachten wir damit, Daveys Pariser Freunde von früher ausfindig zu machen. Er hatte offenbar sein Notizbuch mit den Auslandsadressen verloren. Ich ließ Philip kommen, der uns gewiß helfen konnte; er sah sich die Namen genau an und sagte dann, er habe von keinem von ihnen je gehört, obwohl er seit vier Jahren am gesellschaftlichen Leben in ganz Frankreich teilhabe. Keiner von ihnen stand im Telefonbuch. «Das hat nichts zu bedeuten», sagte Philip, «ihr wür-

det nicht glauben, wie viele Leute hier nicht verzeichnet sind. Für dringende Botschaften gibt es die Rohrpost, versteht ihr.»

Er und Davey saßen auf meinem Bett, umgeben von Nachschlagewerken. «Zuerst sollten wir Katie fragen», sagte Philip. Katie war Mrs. Freeman von der Telefonzentrale der Botschaft, eine sehr nette Person, die bald eine Schlüsselrolle in unserem Leben spielen sollte. Philip griff zu meinem Telefon und sagte: «Katie, sieh doch mal bitte in deiner Liste nach, ob du von diesen Leuten jemanden darin findest, und ruf mich dann wieder an.» Er las ihr die Namen von Daveys Freunden vor. Einige Minuten später klingelte es, und Philip nahm ab. «Keiner? Auch nicht auf der G.P.O.? Danke, Katie.»

«Was ist G.P.O.?» fragte ich.

«*Garden Party Only* – Nur zu Gartenfesten. Sie geht in die Tausende. Wenn sie dort nicht aufgeführt sind, heißt das, daß sie nie hier gewesen sind. Dann versuchen wir es einmal mit diesen Verzeichnissen.»

Aber zunächst nahm sich Davey seine Liste noch einmal vor und strich mehrere der rätselhaften Gestalten, indem er erklärte, er habe sie eigentlich gar nicht recht gekannt, und besonders sympathisch seien sie ihm ohnehin nicht gewesen. Er könne wohl glücklich sterben, ohne sie wiedergesehen zu haben. Aber an drei Personen hielt er fest, die um jeden Preis gefunden werden müßten. Es waren dies ein Marquis, ein Mitglied der Akademie und ein Arzt. Mit dem Marquis fingen wir an, aber er war weder im *Bottin Mondain* noch in den *Cahiers Noirs de la Fausse Noblesse* noch im *Dictionnaire des Contemporains* zu finden. Zwei andere Marquis, die Philip anrief, hatten nie von ihm gehört (erklärten aber, der Name der Familie sei natürlich berühmt). Auch George aus der Bar im Ritz kannte ihn nicht.

«Welches sind seine Steckenpferde?» fragte Philip.

«Er war immer der bedeutendste lebende Spezialist für Fragen der russischen Genealogie.»

«Vielleicht versuchen wir es auf dem Père Lachaise», meinte Philip.

«Keineswegs, er ist quicklebendig, er hat mir erst neulich eine Heiratsanzeige seiner Enkelin geschickt.»
«Und welcher Absender stand darauf?»
«Ich habe sie verloren. Ich erinnere mich nur an die Kirche – Saint François Xavier.»
Philip rief den Curé von Saint François an, der ihm eine Adresse in der Picardie gab, und sogleich wurde ein Telegramm dorthin abgeschickt.
«Das wäre der erste», sagte Philip. «Wie steht es nun mit diesem angeblichen Akademiemitglied?»
«Wollen Sie behaupten, daß Ihnen sein Name nichts sagt?»
«Ich möchte sogar darauf wetten, daß er nicht zur Académie Française gehört. Ich kenne diese vierzig Alten auswendig, und ich verabscheue sie gründlich. Da sitzen sie und sollen sich um die Sprache kümmern. Aber heben sie jemals den Finger, um dem abscheulichen Mißbrauch, den man mit ihr treibt, Einhalt zu gebieten? Im französischen Rundfunk redet man inzwischen von Bourgiba *junior* – warum sagt man nicht Bourgiba *fils*?»
«Es klingt schrecklich, aber was könnten die vierzig dagegen tun?»
«Krach schlagen. Ihr Prestige ist gewaltig. Aber es ist ihnen völlig gleichgültig. Na ja, also wie gesagt –»
«Aber ich habe ein Foto von ihm in seiner Uniform – ich habe ein Pfund gespendet, damit er sich seinen Degen kaufen konnte – ich weiß, daß er Mitglied ist.»
«Welches Fach?»
«Er ist der bedeutendste lebende Spezialist für die mauritanische Schrift.»
«Aha!» sagte Philip. «Dann wird er zur Académie des Inscriptions gehören. Engländer vergessen immer, daß es hier fünf Akademien unter der gleichen Kuppel gibt, und verwechseln sie miteinander.»
Es ärgerte Davey, daß er mit anderen ahnungslosen Engländern in einen Topf geworfen wurde, aber Philip hatte ganz recht. Ein Rohrpostbrief an das Institut de France wurde auf den Weg gebracht.
Der Arzt indessen schien ein perfektes Versteck gefunden zu

haben. «Docteur Lecoeur», sagte Davey ungeduldig, «der bedeutendste lebende Spezialist für die *vésicule bilière.*»
Ich fragte, was das sei. «Eine französische Krankheit, die wir in England nicht kennen», antwortete Philip ein bißchen vorlaut.
Davey warf ihm einen feindseligen Blick zu. «Keine Krankheit, sondern ein Körperteil. Jeder hat eine. Sie hätten die Steine sehen sollen, die aus meiner kamen.»
Philip kicherte aufreizend. Er rief mehrere namhafte Ärzte und die École de Médecine an; niemand hatte von diesem bedeutendsten lebenden Spezialisten je gehört.
«Früher wohnte er in der rue Neuve des Petits Champs.»
«Die gibt es nicht mehr.»
«Abgerissen? Diese hübschen Häuser?»
«Noch nicht, Gott sei Dank. Nur umgetauft.»
«Wie grausam, ihr einen neuen Namen zu geben. Dagegen hätten die Leute von der Akademie wirklich protestieren sollen.»
«Die zuletzt!»
«Vielleicht wohnt Docteur Lecoeur noch immer dort? Wißt ihr, ich glaube, ich gehe einfach mal vorbei und sehe nach – ich muß sowieso einen kleinen Spaziergang machen. Wo ist die beste Apotheke?»
Mit einem leichten Groll verließ er uns. Philip sagte: «Mir ist aufgefallen, daß Engländer oft französische Freunde haben, die keiner kennt. Kollaborateure, allesamt, ich sag's dir. Und da wir gerade bei diesem Thema sind, hast du bemerkt, daß dein Onkel nicht ganz zuverlässig ist? Anscheinend fraternisiert er eifrig mit Pauline in ihrem Entresol.»
«Die einzige Person in Paris, die das nicht tut, bin offenbar ich», sagte ich. «Ich komme mir schon richtig ausgeschlossen vor.»
Philip machte eine schuldbewußte Miene. «Tja», sagte er, «der Morgen ist hin. Ich bin froh, wenn Miss Mackintosh kommt.»
Ich fand es schade, daß er und Davey nicht besonders gut miteinander auskamen. Meinen Onkel bekam ich den ganzen Tag über nicht mehr zu Gesicht. Alfred und ich mußten zu Mittag

mit dem amerikanischen Botschafter essen, der zwischen zwei Urlauben in Paris Station machte, und mein Abend wurde wieder von Botschaftergattinnen aus verschiedenen fiktiven Ländern in Anspruch genommen, die ich auf dem Globus bestimmt nicht gefunden hätte; während ich mit ihnen das Verschwinden der Gattung Lakai erörterte, vernahm ich aufs neue jenes kreischende Gelächter, ein sicheres Indiz dafür, daß Davey im Entresol eifrig fraternisierte. Mich ergriff eine tiefe Niedergeschlagenheit.

Zu allem Überfluß kam mit der Post am nächsten Morgen die Nachricht, daß die brave, vernünftige, unansehnliche, für Männer nicht besonders attraktive Jean Mackintosh, die gewiß so bald nicht heiraten würde und mir die Erfüllung meiner Aufgaben durch ihren klugen Beistand in vieler Hinsicht erleichtern sollte, nun doch nicht kommen würde. Sie hatte einen Mann aus der Schickeria von Chelsea geheiratet, ganz plötzlich und ganz unklug; Louisa teilte mir diese Neuigkeit in einem Brief mit und war offenbar der Meinung, sie selbst sei sehr viel mehr zu bemitleiden als ich.

«Ihre Großmutter hinterließ ihr viertausend Pfund und ein Diadem. Dieser Chelsea-Mensch heiratet anscheinend immer wieder wegen solcher Kleinigkeiten. Oh, Fanny!»

Ich wußte, von all ihren Kindern war Jean ihr das liebste. Sie schloß ihren Brief mit einem verzweifelten Gejammer und einem PS: «Ich schicke dir statt dessen Northey, aber es wird nicht dasselbe sein.»

Diese Ahnung hatte auch ich. Es würde ganz und gar nicht dasselbe sein. Ich zermarterte mir das Hirn und versuchte mich zu erinnern, was ich von Northey wußte, die ich seit den ersten Tagen des Krieges, als Louisa und ich mit unseren Babys auf Alconleigh wohnten, nicht mehr gesehen hatte. Sie war damals ein flachsblondes Kind und wurde immer zur Teezeit in den Salon geholt und sollte dann laute, unmelodiöse Lieder singen: «Werd iß mal ßön, werd iß mal reiß?» Wir fanden sie alle ungeheuer niedlich. Louisa erzählte mir einmal, sie sei im Great Northern Hotel gezeugt worden – daher ihr seltsamer Name. Meine Jungen kannten sie auch, denn sie waren oft bei den Fort

Williams in Schottland zu Gast; irgendwie hatte ich in Erinnerung behalten, daß ihr Urteil ziemlich abfällig gewesen war: «Northey ist altmodisch.» – «Northey, randvoll wie üblich.»
«Randvoll?»
«Ja, ihr laufen die Augen immer über vor Tränen.»
«Weshalb?»
«Wegen allem.»
Basil hätte mir Auskunft über sie geben können, er konnte gut Menschen beschreiben. Aber mein ungeratener Basil hockte irgendwo in Spanien. Zuletzt hatte ich doch noch einen schmutzigen, zerknitterten Zettel von ihm bekommen, den er wochenlang in der Hosentasche mit sich herumgeschleppt hatte. Der Stempel war aus Barcelona, und auf dem Zettel stand: «Kann Samstag nicht zum Lunch kommen, alles Weitere, wenn wir uns sehen. Herzlich Baz.»
Ich fragte mich, ob es nicht ratsam sei, dieser Northey abzusagen, obwohl ich keine andere Kandidatin hatte und immer deutlicher spürte, daß ich eine Sekretärin dringend benötigte. Da fiel mein Blick auf den Umschlag, in dem Louisas Brief gesteckt hatte, und ich sah, daß sie auf seine Rückseite etwas fast Unleserliches gekritzelt hatte, aus dem immerhin hervorging, daß Northey schon unterwegs war, von Glasgow, in einem Viehfrachter, mit Zwischenstation in – ich konnte nicht lesen, wo.
«Na dann, viel Glück für sie», sagte Philip, als ich ihm dies erzählte. «Was glaubst du, um wieviel Uhr dein Onkel gestern abend das Entresol verlassen hat?» fügte er verdrießlich hinzu.
«Gegen halb drei», sagte ich. «Ich habe sie gehört. Dem Lärm nach zu urteilen, hatte Mrs. Jungfleisch Champagner mitgebracht.»
«Ich habe mit Mildred gesprochen, sie sagte, es sei absolut hinreißend gewesen – Pauline und Mr. Warbeck seien zusammen einfach hinreißend, wenn sie Geschichten aus den zwanziger Jahren zum besten geben. An deiner Stelle würde ich all dem einen Riegel vorschieben, es verlängert nur die Qualen. Pauline hatte schon begonnen, sich zu langweilen, sagte Mildred, aber jetzt hat sie neuen Auftrieb bekommen.»

«Wir müssen ihm Zeit lassen, Philip. Er ist erst seit zwei Tagen hier – ich bin sicher, er wird alles in Ordnung bringen, er ist wirklich schlau.»

«Hm – daran zweifele ich sehr.»

Im Innersten meines Herzens tat ich das auch.

Als Davey erschien, war er munter und aufgeweckt und wirkte durchaus nicht wie ein Mann Ende Sechzig, der bis halb drei morgens aufgeblieben war. «Entschuldigt die Verspätung. Docteur Lecoeur ist gerade vorbeigekommen und hat mir eine Spritze mit Bullenhirn verabreicht.»

«Du hast ihn also gefunden.»

«Er ist tot. Aber sein Sohn macht weiter, in demselben alten Haus, mit derselben alten Concierge. Wirklich eigenartig, wie sich in Paris nie etwas ändert. Wäre mir dieses Adressbuch nicht verlorengegangen, hätte ich alle meine lieben Freunde gefunden oder zumindest ihre Kinder.»

«Und was ist mit dem Marquis und dem Akademiemitglied?»

«Die sind beide nicht in der Stadt. Hoffe, sie zu sehen, wenn ich das nächste Mal komme. Aber Lecoeur war der Wichtigste – du liebe Zeit, war ich erschöpft heute morgen – was ihr für ein Leben führt – ich bin nicht vor vier ins Bett gekommen!»

«Ich habe dein Gelächter gehört», sagte ich vorwurfsvoll.

«Du hättest auf einen Sprung herunterkommen sollen. Pauline war in Hochform. Unter anderem sind wir den Lebensweg der Hopse durchgegangen, und nun wollen dich natürlich alle unbedingt kennenlernen.»

Philip warf mir einen vielsagenden Blick zu.

Ich sagte: «Ich hoffe, ihr hattet ein gutes Dinner.» Davey war in Ernährungsfragen sehr heikel.

«Nein, nicht besonders. Grobgestampfte Kartoffeln – heutzutage gibt es für so etwas keine Entschuldigung mehr. Aber genug des Gemäkels – es war trotz allem sehr nett. Ich hatte völlig recht, mich zunächst gründlich mit der Sache zu beschäftigen, und die Lösung für unser Problem ist mir tatsächlich erst spätabends nach mehreren Gläsern Wein eingefallen.»

«Dir ist eine Lösung eingefallen?»

«Ja. Eine ganz einfache, aber das schadet nichts, wie ich hoffe. Philip hat ganz recht: Durch Aushungern können wir Pauline nicht loswerden und durch gut Zureden erst recht nicht. Wir müssen sie durch Langeweile vertreiben. Das Problem besteht darin, wie wir alle diese Herzöge und Rothschilds und diese zahllosen Gräfinnen davon abbringen können, sie zu besuchen. Ich nehme doch an, daß das gesellschaftliche Leben hier mit ‹Aushilfen› abgewickelt wird, mit diesen Männern in weißen Jacketts, die von einer Party zur anderen wandern und dort servieren.»
«Das stimmt», sagte Philip, «von Tag zu Tag mehr.»
«Einen von denen müssen Sie sich suchen, einen, den man auf allen großen Empfängen sieht. Darauf kommt es an. Er muß jeden vom Sehen her kennen, aber vor allem muß den anderen klar sein, daß *er* sie kennt. Den stellen sie nun an die Treppe zum Entresol, mit Papier und Bleistift in der Hand, und sagen ihm, er soll die Namen von Paulines Besuchern notieren – er kann sie auch ruhig nach ihrem Namen fragen, wenn sie kommen. Es muß nur ganz klar sein, was er vorhat. Gleichzeitig müssen Sie, Philip, das Gerücht ausstreuen, diejenigen, von denen bekannt sei, daß sie im Entresol verkehren, würden zu keinem der Empfänge während des ‹Besuchs› geladen. Ich denke, ihr werdet feststellen, daß sich die erhoffte Wirkung schon bald einstellt.»
Philip stieß ein schallendes Gelächter aus – Davey lachte mit, und die beiden schüttelten sich vor Vergnügen. «Wundervoll», sagte Philip.
«Ich selbst finde es auch ganz pfiffig.»
«Aber was für ein Besuch?» Ich war immer noch ziemlich nervös.
«Das braucht man nicht näher zu erläutern», sagte Philip, dessen gutmütiger Charakter sich nun daran erwies, daß er Daveys Plan aus ganzem Herzen guthieß. «Das Wort ‹Besuch› reicht völlig aus. In Paris hat es eine magische Bedeutung. Den *gens du monde* bedeutet es so viel wie der Schlachtenlärm dem Krieger. Nie würden sie es riskieren, wie der tapfere Crillon, den ‹Besuch› zu verpassen, nur um noch ein paar lustige Abende bei

Pauline zu erleben. Bisher war es ein gesellschaftlicher Makel, wenn man sich nicht im Entresol zeigte – von nun an wird es der gesellschaftliche Tod sein, wenn man hingeht. Ich würde etwas dafür geben, wenn mir selbst diese Idee gekommen wäre – Sie sind ein Genie. Die Decks werden in einer halben Stunde geräumt sein.»

«Es muß gut organisiert werden», sagte Davey.

«Ja, unbedingt. Es darf nicht schiefgehen, das wäre verheerend. Zuerst rufe ich die größten Klatschmäuler an, die ich kenne, und dann werde ich Monsieur Clément engagieren. Er ist unser Mann, er regiert mit eiserner Rute über die Concierges in der avenue du Bois und ist der Dreh- und Angelpunkt dieses Stadtteils. Ganz Paris kennt ihn. Das wird ein arbeitsreicher Tag, am besten fange ich gleich an. Ich gratuliere Ihnen aus ganzem Herzen», sagte er zu Davey und verließ uns.

Davey sagte selbstgefällig: «Ich hoffe, es tut dir leid, daß du mich als Überläufer verdächtigt hast.»

«Davey – entschuldige bitte!»

«Nicht daß es mir etwas ausgemacht hätte. Aber du begreifst, worum es ging. Ich mußte herausfinden, was für eine Sorte von Leuten sie bei sich empfängt. Es gibt viele amüsante und fröhliche Menschen, die sich um einen ‹Besuch› keinen Deut scheren und nicht mal erwarten würden, daß man sie dazu einlädt. Docteur Lecoeur zum Beispiel. Aber Paulines Freunde erwarten es. Wie gesagt, ich kenne die Franzosen.»

5

Daveys Plan ließ sich nicht sofort in die Tat umsetzen. Als Monsieur Clément begriffen hatte, wozu er angeheuert werden sollte, verlangte er eine riesige Summe als Bestechungsgeld. Er erklärte, alle Bekannten von Lady Leone nutzten seine Dienste in dieser oder jener Eigenschaft; wenn sie Verdacht schöpften, daß er sie an *les Anglais* verriet, würden möglicherweise viele lukrative Abmachungen platzen, es würden Einnahmequellen versiegen, von denen sein Lebensunterhalt abhing. Nach einer langen Besprechung mit ihm kam Philip zu Davey und mir, um uns das alles mitzuteilen und zu erläutern, fügte aber auch hinzu, kein Bewohner von Paris und vor allem keiner, der in Monsieur Cléments Bezirk wohne, werde es wagen, sich seine Gunst zu verscherzen. Während des Krieges war er der König des Schwarzmarkts gewesen, und jetzt war er unentbehrlich, wenn es um schwierige Eisenbahnbilletts oder Theaterkarten ging oder darum, irgendeine Nachfrage im Nu zu befriedigen, sei es nach unbegrenzten Mengen von Whisky oder nach einer tüchtigen Krankenschwester, von anderen, zwielichtigeren Waren und Dienstleistungen ganz zu schweigen. Er stand sich zweifellos sehr gut mit der Polizei und wußte alles über das Privatleben weiter Kreise. Philip hatte ihm erklärt, eigentlich riskierte er nicht sehr viel, wenn er unseren Auftrag annähme, und wir unsererseits müßten die Zuwendungen in Rechnung stellen, die er von den Leuten erhalten würde, damit er verschwieg, daß sie Lady Leone einen Besuch hatten machen wollen. Nach langem, harten Feilschen und doppeltem Bluffen auf beiden Seiten hatte Philip ihn schließlich auf 500 Pfund heruntergehandelt, und sie schüttelten sich die Hände. Monsieur Clément erklärte mit einem breiten Lächeln, der Preis erscheine vielleicht sehr hoch, aber dafür garantiere er eine tadellose Ausführung. Dann flog Philip nach London und überzeugte die regierenden Mächte nicht ohne Schwierigkeiten davon, daß es sinnvoll sei, diesen Betrag aus einem Geheimfonds abzuzweigen. Alle diese Verhandlungen mußten ohne Alfreds Wissen geführt werden, der sie zweifellos niemals zugelassen hätte.

Schließlich war alles bereit. Davey, Philip und ich hatten als Zuschauer hinter den Musselinvorhängen an Philips Schlafzimmerfenster Stellung bezogen. Seine Wohnung über der Pförtnerloge lag strategisch äußerst günstig, denn von hier hatte man einen guten Blick sowohl auf den Hof als auch auf die Straße. Man konnte sehen, ohne gesehen zu werden.

«Seit den Tagen, als der Döbel-Beduseler zu Onkel Matthew kam, bin ich nicht mehr so aufgeregt gewesen», sagte ich zu Davey.

Monsieur Clément, mit finsterer Miene und Säufernase, hatte neben der Treppe zum Entresol Stellung bezogen. Aus irgendeinem Grund war er nicht nur von Kopf bis Fuß in tiefes Schwarz gekleidet, auch die Blätter, die er bereithielt, um die Namen der Schuldigen darauf zu notieren, waren schwarz umrandet wie jene, auf denen sich bei Beerdigungen in Frankreich die Trauergäste mit ihrem Namen eintragen. Und Philip meinte, er habe sie sicher auch bei einer Beerdigung geklaut, denn Monsieur Clément war natürlich auch Friedhofsdiener. (Eine andere Teilzeitbeschäftigung von ihm war die eines Henkersassistenten.)
Sehr elegant schlenderte jetzt eine Gruppe von Lady Leones klatschlustigen Freunden in den Hof. Anscheinend waren sie gemeinsam gekommen, fünf oder sechs Leute, die sich miteinander unterhielten. Ein großer, gebieterisch wirkender Mann fing an, irgend etwas zu erzählen, während die anderen sich um ihn drängten und seine Worte verschlangen. Zwei neue Besucher kamen von der Straße herein, gesellten sich zu der Gruppe, begrüßten die anderen und wurden nun offenbar über das Gespräch ins Bild gesetzt, woraufhin der Erzähler mit seiner Geschichte fortfuhr. Plötzlich, vielleicht um eine Pointe zu veranschaulichen, warf er einen Blick hinter sich und erkannte Monsieur Clément. Er brach ab, griff nach dem Arm einer jungen Frau und zeigte hinter sich; alle drehten sich um und starrten hinüber. Bestürzung. Zögern. Getuschel. Flucht. Nie waren Döbel gründlicher beduselt worden; sie stoben davon, mit offenen Mündern, und verschwanden im Verkehr auf dem Faubourg.
Nun überstürzten sich die Ereignisse. Ein bekannter Päderast fiel beim Anblick von Monsieur Clément in Ohnmacht und wurde in das Entresol geschleppt. Frauen kreischten; nur wenige behielten einen kühlen Kopf und erklärten, sie wollten sich in unser Gästebuch eintragen. Sonst kam niemand auch nur in die Nähe von Lady Leone. Nach und nach wurden die Abstände zwischen den Besuchern immer länger; gegen acht Uhr, also um die Zeit, da es im Entresol sonst besonders lebhaft zuging, war bereits eine volle Stunde verstrichen, ohne daß auch nur eine Menschenseele zum Tor hereingekommen war.

«Es hat funktioniert», sagte Philip, «sämtliche Telefone in Paris müssen besetzt sein. Ich glaube, ich gehe hinüber und gebe dem alten Teufel seinen Judaslohn, dann können wir zu Abend essen. Gute Arbeit!» sagte er zu Davey.
«Ich habe noch nie jemanden so einfach 500 Pfund verdienen gesehen, das muß ich sagen.»
«Monsieur Clément würde darauf wie Whistler antworten: daß wir ihn für die Erfahrung eines ganzen Lebens bezahlen.»
Alle Freunde, ausgenommen die treue Mrs. Jungfleisch, hatten Lady Leone jetzt verlassen, aber zu meiner großen Enttäuschung zeigte sie nicht die geringste Absicht, nun auch uns zu verlassen. Davey zufolge lag sie zufrieden auf ihrem Bett und widmete sich ihrer Stickerei, dem Kreuzworträtsel und einem sehr lauten Grammophon. Als ich vorschlug, ihr das Grammophon wegzunehmen, weil es ihr gar nicht gehörte, sondern vor vielen Jahren der Botschaft von einem durchreisenden Radscha geschenkt worden war, taten Davey und Philip so, als sei ich ein grausamer Kerkermeister, der einer unglücklichen, liebreizenden Prinzessin in ihrem Verlies den letzten Trost rauben will. Es war gewiß weniger ärgerlich, Mozartmelodien oder die Kriegsreden von Winston Churchill zu hören, die sie so sehr liebte und in voller Lautstärke abspielte, als kreischendes Gelächter; immerhin konnte Lady Leone mit einem Grammophon nicht über mich und meine Mutter tratschen. Der eigentliche Stachel ihrer Nähe war durch Daveys schlaues Manöver beseitigt – jetzt, da niemand mehr zu ihr ging, ließ sich die Fiktion ihres Unwohlseins aufrechterhalten, und Alfred konnte das Gesicht wahren. Trotzdem ärgerte es mich, daß sie noch immer unter meinem Dach lebte, und mich ärgerte auch, daß es sich Davey zur Gewohnheit machte, vor dem Dinner nach unten zu schleichen, um mit ihr eine Partie Scrabble zu spielen. Aber er und Philip waren ziemlich zuversichtlich. Sie sagten, sie langweile sich und sei ungeduldig; außerdem wolle Mrs. Jungfleisch unbedingt zu einer Debatte in Chatham House nach London reisen. Sie meinte, Lady Leone werde nicht mehr lange bei uns weilen, sie warte nur noch den richtigen Zeitpunkt für einen angemessenen Abgang ab.

«Pauline macht sich nicht heimlich aus dem Staub, da kannst du sicher sein. Wahrscheinlich engagiert sie die Garde Républicaine und läßt sich mit Pauken und Trompeten hinausgeleiten.»

Es gab damals sehr viel zu tun, aber ich hatte noch immer keine Sekretärin. Auch Philip war jetzt sehr viel beschäftigter als während unserer ersten Zeit. Die Tage schienen zu kurz für die hundertundeins Dinge, um die ich mich kümmern mußte, unter anderem unsere erste große Einladung, eine Cocktailparty für die Botschafter der britischen Dominions. Der Gedanke daran erfüllte mich mit Schrecken. Alpträume bedrängten mich. Seit der ersten Dinnerparty, die ich vor vielen Jahren für Alfreds Professor in Oxford gegeben hatte, war ich nicht mehr so nervös gewesen. Es gab dafür eigentlich keinen besonderen Grund, denn mit der Organisation hatte ich kaum etwas zu tun. Philip stellte die Gästeliste zusammen, und Major Jarvis, unser Budgetverwalter kümmerte sich um Getränke und Speisen, von denen ganze Gebirge aufgetischt werden sollten. «Wie können die Leute zwischen einem gewaltigen Lunch und einem noch viel üppigeren Dinner überhaupt etwas herunterbekommen?» fragte ich.

«Das werden Sie sehen! Wollen Sie sich vielleicht um die Blumen kümmern, Lady Wincham?»

Der Tag rückte heran. Ich kaufte viele, viele rosa Nelken (meine Lieblingsblume) und stellte sie in Silbervasen. Sie sahen sehr hübsch aus, und ich staunte über meine eigene Geschicklichkeit. Dann ging ich nach oben und zog mein Cocktailkleid an. Daß es hübsch sei, konnte man wirklich nicht behaupten; es war häßlich und sehr sonderbar. Claire, mein Zimmermädchen, behauptete, es sei «chic», aber wirklich überzeugt klang sie nicht. Es hatte mir noch nie gefallen, auch nicht, als es von einem bezaubernden indochinesischen Mannequin getragen wurde, und ich hatte mich nur überreden lassen, es zu bestellen, weil meine *vendeuse* mir dringend zuriet und dabei auch die Rückendeckung einer prominenten englischen Modejournalistin zu haben schien.

«Lassen Sie sich gesagt sein», versicherte diese Expertin im

Vollbesitz ihrer Autorität, «die Taille ist ein für allemal passé.»
Ich ließ es mir gesagt sein, vor allem bei einem Kleid, das so viel kostete, wie ich früher in einem ganzen Jahr hatte ausgeben können, und entschied mich für diese taillenlose Kreation. Oh, wie ich sie verabscheute! Aber daran war jetzt nichts zu ändern; ich hatte sie am Leib, konnte nur das Beste hoffen und wollte versuchen, jedem Spiegel aus dem Weg zu gehen.
Der Empfang sollte in den Staatsgemächern im Erdgeschoß stattfinden. Ich ging hinunter und traf dort auf Philip und Davey. Sie waren in fröhlicher Stimmung, nachdem sie, wie mir schien, schon einige kräftige Cocktails zu sich genommen hatten. Freundlicherweise sagten sie nichts über mein Kleid, aber sie fingen an, alberne Bemerkungen über die Blumen zu machen.
«Das sieht dir ähnlich, Fanny – warum hast du uns nicht gefragt?»
«Nelken in Vasen – das genügt heute einfach nicht mehr. Hast du noch nie von Gestecken gehört? Weißt du nicht, woran man heute die perfekte Gastgeberin erkennt? Stilleben – phantasievolle Stilleben – nicht einfach Blumen, sondern viele Meter roter Samt, tote Hasen, Kürbisse, Seetang, einfache Gräser vom Wegesrand und weiß der Himmel was noch für Müll! Oder in der japanischen Manier – ein Schilfrohr, richtig plaziert, wiegt heutzutage fünf Dutzend Rosen auf.»
Ich wußte, was sie meinten. Ich war einmal zu Gast im Haus eines Dior-Dons gewesen, zusammen mit anderen Gattinnen (Frauen besitzen in Oxford keine Identität, sie sind ganz einfach die Gattinnen), und dort war mir eine Schale voller Bartflechte aufgefallen, umgeben von einigen Kohlköpfen, die auf dem Boden lagen. Es sah aus wie beim Erntedankfest, aber die Leute sagten: «Himmlisch, deine Gestecke.»
«Hatte Lady Leone etwas für Gestecke übrig?»
«Allerdings. Ihr Gespür für Farben und ihr Formsinn brachten alle anderen Gastgeberinnen zur Verzweiflung.»
«Soll ich euch etwas verraten? Ich werde bei meinen rosa Nelken bleiben!»

Alfred gesellte sich zu uns und sagte: «Was ist denn das für ein Kleid, Fanny?» In jenem Falsett, mit dem er zuweilen seinen Spott andeutete.

«Man muß mit der Mode gehen.»

«Wir sind allerdings nicht hier, um mit der Mode zu gehen.»

Aus der Eingangshalle drangen jetzt Stimmen herüber, die ersten Gäste trafen ein; Alfred und ich standen am Kamin, um ihnen mit überschwenglicher Freude entgegenzugehen, wenn sie angekündigt wurden. Philip hatte uns zu diesem Anlaß warmherzige amerikanische Umgangsformen, statt kalter englischer Manieren, empfohlen und gesagt, wir sollten unser Bestes tun, um wirklich «erfreut» zu wirken, unsere Gäste zu «sehen».

«Aussprechen kann ich dieses *pleased to see you* nicht, es würde einfach nicht echt wirken.»

«Dann lassen Sie es. Tun Sie sich keinen Zwang an, aber zeigen Sie Ihr Zahnfleisch.»

Da standen wir nun und bereiteten uns auf ein affektiertes Gelächel vor, und dies unter den Augen von König George und Königin Mary, schlechten Kopien von schlechten Porträts. Mir war, als würden die beiden mein modisches Kleid und dieses Grinsen und überhaupt die ganze Idee einer Cocktailparty mißbilligen, während sie die Nelken guthießen. Niemand trat ein. Ich kam mir vollkommen albern vor, wie eine Wachsfigur in einem scheußlichen Kleid mit einem künstlichen Lächeln auf den Lippen. Es waren offensichtlich schon zahlreiche Leute in der Eingangshalle; aber nun entstand dort eine seltsame Stille. Davey und Philip gingen zur Tür. Sie blickten nach links, zum Eingang hinüber, folgten dann aber anscheinend den Blicken der anderen und drehten den Kopf der großen Treppe zu. Regungslos standen sie da und starrten mit verblüffter Miene nach oben.

«Was ist denn los?» fragte Alfred und ging zu ihnen hinüber. Auch er blieb wie angewurzelt stehen, die Augen in die Höhe gerichtet, den Mund leicht geöffnet. Ich folgte ihm. Die Halle bot einen Anblick wie auf einem Gemälde von Mariä Himmelfahrt: eine Menge aufwärts gerichteter Gesichter, die nach der

Treppe glotzten, auf der so langsam, daß sie sich kaum zu bewegen schien, die schönste Frau der Welt herabschritt. Sie war in wehenden weißen Satin gekleidet; überall an ihr funkelten Juwelen; ihre großen, fahlen Augen hatte sie auf einen Punkt in weiter Ferne, hoch über den Köpfen der Menge geheftet. Ihr folgten zwei meiner Lakaien. Sie trugen ein großes Grammophon. Dann kam Mrs. Jungfleisch, in einem eleganten weißen Leinenkleid, mit einem Korb am Arm. Unterdessen trafen immer noch mehr Gäste ein. Als Lady Leone den Fuß der Treppe erreicht hatte, traten sie auseinander und bildeten eine Gasse; wie eine Person aus königlichem Hause schüttelte sie hier und dort eine Hand, während sie für immer davonschwebte.

6

Die bezaubernde Northey – wie soll ich sie beschreiben? Kann dieses Wesen, das der *commedia dell'arte* entsprungen scheint, wirklich aus der Verbindung der guten alten Louisa mit dem entsetzlich langweiligen John Fort William auf einem harten Hotelbett aus Messing hervorgegangen sein, während von unten das Gerumpel der vorüberfahrenden Züge heraufdröhnte? Manche Leute behaupten, der Ort der Zeugung, der Ort der Geburt und auch der Vorname würden den Charakter eines Menschen prägen. Northey, ein Erzeugnis der King's Cross Station in London und der Hill View Clinic im schottischen Oban, muß man, zumal mit diesem Namen, als die leibhaftige Widerlegung dieser Theorie ansehen. Sie hatte nichts von einem nordischen Menschen an sich, nichts vage Nebelhaftes, und kannte keine Augenblicke der Selbstvergessenheit; sie war weder romantisch, noch sehnte sie sich nach dem Unbekannten. Sie war, so hätte man meinen können, das typische Produkt einer antiken Zivilisation unter einem tiefblauen Himmelsstrich. Unmöglich zu glauben, daß sie einen schottischen Vater hatte, so alt, daß er ihr Großvater hätte sein können, und daß ihre Vorfahren Pikten gewesen waren; andererseits, die gute Louisa – nein, fort mit solchen Gedanken! Sie war ganz unfähig, sich eine solche Fülle von Einzelheiten auszudenken, um eine Sünde zu vertuschen. Ich neige eher zu der Ansicht, daß Northey ein Wechselbalg war; durch Unachtsamkeit wurde in der Hill View Clinic in Oban das Kind einer adeligen Römerin und eines Wanderschauspielers mit Louisas Balg vertauscht. Äußerlich wies sie keinerlei Ähnlichkeit mit den anderen Mackintoshs auf, die allesamt kräftig gebaut waren, mit einem rotbraunen Schopf und Sommersprossen. Sie hingegen glich einer kleinen, eleganten Figur aus farbigem Glas, und ihr Haar hatte die Farbe einer Guinee; so lebhafte, ausdrucksstarke Augen habe ich nie wieder gesehen, nicht sehr groß und leuchtend blau. In Augenblicken der Erregung oder des Kummers nahmen sie Rautenform an. Wenn sie sprach, drückte sie sich mit Hilfe ihres ganzen Körpers aus, gestikulierte und zappelte, wie es kleine Kinder und junge Hunde tun. Nie lagen die kleinen, schmalen Hände ruhig in ihrem Schoß. Außerdem hatte sie etwas unbeschreiblich Liebenswertes an sich, sie strahlte Zuneigung, Frohsinn, Bereitwilligkeit gegenüber den Menschen aus. Seit dem ersten Augenblick, da wir ihrer ansichtig wurden, waren Alfred und ich ihr verfallen.

Sie platzte herein, während wir, erschöpft und deprimiert nach der Party für die Dominions, allein zu Abend aßen. Davey war ausgegangen – sein Freund, der Marquis, sei jetzt in Paris, so hatte er gesagt; und Philip mußte angeblich mit seinem Londoner Börsenmakler zu Abend essen; in Wirklichkeit, so argwöhnte ich, waren sie beide zu Mrs. Jungfleisch gegangen, um dort Lady Leone zu treffen. Mir kam unsere Party wie ein völliger Reinfall vor, obwohl ich nachher hörte, sie sei die erfolgreichste gewesen, die die Botschaft je veranstaltet habe, insofern nämlich, als diejenigen, die sie versäumt hatten, sich nachher schwarz ärgerten, während alle, die dort gewesen waren, überall in Paris sehr gefragt waren und wochenlang mit kostenlosen Mahlzeiten traktiert wurden. Aber da Alfred und ich das große Thema dieses Abends mit unseren Gästen eben nicht erörtern konnten, waren wir natürlich die letzten, mit denen sie reden wollten. Sie sehnten sich danach, ihre Meinungen mit anderen, die den Auszug von Lady Leone ebenfalls miterlebt hatten, auszutauschen, oder jene Ahnunglosen, die ihn nicht miterlebt hatten, beim Knopfloch zu nehmen und ihnen alles darüber zu berichten, und vor allem wollten sie so bald, wie es der Anstand irgend erlaubte, gehen und sich ans Telefon setzen. Alle waren sehr höflich; ich konnte feststellen, daß Diplomaten wirklich diplomatisch sind, und dies spricht entschieden für sie. Eine angenehme Veränderung nach der unverhohlenen Grobheit, die ich aus Oxford kannte. Es gab sogar ermutigende Augenblicke, zum Beispiel als jemand sagte: «Ah! Der irische Botschafter! Da kann Sir Alfred stolz sein – zu den Leones kam er nie.»

Der Botschafter der Kanalinseln lobte meine Nelken, sie seien eines der wichtigsten Exportprodukte seines Landes. Ein großartig aussehender Othello, prachtvoll in blaßblauen Taft gehüllt (dessen Wirkung ein wenig durch die Stiefel beeinträchtigt wurde, die unten hervorlugten, so wie meine Straßenschuhe unter dem Saum des chinesischen Festgewandes hervorgelugt hatten), hatte mich zur Löwenjagd in sein Land eingeladen. Aber im Grunde war die Party doch ziemlich unruhig und für die Gastgeber nicht sehr erfreulich verlaufen.

Und jetzt war sie vorüber, und wir saßen beim Dinner. Da stand, mit fragender Miene, plötzlich Northey in der Tür. «Ich bin's», sagte sie.

«Liebling!»

«Tut mir leid. Ich mußte den Pförtner bitten, das Taxi zu bezahlen. Keinen Penny Geld. Der Stationsvorsteher mußte mir schon das Geld für die Fahrkarte vorstrecken. Ja, ich hatte eine, aber ich habe sie verloren.»

«Macht nichts, jedenfalls bist du jetzt da. Die Reise muß schrecklich gewesen sein.»

«Oh, liebe Cousine Fanny (oh, du bist nett, darf ich wirklich?), oh, Fanny –» Die zarte Stirn knitterte wie Seidenpapier, ihre Augen nahmen jenen rautenförmigen, gequälten Ausdruck an, der mir schon bald so vertraut sein sollte, und sie waren randvoll. Jetzt wußte ich, was Basil gemeint hatte. «Du kannst, du kannst es dir einfach nicht vorstellen. Es waren so niedliche

Ochsen an Bord. Es war schrecklich – wie sie mit ihnen umgehen. Die armen Hörner hatten sie ihnen abgeschnitten – denk doch bloß, wie weh das tut –, und alles bloß, weil sie ohne Hörner ein Pfund mehr für sie bekommen, denn dann können sie sie enger zusammenpferchen. Ich würde am liebsten eine Wasserstoffbombe auf Irland werfen.»

«Und Millionen Kühe umbringen und all die Vögel und Tiere und auch die Iren, diese charmanten Leute?» sagte Alfred freundlich.

«Sehr charmant!»

«Aber ja. Sie müssen diese Ochsen exportieren, damit sie leben können. Sie haben keine Industrie.»

«Ich hasse und verabscheue sie und wünsche ihnen alles Schlechte.»

«Liebling, reg dich nicht so auf.»

«Aber ich muß! Diese kleinen Geschöpfe kommen auf die Welt, damit wir uns um sie kümmern. Wir sind verantwortlich. Und wie behandeln wir sie? Sie schlafen nicht, diese Kühe, es gibt für sie keinen Augenblick, in dem sie mal vergessen können. Ihr ganzer Trost besteht im Wiederkäuen – während der Überfahrt füttert niemand sie richtig – sie bekommen nicht genug Wasser – und nach dem Schiff dann vierzehn Stunden im Zug, ohne Wasser bei diesem Wetter. Und wenn sie schließlich zum – ihr wißt schon –, zu diesem schrecklichen Ort kommen, gibt ihnen etwa dort jemand Wasser?»

Diese Dinge haben auch mir mein Leben lang Kummer gemacht; aber weil ich trotz aller Selbstvorwürfe nicht genug Charakterstärke habe, mehr zu tun, als der Königlichen Tierschutzvereinigung hin und wieder ein Pfund zu spenden, versuche ich, nicht daran zu denken.

«Komm und iß etwas, Liebe.»

«Nein, ich kann nicht», sagte sie, als der Butler ihr einen Teller Consommé vorsetzte, «nichts, was aus Fleisch zubereitet ist – ich werde mich nicht mehr an ihnen vergehen – nie wieder.»

Alfred sagte: «Aber wenn niemand Fleisch äße, würde die Rasse der Kühe, Schafe und Schweine ganz aussterben. Sie leben ein glückliches kleines Leben, und der Tod ist niemals angenehm, auch für uns wird er das nicht sein. Diesen Preis müssen wir alle zahlen.»

«Ja, aber keine Quälerei. Das ist zuviel. Fanny, du mußt mir versprechen, daß es hier niemals grausames Essen geben wird.»

«Was ist grausames Essen?»

«Zum Beispiel Hummer und irische Pferde und *foie gras*. Ein Franzose an Bord hat mir erzählt, was sie mit den armen Gänsen anstellen, um ihre *pâté de foie gras* zu bekommen.»

«Das war sehr falsch und dumm von ihm.»

«Er hat es mir erzählt, weil er glaubte, danach würde mir das mit den Ochsen weniger ausmachen.»

«Diese Reise war ja ein Alptraum. Du mußt sie jetzt vergessen.»

«Aber wenn alle Leute diese Dinge immer vergessen, geht es immer so weiter. Na schön, wahrscheinlich langweile ich euch.»

«Du langweilst uns nicht», sagte Alfred und warf ihr einen liebevollen Blick zu, «aber wir sehen dich nicht gern in dieser Aufregung.»

«Aber ihr begreift doch, warum, oder? Da saßen wir, alle im gleichen Boot – ich bin oft zu ihnen gegangen und habe mit ihnen geplaudert, sie blickten so traurig und lieb drein, die armen Viecher – nun komme ich zu euch in dieses herrliche Haus, während sie –» Sie vertilgte gerade die Überreste eines Käsesoufflés und war offensichtlich sehr hungrig. «Der Kapitän der *Esmeralda*», sagte sie mit vollem Mund, «war ein höchst unangenehmer Mensch. Er war häßlich zu den Ochsen, und er erbot sich – ihr wißt schon –, mich zu umarmen. Aber der niedliche Franzose, der dort war, hat mich herausgehauen.»

«Waren denn sonst keine Frauen an Bord?»

«Nur ich.»

«Und dieser Franzose – wollte er dich nicht selbst umarmen?»

«M. Cruas? Vielleicht wollte er, aber er hat sich nicht erboten. Er ist eben nett. Genau wie der Stationsvorsteher. Als wir an Land gingen und ich nach meiner Fahrkarte suchte – *quelle hor-*

rible surprise – sie war nicht da. M. Cruas ist arm, wißt ihr, deshalb konnte er mir keine neue kaufen, er konnte nur mein Gepäck tragen, um den Gepäckträger zu sparen. Aber der Stationsvorsteher hat mir Geld vorgestreckt. Könnten wir es ihm sofort zurückzahlen, Sir Alfred – ach, das ist nett, darf ich wirklich? Alfred? Er weiß über uns Bescheid, weil Lady Leone nie eine Fahrkarte hat und nie Geld oder einen Paß – bloß einen Korb, sagte er. *Sacrée Lady Leone.* Warum eigentlich ‹heilig›, möchte ich mal wissen.»

«Es heißt soviel wie verflixte Lady Leone», sagte Alfred in seinem Falsett. «Wie steht es denn mit Ihrem Französisch, Northey?»

«Sehr gut. M. Cruas ist Lehrer, er hat es mir beigebracht.»

«Haben Sie denn Französisch nicht auf der Schule gelernt?»

Ein verlegenes, schmollendes Gezappel war die Antwort hierauf. «Sie sind doch zur Schule gegangen, nehme ich an.»

«Gegangen bin ich. Aber nicht geblieben.»

«Warum nicht?»

«Es war zu schrecklich.»

«Sie müssen rasch lernen, wissen Sie, sonst werden Sie für Fanny keine Hilfe sein.»

«Ja, das habe ich mir auch überlegt. Deshalb wird M. Cruas hierherkommen und den Unterricht fortsetzen.»

Nachher sagte Alfred zu mir: «Deine Cousine Louisa ist nicht bei Trost. Man stelle sich vor, dieses Kind allein auf einem Viehfrachter verreisen zu lassen und es auf eine Schule zu schicken, wo sie so unglücklich war, daß sie es nicht aushielt. Für solche Leute habe ich kein Verständnis. Das arme Ding scheint mir völlig falsch erzogen.»

Den eigenen Altersgenossen gegenüber war Alfred stets unerbittlich, aber gegenüber jungen Leuten konnte er unendlich nachsichtig sein; ich fand, daß er manchmal sogar zu sehr auf ihrer Seite war – er ließ sich von ihnen hinters Licht führen. Es war nicht zu übersehen, daß Northey ihn um den kleinen Finger wickeln würde.

Da kam Philip herein. Vielleicht taten wir ihm leid, ganz allein, wie er glaubte, und dazu verurteilt, über diese schreckliche

Party zu sprechen. Als er Northey erblickte, rief er: «Nichts sagen, ich möchte raten. Dies muß die äußerst tüchtige junge Dame sein, die uns allen das Leben hier erleichtern soll, nicht wahr? Wie geht es Ihnen, Northey? Wie war der Viehfrachter?»

Alfred und ich begannen gleichzeitig zu reden, um das Thema zu wechseln. Northey gab einen traurigen kleinen Laut von sich, wie ein Kätzchen, aß aber weiter; das Essen und der Anblick Philips (dieser vor allem, sie starrte ihn an, als hätte sie noch nie einen jungen Mann gesehen) linderten ihren Kummer anscheinend erheblich.

«Das ist Philip», sagte ich, «er ist sehr beschäftigt, man darf ihn nicht ständig in Anspruch nehmen, aber bei einem wirklichen Notfall wird er immer gern aushelfen.»

«Jeder für jeden», sagte Northey und warf ihm aus dem Dunkel unter ihren Wimpern einen Blick zu. Herrje, dachte ich, die dumme alte Liebe, schon wieder. Warum hatte er sich bloß auf Grace einlassen müssen? Wie alle glücklich verheirateten Leute stiftete ich gern neue Verbindungen; Philip und Northey schienen mir auf den ersten Blick ein ideales Paar zu sein.

«Was wäre ein wirklicher Notfall?» fragte Northey ihn.

«Lassen Sie mich nachdenken. Zum Beispiel, wenn Sie die Tournons und die falschen Tournons zu derselben Dinnerparty einladen würden. Das wäre eine schöne Bescherung.»

«Bitte, erklären Sie mir das.»

«Es gibt hier ein Ehepaar, M. und Mme. Tournon – schillernde Falter der Gesellschaft, nett, unterhaltsam, völlig nutzlos. Sie sind die echten Tournons. Dann gibt es noch M. und Mme. Tournon. Er ist Abgeordneter, ein brillanter junger Mann, Fachmann für Finanzpolitik, fleißig, ehrgeizig, ein parlamentarischer Staatssekretär. Seine Frau ist eine angesehene Physikerin. Obwohl er fast mit Sicherheit irgendwann Premierminister werden wird und sie vielleicht eines Tages den Nobelpreis bekommt, kennt ganz Paris sie nur als die falschen Tournons. Wenn sie nun beide Paare zur gleichen Zeit hierher einlüden, würde das Protokoll verlangen, daß die falschen Tournons, da er ein gewählter Volksvertreter ist, den Vortritt vor den anderen erhalten. Daraufhin würden nun aber die echten Tournons ihre Teller umdrehen und sagen *‹il y a erreur›*. Ich nehme an, Sie haben alles verstanden? Was für ein Blick! Machen Sie sich nichts daraus, in sechs Monaten ist Ihnen das alles zur zweiten Natur geworden.»

«Wissen Sie, Philip», sagte jetzt Alfred, «ich möchte dieses Haus nicht mit den Schillerfaltern der Gesellschaft füllen.»

«Gewiß, Sir. Aber gestatten Sie mir eine Bemerkung: Das sagen am Anfang alle Botschafter. Tatsache ist jedoch, wenn man nicht ein paar von ihnen einlädt, haben auch die anderen keine Lust zu kommen. Übrigens bin ich eigentlich nur vorbeigekommen, um Ihnen zu sagen, daß Bouche-Bontemps eben angerufen hat. Er möchte wissen, ob er Sie morgen sehen kann.»

Ich mochte M. Bouche-Bontemps sehr gern und fühlte mich in seiner Gesellschaft sehr wohl. «Er ist ein lieber Kerl», sagte ich.

«Ja, vom alten Schlage – ein lustiger Katholik. Alle diese strebsamen jungen Männer wirken wie Protestanten – es macht sie dünkelhaft.»

«Ich dachte, die Alten seien Freidenker?»

«Was die Lustigkeit angeht, kommt es auf das gleiche heraus.»

«Laden wir ihn doch zum Lunch ein!» sagte ich.

«Morgen? Ich weiß nicht, ob er da kann, angesichts der bevorstehenden Krise.»

«Ach ja, diese Krise. Ich war so sehr mit unserer eigenen beschäftigt, daß ich gar nicht mehr an sie gedacht habe.»

«Vielleicht paßt es ihm trotzdem. Ich werde mich erkundigen.»

«Was für eine Krise?» fragte Northey, während sie ihm mit den Augen bis zur Tür folgte.

«Eine Ihrer Pflichten hier wird darin bestehen, die Zeitungen zu lesen», sagte Alfred. «Sie können doch lesen, nehme ich an?»

«Ich kann lesen, und ich verfüge über eine gewisse angeborene Intelligenz. Bitte, kein Sarkasmus!»

«Nun denn, es schwelt eine Parlamentskrise, und es sieht so aus, als werde die Regierung stürzen.»
«Und dann gibt es allgemeine Wahlen, nicht wahr? Sehen Sie, ich kenne mich in der Politik aus.»
«Das ist es ja – es wird keine Wahlen geben. Fanny muß Ihnen ein paar Bücher leihen über die französischen Verhältnisse.»
Philip kehrte zurück und erklärte, der Außenminister komme sehr gern zum Lunch, aber es seien geschäftliche Dinge zu besprechen, er müsse den Botschafter allein sehen.
«Northey und ich können ja im Salon vert essen», sagte ich, «und ihr könnt eure Geheimnisse im Eßzimmer oben hüten. Aber bitte ihn doch vorher zu einem Cocktail zu uns, wenn du glaubst, daß er die Zeit dazu hat.»
«Um die Mittagszeit haben sie immer Muße», sagte Philip. «Die ganze Nacht können sie durchmachen und schon vor dem Frühstück zu intrigieren anfangen, aber die Stunden zwischen eins und drei sind ihnen heilig. Deshalb sind sie alle so wohlauf – man hört nie, daß ein französischer Politiker mal sterben würde – sie leben ewig, ist euch das noch nicht aufgefallen?»

«Ich bin gekommen, um mich zu verabschieden», sagte Davey, der am Morgen zu mir gekommen war, als mir gerade das Frühstück gebracht wurde.
«Davey, fahr nicht weg. Es ist so angenehm, dich hier zu wissen. Warum bleibst du nicht und übernimmst irgendeine Aufgabe – Budgetdirektor? Ich glaube, Major Jarvis verläßt uns. Übernimm doch seinen Posten – bitte!»
«Nett von dir, Fanny, aber ich kann nicht unter Franzosen leben. Ich kenne sie zu gut. Außerdem gibt es zu Hause viel für mich zu tun. Neue Vorhänge für den Salon. Und ich kann nicht ständig ohne Mrs. Dale leben. Die Teezeit daheim ist einfach herrlich – die Läden um diese zauberhafte Stunde geschlossen, halb fünf – und dann sie im Radio.
«Wir haben ein Radio; du kannst sie auch hier hören.»
«Hab's probiert. Sie klingt anders.»
«Ich wollte, daß du Northey kennenlernst.»

«Schon geschehen. Wir haben eben zusammen gefrühstückt. Da kommt noch einiges auf dich zu. Also, ich verschwinde. Wenn du das nächste Mal in Schwierigkeiten gerätst, ruf mich, ja? Bin dann gleich zur Stelle.»

Als der Außenminister Northey erblickte, meinte er, wir könnten vielleicht doch alle zusammen zu Mittag essen. Die geschäftlichen Dinge könne er mit Alfred in zwei Minuten beim Hinausgehen erledigen – er habe keineswegs die Absicht gehabt, die charmante Gattin des Botschafters auszuschließen, und Mieß Norrti sei sich ohne Zweifel darüber im klaren, daß ihre Tätigkeit ein hohes Maß an Diskretion erfordere. Er könne es ihrem Gesicht ansehen, daß sie eine ernsthafte Frau sei. Während des Lunchs sprach er mit ihr in einem neckischen, onkelhaften Ton.

«Sie studieren also das Französische. Warum bloß? Jeder hier spricht doch Englisch. Und Bücher über die Verhältnisse in Frankreich von englischen Experten lesen? Ich kenne diese Experten. Sie sind alle in Araberinnen verliebt.»

«Nein», sagte Alfred entschieden, «sie sind ehrbare verheiratete Männer.»

«Die Engländer, die sich auf französische Angelegenheiten spezialisieren, erfüllen mich immer mit Unbehagen. Warum gibt es so viele von ihnen, und warum müssen sie sich ausgerechnet über mein bedauernswertes Land hermachen – gibt es denn keine anderen Länder, deren Zustände betrachtenswert sind? Warum nicht zur Abwechslung einmal Dänemark?»

«Sie sollten sich geschmeichelt fühlen», sagte Alfred. «Die Verleger wissen, daß sie über Frankreich jederzeit beliebig viele Bücher herausbringen können – Frankreich auf der Titelseite ist ein sicherer Erfolg, genau wie die Liebe.»

«Ach! Mieß Norrti soll also etwas über Frankreich und die Liebe erfahren. Ich werde es ihr beibringen, ich weiß mehr als die englischen Experten.»

«Sehr freundlich von Ihnen», sagte Northey, «ich habe schon bemerkt, daß diese Bücher sehr langweilig sind. Keine Bilder, kein Geplauder, und die Sätze sind so furchtbar lang.»

«Sie haben gesagt, Sie könnten lesen», sagte Alfred.
«Wie wir alle kann sie das lesen, was sie interessiert. Wenn Sie erst einmal ein Jahr hier gelebt haben, Mieß, werden Sie Bücher über die Zustände in Frankreich wahrscheinlich mit Genuß lesen – auch wenn niemand weiß, wie es dann um diese Zustände stehen wird.» Er seufzte tief. «Und jetzt wollen wir mit dem Unterricht anfangen. Ihr Onkel, der Botschafter hier, hat mit der französischen Regierung, sofern es eine solche gibt, zwei Hühnchen zu rupfen. Da sind zum einen die Îles Minquiers, ein sehr heikler Punkt. Sie werden noch von ihnen hören – Hut ab vor dem britischen Geheimdienst! Und zum anderen die Europa-Armee, die man auch EVG nennt, aber niemand weiß mehr, warum. Eine der Aufgaben Ihres Onkels besteht also darin, uns zu überreden, unsere Armee, die in Übersee kämpft, mit der Armee der Deutschen zu verschmelzen, die es gar nicht gibt. Diese Verschmelzung wird von den Amerikanern gewünscht, die alles in Schwarz oder Weiß malen – das meiste in Schwarz.»
«Monsieur le Ministre –» fuhr Alfred auf.
«Ich habe Ihren Protest zur Kenntnis genommen, Monsieur l'Ambassadeur. Die Engländer sind unentschieden in dieser Sache, im Grunde ist sie ihnen auch ganz gleichgültig, aber wo immer sie den Amerikanern einen Gefallen tun können, ohne daß es sie etwas kostet, sind sie gern dazu bereit. Armeen haben ihnen in Friedenszeiten noch nie viel bedeutet – diese Armee oder jene Armee – angesichts der Bombe ist das völlig belanglos, so denken sie. Gleichzeitig waren sie nie abgeneigt, die Mächte auf dem Kontinent zu schwächen. Alle ihre Generäle und Feldmarschälle haben ihnen gesagt, eine europäische Streitmacht sei völlig unpraktikabel, deshalb sagen sie: Was soll's, die Amerikaner wollen sie, uns paßt sie in den Kram, also los. Wenn es hingegen um den Handel ginge, Monsieur l'Ambassadeur, dann würde die Nation der Krämer ein ganz anderes Lied anstimmen, nicht wahr? Nehmen Sie an, wir wollten einen Gemeinsamen Europäischen Markt, Exzellenz, was würden Sie dann sagen?»
Diese Unterrichtsstunde war anscheinend eher für Alfred als

für Northey bestimmt, die mit faltiger Stirn und über die Maßen verwirrt dasaß.

Alfred sagte: «Mein amerikanischer Amtskollege sagte mir, daß Sie die Europa-Armee trotzdem akzeptieren werden.»

«Ihr amerikanischer Amtskollege hat eine schöne Frau, der jeder zu gefallen sucht. Kein Franzose kann es ertragen, eine derart reizende Person auch nur einen Moment lang traurig zu sehen. Überall, wo sie hinkommt, in Paris oder in der Provinz, antworten deshalb die Abgeordneten und Bürgermeister und Oberpräfekten auf alles, was sie sagt, mit ‹selbstverständlich›. Und sie sagt ihnen auf eine höchst betörende Art und Weise, sie sollten die Europa-Armee akzeptieren. Aber das wird niemals geschehen. Diese Regierung wankt, wie Sie sehen. Ohne Zweifel wird sie im Laufe der Nacht stürzen. Aber keine französische Regierung könnte eine solche Entschließung verabschieden. Vielleicht sind wir schwach – niemand könnte im Augenblick behaupten, wir seien sehr stark –, aber unseren Selbsterhaltungstrieb haben wir nicht verloren. Es mag den Anschein haben, als würden wir nachgeben, wieder und immer wieder, aber zuletzt bleiben wir fest.»

«Und bei den Minquier-Inseln», sagte Alfred, «hat es den Anschein, als blieben Sie fest, und zuletzt geben Sie nach, oder?»

«Das haben *Sie* gesagt, Monsieur l'Ambassadeur, nicht ich.»

«Und was wird aus Europa? Wenn die EVG scheitert?»

«Es wird auf einer friedlicheren und praktikableren Grundlage errichtet. Ich habe die Hoffnung, daß Sie sich diesem Europa, wenn es soweit ist, nicht widersetzen werden.»

Nach dem Lunch sagte M. Bouche-Bontemps: «Soll ich Mieß mit in die Kammer nehmen? Sie könnte dort die französischen Verhältnisse in Aktion sehen.»

«Wie freundlich von Ihnen! Aber um fünf wollte M. Cruas kommen.»

«Wer ist M. Cruas?»

«Er bringt mir Französisch bei.»

«Rufen Sie ihn an. Sie hätten heute anderswo Unterricht.»

«Er ist arm. Er hat kein Telefon.»

«Dann schicken Sie ihm eine Nachricht mit der Rohrpost», sagte der Minister ungeduldig.
Er hatte noch eine kurze Unterredung mit Alfred auf der Treppe und verließ dann das Haus, begleitet von Northey, die, wie Alfred berichtete, auf dem Marmorfußboden der Eingangshalle herumgehüpft und herumgetänzelt sei wie ein Kind, das zu einem Weihnachtspiel aufbricht. An diesem Tag bekam ich sie nicht mehr zu Gesicht. Philip, der zwischendurch immer wieder in der Kammer war, berichtete am Abend, sie sei offenbar völlig hingerissen und entschlossen, bis zum Schluß zu bleiben. Die Regierung stürzte in den frühen Morgenstunden, und Northey schlief bis gegen Mittag.
«Und wie war es?» fragte ich, als sie schließlich erschien.
«Entsetzlich, genau wie in dieser furchtbaren Schule, in die ich gegangen bin. Bänke mit Tintenfässern und einem verschließbaren Fach. Von meinem Platz aus konnte ich sehen, daß sie Lutscher in den Fächern verwahren, und wenn sie so tun, als würden sie dem Redner zuhören oder in einem Lehrbuch lesen, dann nehmen sie sich in Wirklichkeit eine Illustrierte vor. Trotzdem, mit halbem Ohr sind sie bei der Sache, denn es kommt vor, daß plötzlich alle Madames aufspringen, mit den Füßen stampfen und losbrüllen, aber dann läutet der Lehrer die Glocke und brüllt zurück.»
Vor mir sah ich einen Trupp abscheulicher Frauen, Erinnyen, *tricoteuses*, die die Arbeit der Kammer behinderten. «Madames? Die weiblichen Abgeordneten?»
«Nicht doch, Fanny», sagte Northey, als würde sie einem Kind irgendeine allgemein bekannte Tatsache erklären. «Die Madames sind die Sozialrepublikaner, sie heißen so, weil das Hauptquartier ihrer Partei in der Rue Madame liegt. Die Republikanischen Sozialisten, deren Hauptquartier in der Rue Monsieur liegt, heißen Monsieurs. Sie sind einander spinnefeind. Du siehst, der nette M. Bouche-Bontemps hatte ganz recht, hingehen ist besser als lesen.»
«Worüber haben sie denn debattiert?»
«Wirklich, Fanny, ich muß mich doch sehr wundern. Hast du denn deinen *Figaro* heute morgen nicht gelesen? Soviel ich höre,

ist dort alles haarklein wiedergegeben. Renten für wiederverheiratete Kriegerwitwen natürlich.»
«Bist du sicher?»
«Ganz sicher. Neben mir auf der Zuhörerbank saß eine nette Frau namens Mrs. Jungfleisch, die mir alles erklärt hat. Und eine Engländerin, die mit einem der Abgeordneten verheiratet ist – einem Marquis, vermute ich, denn als er aufstand, um eine Rede zu halten, johlten die Kommunisten *‹imbécile de Marquis›*, er mußte kichern und fand nachher die Stelle in seinem Manuskript nicht wieder.»
«Das muß Grace de Valhubert gewesen sein», sagte ich, erfreut darüber, daß sie offenbar wieder in Paris war.
«Ja. Sie kennt Fabrice und Charlie, und ich soll dir liebe Grüße von ihr ausrichten. Sie hat so einen netten französischen Akzent, und ihre Kleider! Fanny! Der niedliche M. Bouche-Bontemps kam und lud mich zum Abendessen ein. Er sagte, wenn er stürzen würde, könnte er sich meiner Bildung widmen. Tja, und nun ist er gestürzt – Philip hat mich nach Hause gebracht», fügte sie unbekümmert hinzu.
Da glaubte ich zu verstehen, warum sie so spät ins Bett gekommen war.

7

Nun, da die Franzosen ohne Regierung waren, erhielt Alfred vom Außenministerium die Anweisung, die Gelegenheit zu nutzen und mit Nachdruck beim Quai d'Orsay wegen der Îles Minquiers vorstellig zu werden. Diese Inseln, die seine Aufmerksamkeit noch manchen langen Monat in Anspruch nehmen sollten, werden im Larousse als gefährliche Klippen in der Nähe von St. Malo beschrieben, während ihnen die *Encyclopaedia Britannica* kein eigenes Stichwort widmet. Es sind drei Inseln, und bei Flut liegen sie unterhalb des Wasserspiegels. Während der Befreiung Frankreichs fand General de Gaulle die Zeit, auf der Île Maîtresse oder Mittelinsel, und

zwar bei Ebbe, eine Trikolore hissen zu lassen. Nie war das Sprichwort «Schlafende Hunde soll man nicht wecken» mehr am Platze. Sofort sichtete der britische Geheimdienst mit seinen Argusaugen diese Flagge, und die Admiralität fand die Zeit, einen Froschmann zu schicken, der sie, und zwar bei Flut, wieder einholte. Nachdem die Aufmerksamkeit von Whitehall einmal auf die Existenz der Minquiers gelenkt war, machte sich irgendein Aktivist mit einer Vorliebe für Internationales Recht daran, die komplizierte Frage der Eigentümerschaft zu studieren. Dabei stellte sich heraus, daß der Vertrag von Brétigny (1360), der die Normandie den Königen von Frankreich, Calais, Quercy, Ponthieu, die Gascogne usw. der britischen Krone überließ, keine Bestimmungen über die Minquiers enthielt. Auch in den verschiedenen Verträgen über die Kanalinseln sind sie nicht berücksichtigt und waren die ganze Zeit über Niemandsland. Da sie, sofern man sie überhaupt sehen kann, in Sichtweite Frankreichs liegen, galten sie wohl immer als zu Frankreich gehörig, aber niemand kümmerte sich darum. Es war Alfreds Pech, daß die Regierung, die ihn nach Paris geschickt hatte, den Entschluß faßte, diese Inseln sollten fortan auf der Landkarte in britischem Rosa eingezeichnet werden; nichts hätte die Franzosen zu diesem Zeitpunkt mehr reizen können.
«Aber was ist denn an diesen Inseln so wichtig?» fragte ich Alfred, der gerade zum Quai d'Orsay aufbrechen wollte.
«Inseln sind immer gut – das Royal Yacht Squadron will, daß sie englisch werden; ich nehme an, unsere Fischer könnten sie nutzen. Der Außenminister sagt, die Frage müsse im Interesse der westlichen Solidarität jetzt geklärt werden. Ich muß sagen, ich bin nicht entzückt darüber, daß ich mich hier ausgerechnet in diesem Augenblick unbeliebt machen muß.»
Der Staatspräsident, M. Béguin, der scheidende Premierminister und die Vorsitzenden der Parteien, zu denen auch M. Bouche-Bontemps gehörte, hatten mehrere Nächte hindurch versucht, die Krise beizulegen; die Stimmung war gereizt. Die englischen Zeitungen wiesen darauf hin, daß man sich auf einen Verbündeten nicht verlassen könne, der, wenn es darauf ankomme, nie eine Regierung vorzuweisen habe. In hämi-

schem Ton fragten sie: Wird Frankreich nächste Woche bei der Außenministerkonferenz vertreten sein, oder werden wir, wie üblich, einen leeren Platz vorfinden? Kann sich das westliche Bündnis diese ständigen Ausfälle erlauben? Das englische Volk beobachte diese Dinge mit Bestürzung; es habe nur einen Wunsch, unsere französischen Freunde stark, wohlhabend und einig zu sehen.

Die französischen Zeitungen mahnten die politischen Parteien, ihre Meinungsverschiedenheiten so rasch wie möglich beizulegen, da *«nos amis britanniques»* offenbar im Begriff seien, die Lage auszunutzen, um die eigenen zwielichtigen Pläne voranzutreiben. Die beiden alten Nachbarinnen sind nicht immer betrübt, wenn der anderen ein Mißgeschick widerfährt, und das Vertrauen darauf, daß sich die andere ein solches nicht zunutze machen werde, ist wenig ausgeprägt.

«Aber wenn Sie eine Zeitlang hier gelebt haben», sagte Grace de Valhubert, «werden Sie erkennen, daß die Engländer die größeren Störenfriede sind. Die Franzosen haben den Mau-Mau jedenfalls nie Waffen geschickt, soviel ich weiß.»

Grace sah sich als eine Art inoffizielle englische Botschafterin; wie die meisten Menschen, die jahrelang im Ausland gelebt haben, konnte sie jede Frage immer nur aus einem Blickwinkel betrachten, was hieß, nie aus dem ihres eigenen Landes. In ihren Augen war alles Französische dem jeweiligen englischen Pendant weit überlegen. Sie sprach eine Art Pidgin-Englisch, das mit französischen Wörtern gespickt war, und rollte das R; andererseits registrierten ihre Landsleute in Paris mit boshaftem Vergnügen, daß ihr Französisch keineswegs perfekt war. Sie hatte etwas von einer Gans, aber sie war so liebenswürdig, so nett und elegant, daß man sie einfach gern haben mußte. Es hieß, sie verstehe sich nicht mit ihrem Mann, aber wenn ich die beiden zusammen sah, schienen sie immer sehr gut miteinander auszukommen. Für Philip interessierte sie sich offenbar überhaupt nicht.

Sie war zu Besuch gekommen und hatte mir Blumen mitgebracht. «Schade, daß ich bei Ihrer Ankunft nicht hier war, aber ich bleibe immer so lange, wie ich kann, in Bellandargues. Nir-

gendwo auf der Welt fühle ich mich so wohl wie dort. Und wer weiß, vielleicht hätte auch ich dem Entresol nicht widerstanden. Wie schrecklich, wenn Sie mich dann nicht hätten einladen können, wenn demnächst dieser Besuch stattfindet!»
«Oh, Grace, für Sie würden doch andere Regeln gelten!»
Ich führte sie in mein Zimmer, um ihr das modische Kleid zu zeigen, das ich so haßte. Sie machte im Nu etwas ganz anderes daraus, indem sie einen Gürtel darum legte, und danach war es das hübscheste, das ich besaß. «Glauben Sie bloß nicht, daß die Taille für immer passé ist – seit der New Look aus der Mode gekommen ist, behaupten die Engländerinnen das zwar, aber das ist reines Wunschdenken, weil sie diese unglückliche Vorliebe für alles Formlose haben.»
Ich dachte an das chinesische Festgewand.
«Aber», fuhr sie fort, «wenn Sie wie ich sind und Ihre Lieblingskleider jahrelang tragen wollen, dann lautet die erste Regel: Wir müssen unsere weiblichen Formen betonen. Alles, was dagegen verstößt, ist nach einer Saison veraltet. Vielleicht sollte ich Sie mit meinem Schneider bekannt machen – er ist hier im Faubourg St. Honoré – sehr angenehm und praktisch für Sie – seine Kleider sind einfach und sehr gut tragbar. Es kommt mir immer so vor, als lege Dolce vita es darauf an, daß man wie eine Witzfigur aussieht.»
Ich dankte ihr für diesen Rat, den ich schließlich auch beherzigte. «Gehen wir zurück in den Salon vert und trinken eine Tasse Tee.»
«Sie haben die Möbel umgestellt – es ist besser so», sagte Grace und sah sich in dem Raum um. «Er wirkte nie wirklich bewohnt. Pauline benutzte mehr das düstere Schlafzimmer.»
Ich schenkte Tee ein und sagte, die Jungen hätten sich in Bellandargues hoffentlich gut benommen.
«Außer zu den Mahlzeiten haben wir sie nie gesehen. Sie waren sehr höflich. Kennen Sie Yanky Fonzy?»
«Ich glaube nicht – geht er auf ihre Schule?»
«Ein Beat-Star», sagte Grace, «er bringt sie zur Ekstase. Bei dem herrlichen Wetter saßen sie die ganze Zeit mit einem

Plattenspieler in Sigis Zimmer und ließen sich von Yanky in Ekstase versetzen. Haben Sie nicht ihre Hemden gesehen mit dem Aufdruck *Yank's the Boy for Me*? Es stammt von einer Platte.»

«Und was bedeutet es?»

«Keine Ahnung. Ich zitiere nur.»

«Wie hat Ihr Mann das aufgenommen?»

«Fragen Sie mich nicht», sagte Grace und schloß die Augen. «Aber Charles-Edouard ist selbst schuld, er wollte unbedingt, daß der Junge nach Eton kommt, statt wie alle anderen auf das Louis-le-Grand zu gehen. Dort hätte er von diesem abscheulichen Yanky nie etwas gehört.»

«Irgendwelche Nachrichten, seit sie in Schottland angekommen sind?»

«*Silence de glace*. Aber ich habe noch nie im Leben einen Brief von Sigismond bekommen – ich würde seine Handschrift auf dem Umschlag gar nicht erkennen. Die Frauen, die sich mal in ihn verlieben, tun mir jetzt schon leid. Als er nach Eton ging, habe ich ihm diese vorgedruckten Postkarten mitgegeben: Es geht mir gut, es geht mir nicht gut – Sie wissen schon: Nichtzutreffendes streichen. Natürlich hat er nie eine in den Briefkasten gesteckt. Hat bestimmt die Briefmarken abgelöst. Nachher erzählte er mir, er habe mir nur einmal etwas mitteilen wollen, daß nämlich sein *fag-master*, der Schüler, den er an der Schule bedient, ihm fünf Pfund gestohlen habe, aber dafür sei auf der Postkarte kein Feld vorgesehen gewesen. Sie sind gestern abgereist, nicht wahr?»

«Ich glaube, vorgestern.»

«Ich habe heute morgen meinen Vater in London angerufen – dichter Nebel, was denn sonst – und sehen Sie sich hier die herrliche Sonne an, es ist immer das gleiche – ja, und ich habe ihn gebeten, einmal nach ihnen zu sehen. Es hat keinen Zweck, sich Sorgen zu machen, oder? Charles-Edouard macht sich nie welche. Er sagt, wenn Sigi krank wird, müssen sie es einem mitteilen, und wenn sie ihn von der Schule werfen, kommt er nach Hause. Er muß, und sei es nur, um uns ein bißchen Geld abzuluchsen.»

«Natürlich, in diesem Alter. Später brauchen sie dann anscheinend kein Geld mehr und verschwinden völlig von der Bildfläche.» Ich dachte an Basil.

«Was hört man von der Krise?» fragte Grace.

«Können Sie mir erklären, warum diese Regierung überhaupt gestürzt ist? Mir kommt das absolut rätselhaft vor. Kriegerwitwen oder so etwas?»

«Über Fragen der Außenpolitik war sie schon fast verblutet. Die Renten für wiederverheiratete Kriegerwitwen haben ihr den Rest gegeben. Es ist immer dasselbe, Regierungen stürzen hierzulande nie über eine wirklich wichtige Frage. Schulmahlzeiten, Subventionen für Rote Bete, private Schnapsbrennerei – über solchen Problemen geraten sie ins Wanken. Den Wählern gefällt es besser so (sie haben gern das Gefühl, daß man sich um die Minderheiten kümmert), und außerdem engagieren sich die Deputierten nie für bedeutsame politische Fragen. *C'est plus prudent.*»

«Gefällt es Ihrem Mann in der Kammer?»

«Er regt sich immer furchtbar auf. Er ist Gaullist, wissen Sie; und der Gedanke an all die kostbaren Jahre, die nutzlos verstreichen, während der General in Colombey sitzt, ist ihm unerträglich.»

«Aber niemand scheint anzunehmen, daß er je zurückkehren wird.»

«Niemand außer Charles-Edouard. Ich auch nicht, aber ich würde es niemandem sagen, außer Ihnen. Unterdessen tun all diese armseligen Männer ihr Bestes, so sagt man. Wußten Sie schon, daß M. Queuille gescheitert ist? Es kam in den Mittagsnachrichten. Charles-Edouard glaubt, der Präsident werde jetzt M. Bouche-Bontemps zu sich rufen lassen.»

Das Telefon klingelte, und Katie Freeman sagte ziemlich aufgeregt: «Ich habe M. Bouche-Bontemps am Apparat.»

«Aber der Botschafter ist in der Kanzlei.»

«Ja, ich weiß. Er will Northey sprechen, und ich kann sie nirgends finden – in ihrem Büro ist sie nicht und in ihrem Zimmer auch nicht. Er ist schon ganz ungeduldig – er ruft aus dem Élysée an.»

«Lassen Sie mich nachdenken – ach, ich weiß, ich glaube, sie probiert gerade in meinem Ankleidezimmer etwas aus.» Sie hatte sich zwei Monatsgehälter bei mir geliehen, alles mögliche dafür gekauft und mein Dienstmädchen Claire zu ihrer Privatschneiderin gemacht. «Einen Augenblick», sagte ich zu Grace, «es ist M. Bouche-Bontemps.» Ich ging hinüber, und natürlich – da stand Northey in einem weiten, mit Nadeln festgesteckten Rock aus grünem Samt. «Komm schnell, du wirst am Telefon verlangt.»

Sie raffte den Rock zusammen und lief in den Salon vert. «Hallo, B. B.?» sagte sie. «Ja, ich war bei der Arbeit – nicht in meinem Büro – ich arbeite an vielen Fronten. Ja, das wäre nett. Am besten um zehn – ich esse mit Phyllis McFee zu Abend, und ich muß heute unbedingt früh schlafen gehen. Um zehn, und Sie holen mich ab? Ach, Sie Ärmster, müssen Sie wirklich? Machen Sie sich nichts draus, es geht vorbei.» Sie legte auf.

Grace machte ein erstauntes Gesicht nach diesem Gespräch.

«B. B. muß jetzt zum Präsidenten, es ist ihm lästig, sagt er. Aber danach nimmt er mich mit zu Marilyn Monroe.»

«Das bedeutet, er wird ablehnen», sagte Grace. «Die Krise geht weiter, und die Engländer sacken die Minquiers ein, ihr werdet sehen!» Zu Northey sagte sie: «Sie müssen demnächst einmal zum Abendessen zu uns kommen, und danach gehen wir tanzen. Ich werde etwas arrangieren, sobald der Haushalt wieder in Gang gekommen ist.»

«Das ist ungeheur nett von Ihnen», sagte Northey und stapfte wieder zu Claire hinüber.

«Was für ein reizendes Kind!»

«Nicht wahr? Ich habe sie ungeheur gern – Alfred genauso.»

«Und Bouche-Bontemps anscheinend auch.»

«Er ist sehr freundlich zu ihr. Ziehen Sie nicht so ein Gesicht, Grace, er könnte ihr Großvater sein.»

«Mm», sagte Grace.

«Und sie ist ein braves Mädchen.»

«Na schön, ich glaube Ihnen.»
«Das müssen Sie auch. Manchmal würde ich meine mißratenen Söhne am liebsten allesamt gegen eine Tochter wie Northey eintauschen.»
«Ich habe drei Töchter, aber sie sind noch klein. Die älteste ist erst sechs. Jetzt sind sie wunderbar, aber man sagt, Mädchen können sehr schwierig werden.»

Diese Worte von Grace sollten sich schon bald bewahrheiten. So bewundernswert Northey war – sie machte es einem nicht leicht. Sie hatte sich verliebt, zum ersten Mal (so sagte sie jedenfalls, aber ist es nicht immer das erste Mal und übrigens auch das letzte?), und jammerte darüber in einem fort, mit Quietschen und Jaulen wie ein junger Hund, dem irgend etwas nicht paßt. Ihr Mangel an Zurückhaltung überraschte mich. Wenn es um die Kinder ging, versuchte ich mich immer an die Zeit zu erinnern, als meine Cousinen und ich klein waren; wir alle wären lieber gestorben, als eine unerwiderte Liebe einzugestehen, auch nicht im Flüsterton in der Abgeschiedenheit des Wäscheschranks der Hons, und die Erwachsenen ahnten nie, was in unseren Herzen vor sich ging. Aber Northey gab sich nicht die geringste Mühe, Leid, Schmerz und Kummer zu verbergen; sie trug sie zur Schau. Der Geliebte selbst blieb nicht verschont.
«Oh, Philip, ich bete Sie an.»
«Ich weiß.»
«Soll ich B. B. absagen und mit Ihnen zu Abend essen?»
«Nein, danke. Ich bin eingeladen.»
«Sagen Sie ab!»
«Kommt nicht in Frage. Es wird bestimmt sehr amüsant.»
«Wie tragisch! Aber wenn Sie mich schon nicht zum Dinner einladen wollen, könnten Sie mir nicht wenigstens hin und wieder ein freundliches Wort zuwerfen.»
«Wenn Sie so weitermachen, werfe ich Ihnen etwas an den Kopf, etwas Großes und Schweres! Lassen Sie mich erklären, Herr Richter: Man hatte mir das Leben zur Hölle gemacht. Meine Arbeit litt darunter. Ich war unbeherrscht und gab

einem plötzlichen Impuls nach – es mag falsch gewesen sein; aber es war unvermeidlich. Fanny kann es bezeugen, oder etwa nicht?»

Der Umstand, daß sich jeder Franzose, der Northey zu Gesicht bekam, gleich in sie verliebte, machte den Umgang mit ihr nicht leichter und erschwerte mir die Erfüllung meiner Pflichten als Botschaftergattin ganz erheblich. Statt einer netten, vernünftigen, methodischen Sekretärin, die mir stets zur Seite stand, hatte ich nun dieses ungestüme, faszinierende Wesen, das im Haus herumflatterte und jedem, der es hören wollte, etwas von seinem Liebeskummer vorjammerte oder Alfreds Privatanschluß blockierte, um den neuen Freunden etwas vorzujammern. Northey verschonte sie mit ihrer tiefen Verzweiflung genausowenig wie uns. Wie sollten Nüchternheit und Zuverlässigkeit, die den Grundton unserer Amtsführung bilden sollten, unter diesen Umständen zu ihrem Recht kommen? Northey erzeugte eine Atmosphäre von Gefühlsüberschwang, in der alles Zuverlässige zweifelhaft wurde. Und eine besonders unglückliche Hand hatte sie bei der Wahl ihrer Verehrer. Mit Persönlichkeiten wie dem ersten Vizepräsidenten der Kammer, dem Generalsekretär des Élysée, einem früheren Justizminister, dem Botschafter der Kanalinseln, dem Direktor der französischen Nationalbank, dem Präfekten des Département Seine, ganz zu schweigen von dem scheidenden Außenminister, der seiner Ernennung zum nächsten Premierminister entgegensah, konnte man nicht umgehen wie mit gewöhnlichen jungen Tanzpartnern. Alfred konnte nicht gut darauf bestehen, daß sie nur ins Haus kommen dürften, wenn sie eingeladen waren, oder daß sie sich wenigstens an die Zeiten hielten, zu denen man für gewöhnlich jungen Damen einen Besuch abstattet. Sie alle waren mit der Krise sehr beschäftigt und kamen, wann sie es einrichten konnten, oder telefonierten in aller Ausführlichkeit.

Es war vielleicht unklug gewesen, aber wir hatten Northey das Entresol mit eigenem Eingang vom Hof her überlassen, das kürzlich von Lady Leone geräumt worden war. Zu allen Tages- und Nachtzeiten konnte es nun geschehen, daß dort Limousinen der französischen Regierung oder mit einem CD-Nummernschild vorfuhren, deren Besitzer keinerlei Geschäfte mit Alfred abzuwickeln hatten, während Motorradfahrer, wie Marsmenschen gekleidet, unablässig den Faubourg heraufdonnerten, um bei der Loge des Concierge Briefe, Blumen oder Schokolade für Northey abzugeben. Sie hatte den Zugang zum gesellschaftlichen und politischen Leben von Paris mit einer ungenierten Mühelosigkeit gefunden, die heutzutage eher hübschen jungen Männern als hübschen Mädchen zu Gebote steht. Philip, der diese sonst schwer zugängliche Welt besser kannte als irgend jemand sonst in der Botschaft, meinte, es sei fast unglaublich, wie rasch sie sich ihren Jargon und ihre Manieren aneigne. Während ich noch immer wie durch dichten Nebel tappte, nie wußte, wer wer war, und beim Small talk krampfhaft nach Einfällen suchen mußte, fühlte sich Northey bei den verschiedenen Gruppen, aus denen sich die französische Gesellschaft zusammensetzt, anscheinend schon völlig zu Hause.

In einer Hinsicht jedoch blieb sie das kleine Schottenmädchen, das mit dem Viehfrachter angekommen war. Ihre leidenschaftliche Tierliebe mäßigte sich nicht, und sie begann, wie nicht anders zu erwarten, Tiere um sich zu sammeln, die sie vor irgendeinem Unglück gerettet hatte.

«Ich sah also diese Kinder in den Tuilerien. Mir ist schon früher aufgefallen, wenn sich Kinder um irgend etwas drängen und starr nach unten sehen, dann ist es fast immer ein Tier, und fast immer sind sie grausam zu ihm. Und so war es auch diesmal, sie hatten diese niedliche Turty aufgestöbert. Immer wieder nahmen sie sie hoch, schwenkten sie herum und setzten sie wieder auf den Boden. Ihr wißt ja, wie schrecklich es für eine Schildkröte ist, wenn man sie herumschwenkt, weil sie natürlich glaubt, sie sei in die Fänge eines Adlers geraten. Es ist so grausam, sie von Griechenland hierherzubringen – zu Tausenden –, sie dann den ganzen Sommer herumzuschwenken und im Winter einfach sterben zu lassen. Neunzig Prozent von ihnen sterben, habe ich gelesen. Oh, Fanny, diese Welt! Na ja, ich habe sie diesen garstigen Kindern für tausend Francs abgekauft, die ich zum Glück bei mir hatte (wir müssen übrigens

noch mal über das Geld reden), und jetzt kann sie glücklich leben, bis es kalt wird. Sieh dir bloß an, wie sie läuft, da erkennt jeder, wie sie mit den Nerven herunter ist.
Willst du meine Katze sehen? Sie ist alt. Sie trägt Verbände am ganzen Leib, weil ihre Abszesse immer wieder aufbrechen. Der Tierarzt des Herzogs kommt jeden Morgen, wenn er mit den Möpsen fertig ist, und gibt ihr Penicillin. Was meinst du mit gnädiger? Siehst du denn nicht, wie sie das Leben genießt? Sie liegt da und schnurrt, glücklich und zufrieden. Könntest du mir ein bißchen Geld vorstrecken? Ja, weißt du, Penicillin ist ziemlich teuer. Nett von dir – ich führe genau Buch.»
Dann machte sie einen Spaziergang an den Quais und erblickte einen schlafenden Dachs in einem Käfig auf der Straße vor einem Tiergeschäft. «So eine Grausamkeit – sie können Tageslicht nicht ausstehen – sie leben tagsüber in einem Bau und kommen nur heraus, wenn es draußen dunkel ist. Überleg mal, ihn so zu halten – warum bringen sie den armen kleinen Kerl überhaupt aus seinem Wald in die Stadt? Also bin ich umgekehrt, habe Jérôme mit dem Rolls-Royce geholt und mir etwas Geld von Mrs. Trott geliehen (Liebling, könntest du es ihr zurückgeben, wenn ich verspreche, genau Buch zu führen?), und zusammen haben wir Meister Grimbart dann in den Wagen gehievt, ein großer, schwerer Bursche, sind in die Avenue Gabriel gefahren und haben ihn durch das Tor dort hereingelassen. Er ist jetzt im Garten. Komm doch mal gucken –»
«Oh, Northey, ob das eine gute Idee war? Im Garten ist es doch auch taghell – ich sehe da keinen Unterschied.»
«Ach, der Gute wird sich schon zu helfen wissen.»
So war es. Am nächsten Morgen klaffte mitten im Rasen ein riesiges, von Erdhaufen umgebenes Loch, das aussah wie ein Unterstand gegen Luftangriffe.
In Gelddingen fehlte ihr jeglicher Realismus; jeder für jeden, ihr Lieblingssprichwort, war offenbar auch hier ihr Leitsatz. Sie borgte von jedem, dem sie etwas entlocken konnte, ließ dann Alfred oder mich alles zurückzahlen und verkündete: «Ich führe genauestens Buch. Mein Gehalt bis Juni nächsten Jahres habe ich schon.»

«Liebling», sagte ich eines Tages, «was ist eigentlich mit M. Cruas? Müssen wir ihn für seine Stunden nicht bezahlen?» Er komme jeden Nachmittag wenigstens für eine Stunde, hatte mir Northey erzählt, und er war offenbar ein guter Lehrer, denn ihr Französisch machte erstaunliche Fortschritte.
«Nein, Fanny, das ist nicht nötig, er kommt aus Liebe zu mir. Aber wenn du ein paar tausend Francs übrig hast – Phyllis McFee und ich haben uns ein bißchen umgesehen und haben *un cocktail, prix shock*, gesehen, das wie für mich geschaffen ist. Denk doch mal nach, Liebling – das ist französisch und bedeutet: billiges Nachmittagskleid.»
Diese Phyllis McFee war eine schottische Freundin von Northey, sie kam aus Argyllshire und arbeitete ebenfalls in Paris. Bis jetzt hatte ich sie noch nicht kennengelernt. Ich war froh, daß Northey außer älteren Staatsministern noch jemand anderen hatte, mit dem sie herumspazieren konnte.
«Oh, du bist so nett, jetzt kann ich es mir kaufen. Jetzt habe ich also mein Gehalt bis August, glaube ich – ich führe jedenfalls sorgfältig Buch, weißt du, es ist alles genauestens notiert.»
Trotzdem konnte man nicht behaupten, daß Northeys Arbeit unter all diesen Zerstreuungen gelitten hätte, denn sie hatte ein ungeheures Talent, diese Arbeit zu delegieren. «Jeder für jeden» bedeutete, daß Alfred und ich und die Haushälterin Mrs. Trott und der Chauffeur Jérôme und Major Jarvis und Philip praktisch alle ihre Aufgaben für sie erledigten. Zum Lohn dafür hörten wir: «Ihr seid so nett, oh, wie nett ihr seid.» Aber auch abgesehen von all dem, was ihre Zeit und ihre Aufmerksamkeit in Anspruch nahm, war sie für den Beruf einer Sekretärin nicht gerade geschaffen, sie hatte nichts von einer Karrierefrau an sich. Das Vergnügen war ganz offenkundig ihr Lebenszweck.
«Jetzt weiß ich, was meine Söhne meinten, als sie sagten, Northey sei altmodisch», erklärte ich Philip. «Sie ist so leichtfertig wie eine Frau aus den zwanziger Jahren.»
«Seien wir trotz allem dankbar dafür. Die neue Sorte läßt mich am weiblichen Geschlecht wirklich verzweifeln. Es liegt

daran, daß auch ich dieser alten Welt angehöre, ich spreche ihre Sprache – ich würde lieber eine Zulufrau in meinem Alter heiraten als eine von diesen düsteren Schönheiten in roten Strümpfen.»

So weit, so gut, dachte ich. Aber zu meinem Bedauern sah ich keinerlei Anzeichen dafür, daß sich Philip in Northey verliebte. Er brannte in Liebe zu Grace, und ich fürchtete, wenn diese Flamme mangels Brennstoff erloschen war, würde Northey, die er als ein charmantes, komisches Schwesterchen ansah, sie nicht wieder entzünden können. Ich sagte es ihr. Sie hatte herausgefunden, daß seine Liebe Grace galt (wahrscheinlich hatte ihr einer ihrer Verehrer die Augen geöffnet, in der Hoffnung, auf diese Weise die eigenen Bestrebungen zu fördern), und kam mit rautenförmigen Augen zu mir, um mich an ihrer Bestürzung teilhaben zu lassen.

«Diese abscheuliche Grace, wie kann sie nur?»

Ich hielt es für besser, streng zu sein und nicht allzuviel Mitgefühl zu zeigen.

«Als wir das letzte Mal über sie sprachen, fandest du sie faszinierend.»

«Nie! Diese Idiotin, mit ihrem rollenden R. Zieht sich an wie eine Französin. Außerdem ist sie uralt.»

«So alt wie Philip.»

«Bei Männern ist das etwas anderes, das weißt du genau. Fanny, ich begreife es nicht.»

«Leider begreifen wir nie, wenn andere uns vorgezogen werden.»

«Hat Alfred jemals irgendwen dir vorgezogen?»

«Ja, und es war sehr unangenehm.»

«Aber du bist damit zurechtgekommen.»

«Wie du siehst. Ich glaube, es ist gut, daß du über Philip und Grace Bescheid weißt.»

«Warum denn? Vorher war ich sehr viel glücklicher.»

«Weil du dir jetzt nicht länger irgendwelche gefährlichen Illusionen machst.»

«Die Verzweiflung ist für mich viel gefährlicher.»

«Du brauchst nicht zu verzweifeln, aber mach dir auch nicht zu viele Hoffnungen. Du mußt bedenken, es wäre ein Wunder, wenn sich Philip unter diesen Umständen in dich verlieben würde.»

«Aber es gibt Wunder. Warum sollte der liebe Gott nicht etwas für mich tun?»

«Ich sage ja nur: Verlaß dich nicht darauf.»

Philip, der gerade den Salon vert betrat und diese letzten Worte mitbekam, sagte: «Wenn Sie auf ein Wunder aus sind, dann ist der heilige Expeditus Ihr Mann. Ein netter katholischer Heiliger, der sich mit aussichtslosen Fällen befaßt, er hängt in St. Roch. Allerdings mag er es nicht, wenn man sich an ihn wendet, bevor sich der Fall als wirklich aussichtslos erwiesen hat; man muß sich seiner Sache sehr sicher sein, ehe man ihn behelligt. Ich habe schon überlegt, daß wir ihm demnächst mal den Fall der Europa-Armee vorlegen könnten. In welcher Angelegenheit wünschen denn Sie ein Wunder, Mieß?»

«Aus Liebe, nur aus Liebe übte König Edward auf den Thron Verzicht.»

«Ach, die Liebe! Sagen Sie bloß, Bouche-Bontemps sei Ihre große Leidenschaft?»

«Sie wissen, daß er es nicht ist, Sie Rohling.» Randvoll. «Sie wissen ganz genau, wer meine große Leidenschaft ist.»

«Ach ja, das hatte ich ganz vergessen! Eine aussichtslose Sache – das kann ich Ihnen sagen, und ich muß es wissen. Na, na, hier wischen Sie sie ab. Gehen Sie in die Kammer, wenn der alte Knabe sein Kabinett vorstellt?»

«Natürlich. Ich bin seine Egeria.»

«Aber bleib nicht wieder bis fünf auf», sagte ich.

«Nein. Er wird eine seiner Kurzreden halten – nicht länger als zwei Stunden – er sagt, sie würden ihn bestimmt noch vor Mitternacht hinauswerfen.»

«So steht es also?» sagte Philip. «Das wußte ich gar nicht. Hervorragend. Dann werden wir mit den Îles Minquiers weiterkommen.»

«Wenn ich bloß verstehen würde, was mit diesen Inseln los ist», sagte Northey.

«Mir geht es genauso», sagte Philip.

«Warum schreiben unsere Zeitungen immer, man müsse die Franzosen in ihrem eigenen Interesse dazu bewegen, sie aufzugeben?»
«Weil wir sie haben wollen.»
«Wenn es gut für uns ist, sie zu besitzen, warum ist es dann gut für die Franzosen, sie loszuwerden?»
«Zunächst einmal gehören sie mit ziemlicher Sicherheit ohnehin uns, und außerdem kommt noch unser Altruismus hinzu. In unserer großen, aufrichtigen Liebe für die Franzosen, wohl wissend, daß sie sich ohne diese Inseln (und eine große Anzahl anderer Plätze und Landstriche ebenfalls) wohler fühlen werden, sind wir bereit, ihnen die Verantwortung für sie von den Schultern zu nehmen. Also, merken Sie sich das, und hören Sie auf, Fragen zu stellen. Ich bin Staatsdiener, mit Politik habe ich nichts zu tun, ich führe Befehle aus. Und vielleicht darf ich hinzufügen, daß ich zum Himmel bete, diese verflixte Sache möge endlich geklärt werden – sie vergiftet mein ganzes Dasein.»
Das Telefon klingelte. «Nimm ab», sagte ich zu Northey, «und frag, wer dran ist.»
«Hallo – oh – ja, er ist hier – wer spricht denn da? *Quelle horrible surprise*! Es ist für Sie, eine affektierte ausländische Stimme», sagte sie laut und vernehmlich, während sie Philip den Hörer übergab.
«Grace? Ach, achten Sie nicht darauf, sie ist nicht ganz bei sich. Die *Times*? Nein, noch nicht. Ein Leitartikel? Na, es wird nicht der letzte sein, den Raum müssen sie jeden Tag füllen – abscheulich für sie. Und ein Brief von Spears? Überrascht mich gar nicht. Aber Grace, ich habe Ihnen doch gesagt, damit habe ich nichts zu tun. Ich bin weder dafür noch dagegen, ich bin nicht dazu da, Meinungen zu vertreten. Nein, ich werde nicht zurücktreten, das nützt nie etwas, und nachher ist man arbeitslos. Wollen Sie, daß ich Paris verlasse? Bloß wegen ein paar Klippen, die, unter uns gesagt, so oder so bedeutungslos sind. Wir sprechen noch darüber. Ja, natürlich werde ich das, liebend gern.» Er legte auf und sagte zu mir: «Du und ich, wir sind zum Abendessen bei ihnen eingeladen, das geht doch, Fanny? Sie möchte, daß ich sie nachher mit in die Kammer nehme.»

«Sie haben gesagt, Sie würden mich abholen und mitnehmen», murmelte Northey, die Augen randvoll.
«Das werden wir auch. Grace macht es bestimmt nichts aus.»
«Aber mir.»
«Ach so! Dann sollten Sie vielleicht darum bitten, daß man Ihnen den Wagen des Präsidenten schickt.»
«Sehr witzig.»
«Jérôme kann dich hinbringen, Liebling. Schick ihn dann von dort aus einfach zu den Valhuberts.»
«Ich – ich gehe nämlich nicht gern allein dorthin. Ah, jetzt weiß ich...» Sie griff zum Telefon und sagte: «Katie, Liebe, könntest du mich bitte mit dem Büro der Assemblée verbinden und das Gespräch auf den Apparat in meinem Zimmer legen?»

8

Alfred war für ein paar Tage nach London gefahren, deshalb nahm Philip mich mit zum Dinner der Valhuberts. Nach und nach verlor ich die Angst vor solchen Anlässen, denn inzwischen kannte ich einige der Leute, denen ich wahrscheinlich dort begegnen würde. Sie waren alle sehr nett zu mir. Der französische Lebensstil faszinierte mich; man treibt in Paris einen Aufwand, bei dem wir Engländer nur in unseren Landhäusern mithalten können. Ein Diner in Paris ist, sowohl was die materielle Grundlage angeht als auch im Hinblick auf die Konversation, gewiß die zivilisierteste Zusammenkunft, die unser Zeitalter hervorzubringen vermag, und auch wenn es dabei heute vielleicht nicht mehr ganz so brillant zugeht wie in den großen Tagen der Salons, gibt es in der Welt von heute doch nichts Vergleichbares.
Das Hôtel de Valhubert liegt, genau wie das Hôtel de Charost (die englische Botschaft), zwischen einem Hof und einem Garten. Es ist aus dem gleichen sandgelben Stein erbaut, und obwohl es kleiner und nicht ganz so alt ist, hat es einen sehr ähn-

lichen Grundriß. Aber hier hört die Ähnlichkeit auch schon auf. Die Botschaft, die die Engländer seinerzeit mit allem, was dazu gehörte, von Napoleons Schwester kauften, ist von oben bis unten in einem vornehm pompösen Empirestil dekoriert und möbliert, der sehr gut zu ihrer jetzigen Nutzung paßt. Das Hôtel de Valhubert hingegen ist ein Familiensitz. In den Räumen ist die alte Holztäfelung noch vorhanden, und sie sind vollgestopft mit den Erwerbungen der verschiedenen Valhuberts seit der Französischen Revolution (in deren Verlauf war das Haus geplündert worden, die ursprünglichen Möbel waren abhanden gekommen und in alle Welt verstreut worden). Schöne und häßliche Gegenstände stehen nebeneinander und fügen sich sehr gut in die Umgebung. Die Blumen von Grace waren wunderbar; kein Samt, keine toten Hasen, kein Erntedankaltar, sondern hübsche Sträuße in Sèvres-Vasen.
Nachdem Grace mein Kleid in hohen Tönen gelobt hatte, das auch mir sehr gefiel und übrigens von ihrem Schneider kam, stellte sie mich verschiedenen Leuten vor, die ich noch nicht kannte. «Es regnet heute abend in London», sagte sie, «ich habe eben mit Papa gesprochen. Er ist in Eton gewesen und hat die Jungen ausgeführt – es wird Sie freuen zu hören, daß alle drei am Leben sind. Er sagt, einen solchen Regen hätte er noch nie erlebt!»
Mrs. Jungfleisch erwiderte, als sie in London gewesen sei, sei das Wetter herrlich gewesen, viel besser als in Paris.
«Hör doch auf, Mildred. Du siehst London immer durch eine rosa Brille, aber mir fällt auf, daß du dich dort nicht niederläßt.»
Ich hatte Mrs. Jungfleisch nicht gesehen, seit sie in einem weißen Leinenkleid meine Treppe heruntergekommen war und sich aktiv am Raub des Grammophons beteiligt hatte. Ohne irgendwelche Anzeichen von Verlegenheit sagte sie: «Nett, Sie wiederzusehen.» Ich kam mir vor, als hätte ich mich irgendwie schlecht benommen und nun endlich Verzeihung erlangt.
Beim Diner saß ich neben Valhubert. Wir unterhielten uns über die Kinder, ein naheliegendes Thema, wenn wir einander begegneten.

«Der arme Fabrice», sagte er und meinte den Vater meines Fabrice. «Er war mein Held, als ich noch ein kleiner Junge war, und als ich größer wurde, waren wir eher wie Brüder als wie Vettern. Ich muß sagen, dieses Kind sieht ihm sehr ähnlich. Ich habe meiner Tante von ihm erzählt – natürlich will sie ihn unbedingt sehen – würden Sie gestatten, daß ich ihn einmal zu ihr mitnehme, wenn er Weihnachten kommt? Es könnte von Vorteil für ihn sein, sie ist reich, und von der Familie Sauveterre ist niemand mehr am Leben. Vielleicht adoptiert sie ihn – das würde Ihnen doch nichts ausmachen?»
«Ich glaube nicht. Schließlich ist sie seine Großmutter. In fünf Jahren ist er wahrscheinlich ohnehin aus meinem Leben verschwunden. Diese Jungen scheinen zu verschwinden, sobald sie erwachsen sind.»
«Und was tun sie dann?»
«Wenn ich das wüßte. Alfred und ich haben uns immer an das Prinzip gehalten, keine Fragen zu stellen.»
«Wie in der Fremdenlegion?»
«Genau. Aber jetzt frage ich mich manchmal, ob das eine gute Idee war. Wir haben keine Ahnung, was vor sich geht; nach allem, was wir sehen oder hören, könnten die beiden ältesten auch tot sein.»
«Was sind sie – im diplomatischen Dienst?»
Ich fing an, von dem bärtigen David und von Basil, dem Teddy, zu erzählen, aber ich merkte, daß er nicht zuhörte. Er interessierte sich nur für seinen eigenen Sohn Sigi und dessen Vetter Fabrice und akzeptierte unseren Charlie, weil er mit den beiden anderen immer zusammen war. Vollbärtige Professoren und schnurrbärtige Reisebürobesitzer (wenn Basil denn ein solcher geworden war) lagen außerhalb seines Gesichtskreises. Ich wußte, daß meine Begegnung mit Basils Komplizen auf der Straße jedem Mann meiner Generation seltsam und furchtbar erschienen wäre; auch Alfred hatte ich nie davon erzählt.
«Fahren Sie denn nicht hinunter ins Haus?» fragte ich, um das Thema zu wechseln. Ich wußte, daß die Parlamentssitzung um neun begonnen hatte.
«Mein Schwiegervater sagt immer: hinunter ins Haus – es ge-

fällt mir sehr. Doch, ja, gleich. Kein Grund zur Eile, wir wissen genau, was dort zur Zeit geschieht. Jules Bouche-Bontemps trägt gerade einen erhebenden, bewegenden Appell vor. (Es wird sich allerdings niemand erheben, und er wird auch niemanden bewegen, aber sei's drum.) Auch ich könnte diese Rede halten, wenn ihm zwischendurch schlecht werden sollte, ich kenne sie genausogut wie er, und alle anderen Zuhörer kennen sie ebenfalls. Zuerst sagt er, daß unsere Zwistigkeiten niemandem nützen, außer gewissen Verbündeten, die er hier nicht nennen wolle. Hier kommt es dann zu einer langen Abschweifung über die Îles Minquiers, ihre Geschichte und ihre moralische Bindung an Frankreich. (Diese Inseln sind mir ein Graus; alles, was sie betrifft, kann ich einfach nicht mit anhören, es ist zu langweilig.) Er wird alles so darstellen, daß er, falls wir die Inseln verlieren – und wem, außer natürlich Grace, würde das etwas ausmachen –, nachher sagen kann, die Schuld liege bei meiner Partei und den Madames, die alle, wie er genau weiß, gegen ihn stimmen wollen. Er wird so tun, als sei er zutiefst schockiert über die unheilige Allianz zwischen den Madames und den Gaullisten, die alle das Spiel Londons mitspielen. Immerhin ist es etwas anderes als das Spiel Moskaus, das wir sonst angeblich immer mitspielen. Dann wird er auf den Eisenbahnerstreik von nächster Woche zu sprechen kommen. An dem faulenden Gemüse und den hilflosen Touristen tragen ebenfalls wir und die Madames die Schuld. Natürlich haben alle diese düsteren Prophezeiungen, Vorwürfe und Rügen nicht die geringste Wirkung, und das weiß er. Die Abstimmung am Ende der Sitzung wird zeigen, wo er steht – nämlich draußen und nicht drinnen, deshalb könnte er sich diese Rede eigentlich auch sparen. Aber er redet gern, es macht ihm Spaß, und vor allem macht es ihm Spaß, die Schandtaten seiner Landsleute bloßzustellen. Mögen Sie ihn?»

«Oh, ja – sehr.»

«Ich liebe ihn – ich liebe den alten Bouche-Bontemps wirklich.»

Philip beugte sich über den Tisch zu mir herüber und sagte: «Alle französischen Politiker lieben einander, das behaupten

sie jedenfalls. Sie wissen ja nie, wann sie vielleicht der Regierung eines solchen lieben Kollegen beitreten wollen, verstehen Sie?»
Alle lachten. Das Gespräch wendete sich allgemeinen Dingen zu, die Leute warfen einander nach allen Richtungen Bemerkungen zu. Mir gefällt diese lebhafte Art, die es einem ermöglicht zuzuhören, ohne sich am Gespräch beteiligen zu müssen, es sei denn, man hat etwas zu sagen. Als der allgemeine Lärm etwas abflaute, fragte ich meinen anderen Tischnachbarn, M. Hué, was geschehen werde, wenn die Krise weiterginge.
«René Pléven, Jules Moch und Georges Bidault werden, und zwar in dieser Reihenfolge, versuchen, eine Regierung zu bilden, und sie werden scheitern. Die englisch-französischen Beziehungen werden sich verschlechtern; die soziale Unruhe wird zunehmen; in Nordafrika wird es brodeln. Zuletzt werden sogar die Abgeordneten merken, daß das, was wir vor allem brauchen, eine Regierung ist. Wahrscheinlich werden sie zu Bouche-Bontemps zurückkehren, der sich dann mit denselben Ministern und demselben Programm, das sie heute abend ablehnen werden, durchsetzen wird. Stimmt es, daß Sir Harald Hardrada zu einem Vortrag herüberkommt?»
«Alfred hat es mir erzählt.»
«Schlimm.»
«Oh – ich hatte eigentlich erwartet –»
«Ich meine nicht den Vortrag. Nichts macht mehr Spaß, als einem Vortrag von Sir Harald zu lauschen. Aber es ist ein Sturmsignal – das erste einer ganzen Kette von Ereignissen, die uns im Quai d'Orsay nur zu gut bekannt ist. Immer wenn Ihre Regierung irgendein häßliches Überraschungsmanöver plant, wird Sir Harald herübergeschickt, um unseren Argwohn zu beschwichtigen und für gute Stimmung zu sorgen.»
«Welches Thema hat denn dieser Vortrag?» fragte mich Valhubert.
«Ich glaube, Lord Kitchener.»
Die beiden Franzosen sahen einander an.
«Nom de nom –!»
«Wir glauben immer, an dem Thema ablesen zu können, was

auf uns zukommt, wissen Sie. Ich erinnere mich noch gut an ‹Eine Studie zur alliierten Solidarität›. Äußerst brillant – gehalten in Algier kurz vor der Syrien-Krise. ‹Lord Kitchener› kann nur bedeuten – ade, ihr Îles Minquiers. Aber das wäre keine große Überraschung. Hoffen wir, daß der britische Geheimdienst nichts Schlimmeres im Schilde führt.»

«Da wir gerade vom Geheimdienst sprechen», sagte Valhubert, «wann lerne ich eigentlich die unwiderstehliche Mieß Norrti kennen?»

«Ach, die arme Northey, sie ist also eine Spionin, ja?»

«Natürlich. Und eine sehr erfolgreiche obendrein. Es war ein teuflisch guter Streich, sie zu schicken.»

«Machen Sie sich selbst ein Bild von ihr – bei unserer Dinnerparty in der nächsten Woche.»

«Gut. Kann ich neben ihr sitzen?»

«Bestimmt nicht», sagte Philip.

«Warum nicht? Es ist ein offizielles Dinner, den *bout de table* bekomme ich sowieso.»

«Nein, da haben wir noch andere Kandidaten – mich zum Beispiel – es wird ein großes Dinner, und Sie werden am oberen Ende der Tafel sitzen.»

«Ich dachte, die Engländer kümmerten sich nicht um das Protokoll.»

«Aber in Rom machen wir es wie die Römer – nicht wahr Hughie?»

«Setzen Sie mich neben Mieß –»

«Nach dem Dinner», sagte Philip, «können Sie ein *tête-à-tête* auf dem Sofa mit ihr haben. Weiter kann ich nicht gehen.»

Als wir das Eßzimmer verließen, verabschiedeten sich Valhubert und zwei oder drei andere Abgeordnete, so daß nachher die Angelsachsen in der Überzahl waren. Philip warf Grace einen traurigen Blick quer durch das Zimmer zu. Mir fiel auf, daß Philip in ihrer Gegenwart ganz unsicher wurde, weil er ihr unbedingt gefallen wollte, und dabei viel von dem Charme seiner lässigen, jovialen Macht-was-ihr-wollt-Haltung verlor. Er konnte einem richtig leid tun; kerzengerade saß er da, die Hände auf den Knien gefaltet, wie ein kleiner Junge. Da ging

Mrs. Jungfleisch zu ihm hinüber. Sie fing an, ihn über das auszufragen, was anscheinend alle Amerikaner in Paris die «Ielz» nannten. Ich lauschte mit halbem Ohr. Ich hatte wieder M. Hué bei mir, und der erzählte mir eine lange und wahrscheinlich auch ziemlich komische Geschichte über Königin Marie von Rumänien. Aber bei derlei Geschichten fällt mir das Zuhören immer besonders schwer; diesmal kam es mir so vor, als hätte ich sie von ihm schon einmal vernommen, aber auch beim ersten Mal nicht richtig zugehört.

Mrs. Jungfleisch sagte gerade: «Dieses kleinkarierte Gezänk um ein paar Felsbrocken scheint mir nicht recht in das neue Konzept einer freien, auf Ausgleich bedachten Weltgemeinschaft zu passen, oder?»

«Oder?» sagte Philip vor sich hin, die Augen auf Grace gerichtet.

«Es liegt hier wohl ein gewisser Mangel an Rationalismus vor.»

«Der zumindest.»

«Wenn es keine Einwohner gibt, wie soll dann die Selbstbestimmung wirksam werden?»

«Sie kann nicht.»

«Aber die moderne Idee der Souveränität beruht doch, mit Sicherheit, auf der Selbstbestimmung?»

«So heißt es jedenfalls.»

«Eine andere Frage, die mir in diesem Zusammenhang einfällt. Wenn es keine Bewohner gibt, wie kann man dann feststellen, ob die Ielz französisch- oder englischsprachig sind?»

«Man kann nicht.»

«Und doch ist die Sprache ein wichtiger Faktor für die Idee der Souveränität.»

«Es handelt sich um eine Frage des Rechts, nicht der Sprache.»

«Die Franzosen behaupten, auch sie hätten bald die Bombe.»

«Das spielt keine Rolle. Wegen der Îles Minquiers werden sie sie nicht über London abwerfen.»

«Ich glaube nicht, daß ich dieses Problem in seiner erschöpfenden Tragweite aus dem Blickwinkel von euch Briten voll und ganz verstanden habe. Könnten Sie mich kurz informieren?»

«Ich könnte. Aber es würde Stunden dauern. Die ganze Sache ist sehr kompliziert.»

Ich sah, daß Philip das Ende der Party herbeisehnte, damit er Grace zur Kammer fahren konnte und sie im Wagen ein paar Minuten für sich allein hätte. Ich war sterbensmüde und wollte zu Bett. Obwohl es noch ziemlich früh war, streifte ich die Handschuhe über und sagte gute Nacht.

9

Bouche-Bontemps' Kabinett wurde von der Assemblée abgelehnt. Der *«Homme des Hautes-Pyrénées»*, wie die französischen Zeitungen ihn oft nannten, als wäre er ein Schneemensch, der sich in abgelegenen Bergwelten herumtreibt, hielt seine erhebende oder bewegende Ansprache vor dreihundertfünfzig Pairs, die ihm mit trockenen Augen und steinernen Herzen folgten. Die zweihundertfünfzig, die immerhin so bewegt waren, daß sie ihm ihre Stimme gaben, genügten nicht für seinen Amtsantritt. Für Alfred und mich war das ziemlich ärgerlich, denn kurz vor dem Sturz von M. Béguin hatten wir ihn und die meisten Mitglieder seines Kabinetts zu einer Abendgesellschaft eingeladen. Nun sah es so aus, als würden wir unser erstes großes Dinner für ein Häuflein schlechtgelaunter Exminister geben.

Der Eisenbahnerstreik begann planmäßig. Wie immer in Frankreich spielte auch hierbei das menschliche und regionale Element eine wichtige Rolle. Die Eisenbahner im Norden traten wie ein Mann in den Ausstand; ihre Kollegen im Süden jedoch, launischer, weniger diszipliniert und bei weitem nicht so verbissen, sorgten dafür, daß noch eine ganze Reihe von Zügen Paris erreichte. Hier kam es nun zu einem Engpaß; Touristen, die aus den Herbstferien unterwegs nach Haus waren, gelangten bis in die französische Kapitale, aber nicht weiter. Amyas Mockbar schrieb:

Gestrandet
Tausende Briten sitzen infolge des Streiks in Paris fest. Sie kampieren um die lahmgelegten Bahnhöfe, ohne Verpflegung, ohne Komfort, ohne Hoffnung. Was tut die britische Botschaft, um ihre Not zu lindern? Organisiert sie Transporte, um diese Menschen an die Küste zu bringen, wo britische Schiffe ihnen zu Hilfe eilen könnten? Kümmert sie sich um Unterkünfte? Leiht sie ihnen Francs, damit sie sich etwas zu essen kaufen können? Nichts von alledem.

Dinnerparty
Miss Northey Mackintosh, die Nichte und Privatsekretärin der Gattin des Botschafters, Lady Wincham, erklärte mir gestern: «Meine Tante ist mit den Vorbereitungen für die große Dinnerparty viel zu beschäftigt, als daß sie sich um die Touristen kümmern könnte.» N. B. Geschätzte Kosten der botschafterlichen Bewirtung: 10 Pfund pro Person.

«Hast du das zu ihm gesagt?» fragte ich Northey und reichte ihr die *Daily Post*. Ich war beim Frühstück, und sie hockte am Fußende meines Bettes. Sie kam jeden Morgen um diese Zeit zu mir, um die Aufträge entgegenzunehmen, die ich für sie hatte – und die dann von allen erledigt wurden, nur nicht von ihr.
«*Quelle horrible surprise*! Selbstverständlich habe ich ihm das nicht gesagt – hätte ich vielleicht gesagt *meine Tante*, wo du doch meine Tante zweiten Grades bist?»
«Aber triffst du dich denn mit ihm, Liebling?» Ich wußte, daß sie dies tat. Philip war ihnen begegnet, wie sie Hand in Hand den Faubourg hinaufgingen, ein Anblick, so sagte er, wie Rotkäppchen mit seiner Großmutter.
«Der arme Amy, so ein lieber Kerl», sagte Northey, «er würde dir gefallen, Fanny.»
«Das bezweifele ich.»
«Darf ich ihn irgendwann mal mitbringen?»
«Auf keinen Fall. Jedesmal, wenn er Alfred oder mich zu Ge-

sicht bekommt, schreibt er irgend etwas Gemeines über uns. Du solltest wütend auf ihn sein wegen dieser schändlichen Erfindung. Und ich muß wirklich mit dir schimpfen, Northey. Du bist mitschuldig, weil du die Dinnerparty überhaupt erwähnt hast, obwohl ich natürlich weiß, daß du diese Worte nicht gesagt hast. Anführungszeichen in der Zeitung bedeuten heutzutage, daß der Autor das, was zwischen ihnen steht, erfunden hat. Wenn du unbedingt mit ihm ausgehen mußt, was mir sehr mißfällt, dann paß bitte auf, daß du ihm nie etwas darüber erzählst, was hier vor sich geht.»

«Tragisch! Lord Grumpy ist schuld, er zwingt den armen Kerl, sich mit Klatschgeschichten abzugeben. Eigentlich interessiert er sich für politische Philosophie – er sagt, er würde sich am liebsten auf die *Chambre des députés* konzentrieren, aber Lord Grumpy zerrt ihn immer wieder in die *chambres à coucher*. Du siehst, er ist ein witziger Typ!»

«Ich frage mich, ob er wirklich so ein guter politischer Journalist ist. Dazu braucht man ganz andere Fähigkeiten als für Klatschgeschichten.»

«Oh, sag das bloß nicht dem armen Amy – sonst begeht er womöglich...»

«Soll er doch...»

«Er hat Kinder, Fanny.»

«Viele abstoßende Männer haben Kinder.»

«Und er muß seine Kinder ernähren.»

«Das müssen die Tiger auch. Trotzdem will man sich von ihnen nicht zum Mittagessen verspeisen lassen.»

«Fanny?» Schmeichlerische Stimme.

«Mm?»

«Er will etwas über Tantchen Hopse schreiben. Er sagte, als sie geheiratet habe, sei die Woche gestopft voll gewesen, Dockarbeiter und der Herzog von Sowieso, und deshalb habe er ihr nicht gerecht werden können. Er würde gern wissen, wann sie hierherkommt, damit er sie mit dir und Alfred in Verbindung bringen kann.»

«Ja, das würde ihm so passen. Das gefundene Fressen für einen politischen Philosophen – also, Northey, jetzt hör mir bitte mal genau zu», sagte ich in einem Ton, den sie überhaupt nicht gewohnt war. «Wenn wir Ärger mit Mockbar bekommen und sich herausstellen sollte, daß du daran schuld bist, muß ich dich nach Schottland zurückschicken. Ich bin hier, um Alfred vor dieser Art von Indiskretionen zu schützen.»

Northey warf mir einen aufrührerischen Blick zu, ihre Augen waren randvoll, ihre Mundwinkel sanken abwärts.

Die Tür flog auf, und eine sonderbar anmutende Gestalt trat ins Zimmer. Koteletten, Pony bis tief in die Stirn, Hosen, die wie angegossen an den Beinen saßen, darüber ein Kleidungsstück, für das ich kein Wort wüßte, es umhüllte den Oberkörper und erfüllte gleichzeitig die Zwecke eines Jacketts und eines Hemdes – so war dieser übergroße Knabe ausstaffiert (als Mann konnte ich ihn nicht ansehen), mein lange verlorener Sohn Basil.

«Quelle horrible surprise!» sagte Northey, der diese Ablenkung von ihren vergangenen und künftigen Indiskretionen keineswegs ungelegen kam.

Basil warf uns einen prüfenden Blick zu. Als er erkannte, daß wir uns beide freuten, ihn zu sehen, wich die finstere Miene, mit der er sich gewappnet hatte, einem besonders gewinnenden Lächeln.

«Also, Ma», sagte er, «da bin ich. Hallo, Northey!»

«Was für eine Überraschung. Ich glaubte schon, ich hätte dich für immer verloren.»

«Das habe ich mir gedacht. Was ist mit Frühstück – könnte ganz gut ein bißchen Schinken und ein paar Eier vertragen – mit einem Wort, ich verhungere. Ist ja ungeheuer feudal hier. Und das Personal ist ja so was von mißtrauisch, Ma – ich mußte meinen Paß zeigen, sonst hätten sie mich nicht reingelassen.»

«Hast du dich in letzter Zeit mal im Spiegel angesehen?» fragte Northey und griff zum Telefon, um ein Frühstück für ihn zu bestellen.

«Die müssen doch schon mal einen Ted gesehen haben – was ist denn mit den *blousons noirs?*»

«Nicht in Botschaften, Liebling, das ist hier eine andere Welt.»

«Und was ist das?» fragte Northey und fuhr mit dem Finger über ein Armband, das er trug und auf dem die Worte «Opa Tours» standen.
«Magie. Das Sesam-öffne-dich für die Welt des Tourismus.»
«Woher kommst du denn jetzt, Baz?»
«Gerade eben – von der Gare d'Austerlitz. Ansonsten von der Costa Brava.»
«Jetzt mal von Anfang an, du mißratener Knabe. Und denk bitte daran, ich habe volle drei Monate nichts von dir gesehen und gehört.»
«Da bist du nicht die einzige.»
«Nichts, seit du mich bei unserem Lunch damals versetzt hast.»
«Ich habe geschrieben und abgesagt.»
«Sechs Wochen später.»
«Geschrieben habe ich sofort – nur mit dem Abschicken gab es leider Probleme. Na ja, so ist das. Kennst du Opa? Ja, natürlich, Ma, Oma Hopses neuen Alten, du mußt ihn kennen.»
«Ich habe ihn nie gesehen.»
«Aber du weißt, daß es ihn gibt. Oma hat ihn sogar bei mir kennengelernt – Opa ist schon seit einer Ewigkeit ein Kumpel von mir – er war der Kopf unserer Clique. Ich kann dir sagen, diesmal hat Oma wirklich einen guten Mann bekommen, genau das, was sie braucht. Du glaubst nicht, wie gut sie miteinander klarkommen.»
Mir war schon oft aufgefallen, daß meine Söhne alle Leute über dreißig als Gruftis, alte Knacker, Wracks ansahen, eigentlich gar nicht als richtige Menschen, nur die Hopse mit ihren fünfundsechzig Jahren hielten sie für eine Altersgenossin. Sie besaß eine außerordentliche Begabung zum Jungsein, vielleicht, weil sie eine Verbindung aus Albernheit, Gutmütigkeit und Genußfähigkeit darstellte. Für ihr Alter sah sie hinreißend aus; es war ohne weiteres zu erkennen, daß sie an ihren zahllosen Liebesaffären nie mit dem Herzen beteiligt gewesen war.
Basil redete weiter in diesem sonderbaren Jargon, bei dem die gewöhnliche Sprache eines gebildeten Menschen immer wieder unter einer dicken Schicht aus Cockney oder amerikanischem

Slang verschwand. «Opa stellte fest, daß Omas Geld magere vier oder fünf Prozent abwirft, und davon bezahlt sie auch noch Steuern. So was findet der nun gar nicht toll, sieht sich mal um und kommt auf diese Masche mit dem Reisen – also, Masche ist noch harmlos ausgedrückt! Legt ein bißchen von Omas Knete für einen Laden und die Reklame an, und ab geht's in die Gruppe der Spitzenverdiener – steuerfrei natürlich –, und ich bin mit von der Partie, und bald werde ich dafür sorgen, daß du und Vater auf eure alten Tage noch ein tolles Leben habt. Opa ist der Boss, der die Ideen hat, und ich bin der Angestellte, der die Ärmel aufkrempelt; ideale Verbindung. Jetzt verstehst du, warum ich damals nicht zum Lunch kommen konnte – ich hatte gerade angefangen, Karriere zu machen.»

«Und worin besteht sie?»

«Ich packe das Fleisch in die Büchsen.»

«Hier ist dein Frühstück.»

«Schönen Dank. Ist lange her, seit mir richtiges Essen unter den Gaumen gekommen ist. Mal in Spanien gewesen? Bloß nicht! Also, weiter im Text – Opa treibt das Vieh zusammen, ich verfrachte es dann und bring es auch zurück. Mit vielen Versprechungen und allerlei kessen Sprüchen – ‹Eile mit Weile, mit Opa Tours› und so weiter – bringt er Reisegruppen zusammen, nimmt den Leuten ihr Bargeld ab und überläßt es mir, sie ins Unheil zu führen. Abscheulich – zu fünfzehn in einem Eisenbahnabteil durch Frankreich, und auf der Halbinsel wird alles noch viel schlimmer. Und wenn sie schließlich eher tot als lebendig aussteigen, nach Tagen ohne Essen und ohne Schlaf, dann stehen sie vor ihrer Unterkunft. ‹Opa mietet für Sie eine Fischerhütte›, heißt es im Prospekt. Und das tut er auch. Die Betten sind noch warm von den ehrlichen Fischerleuten, denen wir sie unter dem Hintern weggerissen haben. An diesem Punkt brechen dann die ersten Wiederkäuer zusammen – die Enttäuschung gibt ihnen den Rest. Die alten Kühe fallen um wie die Fliegen, wenn die Temperatur über fünfunddreißig Grad klettert – Briten glauben zwar immer, die Hitze werde ihnen gefallen, aber in Wirklichkeit bringt sie sie um – meistens müssen wir ein oder zwei der Herde ins Knochenbeet einpflanzen, bevor wir die Heimreise antreten. Ich habe drüben jetzt immer einen Zylinder bereitliegen, für die Beerdigungen, das sieht besser aus. Zum Glück bin ich nicht zimperlich, ist auch dringend nötig bei dieser Arbeit, das kann ich euch sagen.»

«Beschweren sie sich denn nicht?»

«Beschweren? Aber wozu denn, wenn sie einmal drin sind, müssen sie durch. Es gibt keinen Notausgang.»

«Ich fände es schrecklich!» sagte Northey.

«Sie finden es auch schrecklich – die Sache ist nur die, sie sind völlig abhängig. Sie sprechen keine Sprache, außer ein bißchen Englisch, und sie haben kein Geld, weil Opa vor der Abfahrt alles einsackt, was sie aufbringen können. Sie sind mir also ausgeliefert. Ihr solltet die Briefe sehen, die sie über ‹ihren großen, dunklen Reiseleiter› schreiben, wenn sie wieder zu Hause sind. Sie trachten mir nach dem Leben und allem. Aber dann ist es natürlich ein bißchen zu spät, dann bin ich längst weg und verfrachte den nächsten Pulk.»

«Aber was bringt sie denn überhaupt dazu mitzufahren, ohne vorher ein paar Erkundigungen einzuholen? Es kommt mir völlig verrückt vor.»

«Na ja, darin besteht eben das außerordentliche Genie von meinem Opa. Er hypnotisiert sie mit seiner Reklame. Alles beruht darauf, dem Sexus den Weg zu ebnen. ‹Lassen Sie sich von Opa in das Land der Romantik, der Muße und der Freuden entführen. Hör dort, die schöne Spanierin, wie sie um einen Briten buhlt.› Versteht ihr? Unser Büro hat ein Schaufenster mit einer lebensgroßen Puppe von einer Señorita, die einem Caballero nachreitet. Drinnen hängen lauter Schnappschüsse von Leuten, die auf einer Opa-Tour einen Granden geheiratet haben (natürlich keine Schnappschüsse von den Beerdigungen). Und die Sache ist durchaus nicht völlig aus der Luft gegriffen, einige der Mädchen schlafen wirklich mit Zollbeamten.»

«Auf diesen scheußlichen Tischen?» fragte Northey interessiert.

«Aber woher nehmen sie die Zeit?» fragte ich. «Ich habe es dort immer so eilig, daß einfach keine Zeit bliebe, mit den Leuten vom Zoll zu schlafen.»

«Dann versuch es beim nächsten Mal mit Opa Tours – *mit Weile*. Das Problem besteht darin, daß es sich um Billigreisen handelt. Du glaubst nicht, wie es dabei zugeht – es übersteigt jede Vorstellung. Diese Muße, diese Lust! Die Aufenthalte sind endlos, manchmal ganze Tage – Stunden, die man totschlagen muß, an jeder Grenze, die man überquert. Als Uniformierte haben die Zöllner natürlich die freie Auswahl. Ältere Damen müssen die Kellner, Strandwächter und so weiter für ihre Dienste bezahlen.»
«Ich dachte, sie hätten kein Geld?»
«Sie reißen sich ihren Schmuck vom Leib.»
«Und das Programm? Besichtigungen?»
«Nichts, gar nichts. Ins Ausland reist die Engländerin wegen der Romantik, und damit hat es sich.»
«Oh!» rief Northey. «Wie wahr!»
«Und die Männer? Werden die spanischen Frauen nicht streng bewacht?»
«Die Männer sind bei der Ankunft meistens völlig groggy. Sie verkraften die Reise schlechter als die Frauen, und die Wut lähmt ihr Herz. Sie haben gerade noch genug Kraft, um sich auszuziehen und in die Sonne zu legen. Ich glaube, sie würden es gar nicht schaffen – in ihrem Zustand. Außerdem sind ihre Rachegelüste so groß, daß für andere Gelüste kein Raum bleibt.»
«Und du? Wie verbringst du deine Zeit?» fragte ich in der vagen Hoffnung, etwas über einen Spanischkursus zu hören.
«Ich liege am Strand, mit dem Gesicht nach unten. Das ist sicherer. Sobald wir angekommen sind und sie gesehen haben, wo sie pennen sollen, und das Essen gerochen haben, das sie verdrücken sollen, diesen verlockenden Duft nach ranzigem Fett, haben die jüngeren Männer nur noch einen Gedanken. Zum Teufel mit den Señoritas – *mir* wollen sie eins auf die Birne geben, versteht ihr? Deshalb lege ich mich hin und schütze mich durch Mimikry. Mein Rücken ist braun, nur mein Gesicht ist weiß; sie bringen beides nicht miteinander in Verbindung, und ich bin fein raus, solange ich mich nicht umdrehe. Wenn sich der Tag der Rückreise nähert, tun sie mir nichts, weil sie so sehr auf mich angewiesen sind.»

«Du liebe Güte, Basil!»
«Das kannst du laut sagen. Wo ist Vater?»
«Er war in London und muß jeden Augenblick zurückkommen. Hör zu, Liebling, ich habe ihm von deinem Sommer nichts erzählt – ich wußte ja auch nichts Bestimmtes –, also laß ihn einfach in dem Glauben, in dem ich mich ja auch befand, du hättest dein Kastilisch aufpoliert. Ihm würde es vielleicht nicht gefallen, daß du – na ja.»
«– daß ich diese Leute herumkutschiere?»
«Das würde ihm bestimmt nicht gefallen. Aber ich finde, wir brauchen es ihm nicht zu sagen. Jetzt sind die Ferien ja vorbei, und du wirst wieder bei deinem Repetitor anfangen zu pauken, und ich glaube, wir hintergehen niemanden, wenn wir die ganze Sache einfach vergessen, oder?»
«Bloß, daß aus dem Repetitor nichts wird. Das waren keine Ferien, Ma – wären auch komische Ferien gewesen –, nein, das ist meine Arbeit, meine Karriere, meine Zukunft.»
«Mit dem Gesicht nach unten im Sand liegen?»
«Jawoll.»
«Du willst den diplomatischen Dienst aufgeben?»
«Darauf kannst du Gift nehmen.»
«Basil!»
«Jetzt hör mal zu, liebe Mutter, die große Zeit des diplomatischen Dienstes ist vorbei – sie war bestimmt herrlich, solange sie währte, aber jetzt ist Schluß damit. Der Privilegierte der Zukunft ist Reiseunternehmer. Er lebt umsonst und reist billig – glaub ja nicht, daß er die Leiden seiner Leute teilt, er bekommt einen Schlafwagen erster Klasse und das beste Zimmer im Hotel. Sieh mich an, gewaschen, rasiert, entspannt und ausgeruht. Wenn du dagegen in diesem Augenblick meine Opfer sehen könntest! Haben seit Tagen die Kleider nicht vom Leib bekommen. Ein paar von ihnen haben die ganze Nacht gestanden, während ich bequem gelegen habe. Selbst bei einem Eisenbahnerstreik braucht man bloß dieses Armband vorzuzeigen, und schon tun die Beamten alles für einen. Du siehst, wir haben das Fremdenverkehrswesen ganzer Länder in unserer Gewalt. Die fürchten nichts mehr als einen Haufen unorganisierter Rei-

sender, die ihre Länder durchstreifen und auf Individualismus machen. Freiwillig würde sich nämlich kein Tourist in diese Straßenbahnen und diese Hotels zwängen lassen – eher würde er wieder nach Hause fahren. Aber mit einer Herde kann man alles machen, und diese Herde braucht ihren Viehtreiber. Da er die Fahrkarten und das Geld und die Pässe (keine Sorge) verwahrt, müssen ihm auch die Widerspenstigsten folgen. Zu bokken hat keinen Zweck, wenn die Verhältnisse haarsträubend sind, denn was wäre die Alternative? Ohne Hoffnung auf Beistand festzusitzen. Deshalb sind die Behörden auf uns angewiesen; die Touristen sind auf uns angewiesen; wir sind die größten. Oh, es ist ein wunderbarer Beruf, und ich kann von Glück sagen, daß ich ihn dank der Unterstützung durch meine Familie ergreifen konnte.»

Mir stockte das Blut in den Adern bei diesen Worten. Ich habe die blendenden Aussichten vieler vielversprechender junger Männer zerrinnen sehen, weil sie nach dem Abschluß ihres Studiums einen falschen Schritt taten, und die Vorstellung, wie dieser brillante Junge, vielleicht mein liebstes Kind, seine Zukunft gefährdete, entsetzte mich geradezu. Es gibt keinen traurigeren Anblick als den eines gebildeten Landstreichers, eine Lage, in die sich Basil anscheinend binnen drei kurzer Monate hineinmanövriert hatte.

«Und deine Eins in Geschichte», fragte ich, «deine Sprachbegabung – alles umsonst?»

«Es hat keinen Zweck, Ma, du mußt realistisch sein. Die Welt hat sich verändert, seit ihr jung wart. Es gibt mehr Chancen, mehr Einstiegsmöglichkeiten als früher für einen Kerl wie mich. Du kannst doch nicht ernsthaft erwarten, daß ich immerzu pauke, um in die Diplomatie zu kommen, und nachher Ewigkeiten der Langeweile über mich ergehen lasse, bloß um meine Tage in einem gräßlichen Schuppen wie diesem hier zu beschließen. Ich liebe Vater, das weißt du, und ich will deine Gefühle nicht verletzen, aber ich habe nicht die Absicht, die besten Jahre meines Lebens wie er zu vergeuden, und du kannst sagen, was du willst, du wirst mich nicht überzeugen. Und nachdem ich nun dieses grandiose Frühstück zu mir genommen habe, für das ich wirklich dankbar bin, muß ich mich wieder meinen Schafen zuwenden – sie sehn mich hungrig an, die Armen, und werden nicht gefüttert.»

«Bei Milton, sie müssen etwas bekommen! Wo sind sie?»

«Sitzen auf platzenden Segeltuchtaschen an der Gare du Nord – das hoffe ich jedenfalls. Ich habe sie in die Metro gesetzt, bevor ich mich selbst in ein Taxi geschwungen habe. Ich sagte ihnen, wo sie aussteigen sollen und daß ich dorthin kommen würde. Als Treffpunkt habe ich die Haltestelle des Achtundvierzigers angegeben, weil im Bahnhof wahrscheinlich ein entsetzliches Gedränge herrscht, und ein Schaf sieht ja bekanntlich aus wie das andere. Ich schätze, dort werden sie nun tagelang herumhängen – hoffe nur, daß sich das schöne Wetter hält.»

«Ich bin entsetzt. Können wir denn nichts für sie tun?»

«Denen geht es ganz gut. Singen ‹Rollt das Faß raus›, wie es Briten immer tun, sobald sie irgendwo aufgehalten werden – wenn sie bloß mal ein neues Lied einstudieren würden.»

«Wie viele sind es denn?»

«In meiner Gruppe? Ungefähr fünfundzwanzig. Aber du brauchst dir ihretwegen keine Mühe zu machen, Ma, ehrlich.»

«Bitte, geh sofort zur Gare du Nord und hole sie her. Ich lasse ihnen ein Frühstück im Garten servieren. Wenn sie kommen, steht es bereit.»

Ein Schluchzer von Northey. «Nein, Fanny, bitte nicht – der Dachs wird sich zu Tode erschrecken.»

«Aber der liegt doch bestimmt tief unten in seinem Luftschutzbunker.»

«Aber er riecht sie dort und bekommt das Zittern. Der Dachs verfügt über einen ausgeprägten Geruchssinn – die Leute haben einfach keine Ahnung von Tieren.»

«Reg dich nicht auf», sagte Basil, «die riechen selbst wie Dachse. Es wird ihn aufmuntern – er wird denken, die Kollegen seien da.»

«Geh jetzt los, Baz», sagte ich.

«Aber Ma, der Streik wird wahrscheinlich tagelang dauern.

Dieses ‹Rollt das Faß raus› wird dir schrecklich auf die Nerven gehen.»

«Sicher. Sobald du sie hergebracht hast, mußt du dich nach einem Lastwagen umsehen, der sie zur Küste transportiert.»

«Kommt nicht in Frage. Dann wäre unser ganzer Profit im Eimer – Opa würde mich umbringen.»

«Ich zahle.»

«Nett von dir. Andere Frage – muß ich mit diesen Leuten im Schlepptau noch einmal an all diesen feudalen Butlern vorbei?»

«Northey kann mitgehen und euch durch das Tor an der Avenue Gabriel hereinlassen. Das ist von der Metro aus näher. Hol dir den Schlüssel für den Garten von Mrs. Trott, wenn ihr hinausgeht, und sag Jérôme, er soll Baz helfen, einen Lastwagen zu finden. Los, Baz, raff deinen blauen Mantel um dich.»

Ich war überhaupt nicht erstaunt, als sich Basils Briten als außerordentlich nette Leute erwiesen – beileibe nicht der wütende, schmuddelige, abgerissene, erschöpfte, sexuell ausgehungerte Pöbel, den jeder, der Basil und England nicht kennt, nach seiner Schilderung vielleicht erwartet hätte. In Wirklichkeit waren sie vernünftig, ordentlich und adrett gekleidet, strahlten über das ganze Gesicht und genossen sichtlich dieses Abenteuer in einem fremden Land. Es gab in dieser Gruppe etwas mehr Frauen als Männer, aber es war unvorstellbar, daß auch nur eine von ihnen mit einem Zollbeamten oder einem Kellner ins Bett gegangen wäre und sich überhaupt, unter welchen Umständen auch immer, der Unzucht oder des Ehebruchs schuldig gemacht hätte. Sie sahen mehr als respektabel aus. Ich war froh, als sich mein Verdacht bestätigte, daß Basils Bericht über sein rohes, mitleidloses Verhalten eine Erfindung gewesen war, die mich und Northey erschrecken sollte. Die Briten waren voll des Lobes über ihn, und als er ihnen sagte, daß ich seine Mutter sei, drängten sie sich um mich, um mir zu beteuern, was für einen guten Jungen, was für ein Wunderkind ich hervorgebracht hätte. Sie ahnten gar nicht, daß sie in einer Botschaft waren – nicht daß es sie beeindruckt hätte, denn Engländer sind in diesem Punkt weniger befangen als jeder andere Volksstamm mit diplomatischem Status; sie glaubten offenbar, ich würde ein Hotel in Paris leiten. «Nett hier», sagten sie, «das müssen wir unseren Freunden erzählen.» Alles, was an ihrer Lage seltsam war, führten sie darauf zurück, daß sie im Ausland waren. «Sehr nett», sagten sie über das Frühstück, das sie mit einem Appetit vertilgten, wie ihn nur sehr großer Hunger hervorbringt.

Als sie fertig waren, erzählten sie mir in allen Einzelheiten, wie großartig Basil gewesen sei. Hunderte von Briten, so schien es, von denen viele sehr viel mehr für ihre Reise bezahlt hatten, waren in Port-Vendres zurückgeblieben; Basil hatte einen Weg durch die Massen gebahnt, hatte unter Anwendung seiner gigantischen Körperkraft in Verbindung mit seinem Fremdsprachentalent gehoben und geschoben, gedrängt und geschleppt und irgendwie jedes Mitglied seiner Gruppe in einen völlig überfüllten Zug gezwängt.

«Alle anderen, die mitkamen, stehen jetzt gequetscht auf dieser schrecklichen Gare du Nord, und wir sitzen hier auf einem so netten Grundstück.»

«Großartige Organisation», sagte ein älterer Mann von militärischem Habitus. «Im nächsten Krieg wird er Großes leisten – ein Meister der Improvisation – ein Sprachgenie – ich denke, Sie können stolz auf ihn sein. Hätte mehr von seiner Sorte in der westlichen Wüste brauchen können. Jetzt ist er los, um einen Lastwagen zu besorgen, der uns zur Küste bringt. Was für eine Tatkraft! Wir werden zusammenlegen und ihm zur Erinnerung etwas schenken, wenn wir nach Hause kommen.»

Ich sagte: «Sie müssen sehr müde sein.»

«Überhaupt nicht», rief eine muntere Frau, die aussah, als sei sie bei der Königlichen Wohlfahrt. «Nach diesem Urlaub sind ein, zwei Nächte im Zug gar nichts. Ja, wir sind jetzt seit achtundvierzig Stunden unterwegs. Was für ein Abenteuer!»

«Und ich vermute, in Spanien war es nicht allzu bequem?»

«Man fährt schließlich nicht wegen der Bequemlichkeit ins Ausland, oder? Ich sage immer, davon haben wir zu Hause schon genug. Man will doch zur Abwechslung auch mal sehen, wie die Ausländer so leben und womit sie sich abfinden! Diese Toiletten! Sie würden es nicht glauben!»

«Entschuldigung, aber ist das ein Dachsbau?»

«Sie haben Ahnung!» sagte Northey und strahlte den armen Mann an, der sich sofort wieder umdrehte.

«Gibt es viele Dachse in diesem Teil von Paris?»

«Außer diesem habe ich noch keinen gesehen, aber vielleicht gibt es noch mehr. Haben Sie bei sich zu Hause Dachse?»

«Oh, nein, nicht in Kensington an der Cromwell Road. Ich habe den Bau nur erkannt, weil ich schon mal einen im Fernsehen gesehen habe. Sie haben ja auch ein Rotschwänzchen, ein niedlicher Vogel.»

«Ja, und nachts eine Eule. Aber einen Fernseher haben wir nicht.»

«Ein Jammer», sagte der Brite. «Im Ausland scheinen sie keinen großen Wert darauf zu legen, das ist uns schon aufgefallen. Aber wenn man soviel Natur hat, braucht man ja auch keinen. Deswegen habe ich meinen nämlich, wegen der Natur. Ich wußte nicht, daß es in Paris so ist. Hätte nichts dagegen, selbst hier zu wohnen.»

Als Northey und ich ins Haus zurückkehrten, trafen wir Alfred.

«Ich habe nach euch gesucht. Wer sind all diese Leute?»

«Nette Briten», sagte Northey.

«Gestrandet, wegen des Eisenbahnerstreiks», fügte ich hinzu. Er schien mit dieser Erklärung zufrieden. «Wie war es in London?»

«Quälend. Ich erzähle es dir nachher – ich muß jetzt in die Kanzlei. Essen wir hier bei uns zu Mittag? Oh, Gott sei Dank –»

Ich bat Northey, sich weiter um unsere Briten zu kümmern und dafür zu sorgen, daß sie ein paar Sandwiches mit auf den Weg bekämen, und Basil von mir auf Wiedersehen zu sagen. Meine Aufgabe war es jetzt, Alfred, der erschöpft und besorgt wirkte, den Anblick seines Sohnes in seinem derzeitigen Aufzug zu ersparen.

Die Briten machten ein Nickerchen auf dem Rasen. Dann fingen sie an zu singen. «Lili Marlen» war zu hören und «Colonel

Bogey» (nur gepfiffen) und «Näher mein Gott zu dir». Der Klang war nicht unangenehm, er wehte mit einer warmen Brise herein. Kurz vor der Lunchzeit hörte ich, wie Frauenstimmen in der Avenue Gabriel in Jubel ausbrachen.

Northey stürzte herein und verkündete, sie seien abgefahren – in einem *car.*

«Wie bitte, alle fünfundzwanzig in einem einzigen Auto?»

«*Car* ist französisch und bedeutet Bus. Ich soll dir alles Liebe von Basil ausrichten, er werde wahrscheinlich nächste Woche wieder dasein. Anscheinend glaubt er, die Botschaft könne sein Pariser Hauptquartier werden. Der läßt sich ganz schön was einfallen, wie ich feststelle. Und dann tauchte der treue Amy auf.»

«Du meinst doch nicht etwa Mockbar?» Ich war entsetzt.

«Doch, genau er, der liebe Kerl. Aber keine Sorge. Ich habe Baz gesagt, es würde dir nicht gefallen, wenn Amy sich im Garten herumtreibt, und mit einem Trick ist er ihn wieder losgeworden.»

«Wie denn? Den Trick muß ich mir merken.»

«Allzuoft kann man ihn nicht anwenden. Baz hat behauptet, die Briten seien alle radioaktiv. Da hat sich Amy schneller verpißt, als man *canif* sagen kann.»

«Ich verbiete dir ein für allemal, dieses Wort zu benutzen, Northey. Nein, nicht *canif* – du weißt, was ich meine. Wo hast du es überhaupt aufgeschnappt?»

«Der Kapitän der *Esmeralda.* Ein sehr unangenehmer Mensch, aber einige seiner Redensarten haben mir gefallen.»

«Also, ich bitte dich, diese jedenfalls nicht mehr zu verwenden.»

«Aber du mußt zugeben, als Beschreibung von Amys Abgang ist sie sehr treffend.»

Danach sah ich der *Daily Post* mit Schrecken entgegen. Und wirklich:

Radioaktiv

Etwa zwei Dutzend radioaktive Briten suchten gestern den Schutz unserer Pariser Botschaft auf. Hat sich Sir Alfred Wincham um wissenschaft-

lichen Beistand bemüht? Wurden sie zur Behandlung in eine Klinik eingeliefert?

Abgesetzt
Britische Offizielle näherten sich ihnen nicht. Sie wurden vom Sohn unseres Amateurbotschafters, Mr. Basil Wincham, in großer Eile auf einen Lastwagen geladen und an der Küste abgesetzt. Alle späteren Bemühungen, mit ihnen Kontakt aufzunehmen, blieben erfolglos. Wo befindet sich die gefährliche Wagenladung jetzt? Sind die Gesundheitsbehörden informiert? Falls sie auf einem britischen Schiff in die Heimat zurückkehrten – wurden die notwendigen Vorkehrungen gegen eine Kontaminierung der übrigen Mitreisenden getroffen? Der ganze Vorfall scheint bezeichnend für die nachlässige und unprofessionelle Art, mit der derzeit die Geschäfte in unserer Pariser Mission geführt werden.

Ich war ziemlich erschrocken und sah allerlei unheilvolle Entwicklungen voraus. Nach einer Beratung mit Philip beschlossen wir, Alfred nichts davon zu sagen, bis irgend etwas geschah, denn wir wußten, daß er aus freien Stücken nie einen Blick in die *Daily Post* werfen würde. Es geschah nichts. Die englische Regierung schenkte einer unbestätigten Meldung von Mockbar keinen Glauben; die Franzosen wußten gar nicht, daß es ihn und die *Daily Post* gab. Philip meinte, selbst wenn die französischen Gesundheitsbehörden nachfragen sollten, würde er leicht mit ihnen fertig werden. «Du weißt ja, wie die Franzosen sind, sie glauben nicht recht an die moderne Magie. Sie gehen alle zu Wahrsagern (M. de Saint-Germain ist auf Monate ausgebucht), sie lesen jeden Tag in den Sternen und machen ausgiebigen Gebrauch von Zaubersprüchen. Aber über Radioaktivität regen sie sich nicht auf.»
Nachdem es Old Grumpy nicht gelungen war, uns in Schwierigkeiten zu bringen, mußte er die Story fallenlassen, weil Basil und seine Briten inmitten von Tausenden, die sich auf den Kanaldampfern in die Heimat drängten, niemals identifiziert wurden und deshalb auch nicht interviewt werden konnten.

In London hatte Alfred darzustellen versucht, für wie unwahrscheinlich er es halte, daß die Franzosen die Europa-Armee je akzeptieren würden; seine Ansichten standen in direktem Widerspruch zu denen seines amerikanischen Amtskollegen. Das Kabinett hätte natürlich lieber das gehört, was es hören wollte, und Alfreds Prognosen waren deshalb nicht willkommen. Er erhielt die Anweisung, in seiner Haltung hart zu bleiben, und man teilte ihm mit, daß London die EVG für unumgänglich und wesentlich halte. Außerdem teilte man ihm mit, daß unsere Regierung mit voller Kraft auf die Minquiers-Inseln zusteuere und daß er dies in Paris mit aller Deutlichkeit klarmachen müsse. Der Außenminister erklärte, er werde herüberkommen und seinem Gegenspieler einen Besuch abstatten, sobald er einen habe. Ich glaube, Alfred wünschte sich von ganzem Herzen nach Oxford zurück, obwohl er es mir gegenüber nie laut sagte.

10

Nacheinander versuchten M. Bloch, M. Pléven und M. Bidault, eine Regierung zu bilden, und scheiterten. Dann nahm Bouche-Bontemps einen neuen Anlauf und fand diesmal, genau am Tag vor unserer Dinnerparty, die Zustimmung der Kammer. Alfred und ich waren entzückt. Zum einen hatte sich zwischen ihm und uns eine Freundschaft gebildet, und es war sehr angenehm, daß er uns bisweilen half und sogar führte, während wir uns immer noch bemühten, Fuß zu fassen; zum anderen glaubten wir, unser Dinner sei auf diese Weise gerettet. Bouche-Bontemps übernahm, zumindest für die nächste Zeit, selbst die Leitung des Außenministeriums, so daß sich die Regierung kaum von jener unterschied, die vor der langen Krise an der Macht gewesen war. M. Béguin war jetzt Vice-Président statt Président du Conseil, und einige weniger wichtige Ministerien wurden mit neuen Leuten aus Gruppierungen besetzt, die bisher der Opposition angehört hatten. Dieses unter dem

Namen *dosage* bekannte Verfahren, auf das man während der Vierten Republik häufig zurückgriff, hatte jene zusätzlichen Stimmen erbracht, die nötig waren, um Bouche-Bontemps an die Macht zu befördern.

Ich hatte Northey und Philip gebeten, am Tag des Dinners frühmorgens in mein Schlafzimmer zu kommen, um alles Nötige zu besprechen. Philip erschien pünktlich wie immer. «Ist das nicht ein Geschenk des Himmels?» sagte ich. Die Morgenzeitungen bejubelten das Ende der Krise und kommentierten den Amtsantritt von Bouche-Bontemps sehr freundlich. Ein naiver, optimistischer Leser wie ich hätte tatsächlich glauben können, dem Land stände nun eine lange Phase stabiler Regierungsverhältnisse bevor. In einem Leitartikel verglich die *Times* Bouche-Bontemps mit Raymond Poincaré; der *Daily Telegraph* schrieb, er sei der stärkste Mann, den die Vierte Republik bisher hervorgebracht habe, und es gebe viele gemeinsame Merkmale zwischen ihm und Clemenceau.

Philip warf einen skeptischen Blick auf die Schlagzeilen. «Dafür kannst du dich beim General bedanken. Säße er nicht unverrückbar und unerbittlich in Colombey, bekämen wir hier nie eine Regierung. So jedoch müssen sich die anderen immer wieder für einige Zeit zusammenraufen, um König Charles in der Verbannung festzuhalten. Diese Regierung wird keine sechs Wochen halten. Hast du Mockbar schon gelesen?»

«Nein – sag nichts – schone meine Nerven.»

«So schlimm ist es gar nicht. Überschrift: Wirrwarr um Pariser Dinner. ‹Konfusion – Stümperei – Geheimniskrämerei – Mangel an Organisation überschatten das erste offizielle Dinner unseres Amateurbotschafters.› Und so weiter. Eigentlich nichtssagend. Der alte Junge verliert seinen Biß – sie werden ihn rausschmeißen, wenn er nicht bald mehr bringt. Wo ist eigentlich Mieß – ich dachte, sie sollte sich hier ihre Anweisungen holen?»

«Dieses ungezogene Mädchen. Wahrscheinlich hat sie wieder verschlafen.»

«Sie ist nicht in ihrem Zimmer – ich habe an die Tür getrommelt, als ich über die Hintertreppe heraufkam – im Bad ist sie auch nicht, dort habe ich auch getrommelt.»

«Bist du sicher? Wie komisch. Ob Katie etwas weiß?»
Wie immer wußte Katie in ihrem Käfig alles, und sie berichtete es mit unverhohlenem Vergnügen. Philip nahm den Ohrhörer und hörte mit. Offenbar war am Abend zuvor, während Alfred und ich von einer Feierstunde anläßlich des isländischen Nationalfeiertages zu einer Party für den balinesischen Außenminister geeilt waren und schließlich auch noch an einem Konzert in der Botschaft von Costa Rica teilgenommen hatten, ein Korb mit lebenden Hummern für mich eingetroffen. Sie waren ein Geschenk von M. Busson, einem Deputierten, dessen Wahlkreis an der Küste lag und der auch zu unserem Dinner eingeladen war. Unser Koch war überglücklich, und da er mich nicht erreichen konnte, hatte er Northey davon unterrichtet, daß die Speisenfolge geändert werden müsse. Es wäre Northeys Pflicht gewesen, den Empfang der Hummer einstweilen M. Busson gegenüber mit Dank zu bestätigen. Aber nichts dergleichen war geschehen. Kaum hatte sie die niedlichen Hummer zu Gesicht bekommen, die inzwischen auf dem Küchenfußboden herumkrochen, da wurde sie von plötzlichem Tatendrang ergriffen. Sie ließ sich von Katie mit dem Ministère de la Marine verbinden, wo sie seltsamerweise keinen Freund hatte, und verlangte den Chef de Cabinet zu sprechen. Sie richtete ihm von Alfred freundliche Empfehlungen aus und erkundigte sich dann, ab wo die Seine salzig werde. Ab Rouen, lautete die Antwort. Dann bestellte sie Jérôme für acht Uhr dreißig. Als die Zeit gekommen war, zwang sie den wütenden Koch, die Hummer wieder in ihren Korb zu packen, und ließ sie von den Lakaien im Rolls-Royce verstauen (nicht im Kofferraum, weil sie befürchtete, die armen Kerle könnten ersticken, sondern auf dem guten Teppich drinnen). Und jetzt war sie unterwegs in die Normandie, wo sie die niedlichen Tiere schon bald in ihr natürliches Element zurückversetzen würde.
«Danke, Katie.» Ich legte auf und sah zu Philip hinüber, ein Kichern, so gut ich konnte, unterdrückend. Er schüttelte den Kopf und war nicht sonderlich amüsiert.
«Diese Northey!» sagte er. «Erstens wird die französische Marine, eine durch und durch anglophobe Institution, sofort an-

nehmen, wir führten irgend etwas im Schilde. Warum interessiert sich Alfred plötzlich dafür, bis zu welchem Punkt Ebbe und Flut in der Seine reichen? Zweitens ist M. Busson, der soeben zum Minister für Atomenergie ernannt wurde, der Führer einer kleinen, aber mächtigen Gruppierung in der Kammer. Und er ist ein bekannter Gourmet. Er wird zornig und enttäuscht sein, wenn seine Hummer heute abend nicht aufgetragen werden, und uns dies vielleicht nie verzeihen. Und drittens halte ich es für unverantwortlich, daß Mieß ausgerechnet heute, wo sie sich ausnahmsweise mal ein bißchen nützlich machen könnte, einfach wegfährt!»

Das Telefon klingelte: noch einmal Katie. «Ich habe vergessen zu sagen, sie hat einen Verehrer mitgenommen. Ich nehme jedenfalls an, daß er inzwischen einer ist –?»

«Wen?»

«Den Chef de Cabinet. Sie hat mit ihm verabredet, daß sie ihn am Nebeneingang des Ministeriums in der Rue St. Florentin abholt.»

«Immerhin», sagte ich zu Philip. «Da kann er mit eigenen Augen sehen, daß sie nicht herumspioniert.»

«Meine Liebe, gegenüber Mieß sind sie ungeheuer mißtrauisch – zumindest alle, die nicht in sie verliebt sind. Die niedlichen Hummer werden sie nicht beruhigen, das sage ich dir.»

«Wann, glaubst du, wird sie wieder hiersein?»

«Wer weiß? Bis Rouen sind es meines Wissens ungefähr hundertsechzig Kilometer. Der Chef de Cabinet wird den Ausflug zweifellos, sosehr er kann, in die Länge ziehen. Na ja – hier würde sie uns ohnehin nicht viel nützen, man kann ihr ja nicht mal zutrauen, die Tischkarten richtig aufzustellen, geschweige denn, eine Sitzordnung festzulegen. Das müßte ich ja in jedem Fall für dich erledigen. Ich werde mich jetzt erst einmal mit dem alten Hughie in Verbindung setzen.»

«Sollen wir M. Busson nicht neben Northey setzen, dann kann sie ihm die Sache mit den Hummern selbst erklären –»

«Und uns einen Feind fürs Leben machen? Er ist noch nie Minister gewesen, es würde ihm nicht gefallen, neben deiner Sekretärin zu sitzen. Wir müssen dafür sorgen, daß sie sich vor dem Dinner bei ihm entschuldigt – ein Glück, daß sie auf französische Politiker so unwiderstehlich wirkt. Und jetzt an die Arbeit. Mal sehen, wen wir da alles haben. Ich werde wohl Mieß übernehmen müssen – keine Hoffnung auf Grace, wie? Da wir gerade von Grace reden, warum fragst du sie nicht, ob sie herüberkommt und dir bei den Blumen und so weiter ein bißchen zur Hand geht? Sie würde es bestimmt gern tun.»

«Philip, was für eine gute Idee!»

«Ja, ich rufe sie gleich an – du wirst sehen, was sie tut, macht sie gut.»

Er hatte recht. Grace kam nach dem Lunch mit ihrem Wagen zu mir und nahm mich mit nach St. Cloud, wo wir Blumen für die Party besorgten. Valhubert besaß dort gleich neben dem Park einen alten Garten, in dem früher eine Jagdhütte gestanden hatte, die 1870 von den Deutschen zerstört worden war. Dort zog er Blumen und Obst für den eigenen Gebrauch. Es war ein melancholisches, romantisches Plätzchen, vor allem im Herbst, wenn sich in das Grün des angrenzenden Waldes gelbe Tupfer mischten und die alten Obstbäume voller Äpfel und Birnen und Pfirsiche hingen. Unvorstellbar, daß Paris von hier aus nur zehn Minuten entfernt war. Die Blumen, die auf den ersten Blick zu sehen waren, wuchsen alle in Bottichen und Steinkübeln, während die Schnittblumen, wie Gemüse, in regelmäßigen Reihen hinter einer Buchenhecke angepflanzt waren. «Charles-Edouard kann den Anblick von Blumen, die im Erdboden wachsen, nicht leiden», erklärte Grace. «Sieh mal, der warme Sommer hat die Orangen zum Blühen gebracht, und ein paar Orangen sind sogar gereift; sehr selten in diesen Breiten.» Ihr graues Leinenkleid, das mit einem Kragen und Ärmelaufschlägen in *broderie anglaise* versehen war, paßte sehr gut hierher, so wie alles, was sie trug, zu der Umgebung paßte, in der sie sich gerade bewegte. Sie gab mir eine Gartenschere, mit der ich die altmodischen Rosen, Lilien, Stockrosen, Tuberosen, Nelken, Fuchsien und Geranien schneiden konnte. «Wir stellen eine hübsche Mischung her», sagte sie. «Riechen sie nicht besser als die, die man im Geschäft kaufen kann?»

«Und keine Krankenhausblumen», sagte ich. «Das ist selten um diese Jahreszeit.»
«Die scheußlichen Gladiolen würden wir niemals hereinlassen. Englische Herbstblumen sind einfach abscheulich!»
«In den Krankenhäusern hierzulande sieht man sie auch.»
«Aber ganz so abscheulich sind sie nicht. Die Engländer bilden sich immer ein, sie verstünden etwas von Blumenzucht, sie halten sich für die besten Gärtner der Welt und so weiter, und was kommt dabei heraus *en fin de compte*? Heidekrautastern und Chrysanthemen, die nach Friedhof riechen.» Grace war bei ihrem Lieblingsthema angekommen. «Ist dir schon mal aufgefallen, daß gerade die Dinge, auf die sich die Engländer so viel zugute halten, hier viel besser sind? Die Eisenbahnen: pünktlicher; Tweed: viel hübscher; Fußball: die Franzosen gewinnen immer. Ärzte: unvergleichbar, keiner stirbt, bevor er hundert ist. Pferde: da haben wir M. Boussac. Die Post, die Straßen, die Polizei – Frankreich wird viel besser verwaltet –»
Ich war ziemlich wütend. «Na los, Fanny», sagte sie, «ich warte auf eine Antwort – du bist die Frau des Botschafters, du mußt es doch wissen –»
«Das ist nicht fair. Du hast dir das alles vorher zurechtgelegt, und wahrscheinlich hast du auch Fakten und Zahlen, die es untermauern. Bevor wir uns das nächste Mal treffen, werde ich mich ein bißchen vorbereiten, aber im Augenblick ist mein Kopf vollkommen leer. Ach, ich weiß etwas – die Justiz. Die ist bei uns in England besser und schneller – hab ich recht?»
«Wir schaffen die Leute im Handumdrehen an den Galgen. Unterziehen sie einem Kreuzverhör, und dann lassen wir sie baumeln. Da ist mir ein alter *juge d'instruction* aber viel lieber, der gemächlich vor sich hin bosselt, wenn ich in Schwierigkeiten bin.»
«Nein, Grace, wir hängen sie nicht mehr.»
«Auch Mörder nicht?»
«Gerade die nicht.»
«Was sagst du da? Das gefällt mir aber überhaupt nicht. Soll das heißen, die Leute können einen nach Lust und Laune ermorden und es passiert ihnen nichts?»

«Ja. Außer wenn du eine Polizistin bist. Ich glaube, vergiften dürfen sie einen auch nicht, oder vielleicht ist das Erschießen verboten. Ich kann es mir nie merken. Aber keine Sorge. Solange die anderen es wissen, kann nichts passieren, und so viel wird auch gar nicht gemordet.»

«Bist du sicher?»

«Ja, es hat alles in der Zeitung gestanden – ach, mir ist noch etwas eingefallen – die Zeitungen in England sind besser –»

«Wirklich? Ich lese sie kaum, außer wenn sich Mockbar über uns hermacht – dann schneiden es ein paar nette Freunde für mich aus. Er schreibt wunderbar, dieser geschliffene, treffsichere Stil!»

«Ihr haltet die *Times*», sagte ich. «Das weiß ich. Du solltest ein bißchen ehrlicher sein, Grace»

«Mein Vater schickt sie, aber wir schlagen sie kaum auf. Ich hebe sie nur auf, um im Sommer die Möbel damit abzudekken.»

«Jetzt fällt mir noch etwas ein – verdauungsfördernde Mittel.»

«Einverstanden. Auch bei Cooper's Oxford bin ich einverstanden und bei Büchsengarnelen. Aber das ist nun auch wieder typisch. Das einzige, wo wir uns einig sind, ist das Essen, für das die Engländer angeblich überhaupt kein Talent haben. Aber bei den Dingen, auf die diese Leute sich wer weiß was einbilden, liegt es im Argen.»

«Sie sind also schon *diese Leute*!» sagte ich.

«Reg dich nicht auf, Fanny. Schließlich sind Charles-Edouard und die Kinder Franzosen –»

«Kein Grund, die Engländer schlechtzumachen.»

«Ich mache sie nicht schlecht – nicht wirklich, aber sie ärgern mich mit ihrem Überlegenheitsgetue. Es läuft mir kalt über den Rücken! Nicht nur wegen des Wetters –»

«Das Wetter ist genauso wie hier.»

«Unsinn, Liebling, es läßt sich überhaupt nicht vergleichen – aber auch innerlich. Gestern ist es mir wieder aufgefallen. Ich mußte zu einer Hochzeit im Konsulat – eiskalt ging es da zu: Darf ich Ihnen meine besten Wünsche ausrichten? Ende. Stell dir dagegen eine Hochzeit in einer *mairie* vor! Wenn Braut und Bräutigam hereinkommen, breitet der Bürgermeister, der seine Schärpe angelegt hat, die Arme aus wie General de Gaulle: ‹*Mes enfants! Voici la plus belle journée de votre vie –*›»

«Ja, Grace, mag sein. Aber die Menschen müssen sie selbst sein, verstehst du. Kannst du dir vorstellen, der arme Mr. Stock würde seine Arme ausbreiten wie General de Gaulle und sagen: ‹Meine Kinder, das ist der schönste Tag in eurem Leben.› Es wäre einfach lächerlich.»

«Aber nur, weil er kein Herz hat. Das ist es ja gerade, worüber ich mich beklage.»

«Außerdem hätte es bei der Hochzeit gestern ohnehin nicht sehr überzeugend geklungen, wenn du bedenkst, daß die Chaddesley-Corbetts beide fast siebzig sind und sich inzwischen schon wer weiß wie oft haben scheiden lassen.»

Schweigend schnitten wir weiter Blumen. Nach einiger Zeit fragte Grace, wie es mit den Minquiers vorangehe.

«Nichts Neues, soviel ich weiß. Mr. Gravely kommt nächste Woche hierher, um M. Bouche-Bontemps zu besuchen. Zum Teil auch wegen der Ielz, nehme ich an.»

«Ach wirklich? Kommt Angela mit?»

«Nein. Frauen dürfen nicht zu oft mitkommen, wegen der Devisen. Anscheinend war sie erst im Sommer hier.»

«Stimmt. Aber ist es nicht verrückt, wie das Schatzamt die Männer in die Bordelle treibt, bloß wegen der paar Pfund, die es kosten würde, wenn sie ihre Frauen mitbrächten!»

«Liebling! Er ist sechzig, sieht aus wie eine leere Bananenschale und kommt nur für ein paar Tage, innerhalb der Woche –»

«Manche Kerle halten es nicht länger als vierundzwanzig Stunden aus, weißt du.»

Der Chef de Cabinet zog den Ausflug tatsächlich in die Länge. Grace und ich hatten die Blumen aufgestellt und den Tisch gedeckt, und Grace war zum Umziehen wieder nach Hause gefahren, als Northey auftauchte. Anscheinend war ihr gar nicht bewußt, daß sie etwas falsch gemacht hatte, und mir schien es

zwecklos, sie zu schelten, da sie diese besondere Missetat wahrscheinlich nicht noch einmal begehen würde. Außerdem wollte ich unbedingt hören, wie ihr Tag verlaufen war, und sie sehnte sich danach, es mir zu erzählen. Nachdem die niedlichen Hummer in ihr natürliches Element zurückversetzt worden waren, hatte der Chef de Cabinet Jérôme gebeten, einen kleinen Umweg von achtzig Kilometern zu fahren, der sie zu einem Drei-Sterne-Restaurant führte. Hier bestellten sie ein Mittagessen und machten, während es zubereitet wurde, einen Spaziergang durch die herrlichen Wälder. Aber irgendwie mußte der Chef de Cabinet den Kopf verloren haben, denn er hatte *homard à l'armoricaine* bestellt. Als Northey erkannte, daß dies das französische Wort für Hummer und obendrein für die grausamste Art seiner Zubereitung war, wurde sie wütend; sie weinte, und für eine halbe Stunde fiel ihr Begleiter in Ungnade. Dann vertrugen sie sich wieder, bestellten etwas anderes und tranken sich einen ziemlichen Schwips an, während sie auf das Essen warteten. Als sie schließlich wieder in Paris waren, lud der Chef de Cabinet, dem der Gedanke an den Abschied von Northey unerträglich war, sie zu einem Besuch von Notre-Dame ein. «Dabei reicht es eigentlich, wenn man sie von außen gesehen hat. Dann weiß man, wie es drinnen ist», sagte Northey. «Außerdem habe ich dadurch die Anprobe bei Lanvin verpaßt –»
«Anprobe bei Lanvin?»
«Habe ich dir nichts davon erzählt? M. Castillo hat mir Cecil Beaton angeboten. Oh, Fanny, wo bist du bloß mit deinen Gedanken – Cecil Beaton, dieses herrliche Kleid mit den Troddeln –»

II

UNSERE GÄSTE sammelten sich unter den starren Mienen von König George und Königin Mary. Wenn die Botschaft große Dinners veranstaltet, finden sie in einem Bankettsaal statt, den einst Pauline Borghese an das Erdgeschoß anbauen ließ. Er ist zwar nicht schön, aber doch älter und nicht ganz so katastrophal häßlich wie sein Gegenstück im Élysée, das den Geist der armen Madame Pompadour bis heute nicht ruhen läßt. Das gewöhnlich von uns benutzte Eßzimmer aus dem achtzehnten Jahrhundert im ersten Stock mit den flämischen Gobelins, die dem französischen Auge so weh tun, faßte nur zwanzig Personen.

Als M. Busson eintraf, nahm Philip Northey bei der Schulter, steuerte sie zu ihm hinüber und sagte, sie habe ihm etwas zu erklären. Sie zog ihn in eine Ecke, und ich konnte sehen, wie sie, teils in Französisch, teils in Englisch, größtenteils aber stumm, eine regelrechte Theatervorstellung absolvierte, eine Aufführung mit gequälter Miene und fliegenden Händen. Er war verdutzt, aber auch fasziniert und dann amüsiert. Zuletzt brach er zu meiner Erleichterung in Lachen aus. Er winkte seine Kollegen zusammen und lieferte ihnen eine Zusammenfassung von Northeys Erklärung. «Und nun», sagte er abschließend auf englisch, «schwimmen diese saftigen Krustazeen zweifellos zu den Îles Minquiers hinüber.»

«Schwimmen!» sagte Northey in spöttischem Ton. «Seit wann haben Hummer Flossen?»

M. Béguin, der immer ziemlich mürrisch war und jetzt ganz besonders, weil er nicht mehr Président du Conseil war, meinte, es sei viel wahrscheinlicher, daß jene saftigen Krustazeen in diesem Augenblick in irgendwelchen Bauernhäusern vor sich hin köchelten. Es wäre besser für sie gewesen, erklärte er mit kalter, schneidender Stimme, wenn man sie in der Botschaft zubereitet hätte, denn die Töpfe in diesen Bauernhäusern seien kleiner, die Feuer schwächer, so daß sich der Todeskampf in die Länge zöge.

Northey ließ sich hierdurch nicht beeindrucken. «Als sie sich verp... – als sie verschwanden, habe ich ihren niedlichen Gesichtern angesehen, daß sie sich nie wieder fangen lassen würden», sagte sie unbesorgt.

Bouche-Bontemps meinte: «Vielleicht hat Mieß ganz recht, wer weiß? Das Heilige Offizium hat das Kochen von Ketzern bei lebendigem Leibe verboten – einmal haben sie es versucht, in Spanien, und sogar für spanische Nerven war dieser Anblick zuviel. Sollen wir wirklich wegen ein paar köstlicher Bissen lebendige Geschöpfe derart schrecklichen Grausamkeiten aussetzen?»

«*Monsieur le Président*», sagte Northey, «*je vous aime.*»

«Ganz meinerseits.»

M. Béguin machte ein Gesicht wie eine Nanny, deren Schützlinge über die Stränge schlagen. Er sagte zu M. Hué etwas wie, die Frivolität dieser *britanniques* übersteige jedes erträgliche Maß. Der gutmütige M. Hué erwiderte darauf, natürlich bedauere er diese Verschwendung von köstlichen Hummern, andererseits finde er die ganze Sache komisch, rührend und *plutôt sympathique*. M. Béguin richtete seinen Blick himmelwärts. Auch seine Schultern hoben sich, bis es so aussah, als würden sie nie wieder sinken. Er hielt Ausschau nach Gesinnungsgenossen, sah, daß Mme. Hué ihren Blick ebenfalls zur Decke gerichtet hatte und offenbar auf seiner Seite war. Zusammen gingen sie zu einem Sofa hinüber, nahmen Platz und fingen an, sehr schnell miteinander zu reden, wobei sie immer wieder boshafte Blicke in Northeys Richtung warfen.

Gerade trafen die Valhuberts ein, und sofort hob sich das Niveau von Anmut und Eleganz um einige Grade. Ich machte ihn mit Northey bekannt und erkannte mit einem gewissen Vergnügen, daß dieser notorische Herzensbrecher dem Charme von Mieß auf der Stelle erlag. Der Abend hatte wunderbar begonnen; die meisten Gäste, wenn nicht alle, waren inzwischen da und fühlten sich offenbar wohl. Es überrascht mich immer wieder, wie leicht eine französische Party in Gang kommt. Die Gäste sind entschlossen, sich zu amüsieren, und nicht, wie anscheinend in Oxford, entschlossen, ihre Verlegenheit zu demonstrieren. Nie breitet sich plötzlich Stille aus, alle Gäste finden verwandte Seelen oder zumindest jemanden, mit dem sie streiten können. Selbst M. Béguins Unzufriedenheit hatte etwas Positives, das der Gastgeberin ihre Aufgabe erleichterte; sie führte zu einer lebhaften Unterhaltung und trug dazu bei, die Gesellschaft neu zu mischen.

Eigentlich sollte nun Northey die Gäste zählen und mir mitteilen, ob alle da seien. Aber sie war von Ministern so umlagert, daß ich nicht einmal Blickkontakt mit ihr aufzunehmen vermochte, um sie an ihre Pflicht zu erinnern. Mit einem resignierten Augenzwinkern in meine Richtung übernahm Philip ihre Aufgabe. «Es ist soweit», sagte er nach kurzer Zeit.

Die Tür ging auf. Ich glaubte, es würde zum Dinner gebeten, fragte mich aber, ohne es mir recht klarzumachen, warum nicht durch jene Tür, die ins Eßzimmer führte. Einen Augenblick lang geschah gar nichts. Dann zwängte sich mein bärtiger Sohn David im Krebsgang durch die Tür, eine Babytragetasche aus blauem Plastik hinter sich herzerrend, an deren anderem Griff ein junges Mädchen hing. Er trug Kordhosen, einen Dufflecoat, ein Hemd mit Schottenmuster und Sandalen über dicken, schmutzigen gelben Wollsocken. Seine Begleiterin war klein, schmal und sehr blond. Ihr Haar sah aus wie der Kokon einer Seidenraupe. Über einem Petticoat aus Kunststoff wippte ein kurzer weißer Rock (schmuddelig), dazu ein schwarzer Gürtel, rote Strümpfe und spitze goldene Schuhe mit hohen Absätzen.

In der Stille, die sich beim Erscheinen dieser sonderbaren Gruppe über uns senkte, hörte ich eine Stimme (vermutlich die von M. Béguin) etwas von einem *«individu à mine patibulaire»* sagen, und eine andere (wahrscheinlich die von Charles-Edouard de Valhubert) meinte, *«pas mal, la petite»*.

Ich bin immer froh, wenn meine Kinder auftauchen. Ihr Anblick erfüllt mich mit Freude, ich stürme ihnen entgegen, ich lächele, ich umarme sie. So auch diesmal. David und das Mädchen stellten die Tragetasche auf einem kostbaren Möbel von Weisweiller ab. Er gab mir einen herzlichen Kuß (oh, dieser schrecklich kratzende Bart) und sagte: «Ma, das ist Dawn.»

Alfred reagierte nicht mit der gleichen spontanen Begeisterung wie ich. Ihn veranlaßt nicht der Instinkt, sondern ein Prinzip, das er sich zu eigen gemacht hat, die Jungen, gleichgültig, wie und unter welchen Umständen sie auftauchen, willkommen zu heißen. Unser Haus ist ihre Zuflucht vor Sturm und Unwetter. Wenn sie nackt sind, müssen sie gekleidet werden; wenn sie Hunger leiden, werden sie gespeist, und wenn ihnen die Polizei von fünf Ländern auf den Fersen ist, müssen sie versteckt werden. Fragen werden dabei nicht gestellt. Nun kam auch er zu uns herüber, gab seinem Sohn die Hand und warf ihm einen strengen, durchdringenden Blick zu. «Das ist Dawn, Vater.»

«Guten Tag.»

Alfred führte Dawn und David herum und machte sie mit den anderen Gästen bekannt, während ich mit Philip in aller Eile darüber beriet, wie wir sie in unser Dinner einbauen sollten.

Er sagte: «Hältst du das wirklich für eine gute Idee? Sie sind so fleckig von der Reise –»

Ich kannte meinen David gut genug, um zu wissen, daß die Flecken mit der Reise nicht sehr viel zu tun hatten.

«Wir können sie doch unmöglich wieder wegschicken, wenn sie gerade angekommen sind», sagte ich. «Alfred würde das nicht dulden.»

«Aber wohin mit ihnen. Am Tisch ist Platz für fünfzig Leute – es würde mindestens eine Stunde dauern, ihn noch weiter auszuziehen und neu zu decken.»

«Oje», ich überlegte einen Augenblick. «In diesem Fall, es tut mir schrecklich leid, mußt du mit Northey auswärts essen. Geht ins Crémaillère – selbstverständlich auf Kosten des Hauses. Macht es dir viel aus?»

«Ja», sagte Philip. Wir hatten die Plätze bei Tisch zwar nicht so verteilen können, daß er neben Grace saß (er sollte zwischen Northey und Mrs. Jungfleisch sitzen), aber er saß ihr genau gegenüber, so daß er sie die ganze Zeit über ansehen und sich gelegentlich auch vorbeugen und ein paar Worte mit ihr wechseln konnte. «Es macht mir etwas aus, aber ich füge mich in das Unvermeidliche.»

«Was für eine komische kleine Person», sagte ich, «was glaubst du, wer ist sie?»

«Eine Erbin, ihrem Aussehen nach zu urteilen.»

«Das wäre ja herrlich. Northey, komm doch mal her. Philip wird mit dir im Crémaillère essen, damit wir Platz für David und die junge Dame haben.»

«Einsame Knorke», sagte Northey, und ihre Augen funkelten.

«Ja, Liebling. Und bevor ihr geht, übergebt ihr das Baby bitte Mrs. Trott, sie soll sich ein bißchen um es kümmern, und sagt ihr auch, sie soll zwei Zimmer zurechtmachen. Und nach dem Essen kommt ihr sofort wieder hierher, verstanden?»
«Ganz bestimmt», sagte Philip.
Northey ergriff die Tragetasche, drehte mit ihr eine Pirouette und sagte: «Los, kommen Sie, Verehrtester, wir verpiss... wir gehen –»
Die spontanen Unmutsbezeugungen aus einem Dutzend französischer Kehlen, als Northey den Raum verließ, wurden durch die Ankündigung des Dinners zum Schweigen gebracht. Als ich endlich die Frauen durch die Tür zum Eßzimmer gelotst hatte – alle wollten einander mit *«passez – passez»* höflich den Vortritt lassen –, führte ich David und die junge Dame an die für Philip und Northey vorgesehenen Plätze.
«Warum setzt du mich neben meine Frau?» fragte er zornig. «Das ist ja nun sehr ungewöhnlich.»
«Aber mein Lieber, ich bin doch keine Hellseherin. Woher soll ich denn wissen, daß sie deine Frau ist?» Zu Dawn sagte ich: «Bitte verzeihen Sie, aber wir können nicht alle Plätze neu verteilen. Versuchen Sie sich vorzustellen, sie wären bei einem Bankett in der Londoner City.»
Sie sah mich mit großen, erschrockenen grauen Augen an, und ich erkannte, was ich wegen ihrer außergewöhnlichen Kleidung bisher nicht bemerkt hatte, daß sie sehr hübsch war. Außerdem bemerkte ich, daß sie schwanger war.
Ich ging zu meinem Platz zwischen Bouche-Bontemps und Béguin. Sie waren schon tief in eine heftige politische Debatte verstrickt; als sie sahen, daß ich mit meinen Gedanken anderswo war, setzten sie sie an mir vorbei fort. Rechts neben David saß Mrs. Jungfleisch. Wir hatten sie eingeladen, weil Philip uns versicherte, man könne in Paris keine Dinnerparty ohne sie geben; wie dankbar war ich jetzt, daß sie unsere Einladung angenommen hatte. Mit einer Ungeniertheit, die keine Europäerin unter diesen Umständen aufgebracht hätte, kam sie direkt auf den entscheidenden Punkt zu sprechen. Ich sperrte die Ohren auf und lauschte, so gut ich konnte; möglich war dies aber nur,

weil alle außer meinen beiden Nachbarn es genauso machten.

«Ihre Frau ist sehr schön», sagte sie. «Ist sie ein Mannequin?»

«Nein. Sie ist Studentin.»

«Ach, wirklich? Und was studiert sie?»

«Neuere Sprachen.»

«Wie alt ist das Baby?»

«Ich weiß es nicht genau. Nicht sehr alt.»

«Werden Sie länger hierbleiben?» Ich hielt den Atem an.

«Nein. Wir sind unterwegs in den Osten.»

«Ich beneide Sie. Provins und Nancy sind im Herbst am schönsten. Wirklich interessante Städte. Fahren Sie doch mal nach Ciery, es lohnt sich, und gleich außerhalb von Paris sollten Sie unbedingt in Grosbois anhalten –»

«Wir haben keinen Wagen. Wir gehen zu Fuß.»

«Nach Provins? Mit dem Baby?»

«Dem Baby? Ja, natürlich, der Junge kommt mit. Nicht nach Provins, nach China.»

«Oho! Da haben Sie ein ganzes Stück zu laufen. China – mal überlegen – hinter Provins und Nancy – lassen Sie sich dort die Place Stanislas nicht entgehen –, können Sie München und Nürnberg mitnehmen, dann Prag. Ich beneide Sie. Lemberg soll reizend sein. Hinter Moskau kommt dann das heilige Zagorsk, das Grab des heiligen Sergius aus massivem Silber. Sind Sie eigentlich auf der Suche nach einem bestimmten Architekturstil, oder reisen Sie aufs Geratewohl? Übrigens, ich nehme an, Sie haben ihr Visum für China schon. Es soll ziemlich schwierig sein –»

David sagte, sie hätten für kein Land irgendwelche Visa, und fügte hinzu, sie seien auf der Suche nach der Wahrheit.

«Haben Sie denn keine Angst, daß Sie am Ende im Gefängnis landen?»

In hochmütigem Ton erklärte David, in Gefängnissen blühe die Wahrheit, vor allem im Osten.

«Wir sind die Brücke», fügte er hinzu, «zwischen der Vorkriegsmenschheit mit ihrer Selbstsucht und ihrer materialistischen Selbstblockierung und einer neuen Gattung von Weltbürgern. Wir versuchen, uns umfassendere Begriffe anzueignen, denn wir haben verstanden, daß wir die rein kontemplative Weisheit benötigen, die sich einstellt, wenn man dem Weg folgt.»

Damit hatte Mildred Jungfleisch ihr Stichwort. Sobald sie begriffen hatte, daß David nicht auf einer gewöhnlichen Hochzeitsreise war, sondern auf der Suche nach der Wahrheit, wußte sie genau, woran sie bei ihm war und wie sie mit ihm umgehen konnte. Sie ließ die Place Stanislas und Grosbois auf sich beruhen und würzte ihre Rede nun mit Wendungen wie «bewußtseinserweiternde Deutung des Kosmos», «Ideenaustausch zwischen sensibilisierten Zeitgenossen», «quasi autoritativ vorgegebene Denkformen und Denkgewohnheiten sprengen». Sie sagte: «Ich habe mal an einem Kursus über Illogik teilgenommen, und mir ist sehr klar geworden, welcher Stellenwert ihr im zeitgenössischen Denken zukommt», und sprach von einer «Atmosphäre positiven Denkens – Wandel ist Leben».

Man begriff, warum sie für die Gesellschaft ein solcher Gewinn war; sie traf in jeder Situation unfehlbar den richtigen Ton. David war offensichtlich entzückt und überrascht, an der Tafel seiner Eltern eine derart verwandte Seele zu treffen; die beiden unterhielten sich angeregt bis zum Ende des Dinners. Ihre Nachbarn verloren das Interesse an diesem Gespräch, sobald es von den persönlichen auf die ewigen Dinge überging (der Clou war die Offenbarung gewesen, daß David das Alter seines eigenen Kindes nicht genau kannte), und bald breitete sich der gewöhnliche Papageienhauslärm einer französischen Dinnerparty aus. Die Studentin der neueren Sprachen ihrerseits sagte keinen Ton. M. Hué, der neben ihr saß, versuchte es mit allen möglichen Eröffnungen auf französisch, englisch, deutsch, portugiesisch und norwegisch. Aber sie machte ein Gesicht, als würde sie erwarten, daß er ihr im nächsten Augenblick einen Schlag versetzte, und hielt den Mund.

Für den Augenblick versuchte ich, nicht mehr an meine Kinder zu denken und meine Pflichten als Gastgeberin zu erfüllen.

«Was bedeutet *patibulaire*?» fragte ich M. Bouche-Bontemps.

Es kam mir so vor, als würde M. Béguin immerhin ein verlegenes Gesicht machen; hastig wandte er sich seinem Nachbarn zu.

«*Patibulum* ist das lateinische Wort für Galgen.»

«Ich verstehe.»

M. Bouche-Bontemps war sehr freundlich und taktvoll. Statt von dem Thema, das mich offensichtlich beschäftigte, einfach abzulenken, begann er, über schwierige junge Leute aus früherer Zeit zu sprechen. Im 17. Jahrhundert habe es in England die Tityre Tu's gegeben, gebildete Unholde, die sich nach der ersten Zeile aus Vergils erster Ekloge benannt hätten. In den dreißiger Jahren des 19. Jahrhunderts, «als Waterloo genauso lange zurücklag wie für uns heute Dünkirchen», seien junge Franzosen in seltsamen Kleidern unter dem Namen Bousingos aufgetreten, die schauerliche Verbrechen begangen hätten. Mir wäre es lieber gewesen, er hätte die schauerlichen Verbrechen weggelassen, aber ich begriff den Zusammenhang.

«Ich weiß nicht, wie es in England ist», sagte er, «aber in Frankreich haben die Mütter Angst davor, ihre Kinder zu verstimmen. Sie lieben sie so sehr, daß sie es nicht ertragen können, wenn ein Schatten auf ihr Glück fällt; nie schimpfen sie mit ihnen oder verbieten ihnen etwas. Ich beobachte zum Beispiel, wie meine Schwiegertochter ihren Kindern alles erlaubt, außerhalb der Schule gibt es keine Autorität, und in ihrer Freizeit tun sie, was ihnen gefällt. Es erschreckt mich, wenn ich sehe, was ihnen gefällt. Nie schlagen sie ein Buch auf, die Mädchen sticken nicht, der Junge bekommt, obwohl er ziemlich musikalisch ist, keinen Klavierunterricht. Sie spielen dumme Spiele mit einem großen Ball und gehen ins Kino. Uns führte man in die Matinée Classique im Théâtre Français – und wir träumten von El Cid –, aber das ist völlig aus der Mode gekommen, jetzt träumen sie von The Kid. Wohin soll das bloß führen?»

«Ich denke, Sie werden erleben, wie sie darüber hinauswachsen, und nachher sind sie wie alle anderen.»

«Aber wer sind ‹alle anderen› – Sie und ich und der Botschafter oder irgendein amerikanischer Filmschauspieler.»

«Sie und ich», sagte ich entschieden. «Für unsere eigenen Kinder sind gewiß wir das Vorbild. Vielleicht setzen sie sich eine Zeitlang von unseren Werten ab, aber am Ende werden sie zu ihnen zurückkehren.»

«Aber die Enkelkinder von mir sind schon so groß – und verändern sich anscheinend überhaupt nicht. Immer noch werfen sie sich diesen idiotischen Ball zu, wenn die Schule aus ist.»

«Gut für die Gesundheit, immerhin.»

«Darum geht es doch nicht. Sie sollen doch nicht Olympiasieger werden. Außerdem sind gesunde Kinder meistens dumm. Die weisen Mönche früher wußten genau, was sie taten, als sie die Universitäten an ungesunden Orten gründeten. Ich halte nichts von Gesundheit – je größer die Übervölkerung der Welt, desto mehr Leute zerbrechen sich den Kopf wegen ihrer Gesundheit. Da sage ich: *Hunde, wollt ihr ewig leben?*»

«Zu Ihren eigenen Enkelkindern?»

«Gerade zu ihnen!»

«Das glaube ich nicht.»

«Aber ich meine es sehr ernst. In diesem Augenblick der Weltgeschichte tut uns ein bißchen Verstand mehr not als irgend etwas sonst. Und wenn wir ihn nicht in Westeuropa hervorbringen, woher soll er dann kommen? Aus Amerika bestimmt nicht. Eine Schule ist dort ein großes, helles Gebäude mit Schwimmbad. Und aus Rußland ebensowenig, wo sie so ernst sind, daß sie den Wald vor lauter Bäumen nicht sehen. Sie haben vielleicht ein paar gute Ideen über Karl Marx und so weiter, aber sie sind nicht erwachsen. Wenn sich die Kinder unserer eigenen Zivilisation nicht so entwickeln, wie sie sollen, dann könnte die Welt ein ziemlich gefährlicher Spielplatz werden.»

Ich sagte: «Meine beiden erwachsenen Söhne waren vollkommen, solange sie klein waren, ungeheuer gescheit, lernbegierig, immer für El Cid und gegen The Kid. In Oxford haben sie sich gut gehalten. Und jetzt? Der bärtige David, der sein Examen mit Eins bestanden hat, ist unterwegs nach China und sucht die Wahrheit. Mit anderen Worten, er hat der geistigen Trägheit vollständig nachgegeben. Der andere, Basil, der noch gescheiter ist, mein Stolz und meine Freude, liegt an einem spanischen

Strand den ganzen Tag auf dem Bauch. Wie erklären Sie das?»
«Ich glaube, sie haben immer noch bessere Chancen als meine armen Enkelkinder, weil sie schon etwas im Kopf haben.»
«Wenn Sie mich fragen – sie alle werden diese albernen Phasen überwinden. Eigentlich ist das alles nicht neu – meine Cousinen und ich waren völlig närrisch, als wir jung waren. Der Unterschied besteht nur darin, daß sich die Erwachsenen damals nicht darum kümmerten, während wir uns heute (wahrscheinlich viel zu sehr) auf die Kinder und ihre Missetaten konzentrieren. Wie alt sind ihre Enkelkinder übrigens?»
«Sie müssen jetzt ungefähr sieben, acht und neun sein.»
Er war sehr überrascht, als ich lachte.
«In ihrem Alter», sagte er, «habe ich in meiner freien Zeit die Klassiker gelesen.»
«Das denken wir alle von uns, aber es ist nicht immer wahr!»
Sobald wir den Speisesaal verließen, nahm David seine Frau und wollte uns verlassen. Er habe eine wichtige Verabredung am Pont d'Alma, erklärte er. «Wir sind schon mehrere Tage zu spät – wir müssen sofort hin.»
«Aber für die Nacht kommt ihr wieder her?»
«Möglicherweise, oder wir schlafen dort.»
«Wo?»
«Unter der Brücke, wo wir unseren Freund treffen.»
«Oh, tut das nicht. Ihr müßt müde sein.»
«Der große Zen-Meister Po Chang sagte: Wenn du müde bist, schlafe. Wir können überall schlafen.»
«Und das Baby?»
«Das kommt mit. Das schläft die ganze Zeit. Gute Nacht, Ma.»
«Sehen wir euch morgen?»
«Möglicherweise. Gute Nacht.»
Philip und Northey erschienen wieder. Valhubert sprang aus seinem Sessel neben Mme. Hué auf und entführte Northey in einem raschen, geschickten Manöver auf ein unbesetztes Sofa. Dort saßen sie den ganzen übrigen Abend lang und lachten viel. Grace, die Philip mit halbem Ohr lauschte, nachdem dieser sich seinerseits auf dem kürzesten Wege zu ihr gesellt hatte,

beobachtete die beiden gelassen und, wie mir schien, sogar mit einer leicht spöttischen Miene. Um die gewohnte Zeit und in der korrekten Reihenfolge kamen die Gäste, dankten uns für den erfreulichen Abend und gingen davon. Selten habe ich mich so erschöpft gefühlt.

12

Ich sass auf meinem Bett und sah zu Alfred hinüber.

«Sollen wir lachen oder weinen?» fragte er. «Hast du das Baby gesehen?»

«Nicht richtig. Anscheinend schlief es gerade. Aber die Tragetasche *habe* ich gesehen.»

«Von wem, glaubst du, ist es?»

«Na, von ihnen doch, oder?»

«Es ist gelb.»

«Das sind Babys oft.»

«Nein, Liebling. Ich meine, es ist ein asiatisches Baby.»

«Um Himmels willen! Bist du ganz sicher? Ich dachte, es sei unser Enkelkind.»

«Vielleicht ein Atavismus. Hast du irgendwelche chinesischen Vorfahren, Fanny?»

«Bestimmt nicht. Du vielleicht?»

«Wohl kaum. Die Winchams, wie du weißt, waren Freisassen in Herefordshire, seit dem Mittelalter immer im selben Dorf. Wenn einer unserer Ahnen in den Fernen Osten gegangen wäre und eine Exotin mitgebracht hätte, wäre daraus eine aufregende Familiensage geworden. Auch die junge Dame sah nicht mongolisch aus, oder?»

«Überhaupt nicht. Wirklich rätselhaft. Aber wenn sie dieses Kind nach China bringen, ist es so, als würden sie Kohlen nach Newcastle tragen.»

Zwei Tage lang bekamen wir David, Dawn und die Tragetasche nicht zu Gesicht; am dritten tauchten sie wieder auf. Alfred und ich tranken im Salon vert unseren Tee. «Anscheinend

sind sie wirklich abgereist», sagte ich gerade. «Waren wir etwa nicht nett genug zu ihnen?»
«Ich weiß nicht, was wir noch hätten tun sollen.»
«Ich auch nicht. Aber ich habe gegenüber David immer dieses schlechte Gewissen, ich habe es dir schon oft gesagt, weil ich ihn weniger gern habe als die anderen.»
«Man muß die Dinge realistisch sehen, Liebling. Du liebst ihn weniger, weil er weniger liebenswert ist – so einfach ist das.»
«Aber vielleicht ist er das nur, weil ich ihn von Anfang an weniger geliebt habe – ich liege nachts wach und versuche mich zu erinnern –»
«Er ist der gleiche geblieben», sagte Alfred. «Er ist so auf die Welt gekommen –»
In diesem Augenblick schlängelten sie sich samt ihrer Tragetasche durch die Tür.
«Oh, wie schön», rief ich. «Da seid ihr ja. Wir hatten schon Angst, ihr wärt womöglich nach Asien aufgebrochen.»
David drückte mir seinen Bart ins Gesicht und sagte: «Im Gegenteil, wir sind sogar wieder ein bißchen zurückgegangen, nach Westen – nach Issy-les-Moulineaux. Aber jetzt sind wir wirklich auf dem Weg. Wir sind nur vorbeigekommen, um uns zu verabschieden.»
Ich bestellte telefonisch noch zwei Teetassen und wendete mich an Dawn, in der Hoffnung, sie zum Reden zu bringen: «Issy-les-Moulineaux ist wirklich ein hübscher Name. Wie ist es dort?»
Sie richtete ihre Strahler auf mich und schwieg, während David ein finsteres Gesicht machte. Er konnte Small talk und zivilisierte Umgangsformen nicht ausstehen.
«Es ist bloß ein Arbeitervorort», sagte er. «Für Leute wie euch nicht von Interesse. Wir haben einen praktizierenden Zen-Buddhisten besucht, der dort ein Zimmer hat.»
«Und wo habt ihr übernachtet?»
«In seinem Zimmer.»
«Drei Tage lang?»
«Waren es drei Tage? Woher soll ich das wissen? Es hätten auch drei Stunden oder drei Wochen sein können. Dawn und

ich benutzen keine Uhren und auch keine Kalender, wir haben nämlich keine (mit vernichtendem Spott in der Stimme) ‹gesellschaftlichen Verpflichtungen›!»
«Hast du nicht erzählt, er würde unter einer Brücke wohnen?»
«Ja, früher, aber sie haben aus dem Ufer dort eine Straße gemacht. Stell dir vor, wie das ist, wenn die ganze Nacht über Autos durch dein Schlafzimmer fahren. Er sagt, die Franzosen würden langsam unmöglich –»
Das Baby fing an zu schreien. «Ich schätze, es muß neu gewikkelt werden», sagte David.
Dawn stand auf und beugte sich über die Tragetasche, als wollte sie es gleich hier erledigen. «Kommen Sie mit nach oben», sagte ich. Wir nahmen jede einen Griff und gingen zum Aufzug. «Ich habe dieses Zimmer herrichten lassen, weil ich hoffte, ihr würdet ein oder zwei Nächte bleiben. Es ist das sogenannte violette Zimmer. Mrs. Hammersley und Mr. Somerset Maugham sind hier zur Welt gekommen, stellen Sie sich vor –»
Sie lächelte. Sie ist ein Schatz, dachte ich – wenn sie doch bloß etwas sagen würde. Als sie das Baby hochnahm, sah ich, daß Alfred völlig recht hatte, es war gelb wie eine Butterblume, mit schwarzem Haar und schwarzen Schlitzaugen, ganz gewiß nicht europäisch: ein niedlicher kleiner Fremdling.
«Ein süßes Kerlchen», sagte ich. «Wie heißt er?»
Endlich öffnete sich der hübsche Mund. «Chang.»
Ich sah, daß sie eine Segeltuchtasche mit einem kaputten Reißverschluß auf dem Klapptisch für das Gepäck abgestellt hatte. «Ich schicke Claire, mein Zimmermädchen, sie kann für euch auspacken.» Dawn schüttelte heftig den Kopf.
«Sie ist ganz harmlos und würde das Baby bestimmt gern haben – aber gut, wenn Sie nicht wollen. Haben Sie alles, was Sie brauchen, meine Liebe?» Sie nickte. «Kommen Sie wieder nach unten, wenn Sie fertig sind.»
Ich kehrte in den Salon vert zurück. David sagte gerade: «Der Zen untersagt das Denken», und Alfred, was Wunder, machte bei diesen Worten, die einer Negation seiner ganzen Lebensar-

beit gleichkamen, ein trauriges Gesicht. «Er ist nicht darauf aus, einsehbar oder für den Intellekt verstehbar zu sein, deshalb ist er so schwer zu erklären.»
«Das muß er wohl sein.» (Falsett.)
«Sobald man versucht, ihn in Begriffe zu fassen, ergreift er die Flucht.»
«Mm.» (Mit sehr hoher Stimme.)
«Er will aufregen, Gefühle provozieren und Gefühle erschöpfen.»
Ich war völlig überrascht, als Alfred plötzlich die Geduld verlor. Seit sechsundzwanzig Jahren war ich mit ihm verheiratet und hatte so etwas noch nie erlebt. Wütend sagte er: «Es ist dir gelungen, mich aufzuregen und zu provozieren und meine Gefühle zu erschöpfen, und zwar so gut, daß ich dir sagen muß: Meiner Ansicht nach sind die meisten Asiaten unfähig zu denken. Der Zen-Buddhismus ist da für sie offenbar genau das Richtige. Aber du bist kein Asiat; du hast die großen Philosophien studiert –»
«Bitte, Vater, sag: Asier.» David hatte die Wirkung, die sein Gerede auf Alfred hatte, nicht einmal wahrgenommen.
«Ich nehme doch an, ich darf, wenn ich mit dir und deiner Mutter allein bin, das korrekte Wort –»
«Nicht, wenn es meine Gefühle verletzt. Versteh doch, das Baby ist auch einer –»
«Entzückend!» sagte ich.
«Oh, mein lieber Junge, ich bitte dich tausendmal um Verzeihung. Also, ich muß noch ein paar Akten lesen, ich gehe lieber in die Kanzlei zurück. Also, bis später.»
«Er heißt Chang, hat mir Dawn erzählt», sagte ich, als sich die Tür hinter Alfred geschlossen hatte.
«Wir haben ihn nach dem großen Zen-Meister Po Chang genannt. Das Po haben wir weggelassen. Hast du schon mal von ihm gehört?»
«Der Name kommt mir bekannt vor – aber ich bin schrecklich ahnungslos in diesen Dingen.»
«Es war Po Chang, der einmal einen Krug vor seine Jünger stellte und sie fragte: ‹Was ist das für ein Gegenstand?› Sie

machten verschiedene Vorschläge. Dann ging einer seiner Jünger zu ihm hinüber und stieß ihn mit dem Fuß um. Den ernannte Po Chang dann zu seinem Nachfolger.»
«Ja, natürlich! Jedenfalls ist das Baby ein lieber kleiner Engel.»
«Er ist unser ein und alles.»
Ich wußte zwar, daß die Regel, niemals Fragen zu stellen, sehr vernünftig war, und hätte sie auch niemals gebrochen, aber manchmal konnte sie einem das Leben doch ziemlich schwermachen. Ich wollte unbedingt wissen, woher das Baby Chang stammte, aber wie sollte ich es herausfinden?
«Ihr müßt unbedingt selbst eines bekommen», wagte ich zu sagen.
«Bald ist es soweit – deshalb haben wir geheiratet.»
«Wenn ihr zwei Babys habt, also schon eine richtige Familie seid, werdet ihr euch dann nicht irgendwo niederlassen?»
«Der Kreislauf von Geburt und Tod ist im Angesicht der Ewigkeit nicht wichtiger als Schlafen oder Wachen. Weißt du denn nicht, daß neue Körper nur geschaffen werden, damit wir unser eigenes Karma ausbilden können.»
«Ach, hör auf und rede vernünftig.»
«Um es so auszudrücken, daß auch du begreifst, Ma: Ich kann eure Lebensweise nicht billigen und habe es nie getan. Ich verabscheue die Bourgeoisie. Im Zen finde ich das Gegenteil von dem, wofür ihr beide, du und Vater, immer gestanden habt. Deshalb mache ich mir den Zen aus ganzem Herzen zu eigen. Verstehst du?»
«Ja. Ich frage mich nur, *warum* du so denkst?»
«Mir erscheint es fast unglaublich, daß in den fünfziger Jahren immer noch Leute wie ihr leben.»
«Du kannst nicht erwarten, daß wir Selbstmord begehen, nur damit deine Theorien aufgehen.»
«Ach, es macht mir nichts aus, daß ihr lebt – aber *wie* ihr lebt. Basil denkt genauso. Seit Jahren beschwöre ich ihn, er möge die Nabelschnur durchschneiden, und jetzt hat er es endlich getan.»
«Ach, du steckst dahinter? Vielen Dank. Er liegt jetzt auf dem

Bauch im Sand, statt für seine Prüfung zu lernen. Ich halte das für eine entsetzliche Zeitverschwendung.»

«Die Zeit gibt es nicht. Leute mit einer Uhr sind wie Körper in einem Korsett. Alles – bloß nicht am Ende, wenn man alt ist, in deinem und Daddys Korsett dastehen. Dawn und ich sind auf der Suche nach einer Zukunft ohne Fesseln. Wo ist sie eigentlich?»

«Wenn du nach oben gehst, in das Zimmer über diesem, wirst du sie finden.»

Er ging hinaus. Bald hörte ich seinen schweren Schritt über mir. Schon als David noch ein Kind war, pflegte Onkel Matthew zu sagen, er gehe wie zwei Männer, die eine Leiter tragen. Erleichtert rief ich in der Kanzlei an. Philip war am Apparat.

«Sag Alfred doch bitte, der alte Zenzelot sei fort, er kann zurückkommen und seinen Tee zu Ende trinken.»

Alfred gab mir einen Kuß auf das Haar. «Wenn ich daran denke, daß er sein Examen mit Eins bestanden hat!»

«Komm, ich schenk dir eine frische Tasse ein – die hier ist kalt. Ich weiß noch, als die Jungen klein waren, hast du immer gesagt, wenn sie nicht gegen alle unsere Wertvorstellungen rebellieren, dann wissen wir, daß sie nicht viel taugen.»

«Nicht sehr klug, wie?»

«Du warst sehr klug – du hast dein Examen selbst mit Eins bestanden. Außerdem hast du gesagt: ‹Wenn sie mich hereinkommen sehen, dann werden sie mich hoffentlich so ansehen, als wollten sie sagen: Da kommt der alte Narr. So sollten Kinder ihren Vater sehen.›»

«Merkwürdig. Das habe ich ganz vergessen.»

«Ja, man vergißt –»

«Heiße Neuigkeiten», sagte Northey am nächsten Tag. «David und Dawn trinken mit dem süßen Amy Whisky in der Pont Royal Bar. Chang haben sie in der Garderobe abgestellt.»

«Woher weißt du das?»

«Ich habe sie eben getroffen.»

«Und was hast du in der Pont Royal Bar getan?»

«Ich hatte mich mit Phyllis McFee verabredet, der Freundin meiner fernen Jugend im wilden, kargen Kaledonien.»

«Northey, das ist kein Lokal für junge Mädchen. Bitte, trefft euch das nächste Mal woanders – warum nicht hier? Wozu habe ich dir dieses schöne Zimmer denn überlassen –?»
«Das sagst du nur, weil du den kleinen, klugen Amy nicht leiden kannst.»
«Das stimmt nicht.»
Die Antwort auf all jene Fragen, die wir diskreterweise gar nicht gestellt hatten, lieferte uns schon bald die *Daily Post.*

Zen-Buddhisten in Pariser Botschaft
Mit Bart, Sandalen, Kordhosen und Pfeife, begleitet von Frau Dawn und Baby Chang, macht zur Zeit David Wincham, der älteste Sohn des britischen Botschafters in Frankreich (des früheren Professors für Pastoraltheologie, Sir Alfred Wincham) Station bei seinen Eltern. Er ist auf dem Weg nach Osten, wo er sich einer Zen-Kommune anschließen will. Während einer Teezeremonie in Paris erläuterte David gestern seine Pläne.

In froher Erwartung
«Dawn und ich haben letzte Woche geheiratet. In zwei Monaten erwarten wir unser erstes Kind. Dawns Vater, der Bischof von Bury, ist dagegen. Er wollte, daß sie ihr Studium beendet, er war auch dagegen, daß wir Chang adoptierten, das Kind unseres Zen-Meisters.»

Weltbürger
«Ja, Chang ist ein chinesischer Name; unser Kind ist ein Weltbürger. Dawns Vater ist gegen die Weltregierung. Er versteht den Zen nicht und die Wichtigkeit des leeren oder nicht-seßhaften Geistes ebensowenig. Er meint, die Leute sollten arbeiten; Dawn und ich wissen, daß es genügt zu existieren.»

Sieben
So existieren David, Dawn und Chang sehr komfortabel auf Kosten der Steuerzahler. Ich fragte, wann sie voraussichtlich nach Osten aufbrechen würden. «In sieben Stunden, sieben Tagen, sieben Wochen oder sieben Jahren. Für uns ist es das gleiche.»

«Wenn sie in sieben Jahren gehen», meinte Philip, «wird ihnen euer Nachfolger das Entresol überlassen müssen.»
Tatsächlich war vom Aufbruch nach Osten nicht mehr die Rede; sie richteten sich ganz behaglich in unserem besten Gästezimmer über dem Salon vert ein. Anscheinend konnte sich der lange Reifungsprozeß der geheiligten Substanzlosigkeit ebensogut im Hôtel de Charost wie in einem sibirischen Gefängnis vollziehen – vielleicht sogar besser, weil sie im Gefängnis womöglich keinen Zen-Meister finden würden, während sie hier einen großartigen in Issy-les-Moulineaux hatten. Dawn war erschöpft und offenbar nicht darauf versessen, sich von neuem auf den Weg der Weisheit zu machen. David erzählte das alles Mildred Jungfleisch, die es uns freundlicherweise weitererzählte. Mir selbst oder Alfred wurden keine Erklärungen zuteil, aber alle Anzeichen deuteten auf einen langen Aufenthalt hin. Ich kaufte eine Empire-Wiege, die ich im Salon vert aufstellte, und verbannte die blaue Plastiktragetasche aus allen von uns bewohnten Räumen. Es war der einzige Schritt, den ich unternahm, um mich irgendwie zu behaupten.

13

Valhubert schloss sich dem Troß von Northeys Verehrern an. Dies war zweifellos unvermeidlich, aber es beunruhigte mich, denn er war anders als die anderen: ein Mann von Welt, ein erfahrener Verführer mit viel Zeit; das arme Kind würde eine leichte Beute für ihn sein. Außerdem hatte ich Grace sehr gern, meine beste Freundin in Paris. Offenbar begann sie ihre Meinung über Northey gerade zu ändern; mir war, als hätte ich Äußerungen wie «Was für ein reizendes Kind» schon seit längerem nicht mehr gehört. Die anderen Verehrer waren einfach nur lästig; sie stahlen Northey viel zuviel Zeit und Aufmerksamkeit, sie machten unserer Telefonzentrale zusätzliche Arbeit, aber für gefährlich hielt ich sie nicht. Immer wieder unterhielt ich mich lange mit Katie über dieses Thema, die Northey

sehr gern hatte. Sie saß an einer entscheidenden Stelle und war für mich deshalb von unschätzbarem Wert. Sie hatte zwar jahrelang im Ausland gelebt, aber ihren englischen Menschenverstand hatte sie dabei nicht verloren. Sie war länger als irgend jemand sonst bei der Botschaft beschäftigt, seit der Zeit vor dem Krieg, und während des Krieges hatte sie bei den Freien Franzosen gearbeitet.
«Selbstverständlich lausche ich nicht», sagte sie, «aber manchmal bekomme ich etwas mit.»
«Halt die Ohren offen, Katie. Ich muß unbedingt wissen, was sie vorhat. Ich bin für sie verantwortlich, vergiß das nicht.»
«Du brauchst dir keine Sorgen zu machen – alle diese Leute sind ihr schnuppe; wo es nur geht, kommt sie auf Philip zu sprechen. Es muß schrecklich für die armen Kerle sein, ständig erklärt zu bekommen, wie sehr sie ihn verehrt. Natürlich, ein paar können den Geheimanschluß benutzen, aber ich habe das Gefühl, mit ihnen ist es genau dasselbe. Sie ist so leicht zu durchschauen, nicht wahr?»
«Ich möchte wissen, was die Franzosen über all das denken.»
«Nur das Schlimmste natürlich, aber das tun sie immer. Hätte sie keine Verehrer, würden sie sagen, sie sei lesbisch oder habe einen Liebhaber in der Botschaft. Man weiß nie, was sie denken.»
«Sag mal, Katie. Spricht sie oft mit Phyllis McFee?»
«Mit wem?»
«Einem schottischen Mädchen, das hier in Paris arbeitet.»
«Nie, soviel ich weiß.»
«Komisch. Wenn sie keine Lust hat, etwas zu tun, bringt sie als Entschuldigung immer diese Phyllis McFee ins Spiel.»
«Die arbeitet wahrscheinlich in einem Büro, wo sie nicht telefonieren darf.»
«Na – ich weiß nicht.»
Nach M. de Valhubert fragte ich Katie nicht, aber ich wußte, daß er ständig anrief. Mir fiel auch auf, daß Phyllis McFee, deren Name bisher zwar in regelmäßigen Abständen, aber doch auch nicht allzuoft aufgetaucht war, inzwischen Ortheys ständige Begleiterin geworden zu sein schien.

«Northey, bist du mit meinen Briefen nicht ziemlich im Rückstand?»
«Nicht so sehr – schätzungsweise zwölf.»
«Warum setzt du dich nicht nach dem Dinner hin und erledigst sie? Dann brauchst du nicht mehr daran zu denken.»
«Weil Phyllis McFee und ich gerade heute abend zum Catch gehen.»
«Zum Catch?»
«Das ist französisch für *all-in wrestling*.»
«Liebling, es schickt sich wirklich nicht für zwei Mädchen, allein zum Freistilringen zu gehen.»
«Wir sind nicht allein. Phyllis McFee und ich haben doch Bewunderer. Wir sind in Begleitung.»
«Wie hältst du es bloß aus, dir so etwas anzusehen?»
«Ich finde es herrlich. Ich sehe gern zu, wenn sich widerwärtige Menschen zur Abwechslung einmal gegenseitig quälen, statt immer nur die armen Tiere. L'Ange Blanc, der Champion, hat Finger wie ein Doktor, er weiß genau, wo es am meisten wehtut –»
«Seltsamer Doktor. Aber was ist denn nun mit den Briefen. Die können nicht immer wieder verschoben werden.»
«Hör mal, Fan, du hast doch heute abend nichts vor, oder?»
«Du meinst, ich soll sie schreiben? Aber wozu bezahle ich dich denn?»
«Du wirst mir gar nichts mehr zahlen, bis zum 28. November nächsten Jahres. Bis dahin habe ich nämlich schon geborgt. Fanny – jeder für jeden?»
«Na schön. Bring mir deine kleine Schreibmaschine, ich werde sie im Bett schreiben.» Man ist nur einmal jung; wir hatten früher nicht diese langweiligen Jobs. Als wir, Poly Hampton, meine Cousinen und ich, so alt waren, da bestand unsere Pflicht darin, mit jungen Männern auszugehen und uns zu vergnügen, so wie jetzt Northeys Pflicht darin bestand, zwölf Briefe zu schreiben. Wenn ich nur die Gewißheit gehabt hätte, daß Phyllis McFee wirklich mit von der Partie war und nicht Valhubert. Während ich meine Briefe schrieb, beschloß ich, mit Northey zu sprechen. Keine Fragen zu stellen, wie bei der Fremdenle-

gion, mag bei Jungen ganz gut funktionieren; aber Mädchen sind ein anderer Fall – unbesonnen, hoffnungslos leichtfertig, launisch und kurzsichtig. Obwohl ich alle Formen von Einmischung hasse, hatte ich das Gefühl, ich müßte eine Pflicht erfüllen.

Ich hatte damals gerade viel zu tun. Mr. Gravely, der Außenminister, kam und reiste wieder ab. Viel sah ich nicht von ihm, denn das Dinner, das Alfred zu seinen Ehren veranstaltete, war den Männern vorbehalten. Anscheinend war er ein langweiliger alter Knabe. Ich sagte zu Philip: «Die Idee von Grace, daß man ihn zu irgendeinem Bordell fährt, weil seine Frau nicht mitgekommen ist, gefällt mir.»

«So unrecht hat sie gar nicht. Alle englischen Politiker wollen irgend etwas Schmutziges tun, wenn sie nach Paris kommen. Aber sie wollen dabei natürlich nicht von Mockbar gesehen werden. Wirklich zu dumm, daß der einzige einigermaßen respektable Nachtclub zufällig Le Sexy heißt. La Tomate klingt zwar ganz passabel, aber dorthin können wir sie beim besten Willen nicht lassen – nein, wirklich, ich kann dir das nicht erzählen. Frag Mieß –»

Entgegen dem, was man nach allem Bisherigen hätte erwarten sollen, verliebte sich Mr. Gravely nicht in Northey, er nahm sogar kaum Notiz von ihr. Er betraute sie mit verschiedenen Gelegenheitsarbeiten und sprach in einem kühlen, offiziellen, unpersönlichen Ton mit ihr, der sie so verblüffte, daß sie alle diese Aufträge sehr zügig und geschickt selbst erledigte.

An dem Abend, nachdem er abgereist war, aßen wir zu Hause. Alfred wirkte müde und deprimiert; der Besuch hatte seine Schwierigkeiten anscheinend noch vermehrt. Ich hatte bis jetzt nichts darüber gehört. David und Dawn waren ausgegangen, um mit einem Freund eine Schale Reis zu teilen. Aber als wir das Eßzimmer betraten, stellten wir fest, daß meine Sekreträrin uns die Ehre erweisen wollte – ein äußerst ungewöhnliches Ereignis.

«Deine Kühe», sagte Alfred, «machen nur Ärger, Northey.»

«Ich weiß – ist es nicht wunderbar? B. B. hat sie gestoppt, Fanny, das habe ich dir noch gar nicht erzählt. Da sieht man, was sich erreichen läßt, wenn man ein bißchen auf die Pauke haut!»

«Ich sage noch einmal, sie machen Ärger. Der irische Botschafter war mir bisher sehr freundlich gesonnen, alles zwischen uns schien perfekt. Nun hat ihn seine Regierung zu Konsultationen zurückgerufen. Für die Iren ist das eine sehr ernste Sache – eines ihrer wichtigsten Exportprodukte fällt von einem auf den anderen Tag weg. Sie glauben alle, daran seien die Engländer mit ihren teuflischen Machenschaften schuld.»

«Stimmt ja auch – und es geschieht ihnen recht, weil sie so grausam sind!»

«Ich muß leider sagen, daß alle armen Agrarländer mit Tieren grausam umgehen – nicht nur die Iren. Wenn sie keine Rinder nach Frankreich ausführen können, werden sie noch ärmer. Freundlicher stimmt man sie auf diese Weise sicher nicht. Wahrscheinlich wird es dazu führen, daß sie die unglücklichen Viecher in andere Länder schicken, zu denen die Reise noch länger dauert und wo die Schlachthäuser primitiver sind.»

«B. B. glaubt das nicht. Er sagt, es gebe keine anderen erreichbaren Märkte.»

«Ich finde, du solltest deine anscheinend grenzenlose Macht dafür einsetzen, die Franzosen zum Verzehr von Tiefkühlkost zu bewegen. Dann könnten diese Transporte aufhören, und die Tiere würden schon zu Hause geschlachtet.»

«Daraus wird nichts», sagte Northey. «Sie nennen es *frigo* und finden es abscheulich. B. B. sagt, sie haben ganz recht – es ist widerlich.»

«Mag sein – trotzdem werden sie am Ende nicht darum herumkommen.»

Nach dem Dinner sagte Northey, sie sei einfach erschöpft. «Ich muß mich in mein Schicksal und mein einsames Bett fügen – tragisch, dieses Alleinsein!» Dann stapfte sie hinüber in ihr Entresol. Auch wir gingen früh auf unsere Zimmer. Bevor ich mich hinlegte, hörte ich in der Ferne ein leises Zirpen, wie ein Nest voller kleiner Vögel: Northey telefonierte. Ich konnte es hören, da im Haus alles still war. Als ich mich hinlegte, telefonierte sie immer noch. Um drei Uhr morgens wachte ich wieder auf, und sie zwitscherte nach wie vor.

Als sie sich am nächsten Tag ihre Anweisungen bei mir holte, sagte ich: «Northey, ich will nicht indiskret sein, aber hast du wirklich die halbe Nacht telefoniert?»

«Eine Quälerei, stundenlang den Hörer halten zu müssen! Der Arm tut mir jetzt noch weh!»

«Wer war es denn? M. Bouche-Bontemps?» Sie machte ein erstauntes Gesicht, weil ich gefragt hatte, aber dann erwiderte sie unbekümmert: «Nein, der Gute ist im Augenblick viel zu beschäftigt. Es war Charles-Edouard.»

Wie ich befürchtet hatte. Es war offenbar an der Zeit, etwas zu unternehmen, wenn ich nicht tatenlos zusehen wollte, wie die Dinge ihren Lauf nahmen. Deshalb fragte ich weiter. «Worum ging es denn?»

«Um meine Geldanlagen.»

«Was sagst du? Du hast Geld angelegt?»

«Ja. Er hat mir mein Gehalt bis zu Alfreds sechzigstem Geburtstag vorgestreckt, denn dann werdet ihr in den Ruhestand treten, und ich werde arbeitslos sein. Jetzt gibt er mir Tips, wie ich das Geld am besten anlege. Er meint, es sei sehr wichtig, weil mich niemand anders je einstellen wird und ich ein Alter in Armut vor mir habe. Also habe ich Coffirep, Finarep und Repfrance gekauft. Du glaubst nicht, wie sie abziehen. *Les reps sont en pleine euphorie*, schrieb der *Figaro* gestern.»

«Ich finde, du solltest M. de Valhubert nicht die ganze Nacht mit dir plaudern lassen. Es könnte Grace mißfallen.»

Northeys Gesicht bekam einen aufrührerischen Ausdruck. «Und wen stört das?»

«Mich zum Beispiel. Aber darum geht es nicht, Liebling. Ich mache mir Sorgen um dich. Ich habe furchtbare Angst, du könntest dich in Charles-Edouard verlieben.»

«Fanny! In Ehren ergrautes Alter!»

«Nicht grauer als die meisten deiner Verehrer – sie sind anscheinend alle über vierzig, und Bouche-Bontemps –»

«Aber ich bin doch in keinen von ihnen verliebt. Soll das eine Gardinenpredigt werden?»

«Etwas in der Art.»

«*Quelle horrible surprise*! Du schimpfst doch nie mit mir. Was ist über dich gekommen?»

«Ich schimpfe nicht. Ich versuche, dir einen Rat zu geben. Es gibt Augenblicke im Leben, da schlagen die Menschen eine falsche Richtung ein. Mir scheint, Basil und David haben das auch getan – aber für Männer ist es leichter, wieder auf den richtigen Weg zu kommen, als für Frauen. Du solltest dir irgendwann einmal überlegen, was du willst, und dann darauf zusteuern. Und da du, wie auch M. de Valhubert schon bemerkt hat, anscheinend keinen beruflichen Ehrgeiz hast, bist du vermutlich auf eine Heirat aus?»

«Vielleicht möchte ich lieber Konkubine werden –»

«Auch gut. In diesem Fall lautet die erste Regel allerdings: Tritt nie in ein Serail ein, in dem es schon eine Lieblingsfrau gibt.»

«Wie ich sehe, denkst du immer noch an Charles-Edouard.»

«Nach dieser mitternächtlichen Telefoniererei!»

«Aber Fanny, wenn ich Charles-Edouard umarmen wollte, würde ich es im Bett tun, nicht am anderen Ende einer Telefonleitung.»

«Ich sage ja nicht, daß du ihn umarmen willst. Noch nicht. Ich habe nur Angst, daß du es bald tun wirst.»

«Ich habe dir oft genug gesagt, daß ich in den Verehrtesten verliebt bin.»

«Ja, wirklich oft genug! Glaubst du eigentlich selbst daran?»

«Der heilige Expeditus ist von Kerzen umstellt – warum fragst du?»

«Wenn du Philip wirklich heiraten willst, dann fängst du es ziemlich seltsam an.»

«Ich habe nie gesagt, daß ich ihn heiraten will. Warum sollte ich nicht seine Konkubine werden?»

«Philip ist kein Pascha, er ist ein ehrgeiziger englischer Staatsdiener. Das letzte, was er tun würde, ist, sich eine Konkubine auf den Hals zu laden – und sie von einem Posten zum nächsten mitzuschleifen, stell es dir doch mal vor! Er würde bald gefeuert, wenn er das täte. Das einzige, was er vielleicht tun könnte, wäre, dich zu heiraten.»

«Fanny – du hast selbst gesagt, es sei hoffnungslos –»

«Und du machst es durch dein Verhalten noch hoffnungsloser.»

«Wie soll ich mich denn verhalten?»

«Ernsthafter. Zeige, daß du eine Frau bist, die eine großartige Botschaftergattin abgeben würde – kümmere dich mehr um deine Arbeit –»

«Jetzt weiß ich, worauf du hinauswillst –»

«Unsere Interessen sind in diesem Falle zufällig die gleichen. Und gib dich nicht soviel mit deinen Verehrern ab.»

«Warum eigentlich nicht, ich umarme sie doch nicht –»

«Ich glaube dir das vielleicht, aber sonst glaubt es dir niemand. Bei den Franzosen führt die Liebe zum Umarmen.»

«Sie lieben mich nicht.»

«Wie kommst du denn darauf?»

«Sie hätten nichts dagegen, mich ein- oder zweimal zu umarmen, das gebe ich zu, und manchmal bieten sie es mir auch sehr freundlich an, aber sie sind nicht in mich verliebt. Ich weiß es genau, denn sobald sich jemand in mich verliebt, kann ich ihn nicht mehr ausstehen. Zu Hause gab es jemanden – oh, Fanny, einfach schrecklich!»

«Oje, das ist aber sehr unpraktisch. Mit wem sollen wir dich da bloß verheiraten?»

«Mit dem Verehrtesten natürlich, du hast selbst gesagt, daß er sich nie in mich...»

Alfred kam herein. «Anscheinend ist Bouche-Bontemps für dich am Telefon», sagte er zu Northey, «in der Bibliothek. Sie haben einen Fehler gemacht (heute ist Katies freier Tag) und den Anruf zu mir durchgestellt – es war seiner Sekretärin sehr peinlich.» Während Northey davonhüpfte, entzückt darüber, daß sie diesen lästigen Belehrungen entkommen war, rief er ihr nach: «Frag ihn bitte, ob seine Regierung die Debatte über die Nationalparks überleben wird, ja?»

«Nein. Ich bin nicht der Geheimdienst! Fragen Sie Ihre Spione – !»

«Ziemlich frech, wie? Na, macht nichts. Hör mal, Fanny, unser

Sohn Basil ist aufgetaucht. Er ist angezogen wie (Falsett) *O Richard, O mon Roi*! Was hat das deiner Meinung nach zu bedeuten?»

«Ich wage kaum, es dir zu sagen. Er hat das Repetitorium aufgegeben, er denkt nicht mehr daran, in den diplomatischen Dienst einzutreten, er hat ein Reisebüro gegründet.»

«Guter Gott», sagte Alfred, «Basil auch?»

«Aber bei ihm ist es nicht ganz so schlimm wie bei dem armen David», fügte ich rasch hinzu, «bei ihm ist keine alberne Philosophie im Spiel, keine Frau, kein adoptiertes Baby, und er hat immerhin eine Arbeit und eine Art Perspektive. Er ist nicht die ganze Zeit über untätig. Ich wüßte wirklich gern, was wir bei den Jungen falsch gemacht haben –!»

«Vielleicht ist es nicht unser Fehler, sondern der Zug der Zeit.»

«Wo ist Basil jetzt?» fragte ich.

«Er frühstückt mit der Zen-Familie im Eßzimmer. David ist heute im Morgenmantel nach unten gekommen – er sieht furchtbar aus. Sie haben sofort angefangen, sich zu streiten – ich konnte es nicht ertragen, ich habe meinen Kaffee mit in die Bibliothek genommen.»

«Worüber haben sie gestritten?»

«Anscheinend (Falsett) kommen Vollbärte und Teddy-Boys nicht miteinander aus. Also, ich muß gehen, ich werde im Außenministerium erwartet.»

«Die Ielz?»

«Oh, ja, natürlich – die Ielz, die Europa-Armee, Guinea, Waffen für Arabien – ich habe einen furchtbaren Morgen vor mir.»

«Und der junge Mann, der die Entwürfe von Dior plagiiert hat?»

«Nein, damit befaßt sich Mr. Stock, Gott sei Dank. Bis später.»

Mein nächster Besucher war Basil. Ich sah, was Alfred meinte: In seinem lockeren Hemd, den engen Hosen und mit dem hinten nach innen gelockten Haar glich sein Profil dem eines Troubadours. Obwohl mir seine äußere Erscheinung sehr viel mehr zusagte als die von David (er war sauber, sogar fast *soigné*), wünschte ich mir, sie wären beide gewöhnliche, gutgekleidete Engländer. Ich war dankbar dafür, daß wir die beiden Jüngsten nach Eton hatten schicken können; zumindest sie würden als Erwachsene wie gewöhnliche Leute aussehen.

Basil ließ sich auf mein Bett fallen. «Sag mal, der alte David ist ja völlig von der Rolle, oder? Klar, er ist fromm und heilig – aber trotzdem –!»

«Seit wann hast du ihn nicht mehr gesehen?»

«Schätzungsweise seit einem Jahr.»

«Er hat mir gesagt, *er* hätte dir geraten, dich auf den Weg zu machen – oder das zu tun, was du gerade tust.»

«So ein Quatschkopf! Völlig aus der Luft gegriffen! Es stimmt, er hat sich immer wieder lange fromme Briefe abgerungen, in seiner komischen altertümlichen Schrift, aber ich habe sie natürlich nie gelesen.»

«Ich mache mir Sorgen um euch beide. Was hast denn du nun vor, Baz?»

«Also, die Sache ist die. Die Saison in Spanien ist vorbei, *ein* Glück! Ich habe eine Herde Rindviecher rübergebracht – habe sie heute morgen zum Weiden in den Louvre getrieben – am Nachmittag schaffe ich sie nach Versailles. Aber diese Ausflüge sind nur kleine Fische; wir wollen einfach, daß der Rummel weitergeht, bis Opa mit seinen neuen Phänomobilen herauskommt. Junge, der landet da ein Riesending!»

Mir sank der Mut. Ich verstand zwar nicht, was Basil meinte, aber Phänomobile und Riesendinger schienen mir nichts Gutes zu verheißen. Mit ihnen verknüpfte sich höchstwahrscheinlich keine Tätigkeit von der Art, wie Alfred sie gebilligt hätte. «Würdest du bitte Englisch sprechen, Liebling?»

«Ja, Mutterherz. Bin ganz weg, wenn ich an Opa denke. Also, mit Oma Hopses Kapital (sie läßt dich übrigens herzlich grüßen) baut er eine ganz Flotte von Tele-Ruhebussen. Kapierst du? Die Schwachpunkte des britischen Touristen sind der Fuß und der Magen. Mit ihren Füßen ist es nicht weit her, sogar mir blutet das Herz, wenn ich sehe, wie sie nach ein oder zwei Stunden im Museum leiden. Abends lösen sich regelmäßig mehrere von ihnen in Tränen auf. Es gibt immer ein paar alte Schachteln, die sich nach einem solchen Tag glatt weigern, aus dem Bus zu steigen; sie bleiben einfach auf dem Parkplatz, während sich ihre Gefährten durch die vergoldeten Salons schleppen und nachsehen, wo sich die hochnäsigen Aristokraten von Anno ehedem herumgedrückt haben. Manchmal bekommen diese Sitzenbleiber dann Wundbrand – in Port Bou hatten wir zwei Amputationen – sehr schlecht für's Geschäft – genau das, was die Leute davon abbringt, Ferien in Mittelmeerländern zu machen. Die Sache mit dem Magen ist noch schlimmer. Briten sind schlechterdings unfähig, kontinentales Futter zu verdauen – Durchfall und Gelbfieber sind ihnen da so sicher, als würden sie am Schierlingsbecher nippen. Was habe ich schon für Köpfe in Händen gehalten – ich weiß Bescheid. Nach kurzer Zeit brechen sie zusammen und sterben einen qualvollen Tod – und dann ist natürlich Schluß mit den Auslandsreisen. Das alles erzähle ich eines Tages dem Opa, er fährt sich mit der Hand über die Stirn und sagt: ‹Ich habe eine Wahnsinnsidee›, und einfach so, blitzartig, erfindet dieses Genie den Tele-Ruhebus. Wenn sie den Ort erreicht haben, den sie sehen wollen – sagen wir, den Prado oder irgendein antikes Bergnest in der Toskana, dann bleiben sie einfach im Bus sitzen und sehen sich das Ganze bequem im Fernsehen an, futtern dazu solide Kost und trinken einen anständigen englischen Orangensaft, alles aus Plastikgeschirr, wie im Flugzeug. Und wenn sie zusätzlich ein bißchen lokale Atmosphäre wollen, nimmt der Fahrer einfach die Knoblauchpresse. Wart's ab, Ma, es wird die Tourismusbranche revolutionieren. Opa hat ein Expertenkomitee eingesetzt, das sich um die technischen Einzelheiten kümmert, und wir hoffen, daß die ersten Busse im nächsten Sommer fertig sind. Auf diese Weise wird wohl so manches Britenleben gerettet werden – unter anderem auch meines, denn dann brauchen sie keine Reiseleiter mehr.»

«Ach! Und was tust du dann?»

«Ich betreue die Spezialangebote. Für Millionäre und so weiter. Wir haben da ein sehr interessantes Angebot, es soll nächsten Monat herauskommen, übrigens auch ein Grund, warum ich hier bin. Opa will den Weltverbesserermarkt erobern, er sieht da enorme Möglichkeiten für die Zukunft – weißt du, all diese alten Herren, die nichts mehr zu tun haben und immerzu lasterfreundliche Leserbriefe an die *Times* schreiben. Sie und ihre Helfershelferinnen wollen wir ins Ausland locken. Sie sollen Schulen aufbauen, die die Franzosen zerbombt haben, Tiere an Stauseen vor dem Ertrinken retten oder Menschen helfen, die auf der Flucht aus Francos Gefängnissen sind. Sie haben massenhaft Geld, und Opa findet, es könne nichts schaden, wenn wir uns einen Teil davon sichern.»

«Ich halte es nicht für richtig, sich an anderer Leute Idealen zu bereichern, Basil, auch wenn man selbst keine hat.»

«Irgend jemand muß die Expeditonen für sie doch organisieren. Und Opa hat sich etwas besonders Verlockendes ausgedacht, das sie wirklich auf die Beine bringen wird – einen Atommarsch. Diese Weltverbesserer sind anders als gewöhnliche Briten, sie haben Füße aus Gußeisen und schätzen ausgedehnte Wanderungen über alles. Aber Britannien haben sie hinter sich. Da waren sie schon überall, und den Weg zum Kernforschungszentrum Aldermaston kennen sie wie ihre Westentasche. Deshalb meint Opa, sie würden zur Abwechslung vielleicht gern mal nach Saclay gehen, wo sich die französischen Atomforscher herumtreiben. Wenn das ein Erfolg wird, können sie auch die große Atomstadt in der Sahara besuchen. Wir nennen es ASS – sie starten in Aldermaston, wie üblich, dann Saclay und danach die Sahara. Du solltest die Vorbestellungen sehen, Ma! Eine ganz heiße Kiste! Opa ist gerade dabei, die Kosten auszurechnen. Dann müssen sie mit einer saftigen Anzahlung rüberkommen – verstehst du, das sind andere Leute als unsere Spanientouristen, viel reicher. Und unterwegs soll es ein paar Extras geben, die sie auch extra bezahlen werden – Gespräche mit Atomministern und so weiter. Ich dachte, hierbei könnte mir Vater behilflich sein.»

«Ich würde mich nicht darauf verlassen.»

«Na, dann vielleicht Northey –»

«Was soll ich?» Sie tauchte zusammen mit Philip wieder auf. «Heiße Neuigkeiten», sagte sie. «Der *bigman* wird stürzen (das ist französisch und bedeutet: Président du Conseil) – nicht wegen der Nationalparks, sondern wegen der Geschwindigkeitsbegrenzung an Sonntagen – da werden wir ihn öfter zu sehen bekommen. Einsame Knorke.»

«Es heißt einsame Spitze», sagte Basil spöttisch. «Oder nur Knorke.»

«Oje», sagte Philip, «noch ein Kostümierter? Als was gehen *Sie* denn, wenn man fragen darf? Wirklich, Fanny, deine Kinder! Weißt du, daß der Botschafter eben im Taxi zum Quai d'Orsay fahren mußte, weil David Jérôme mit dem Rolls-Royce losgeschickt hat, seinen Zen-Meister abzuholen?»

«Nein! Das ist unmöglich – das darf ich nicht zulassen. Northey, bitte, geh nach oben und sag ihm, er soll sofort herunterkommen, ja?»

«Zwecklos – inzwischen zennen sie bestimmt schon wieder und haben die Tür abgeschlossen. Nach dem Frühstück legen sie sich wieder hin, um den Kopf zu leeren. Vor Mittag kann Suzanne nie herein, um das Zimmer in Ordnung zu bringen. Das Durcheinander ist unglaublich. Bist du mal oben gewesen, Fanny?»

«Mir war so, als sollte ich es lieber lassen.»

«Ich war gestern dort, um mit Dawnie zu plaudern, als David ausgegangen war. Es ist einfach faszinierend! Man sollte nicht glauben, wieviel Müll aus einem einzigen Segeltuchkoffer hervorquellen kann. Und überall haben sie Sprüche an die Wand gepinnt: ‹Wie wunderbar: Ich schöpfe Wasser und schleppe Brennholz herbei.› (Wenn's nur so wäre!) Und ein Bild von einem Reifen, auf dem steht: ‹Der Mann und seine Reisschale sind verschwunden.›»

«Wenn du mit Dawn plauderst, worüber spricht sie?»

«Ich spreche. Sie macht ein nettes Gesicht und sagt nichts. Sie kann dir die zehn Stufen der spirituellen Geschirrwäsche erklären, aber bei alltäglicheren Themen hat sie nicht viel beizusteuern. Ich mag sie und den wunderbaren Chang. Wenn sich David bloß verpissen würde und die beiden hierließe –»

«Northey, wenn du noch einmal dieses Wort benutzt, schicke ich dich auf der Stelle zu Fort William zurück.»

«Northey», sagte Basil, «kennst du vielleicht irgendwelche Atomminister?»
«Ja, ein sehr lieber namens Busson wohnt in der Rue de Varennes, ist furchtbar aufgeregt wegen seiner Bombe. 1960 will er sie hochgehen lassen.»
«Tatsächlich?» sagte Philip. «Danke für den Hinweis, Mieß. So trägt das Herumspionieren am Ende doch noch Früchte.»
«Ehrlich gesagt, ich habe es in der Radioprogrammzeitschrift gelesen.»
Basil sagte: «Könntest du eine Erlaubnis dafür bekommen, daß ihn ein paar Leute besuchen?»
«Was für Leute?»
«Briten.»
«Aber sicher», sagte Philip. «Er liebt die Briten über alles, er hängt immer hier unter dem Union Jack herum und kann es kaum erwarten, bis einer von ihnen auftaucht – oder eine.»
«Sehr witzig», sagte Northey. «Ja, Baz, ich denke, das geht. Aber nur schriftlich. In Frankreich bekommt man für alles eine Erlaubnis, wenn man ein schriftliches Gesuch einreicht. Komm mit in mein Büro, dann tippe ich es für dich.» Unter ihren langen Wimpern warf sie Philip einen langen Blick zu, der jeden Verehrer hingerissen hätte, und verließ mit Basil das Zimmer.
Als sie gegangen waren, sagte ich zu Philip: «Oh, diese Kinder! Nichts als Kummer. Basil schmiedet gerade einen abscheulichen neuen Plan. Na ja. Jedenfalls habe ich beschlossen, daß wir David und die Seinen irgendwie loswerden müssen.»
«Gut, daß du selbst darauf kommst – ich mochte nicht recht –, aber wie?»
«Das habe ich mir noch nicht überlegt. Immerhin ist unser Haus auch ihr Zuhause. Wenn sie nicht wollen, können wir sie nicht hinauswerfen, die hochschwangere Dawn und den lieben Chang, und wir dürfen nicht zulassen, daß David sie mit nach China schleift. Andererseits hat es keinen Zweck, mit ihm zu diskutieren, er hat Philosophie studiert und weiß auf alles eine Antwort.»
«Aber was für ein Hochstapler! Dieser ganze Unfug, daß Zeit

nichts bedeuten würde – bei jeder Mahlzeit ist er pünktlich zur Stelle, soweit ich sehe, und dieser Guru ist ebenfalls zur Stelle, wenn Jérôme ihn abholt – eine kostenlose Fahrt läßt der sich nicht entgehen.»

«Ja – ja», sagte ich ziemlich ungeduldig. Den armen David zu kritisieren und über ihn zu lachen war sehr leicht, aber es brachte uns nicht weiter.

«Muß dein Haus wirklich sein Zuhause sein, jetzt, da er verheiratet ist?»

«Mir werden die Jungen wahrscheinlich nie erwachsen vorkommen. Ja, mir ist es lieber, wenn sie das Gefühl haben, daß sie hier zu Hause sind. Wenn es bloß Alfred nicht so aufregen würde! Aber er hat jetzt soviel Sorgen, und ich spüre genau, wie sehr David ihm auf die Nerven geht. Ich muß Alfred schützen – ich muß zusehen, daß sie nach England zurückkehren. Mit seinen Qualifikationen kann David jederzeit genug verdienen, um mit Frau und Kind davon zu leben.»

«Wozu brauchen sie überhaupt Geld?»

«Das bißchen, das ich ihm gebe!»

«Kannst du es nicht einbehalten und sagen, er soll sich eine Arbeit suchen?»

«Ihm auch noch diese kümmerliche Zuwendung entziehen? Nein, wirklich, das kann ich nicht.»

«Auch wenn man kein Prophet ist, läßt sich voraussagen, daß sie volle sieben Jahre hier verbringen werden.»

«Da bin ich mir nicht sicher, Philip. Ich bekomme oft meinen Willen – Lady Leone ist doch auch ziemlich schnell verschwunden, oder? Ach ja!» sagte ich, setzte mich kerzengerade ins Bett und griff zum Telefon. «Davey! Wir müssen ihn herholen – ich werde sofort mit ihm telefonieren!»

14

Davey kam unverzüglich, am frühen Nachmittag des folgenden Tages. «Völlig richtig, mich zu rufen. Ach – *dieses* Zimmer?» sagte er enttäuscht, als ich ihn nach oben führte. Beim ersten Mal hatte er das violette Zimmer gehabt, das nun David und Dawn bewohnten. Ich setzte mich auf sein Bett. «Ich sage dir, warum. Aus dem gleichen Grund, aus dem ich dich hergebeten habe.»

«Fang noch nicht an! Erst muß ich einen Spaziergang machen. Wenn man drei Nieren hat, braucht man viel Bewegung. Sonst verliert man zu leicht das Gefühl für den richtigen Maßstab.»

«Ob es damit getan ist? Wir versuchen doch alle, uns das Gefühl für den richtigen Maßstab zu bewahren. Darf ich mitkommen? Ich würde gern einen Spaziergang machen. Hast du ein bestimmtes Ziel im Auge?»

«Ja.» Er öffnete seinen Arzneikoffer und nahm ein Stück Glas heraus. Ich betrachtete es verwundert und fragte mich, für welchen Bezirk seiner Anatomie es bestimmt sein mochte.

«Mein Hausmädchen hat dies von einem Leuchter abgebrochen, der mir lieb und teuer ist. Ich will sehen, ob der Glasbläser in der Rue de Saintonge noch da ist. Vor vierzig Jahren habe ich ihn zum letzten Mal gesehen – aber wie ich Paris kenne, werden wir ihn dort sicher noch finden.»

«Wo ist die Rue de Saintonge?»

«Ich zeige sie dir. Es ist ein schöner Spaziergang von hier aus.»

Es war tatsächlich ein schöner Spaziergang. Durch die Tuilerien, die Cour Carée und das Palais Royal, dann durch Straßen, deren Häuser noch genauso aussahen wie zu Zeiten Voltaires und Balzacs, in jener Farbe zwischen Beige und Grau, die so typisch für die Île de France ist, mit hohen Schieferdächern und verschlungenen schmiedeeisernen Balkongittern. Obwohl diese Häuser von außen so gleichförmig aussehen, daß jede Straße wie eine architektonische Einheit wirkt, offenbart ein Blick durch die großen, reichverzierten Tore in die

Höfe doch vielfältige Unterschiede. Einige sind großzügig und luftig angelegt, mit schönen Treppen und mit Fenstern, die von lächelnden Masken gekrönt werden, andere sind so eng und dunkel und geheimnisvoll und sind im Laufe der Jahrhunderte so verbaut worden und nur durch derart alte, finstere Gänge zu erreichen, daß man sich kaum vorzustellen vermag, wie ein Bewohner der modernen Welt hier hausen kann. Tatsächlich schlüpfen hexenhafte alte Frauen und zwergenhafte alte Männer aus ihnen hervor, aber auch gesunde, lachende Kinder, hübsche Mädchen mit Pfennigabsätzen und ihre wohlhabenden Väter, das Abzeichen der Ehrenlegion im Knopfloch. In den meisten Höfen stehen ein oder zwei Autos – ziemlich oft große Citroëns oder Jaguars – zwischen alten Handwagen und Fahrrädern. Die Erdgeschosse werden zu allem möglichen genutzt – Geschäfte, Werkstätten, Garagen, Cafés; diese Gebäude sind von Anfang an so gut geplant worden, daß sie noch heute fast jeden Zweck zu erfüllen vermögen.

Davey und ich wanderten munter unseres Weges, sahen uns neugierig um und zeigten einander Dinge, die uns aufgefallen waren. Ich sagte: «Bouche-Bontemps und die anderen Franzosen, denen ich begegne, reden immer so, als wäre das alte Paris völlig verschwunden; Théophile Gautier starb aus Kummer darüber, was Haussmann hier anrichtete; ich besitze ein Buch aus dem Jahre 1911, in dem es heißt, Paris sei eine amerikanische Stadt geworden. Trotzdem müssen hier weitaus mehr schöne Häuser stehengeblieben sein als in jeder anderen Hauptstadt der Welt. Wir sind jetzt eine halbe Stunde gelaufen und haben noch nicht eine häßliche Straße gesehen.»

«Das Traurige an modernen Häusern», sagte Davey, «ist: Wenn man sie von außen gesehen hat, weiß man genau, wie es drinnen aussieht.»

«Dasselbe hat Northey über Notre-Dame gesagt. Allerdings hatte sie es da eilig und wollte unbedingt zu Lanvin.»

In der Rue de Saintonge selbst wohnen vor allem Handwerker. Die Häuser aus dem 17. Jahrhundert, ursprünglich für Aristokraten und wohlhabende Bürger gebaut, sind nicht abgerissen worden (außer ein Block, wo das Département de la Seine eine architektonische Scheußlichkeit errichtet hat), aber die Leute, die hier während der vergangenen zweihundert Jahre lebten und arbeiteten, haben sie immer wieder umgebaut, zerstückelt und neu geteilt. Hier die Liste der Gewerbe, die in dieser Straße gedeihen:

Handwerker, die Maroquinleder, Pelz, Kautschuk, Gold, Silber und Edelsteine verarbeiten; Knopfmacher, Schlüsselmacher, Uhrmacher, Perückenmacher, Hersteller von Bandwaren, von künstlichen Blumen und von Glasglocken; ein Schwammimporteur; ein Nähmaschinenreparateur; eine Druckerei; eine Autowerkstatt; eine Hebamme. Noch viele andere Gewerbe sind wohl im verborgenen tätig; diese aber haben Schilder vor die Tür gehängt, die der Vorübergehende lesen soll.

Am Ende der Straße kamen wir zu Daveys Glasbläser. Es gab ihn noch, und er sah uns mit strahlendem Lächeln entgegen. Er und Davey begrüßten einander, als hätten sie sich nicht vor vierzig Jahren, sondern vor einer Woche zum letzten Mal gesehen. Das Stück Glas, das Davey aus der Tasche zog, wurde untersucht. Eine Kopie ließ sich anfertigen, sogar ziemlich leicht, aber es würde vielleicht zwei Monate dauern.

«Das hat keine Wichtigkeit», sagte Davey in seinem perfekten Bildungsfranzösisch, «meine Nichte ist die Gattin unseres Botschafters hier – wenn es fertig ist, schicken Sie es ihr einfach.»

Noch mehr Lächeln, Komplimente, Liebesbezeugungen: «Wir haben so oft an Sie gedacht, als London bombardiert wurde.»

«Und wir haben während der ganzen Zeit der Okkupation an Sie gedacht. Tausendmal schlimmer, wenn sie in den Straßen herummarschieren, als wenn sie oben am Himmel fliegen.»

«Ja, vielleicht. Meinen Sohn haben sie deportiert – meinen Schwiegersohn ermordet – *c'est la vie* –!»

Als wir wieder durch die Tuilerien kamen, setzten wir uns und begannen, wie es Politiker ausdrücken, unsere Gespräche über David. Ich schilderte die Ankunft der Heiligen Familie und ihr

weiteres Verhalten. Davey war sehr interessiert. «Du liebe Zeit! Und die unfreundlichen Franzosen? Wie haben sie es aufgenommen?»
«Nett und höflich, wie sie immer sind, zu mir jedenfalls.»
«Ich hätte gern gehört, wie sie nachher darüber geredet haben. Mockbars Bericht über die Zen-Buddhisten habe ich natürlich gesehen, aber nicht ernst genommen. Doch diesmal scheint in seinen Phantastereien ja ein Körnchen Wahrheit zu stecken. Sieh mal, diese Statue eines alten Galliers. Was der wohl gerade tut?»
«Anscheinend verspeist er einen Pekinesen – oder gibt er ihm vielleicht einen Kuß?»
«Nein – es ist sein eigener Bart, aber warum hält er ihn mit beiden Händen so hoch?»
«Sehr eigenartig.»
«Du hättest mir übrigens ruhig mitteilen können, daß mein Patenkind geheiratet hat.»
«Niemand hat irgendwem etwas mitgeteilt. Der Bischof von Bury hat es in der Zeitung gelesen – Alfred rief ihn an, und sie bedauerten es gemeinsam. Oh, Dave, die Welt von heute ist so schwierig!»
«Entsetzlich. Keine Maßstäbe und kein Benehmen.»
Wir saßen traurig da und betrachteten den Gallier.
Nach einiger Zeit sagte Davey: «Ich glaube, ich weiß, was wir für David tun können. Es muß das uralte Krankheitsbild sein: emotionale Labilität und Einbuße jeglicher Rationalität in Verbindung mit einem schweren Drüsendefekt. Er wird mit ziemlicher Wahrscheinlichkeit eine Reihe von Spritzen bekommen müssen und sich einer psychotherapeutischen Behandlung zu unterziehen haben. Ich nehme an, die Jungfleischs können uns helfen, einen guten Mann zu finden – wo es Amerikaner gibt, da gibt es auch jede Menge Couches. Verrücktheit ist ihre Spezialität. Das ist kein Witz!»
«Mit anderen Worten: ruft den Arzt. Das sieht dir ähnlich, Davey!»
«Nein, Fanny. Habe ich etwa für Pauline die Ärzte kommen lassen? Und bin ich sie losgeworden?»

«Gut, zugegeben. Und vielleicht ist ja auch etwas Wahres an dem, was du sagst. Aber ich frage mich, ob er mitmachen wird. Er ist so schwierig geworden.»
«Er wird entzückt sein. Er ist doch offenbar ein Exhibitionist – man erkennt es an seinem Bart, der Pfeife, der sonderbaren Kleidung und dem chinesischen Baby. Je mehr Aufmerksamkeit man ihm schenkt, desto besser wird es ihm gefallen. Über die Welt von heute kannst du sagen, was du willst, aber für die Wissenschaft gibt es nur ein dreifaches Hurra. Sieh mich an! Wäre ich fünfzig Jahre früher geboren, würde ich jetzt die Radieschen von unten betrachten.»
«Wahrscheinlich, dann wärst du nämlich jetzt hundertsechzehn. Onkel Matthew sagt immer, du seist der kräftigste Mann, der ihm je begegnet ist.»
«Dummes Zeug. Matthew weiß ganz genau, wie empfindlich ich bin.» Davey war hierüber wirklich verärgert. Er stand auf und sagte, er müsse heimkehren und sich vor dem Dinner etwas ausruhen.
«Wir haben ein paar Leute eingeladen, die du kennenlernen solltest.»
«Oje! Es sah so aus, als würdet ihr immer allein essen, da habe ich etwas mit Mildred ausgemacht. Auf interessante Gespräche kann man sich bei ihr immer verlassen.»

Als Davey und ich über die Place de la Concorde gingen, bemerkten wir, daß dort etwas vor sich ging. Eine Meute mit Kameras bewaffneter Männer in Regenmänteln drängelte sich vor dem Hôtel Crillon. Einem Auflauf kann ich nie widerstehen. «Komm, wir versuchen herauszufinden, auf wen sie warten», sagte ich.
«Es wird irgendein langweiliger Filmstar sein. Die Leute interessieren sich heutzutage für nichts anderes mehr.»
«Ich weiß. Aber wenn wir jetzt nicht einen Augenblick stehenbleiben, werden wir nachher erfahren, daß irgend etwas Aufregendes geschehen ist, und dann ärgern wir uns.» Ich zeigte ihm Mockbar. «Dort steht der Feind. Er sieht wie ein Farmer aus und nicht wie ein Klatschjournalist.»

«Lady Wincham – guten Tag!» Das war der Korrespondent der *Times*. Ein paar quälende Sekunden lang fiel mir weder sein Name ein noch der von Davey. Mit schwacher Stimme sagte ich: «Kennen Sie sich?» Aber meine Verlegenheit ging in der geräuschvollen Ankunft einiger Polizisten auf Motorrädern unter.

«Um wen geht es?» rief ich dem Mann von der *Times* zu.

«Hector Dexter. Er hat sich für die Freiheit entschieden. Er und seine Frau werden hier jeden Augenblick vom Flughafen Orly erwartet.»

«Helfen Sie mir auf die Sprünge –» rief ich.

«Dieser Amerikaner, der kurz vor Burgess und Mclean nach Rußland übergelaufen ist.»

Ich erinnerte mich vage. Da alle so erregt schienen, mußte er sehr wichtig sein. Der Lärm nahm ab, als die Polizisten von ihren Motorrädern gestiegen waren. Davey sagte: «Du erinnerst dich doch bestimmt, Fanny – es gab damals einen Riesenwirbel. Seine Frau ist Engländerin – deine Tante Emily kannte ihre Mutter.»

Noch mehr Polizisten brausten heran und schafften Platz für ein Automobil. Es hielt vor dem Hotel; die Journalisten wurden zurückgedrängt; ein Polizist öffnete die Wagentür, und ein großer Teddybär von einem Amerikaner in zerknittertem beigen Anzug, Mantel über dem Arm, Aktentasche in der Hand, kletterte mühsam heraus. Blinzelnd, nach Luft schnappend, grün im Gesicht, stand er da; er tat mir leid, er sah so krank aus. Einige Journalisten riefen ihm Fragen zu, während andere mit ihren Kameras klickten und blitzten. «Na, Heck, wie war's?» – «Los, Heck, wie war es in der Sowjetunion?» – «Warum sind Sie wieder gegangen, Heck? Geben Sie eine Erklärung ab.»

Mr. Dexter stand da, schweigend und schwankend. Ein Mann hielt ihm ein Mikrofon unter die Nase. «Ihre Eindrücke, Heck! Wie ist das Leben drüben?»

Schließlich machte er den Mund auf. «Widerlich!» sagte er. Dann fügte er eilig hinzu: «Verzeihen Sie, meine Herren, ich leide noch unter Bewegungsunpäßlichkeit.» Er stürzte ins Hotel.

«Worunter leidet er?» fragte Davey interessiert.
«Unter Luftkrankheit», sagte der *Times*-Reporter. «Möchte wissen, wann wir eine Erklärung bekommen. Früher war Dexter immer ein großer Redner vor dem Herrn – es muß ihm wirklich sehr schlechtgehen, wenn er plötzlich so einsilbig wird.»
Ein großes rosa Knie erschien in der Türöffnung des Wagens. Ihm folgte eine Frau, die ebenso unverkennbar englisch wie Dexter amerikanisch war. Sie sagte zu den klickenden, blitzenden Fotografen bloß «Mistkerle», schirmte sich mit einem Heft des *New Statesman* ab und lief ihrem Mann nach. An ihre Stelle trat nun ein dicker Bursche mit Puddinggesicht, der so lange grinste und sich in Pose warf und Kaugummi kaute, bis jeder das Interesse verlor. Ich sah, daß Mockbars Ellbogen zu flattern begannen und daß die rheumatischen Beine, die einem überalterten Stallburschen zu gehören schienen, in Bewegung kamen – das alles in Richtung auf mich. «Komm», sagte ich zu Davey, «wir müssen sehen, daß wir wegkommen, schnell –»

Wie Davey war auch Philip zum Dinner der Jungfleischs eingeladen gewesen, und am nächsten Morgen berichtete er mir darüber. Die Rückkehr der Dexters war natürlich das einzige Gesprächsthema gewesen. Als sich herausstellte, daß Davey Augenzeuge dieses Ereignisses gewesen war, wurde er zum Helden des Abends.
«Sie sind ratlos, die Armen», sagte Philip.
«Wer – die Jungfleischs?»
«Alle Amerikaner hier. Wissen nicht, wie sie die Neuigkeit aufnehmen sollen. Ist es eine gute Nachricht oder eine schlechte? Was hat sie zu bedeuten? Wie bewertet Mr. Chruschtschow sie? Was wird das State Department sagen? Unsere Freunde quält das Problem: Sollen sie Blumen schicken oder nicht? Du weißt ja, sie können es nicht ertragen, wenn sie nicht geliebt werden, selbst von Dexter – das Gefühl, dem alten Heck keinen angemessenen Empfang zu bereiten, ist entsetzlich für sie – andererseits war es jedoch sehr falsch von ihm, das westliche La-

ger zu verlassen, und sie wollen nicht den Anschein erwecken, als würden sie ihm alles verzeihen. Das magische, sinnlose Wort Solidarität ist eine ihrer Zauberformeln; *solid* war der alte Heck nun aber gerade nicht, und das war schrecklich unamerikanisch von ihm. Andererseits muß man bedenken, daß er sich nun für die Freiheit entschieden hat, er ist aus freien Stücken ins westliche Lager zurückgekehrt, und dafür wollen sie ihn belohnen. Deshalb stecken sie nun in einer schrecklichen Klemme. Zuletzt wurde beschlossen, Mildred solle eine Dinnerparty für bedeutende Politiker geben: Joe Alsop, Elsa Maxwell, Mr. Gallagher und Mr. Shean kommen dazu extra im Flugzeug herüber – aber die meisten können nicht vor Ende der Woche hiersein. Wir werden nicht schlauer sein, solange man sie nicht befragt hat. Aber das Problem der Blumen ist damit nicht geklärt. Entweder man schickt sie sofort oder gar nicht; was sollen sie tun? Davey schlug vor, Sträuße ohne Karten zu schicken, so daß sie später, wenn sie wollen, sagen können: ‹Haben Sie eigentlich meine Rosen bekommen, Heck?›»

«Ist Davey nicht wunderbar?»

«Seine Idee kam nicht gut an. Sie waren schockiert.»

Davey nahm sich nun seines Patensohns an. Dr. Lecoeur kam und machte viele Tests, bei denen sich David sehr kooperativ verhielt. Die Amerikaner bei Mrs. Jungfleischs Dinner hatten einmütig Dr. Jore, den Chefpsychoanalytiker der NATO, empfohlen. Davey führte ihn zu einer kurzen Unterredung mit mir in den Salon vert, ehe er ihm seinen Patienten vorstellte. Dr. Jore wollte zunächst etwas über Davids Hintergrund erfahren. Er war ein schlaksiger junger Mann, in Wirklichkeit vielleicht viel älter, als er aussah. Davey fand ihn anscheinend sympathisch; ich versuchte, mein Vorurteil zu bändigen und ihn ebenfalls sympathisch zu finden. Als ich ihm bis zurück ins Babyalter alles, was ich wußte, über meinen Sohn erzählt hatte und mich sogar daran zu erinnern versucht hatte, wie ich ihm die Benutzung des Töpfchens beigebracht hatte («Vermutlich habe ich ihm einen Klaps gegeben.»), räusperte sich Dr. Jore. «Soweit ich sehe, Frau Botschafterin, obgleich ich mich selbstverständlich auch irren kann, denn bisher gibt es, soweit ich sehe, noch keinen psychiatrischen Ansatz, der unfehlbar wäre, spielt das menschliche Element, wie es in menschlichen Dingen auch nicht anders sein kann, doch seine Rolle, während wir uns andererseits immer noch bemühen müssen, mehr Licht in diese Dinge zu bringen, und obgleich ich glaube, sagen zu dürfen, daß der Ansatz, von dem ich persönlich ausgehe, heute sehr weitgehend perfektioniert ist, muß man den zuvor erwähnten Vorbehalt doch unbedingt im Auge behalten. Wenn man diesen Vorbehalt nun dementsprechend im Auge behält, darf man wohl davon ausgehen, daß das, was ich sagen möchte, den Tatsachen mit großer Wahrscheinlichkeit sehr nahekommt. Ihr Sohn, Frau Botschafterin, weist neben einer Abulie oder krankhaften Entschlußunfähigkeit, die sich wahrscheinlich auf die frühe Reinlichkeitserziehung zurückführen läßt und wahrscheinlich schwierig, hartnäckig und langwierig, kurzum nicht leicht zu überwinden, letztlich aber doch heilbar sein wird – er weist also neben dieser Abulie einen unbegreiflichen Drang nach Osten auf.»

«Einen Drang nach Osten?» sagte ich.

«Bitte, laß Dr. Jore sprechen», sagte Davey streng.

Dr. Jore nickte leicht und fuhr fort. «Vielleicht kann ich mich in diesem Punkt verständlicher ausdrücken, wenn ich auf ein Paradigma verweise, das mir unwiderleglich erscheint. Menschen lassen sich nach meiner Ansicht und nach Ansicht anderer, die qualifizierter sind als ich, im wesentlichen (das heißt, im Hinblick auf das, was ich Ihnen nach besten Kräften und ohne bislang Zugang zum Fall selbst gehabt zu haben, deutlich zu machen versuche) in zwei halbwegs definierbare kategoriale Gruppen einteilen: in jene, die einem Drang nach Osten unterliegen und für diesen anfällig sind, und eine andere, übrigens, wie ich erfreulicherweise sagen kann, beträchtlich größere Gruppierung, die einem Drang nach Westen unterliegt. Vielleicht läßt sich dieser Sachverhalt noch erschöpfender darstellen, indem man darauf verweist, daß jene Menschen auf dem europäischen Kontinent, die den dringenden Wunsch und das Verlangen verspüren, England, Irland und Amerika zu besuchen, kaum den Wunsch oder das Verlangen empfinden, nach Rußland, China und Indien zu reisen, während jene, die sich stark nach China, Rußland und Indien hingezogen fühlen –»

«– nicht nach Amerika reisen wollen.»

«Bitte, laß Dr. Jore ausreden», sagte Davey gereizt. «Es ist doch wirklich interessant, Fanny.»

«Allerdings kommt man», sagte ich, «wenn man nur weit genug nach Osten fährt, wieder in den Westen. Wenn Sie es schaffen würden, meinen Sohn ein wenig weiterzudrängen, würden wir ihn vielleicht bis Hollywood bekommen. Da könnte er sich mit Auden und den anderen zusammentun», sagte ich zu Davey, «und Jassy könnte sich ein bißchen um ihn kümmern. Wäre das keine Lösung?»

Davey seufzte tief. «Könnten wir jetzt vielleicht hören, was uns der Doktor noch zu sagen hat?»

Dr. Jore hatte die Augen geschlossen, während ich sprach. Jetzt öffnete er sie wieder. «Frau Botschafterin, Madam, Sie haben Ihren Finger auf den entscheidenden Punkt gelegt.»

Ich warf einen triumphierenden Blick zu Davey hinüber, aber Davey machte nur «Pst!».

«Dieser Punkt ist dem berühmten Professor, der als erster die Lehre von der orientalischen im Gegensatz zur okzidentalischen Anziehung entwickelte, natürlich keineswegs entgangen. Diese Anziehung (gleichgültig, ob zum Orient beziehungsweise nach Osten oder zum Okzident beziehungsweise nach Westen) tritt bei Personen auf, die dem mit ihr verbundenen Magnetismus in stärkerem oder geringerem Grade unterworfen sind, und wir, die praktizierenden Psychiater, halten es für möglich, sie je nach dem Stärkegrad ihrer Ausprägung zu kurieren oder zu drosseln. Darf ich Ihnen das erklären? Wenn der Drang, gleichgültig, ob nach Osten oder nach Westen (ein Drang nach Westen ist natürlich sehr viel erwünschter als der in die Gegenrichtung und braucht nur selten kuriert zu werden, wenngleich es ratsam ist, ihn in einigen wenigen extremen Fällen zu drosseln), wenn dieser Drang sehr stark ist, läßt er sich verhältnismäßig leicht kurieren. Ist seine Kraft unwiderstehlich stark, so braucht man den Patienten nur zu ermuntern, ihm nachzugeben, und in überraschend kurzer Zeit wird er sich im Zeitalter der Düsenjets wieder dort einfinden, wo er gestartet ist. Im Falle Ihres Sohnes jedoch, Frau Botschafterin, ist der Drang, nach den mir bisher vorliegenden Erkenntnissen zu urteilen, nur schwach ausgeprägt. Dieser Drang hat ihn über den Ärmelkanal und durch die Normandie bis Paris getrieben. Doch hier hat er ihn anscheinend verlassen. Wo das, was es zu bekämpfen gilt, so schwach ausgeprägt ist, wird der Fall schwierig. Als ihr Onkel nun den Vorschlag machte, ich solle mit einem Arzt zusammenarbeiten, habe ich deshalb gern eingewilligt. Mir scheint, wenn man die Wirkung bestimmter Drüsen intensiviert, müßte es möglich sein, die Willenskraft Ihres Sohnes zu steigern, so daß ich eine Basis finde, auf der ich weiter tätig werden kann. Ich muß nun auf einen anderen, ernsteren Aspekt des Drangs zu sprechen kommen. Wenn der Patient sich nach den Sitten, Gebräuchen und Denkgewohnheiten der Länder im Osten sehnt – wenn er auf dem Fußboden Platz nimmt, um Reis zu essen; wenn ihn die Stimme des Muezzins auf den Champs-Élysées erreicht; wenn er von Militäraufmärschen auf dem Roten Platz träumt und die Bronzestatuen des sozialistischen Realismus für bedeutender hält als die von Michelangelo –, dann wird das, was ich als Jet-Behandlung bezeichnen möchte, nicht ausreichen. Dann müssen wir ihn Schritt für Schritt wieder an die Sitten, Gebräuche und Denkweisen der westlichen Zivilisation heranführen, und zwar mit Hilfe seines Unbewußten. Hier gewinnt die Langspielplatte mit Hintergrundmusik während des Schlafes, ergänzt durch eine tägliche persönliche Unterredung mit mir selbst oder einer meiner Assistentinnen, ihre Bedeutung.»

Dr. Jore schloß erneut die Augen, und es trat Stille ein. Ich getraute mich nicht, sie zu unterbrechen. Schließlich sagte Davey: «Hervorragend. Zu der gleichen Schlußfolgerung bin auch ich gekommen. Ich glaube, Sie sollten Ihren Patienten jetzt in seiner eigenen Umgebung sehen – ich führe Sie in sein Zimmer.»

Dr. Jore war ungefähr eine Stunde bei David und danach zu

einer ausgiebigen Konsultation in Daveys Zimmer. David kam zu mir heruntergestürzt.
«Du und Onkel Davey, ihr haltet mich also für verrückt.»
«Aber nein, Liebling – wie kommst du denn darauf?»
«Warum habt ihr dann diesen abscheulichen Yankee bestellt?»
«Davey – du kennst ihn ja – meinte, du machtest keinen gesunden Eindruck.»
«Da hat er ganz recht. Ich fühle mich nicht hundertprozentig. Aber darum kümmert sich doch Dr. Lecoeur. Wozu brauche ich einen Nervenarzt?»
«Da mußt du Davey fragen», sagte ich ausweichend. «Er ist dein Patenonkel, er hat sich deiner angenommen, ich habe damit nichts zu tun.»
«Du hast diesem Doktor erzählt, wie du mir beigebracht hast, ins Töpfchen zu pinkeln, stimmt 's?»
«Er fragte danach.»
«Also, beim nächsten Mal sagst du dazu bitte nichts mehr. Schließlich war das etwas sehr Privates, zwischen dir und mir, und ich finde es einfach indiskret, mit einem Fremden darüber zu sprechen. Und noch etwas, Ma: Wenn Dr. Jore, wie es offenbar seine Absicht ist, hier jeden Tag auftaucht, dann wird er mich verrückt machen. Ich werde durchdrehen. Im Ernst.»
«Offen gestanden, ich weiß, was du meinst.»
«Ich habe gehört, wie er zu Davey sagte, er wolle meinen Verstand leeren und ihn mit zeitgemäßem westlichen Ideengut ausstatten. Mein Zen-Meister leert meinen Verstand auch und füllt ihn mit der uralten Nichtbildung des Ostens. Es kann nicht gutgehen, wenn sie ihn abwechselnd um die Wette leeren und wieder füllen.»
«Das glaube ich auch. Und wie wäre es, wenn du den Zen-Meister aufgibst?»
«Ich mag mit dir über Zen nicht sprechen – ich weiß, du findest das alles komisch – du lachst ja schon, Ma, oder? Deshalb kann man sich dir so schwer anvertrauen – du lachst über alles.»
«Liebling, über dich nie», sagte ich schuldbewußt.
«Dann bin ich aber der einzige. Du bist eine spöttische Mate-

rialistin, wie alle Leute deiner Generation. Wenn deine Kinder unausgeglichen sind, mußt du die Schuld bei dir selbst suchen.»

«Oje. Glaubst du, daß ihr, du und Basil, anders seid als andere Leute, weil ich mich über euch lustig gemacht habe?» Diese Vorstellung beunruhigte mich.

«Anders als andere Leute – anders als wer? Du läufst anscheinend mit geschlossenen Augen in der Welt herum. Wenn du sie öffnen würdest, dann würdest du Tausende von Leuten erblikken, die genauso sind wie ich und Basil – Beards und Teddys, so weit das Auge reicht. Wenn du das nächste Mal in deiner Beerdigungskarosse herumkutschierst, sieh einfach mal aus dem Fenster. Da wirst du erkennen, daß wir gar nicht so anders sind wie andere Leute –»

«Und in welcher Beziehung seid ihr dann unausgeglichen?»

«Mir fehlt es an Selbstbewußtsein und Willenskraft. Das meint jedenfalls Dr. Jore.»

«Und du glaubst nicht, daß er dir helfen kann?»

«Ich habe dir ja gesagt, Dr. Jore würde mich in die Klapsmühle bringen. Nur zwei Menschen können mir helfen, Dawn und der Zen-Meister. Sie verstehen. Ich könnte sie nie aufgeben, keinen von beiden.»

«Nein, Liebling, das sollst du ja auch nicht. Und was Dr. Jore angeht, bin ich ganz deiner Meinung. Er ist ein Langweiler.»

«Da hast du's – du mit deiner falschen Werteskala! Du teilst die menschlichen Seelen in Langweiler und Nicht-Langweiler ein, stimmt's? Ich bin ein Langweiler und Basil nicht, das habe ich schon immer gewußt. Du solltest dir mal Gedanken darüber machen, wo jeder einzelne im großen Plan des Universums steht, statt dich über alle Leute lustig zu machen und zu sagen, sie seien Langweiler.»

«Trotzdem, in diesem Fall kommen wir, wenn auch auf unterschiedlichen Wegen, zu dem gleichen Ergebnis. Ich sage, Jore ist ein Langweiler, und du sagst, er nimmt im großen Plan des Universums einen niedrigen Platz ein, aber wir meinen beide: Jore muß gehen.»

Nun wurde David umgänglicher. Wohlwollend räumte er ein,

es fehle mir trotz meiner bedauerlichen Frivolität nicht ein gewisses Verständnis. Er harkte mein Gesicht mit seinem Bart, und wir trennten uns im besten Einvernehmen.

Davey war eher gekränkt als überrascht, als ich sagte, wir müßten Jore loswerden. Meiner Meinung nach, erklärte ich ihm, würde jeder, der länger mit ihm zu tun habe, einen Nervenzusammenbruch erleiden, und ich wollte ihm keines meiner Kinder ausliefern. «David kann ihn nicht ausstehen», sagte ich, «schon deshalb kann er ihm nicht viel nützen.»

«Er ist jedenfalls weitaus besser als der Zen-Meister», sagte Davey, dem es, anders als mir, gestattet gewesen war, diese legendäre Gestalt kennenzulernen.

«Das glaube ich gern. Aber David ist anderer Meinung, und jeder soll auf seine Weise unglücklich werden.»

«Äußerst bedauerlich, daß er so gegen Jore ist. Ich fand seine Diagnose fulminant – er hat den Nagel auf den Kopf getroffen. Mildred sagt auch, er sei ein ausgezeichneter Mann; heute nachmittag hat ihn der Oberbefehlshaber zu sich gebeten.»

«Wie hält er diese Weitschweifigkeit bloß aus?»

«Du mußt bedenken, die Amerikaner ringen immer darum, sich in einer Sprache verständlich zu machen, die sie nie wirklich gelernt haben. Sie brauchen die Weitschweifigkeit; das Steno, in dem wir reden, wäre für sie nutzlos.»

Am nächsten Abend war Davey so nett, mit uns zu essen. Wir warteten auf Alfred, jeder einen Cocktail in der Hand.

«Warum sieht man Northey eigentlich nie?» fragte Davey, woraufhin die Tür aufging und das hübsche Gesicht hereinsah.

«Sagt mal, was ist denn mit David los? Wie ein Hengst ist er über mich hergefallen in meinem Büro.»

«Oh, gut», sagte Davey. «Dr. Lecoeurs Drüseninjektion tut offenbar ihre Wirkung.»

«Also wirklich, Davey!» sagte ich. «Was soll denn aus all den jungen Frauen in der Kanzlei werden? Ich bin verantwortlich für ihre Moral.»

«Wir sind hier in Paris. An den Umgang mit Satyrn müßten sie gewöhnt sein.»

«Im Bois vielleicht, aber nicht in der Botschaft. Ist es denn wirklich nötig, aus dem armen Kerl einen Satyr zu machen?»
«Bitte, Fanny, ich muß darum bitten, daß du dich in meine Behandlung von David nicht weiter einmischst.»
«Also schön. Willst du mit uns zu Abend essen, Liebling?» fragte ich Northey.
«Eigentlich nicht. Ich bin auf der Suche nach dem *France Soir*. Die Börse hat sich erholt, einsame Knorke – aber leider haben die Reps unfreundlich auf die Rede von M. Bourgiba reagiert. Jetzt wird es eine Denkpause geben, ihr werdet sehen. Zu dumm!»
«Wo ist Baz?» fragte ich.
«Hat sich verpißt. Kommt nächste Woche zurück.»
«Verpißt!» sagte Davey und seufzte.
«Davey, sag du ihr, daß sie so nicht reden soll.»
«Schon gut. Ich weiß ja, daß ich's nicht soll, und geb mir auch furchtbar Mühe.»
«Bringt er nächste Woche die Atommarschierer mit?»
«Nein, Wiederkäuer, bis Ende des Monats. Er hatte mit der Organisation des Marsches alle Hände voll zu tun – hat gestern Stunden mit dem wunderbaren Amy zugebracht, um für die nötige Publicity zu sorgen. Irgendwas, das ich erledigen müßte, Fanny? Sei lieb, sag nicht ja. Leih mir lieber deine Nerzjacke, ich bin mein Kaninchen so leid.»
«Gut, aber nur, wenn du deine Sprache mäßigst. Was hast du denn vor?»
«Phyllis McFee und ich gehen mit M. Cruas zur Heimkehr der Asche. Er ist arm und kann uns nicht in ein richtiges Theater einladen. *Le Retour des Cendres*, Fanny – die Leiche Napoleons kehrt in den Invalidendom zurück. Also, ich gehe und hole mir die Jacke – wirklich nett, daß du so nett bist – gute Nacht –»
«Bei Mildred wurde über sie gesprochen», sagte Davey. «Anscheinend hat es zwischen ihr und Valhubert kräftig gefunkt.»
«Ja, ja», sagte ich, «auf interessante Gespräche kann man sich dort immer verlassen –»
«Fanny, bleib ernst. Machst du dir keine Sorgen deswegen?»

«Wegen Valhubert sicher mehr als wegen der anderen – aber nein, eigentlich nicht, Northey ist ein braves Kind.»

«Es gibt Frauen, die in einer Wolke scheinbarer Unschuld durchs Leben wandeln, unter der sich ein außerordentliches Maß an Unkeuschheit verbirgt.»

«Ja. Meine Mutter zum Beispiel. Aber wenn Northey so wäre, dann wüßte ich nicht, was wir dagegen tun sollen. Ich habe sie ermahnt, weil sie die halbe Nacht mit Valhubert telefoniert hat – sie entgegnete, wenn zwischen ihnen irgend etwas wäre, dann hätte sie in seinem Bett gelegen, statt mit ihm zu plaudern. Sehr einleuchtend, finde ich.»

«Ja, da ist etwas dran. Erinnert sie dich eigentlich auch so stark an Linda?»

«Auf den ersten Blick sehr stark. Aber es gibt doch Unterschiede. Sie ist bei weitem nicht so konzentriert. Wenn Linda verliebt war, hat sie sich um Verehrer nicht gekümmert – die tauchten immer nur auf, wenn sie aufgehört hatte, einen Mann zu lieben, und sich noch nicht in einen anderen verliebt hatte.»

«Aber ist Northey verliebt?»

«Oh, ja, hat sie es dir nicht erzählt? Angeblich ist sie ganz verrückt nach Philip – und ich glaube ihr, aber manchmal gerate ich auch in Zweifel. Nie sitzt sie herum und träumt, wie es Linda immer tat (erinnerst du dich an die Patiencen, das Ausschauhalten am Fenster, diese völlige Abkehr vom gewöhnlichen Leben?). Northey lebt in einem permanenten Trubel, ständig hat sie wenigstens zwanzig Verehrer um sich. Aber wenn sie mal eine halbe Stunde Zeit hat, geht sie, glaube ich, zum heiligen Expeditus und unterhält sich mit ihm über Philip.»

«Ach, der heilige Expeditus», sagte Davey, «das erinnert mich an früher! Er ist wirklich ein guter Heiliger – ich muß ihn auch mal wieder besuchen, aber nur wegen der alten Erinnerungen, leider! In meinem Alter hat man nicht mehr diese verzweifelten Sehnsüchte. Sie ist also in Philip verliebt – das würde ja wunderbar passen. Und er? Gefällt sie ihm nicht – warum nicht?»

«Er schwärmt für Grace, leider. Aber in letzter Zeit kam es mir so vor, als entwickelte er zu Northey mehr Zuneigung, als ihm selbst klar ist, und vielleicht kommt zuletzt ja noch alles ins Lot.»
«Da ist es besonders wichtig, die Sache mit Valhubert im Keim zu ersticken. Denk daran, die Liebe zum Fürsten André hinderte Natascha keineswegs daran, sich lächerlich zu machen.»
«Ich weiß. Bei Cressida war es genauso. Junge Frauen sind sehr albern.»
«Ich finde, du solltest einmal mit ihm sprechen.»
«Wie bitte, mit Valhubert? Davey, schrecklich! Das kannst du wirklich nicht von mir verlangen!»
«Dann also Alfred? Für ihn ist es vielleicht einfacher?»
«Oh, nein, nein. Sag Alfred nichts – er hat genug am Hals. Die Kinder sind meine Sache – ich lasse nicht zu, daß er sich durch sie gestört fühlt, wenn es irgendwie möglich ist. Übrigens, wo bleibt er nur? Es ist schon viel zu spät.»
«Philip hat mir gesagt, er sei zu einem Fußballspiel gegangen, aber das muß doch inzwischen vorüber sein.»
Als Alfred schließlich erschien, wirkte er völlig erschöpft. «Tut mir leid, daß ich so spät bin – ich mußte noch rasch ein Bad nehmen – die faulen Eier bei Frankreich gegen England haben mich völlig durchnäßt. Herrje, der Sport ist mir wirklich ein Greuel. Und dann saß der irische Botschafter noch endlos lange bei mir herum, wegen dieser verflixten Kühe.»

15

Seit längerem hatte mich Charles-Edouard de Valhubert gedrängt, mit ihm zusammen die alte Duchesse de Sauveterre in ihrem Landhaus, dem Château de Boisdormant, zu besuchen. Er sagte, sie wolle über ihren Enkel, den kleinen Fabrice, sprechen. Zweimal hatten wir uns schon verabredet; aber aus irgendeinem Grund war nichts daraus geworden; schließlich setzten wir einen Tag fest, der allen paßte. Grace, die ein Baby erwartete und sich nicht wohl fühlte, beschloß, zu Hause zu bleiben. Mich hatte die Vorstellung einer langen Autofahrt mit Valhubert schon immer nervös gemacht, aber seit meinem Gespräch mit Davey fürchtete ich mich geradezu davor. Denn wenn es wirklich meine Pflicht war, mit ihm über Northey zu sprechen, dann war der Zeitpunkt dazu jetzt gekommen. Auf dem Vordersitz eines neuen Jaguar mit Valhubert am Steuer stellte ich jedoch bald fest, daß der äußere Schrecken die inneren Befürchtungen bei weitem übertraf.

«Habe ich nicht einen ganz eigenen Fahrstil?» fragte er, während wir uns durch die Rue de Lafayette schlängelten. «Über die äußeren Boulevards fahre ich nicht, sie sind zu häßlich.»

Der Stil bestand darin, nie das Tempo zu drosseln. Ich fing an, darum zu beten, die Ampeln möchten auf Rot springen und ihn zum Halten bringen; mein Fuß verkrampfte sich auf einem imaginären Bremspedal, bis er mir weh tat. Der Schrecken steigerte sich noch, als er andere Fahrer und ihre Fahrstile nachzuahmen begann; den jungen Chauffeur eines Marschalls von Frankreich, den alten Chauffeur einer reichen Amerikanerin, einen Fahrer der Polizei (freihändig) und M. Bouche-Bontemps. Dabei sah er andauernd zu mir herüber, ob ich lachte – und ich lachte wirklich; zuletzt schien er überhaupt nicht mehr auf die Straße zu achten. «Oh, bitte», sagte ich, «seien Sie doch wieder Sie selbst», und bereute es sofort, als er noch mehr Gas gab.

Als wir Paris hinter uns gelassen hatten und an Le Bourget vorüber waren, wurde ich ruhiger. Er hatte sein Fahrzeug gut unter Kontrolle, obwohl er viel zu schnell fuhr. Wir plauderten munter miteinander, und ich merkte, daß er überhaupt nicht furchterregend war, ganz anders, als es den Anschein hatte, wenn man ihm auf einer Party in Paris begegnete. Als wir über die Kreuzung in Gonesse fuhren, zählte er die Namen all der Bekannten auf, die hier bei Autounfällen ums Leben gekommen waren, und danach entstand eine Stille, weil ich, die ich keinen von ihnen kannte, zum Gespräch nichts beizutragen vermochte. Ich hielt die Gelegenheit für günstig, nahm all mei-

nen Mut zusammen und sagte: «Ich mache mir Sorgen um Northey.»
«Ich liebe dieses Mädchen.»
«Ja. Deshalb mache ich mir ja Sorgen.» Ich war selbst erstaunt über meine Kühnheit.
«Ah – nein!» Er sah mich amüsiert an und kein bißchen verlegen. «Ich liebe sie nicht – ich mag sie, sehr.»
«Um Sie, Charles-Edouard, mache ich mir keine Sorgen. Aber Northey könnte es gefallen. Sie sagte mir, sie spiele bereits mit dem Gedanken, Konkubine zu werden.»
Er lachte schallend. «Aber nicht in meinem Harem, da können Sie sicher sein. Sie ist doch nur zwei Jahre älter als Sigi – und was die geistige Reife angeht, höchstens halb so weit wie er.»
«Das ist ja wohl kein Schutz.»
«Bei mir schon. Für mich haben Kinder nichts Anziehendes – bis jetzt nicht – das kommt wahrscheinlich noch, eine der schrecklichen Seiten des Alters. Außerdem mißfällt mir das Gefühl, etwas Böses zu tun.»
«Ich dachte, es erhöht den Reiz.»
«Sehr – wenn man einen alten Knaben cocufiziert, mit dem man zusammen auf der Schule war. Aber Northey zu verführen würde ihr schaden und auch sonst nur Ärger machen. Ich liebe Mieß, aber Ärger mag ich nicht. Nein, wir müssen sie mit Philip verheiraten – daran arbeite ich. Wenn er glaubt, ich würde ihr den Hof machen, und wenn es so aussieht, als würden ihre Gefühle für ihn erkalten, dann klappt es vielleicht – so wie die Menschen nun mal gebaut sind. Und nach Grace hat er nun lange genug geschmachtet, das wird langweilig. Auf diese Weise hoffe ich, zwei Fliegen mit einer Klappe zu schlagen.»
Völlig beruhigt war ich nicht, aber mehr konnte ich nicht sagen. Es war wieder ein schöner Tag. (Wenn ich an unsere ersten Monate in Frankreich zurückdenke, kommen sie mir vor wie ein ununterbrochener goldener Herbst.) Valhubert und ich fuhren nun durch die Landschaft zwischen Seine und Marne, wo alles riesige Ausmaße annimmt. Pappelalleen ziehen sich an endlosen Horizonten dahin und scheinen die Welt in sich zu schließen; auf den Straßen ziehen gewaltige schneeweiße

Pferde uralte Wagen, die mit Rote Beten, so groß wie Fußbälle, beladen sind; jeder Hof nimmt mit seiner *basse-cour*, den Zwingern, den Kuh- und Pferdeställen, den Scheunen und Schuppen soviel Platz ein wie ein ganzes Dorf. Das ganze Land atmet Wohlstand; die vorherrschende Farbe in dieser Jahreszeit ist Gold.

«Hier ist das Marne-Schlachtfeld», erzählte er, «wo 1914 an Tagen wie diesem Tausende von jungen Männern gefallen sind, ohne richtig begriffen zu haben, daß sie im Krieg waren. Die Ulanen mit ihren Lanzen, die Kürassiere in ihren glänzenden Panzern ritten hoch zu Roß in den Kampf. Diese Schlachten glichen eher einem militärischen Turnier als einem modernen Krieg – wenn man heute etwas über sie liest, fühlt man sich an Agincourt oder Crécy erinnert. Man kann sich kaum vorstellen, daß sie noch gar nicht lange zurückliegen und daß unter unseren Bekannten viele noch leben, die an ihnen teilgenommen haben.»

Wir kamen in ein Dorf aus getünchten Häusern mit roten und schwarzblauen Dächern, die sich um eine Kirche aus dem 12. Jahrhundert drängten. «Ein Onkel von mir wurde hier in St. Soupplets verwundet. Als er wieder zu sich kam, im Lazarett, sagte man ihm: ‹Sie waren in der Marne-Schlacht.› Er war vollkommen überrascht. Er erinnerte sich, daß er ein paar Deutsche in der Nähe des Gasthauses dort drüben auf der anderen Straßenseite gesehen hatte – und dann traf ihn eine Kugel, aber er hatte keine Ahnung, daß er an etwas so Wichtigem wie einer Schlacht teilgenommen hatte.»

«Stendhals Schilderung der Schlacht bei Waterloo ist ganz ähnlich – beiläufig und nicht sehr furchterregend.»

«Ich liebe diese Landschaft sehr, aber jetzt werde ich immer traurig, wenn ich herkomme. Wir müssen sie uns gut ansehen, denn in zehn Jahren wird sie sich völlig verändert haben. Keine Hocken mehr auf den Feldern, kein Dung, der die Stoppelfelder mit einem Muster aus Hell und Dunkel überzieht, keine Bauern in blauen Arbeitsanzügen, keine Pferde und Wagen, sondern nur noch Techniker, die Traktoren und Lastwagen fahren. Die Bäume verschwinden schon erschreckend schnell. Als ich das letzte Mal hier vorüberkam, standen an dieser Straße noch Apfelbäume – dort, die Stümpfe sieht man noch. Irgendein Bewunderer von Bernard Buffet hat jetzt statt dessen diese Telegrafenmasten aufgestellt.»

«Es ist noch immer sehr schön», sagte ich. «Ich habe die Apfelbäume nie gesehen und trauere ihnen deshalb nicht nach wie Sie. Wenn ich aufs Land fahre, wundere ich mich immer, wie wir das Leben in der Stadt überhaupt ertragen – es kommt mir einfach irrsinnig vor.»

«So haben Sie in Northeys Alter bestimmt nicht gedacht.»

«Sie haben recht. In Northeys Alter habe ich selbst auf dem Land gelebt und hatte nur den einen Gedanken, wie ich nach London kommen könnte.»

«Selbstverständlich. Junge Leute brauchen das Stadtleben, zum Gedankenaustausch, weil sie sehen wollen, was in der Welt vor sich geht – das ist nur richtig und natürlich. Nach und nach nimmt das Tempo ab, und wir widmen uns geruhsameren Freuden, beschäftigen uns mit Gartenarbeit oder sitzen einfach in der Sonne. Sehr wenige junge Leute haben Sinn für Schönheit, deshalb gibt es auch so wenig Dichter.»

«Ja. Aber heute kommt es mir fast unerträglich vor, wenn ich mir vorstelle, was man alles versäumt, wenn man Tag für Tag und Monat für Monat in einer Stadt lebt. Es ist doch schrecklich, wenn man den Wandel der Jahreszeiten nur an den Blumen- und den Gemüseläden ablesen kann.»

«Das nenne ich undankbar. Ihr Botschaftsgebäude liegt mitten im Wald!»

«Ich weiß. Aber unser Haus in Oxford nicht.»

«Wann sind Sie geboren?»

«1911.»

«Und ich ein Jahr später. Wir können uns noch an die alte Welt erinnern, wie sie tausend Jahre lang so schön und abwechslungsreich war und die nun in nur dreißig Jahren zerbröckelt ist. Als wir jung waren, besaß jedes Land noch seine eigene Architektur, seine eigenen Sitten und Speisen. Könnten Sie den ersten Anblick Italiens je vergessen? Diese ockerfarbenen Häuser, alle verschieden, jedes mit seinem eigenen Charakter, die

Trompe-l'loeil-Bilder auf dem Verputz? Seltsam, faszinierend und fremdartig, selbst für einen Provenzalen wie mich. Dagegen die Trostlosigkeit von heute! Auf der ganzen Welt sehen die Vororte der Städte gleich aus, während sich im Zentrum vielleicht ein paar traurige Monumente aus alter Zeit wie in einer Glasvitrine erhalten haben. Venedig ist noch immer wunderbar, obwohl mich auf dem Weg dorthin jedesmal ein Grausen überkommt, aber die meisten anderen Städte Italiens gehen zwischen Wolkenkratzern und einem Gewirr von Drähten unter. Sogar Rom hat inzwischen eine solche amerikanische Rinde! *Roma senza esperanza*, habe ich in einer italienischen Zeitung gelesen; das sagt alles.» Er seufzte tief. «Aber so wie Sie die Apfelbäume haben unsere Kinder diese Welt nie gesehen, und deshalb können sie unseren Kummer nicht teilen. Auch das gehört zu den vielen Dingen, die uns von ihnen trennen. Es gibt eine tiefe Kluft zwischen uns und ihnen, aus Mangel an gemeinsamer Erfahrung. Noch nie zuvor waren Vergangenheit und Gegenwart so grundverschieden; noch nie waren die verschiedenen Generationen so weit voneinander entfernt wie heute.»

«Wenn sie glücklich sind und sich in der neuen Welt wohl fühlen, ist es nicht so wichtig», sagte ich.

«Aber werden sie glücklich sein? In meinen Augen gibt es nichts, was unglücklicher macht als die moderne Architektur. In diesen Silos kann man einfach nicht leben, dort kann man allenfalls essen und schlafen; in ihren Mußestunden und während der Ferien treibt es die Leute auf die Straßen. Deshalb ist der größte Wunsch eines jungen Paares heutzutage ein Auto – nicht um damit bestimmte Orte aufzusuchen, sondern um wegzukommen von der Maschine, in der sie ihr Dasein fristen. Die Amerikaner leben nun schon seit einer Generation so, zwischen Erde und Himmel, und wir sehen langsam, wohin das führt. Trübsinn, Hysterie, Verrücktheit, Selbstmord. Wenn das allen Menschen bevorsteht, lohnt es sich dann überhaupt, den Lebenskampf fortzuführen? Sollen wir», so fragte er, und nur knapp verfehlte uns in diesem Augenblick ein großer Citroën, der mit hundertsechzig Stundenkilometern und dem Recht auf

seiner Seite von rechts aus einer Querstraße auf uns zuschoß, «mit alledem Schluß machen?»
«Nein», sagte ich hastig, «wir müssen abwarten. Ich habe noch ein paar Dinge in Ordnung zu bringen, bevor ich abtrete – Northey – die Jungen. Vielleicht wird es nicht so schlimm, wie wir befürchten. Vielleicht wird es weniger Glück geben als in unserer Jugend – aber wahrscheinlich auch weniger Unglück. Ich vermute, alles gleicht sich aus. Wann wären Sie denn gern geboren worden?»
«Irgendwann zwischen der Renaissance und dem Second Empire.»
Auch wenn es nur eine Platitüde war, fragte ich: «Aber nur als privilegierter Mensch, nicht wahr?»
Darauf erwiderte er einfach: «Wenn ich das nicht wäre, wäre ich nicht ich.»
Wohl wahr. Männer wie Valhubert, mein Vater oder Onkel Matthew wären nicht sie selbst gewesen, hätten sie nicht als Könige auf ihren kleinen Schlössern gelebt. Ihre Art verschwindet genauso sicher wie die Bauern, die Pferde, die Alleen, und an ihre Stelle tritt etwas, das weniger malerisch und zugleich zweckmäßiger ist.
Ich sagte: «Vielleicht entdecken die Russen einen netten, kleinen Planeten, der leer steht, und erlauben es Leuten wie uns, dort zu leben.»
«Das wäre nichts für mich», sagte Valhubert, «ich mache mir nichts aus Ozeanen, auf denen kein Odysseus gesegelt ist, oder aus Gebirgen, die kein Hannibal und kein Napoleon überschritten hat. Ich muß als Europäer leben und sterben.»
Wir flogen dahin, über die alten Straßen, die dem Heiligen Römischen Reich zuführten, und jeder hing den eigenen Gedanken nach. Die Geschwindigkeit erschreckte mich nicht mehr, sie belebte mich und machte mir Vergnügen. Hoch oben am Himmel deuteten zwei weiße, von zwei winzigen schwarzen Kreuzen gezeichnete Parallelen an, daß ein paar junge Leute in Flugzeugen diesen herrlichen Tag ebenfalls genossen. Endlich zeigte uns ein Straßenschild mit dem Schriftzug Boisdormant, daß wir uns unserem Ziel näherten.

«Madame de Sauveterre –?» fragte ich. «Erzählen Sie mir bitte –»

«Sind Sie ihr nie begegnet?»

«Vor vielen Jahren einmal. Ich war oft bei einer alten Dame namens Lady Montdore zu Gast –»

«Der berühmten?»

«Ja, ich nehme an, das war sie. Mit achtzehn Jahren habe ich Sauveterre und seine Mutter dort einmal kennengelernt. Es war das einzige Mal, daß ich ihm begegnet bin.»

«Der arme Fabrice. Er war mit Abstand der bezauberndste Mensch, den ich je gekannt habe.»

«Das könnte ich von meiner Cousine Linda auch sagen.»

«*Le coquin*! Sie sagen, er habe sie monatelang in Paris versteckt, und niemand wußte etwas davon?»

«Sie war nicht geschieden. Außerdem hatte sie Angst, ihre Eltern könnten dahinterkommen.»

«Und der Krieg hatte ja auch gerade erst begonnen, und es sah noch nicht sehr ernst aus. Es war, als hätte man ein endloses Leben vor sich. Außerdem glaube ich, daß Fabrice noch jemand anderen hatte – auch das ein Grund zur Diskretion. Immer diese Komplikationen!»

«Waren Sie näher mit ihm bekannt?»

«Oh, sehr nahe. Seine Mutter ist meine Großtante – Fabrice war viel älter als ich, mindestens zwölf Jahre –, aber sobald ich erwachsen war, wurden wir Busenfreunde. Auf meiner Seite war es vor allem Bewunderung. Ich kann noch immer nicht recht glauben, daß er tot sein soll.»

«Seine Mutter –» sagte ich, um auf meine Frage zurückzukommen.

«Sie ist eine sehr weltlich gesonnene alte Frau, wie Sie sehen werden. Fabrice gab ihrem Leben einen Sinn. Seit er tot ist, denkt sie nur noch ans Geld und ans Essen, eine Beute des Geizes und der Habgier. Ungeheuer reich, keine Angehörigen, keine Erben. Deshalb ist es so wichtig, daß sie den Jungen zu sehen bekommt.»

«Nett von Ihnen, daß Sie sich soviel Mühe machen. Aber Sie müssen bedenken, daß er vielleicht nicht mitspielt. Kinder sind

unberechenbar – in seinem Alter sind alte Leute langweilig, und so etwas wie Geld existiert für sie kaum.»
«Er hat Manieren und gleicht seinem Vater. Es sollte mich sehr wundern, wenn er sie nicht für sich einnehmen würde.»
Wir fuhren jetzt auf einer schmalen weißen, ungeteerten Landstraße, die sich zwischen verwilderten Hecken dahinschlängelte. Es gab in diesem Jahr reichlich Beeren; so glänzend und tiefrot, schien mir, hatte ich sie seit meiner Kindheit nicht mehr gesehen. Bald kamen wir an eine Parkmauer, von der der Putz abbröckelte. Erhöht in einer Ecke, wie ein Vogelnest, sahen wir ein kleines rundes, strohgedecktes Gartenhaus.
«Ist das alles hier nicht typisch französisch?» sagte Valhubert. «Wodurch eigentlich? Liegt es an der Farbe dieser Mauer?»
«Und an der Ruine da oben auf dem Berg, aus der ein Nußbaum hervorwächst; und an den Bäumen im Park, die so hoch und dünn und regelmäßig dastehen.»
Eine Kastanienallee führte von der Toreinfahrt zum Haus, niemand hatte hier das Laub gefegt. Eine Herde Schafe, von einem Hirten mit einem Krummstab bewacht, weidete im langen dunkelgrünen Gras. Das Haus, eine alte Wehrburg, deren drei Flügel einen rechteckigen Platz einrahmten, war von einem Wassergraben umgeben. Die Ecktürme waren bis zu den Spitzen hinauf mit altem Efeu bewachsen, so daß sie wie vier mächtige, geheimnisvolle Bäume aussahen. Valhubert schaltete den Motor ab und sagte: «Dieser Zugbrücke traue ich nicht. Wir sollten das letzte Stück lieber zu Fuß gehen.»
Ein uralter Butler öffnete die Vordertür, lange bevor wir sie erreicht hatten. Er grüßte Valhubert, wie ein Diener jemanden grüßt, den er von Kindesbeinen an gekannt und geliebt hat, führte uns rasch in einen runden weißen Salon hinauf, einen sonnigen, freundlichen Raum in einem der Efeubäume, und ging im Geschwindschritt wieder davon.
«Sie wird in genau einer Viertelstunde herunterkommen», sagte Valhubert. «Grace meint, der Gedanke, sie könnte mit dem Schminken anfangen, bevor sie uns wirklich kommen sieht, sei ihr unerträglich. Es könnte ja geschehen, daß wir unterwegs einen Unfall haben, und dann wäre aller Puder und die

Schminke vergeudet. Sie und Oudineau haben es jetzt ziemlich schwer. Er ist ihr Zimmermädchen und ihr Butler, außerdem Hausmeister, Förster, Chauffeur, Gärtner und Wildhüter. Es gibt keinen zweiten, der so *à tout faire* wäre. Das vorzügliche Mittagessen, das wir gleich zu uns nehmen werden (Sie werden sehen, schon allein dafür lohnt sich die Reise), wird Oudineau geangelt, geschossen und gezogen haben, und sein Sohn hat es zubereitet. Dieser Jacques hat eine phantastische Position in Paris, aber wenn meine Tante Gäste hat, muß er herüberkommen und sich um die Küche kümmern. Allerdings passiert das nur alle sieben Pfingsten einmal.»

«Ist er Koch in Paris?»

«Keineswegs! Er leitet einen riesigen Elektrokonzern – Jacques Oudineau wird sämtliche Atomkraftwerke bauen, die es demnächst geben wird. Er ist ungeheuer mächtig und sehr attraktiv, man begegnet ihm auf fast jeder Party – drüben neben dem Küchengarten steht sein Mercedes.»

«Was für ein reizendes Zimmer!»

«Ja – es gibt nichts Schöneres als ein *château fort*, das im 18. Jahrhundert neu dekoriert worden ist. Diese Täfelung ist von Pineau. Sehen Sie dort die Illustriertenstapel – manche Hefte sind fünfzig und mehr Jahre alt. Eines Tages, während Grace und ich hier auf sie warteten, haben wir angefangen, darin zu blättern (was mich besonders interessiert sind Orgien, Galeerensklaven, Turnierkämpfe und so weiter), und während wir blätterten, begann es buchstäblich Geldscheine zu regnen, alle längst ungültig. Ja, sie ist ein echter Geizkragen.»

Nach einiger Zeit erschien unsere Gastgeberin und sah, wie mir schien, genauso aus wie vor siebenundzwanzig Jahren in Hampton. Damals war sie Mitte Fünfzig gewesen, jetzt um die Achtzig; damals war sie mir alt vorgekommen, aber jetzt nicht einen Tag älter. Sie mußte früher einmal sehr hübsch gewesen sein, mit ihrer kleinen Himmelfahrtsnase und ihren schwarzen Augen, aber irgendwann, wahrscheinlich schon in mittleren Jahren, hatte sie kräftig zugenommen, und irgend etwas in ihrer Erscheinung erinnerte an ein Schweinchen. Es war nicht leicht, sich vorzustellen, daß sie den unwiderstehlichen Fabrice zur Welt gebracht hatte. Gleich hinter ihr erschien auch Oudineau wieder und verkündete mit Donnerstimme: *« 'chesse est servie.»*

Wir aßen in einem kleinen Zimmer mit Fenstern auf beiden Seiten, von Sèvres-Tellern, die man buchstäblich mit Gold hätte aufwiegen können. «Die gehörten Bauffremont – du kennst sie ja, mein lieber Charles-Edouard. Ich erlaube nie, daß Jacques Oudineau sie abwäscht; er ist ein recht guter Koch, aber ansonsten ein sehr unzuverlässiger Bursche.»

Das Essen war die Reise wirklich wert. Wir begannen mit *brochet*. Warum nur schmeckt *brochet* immer so gut und Hecht (oder vielmehr *pike*) immer so miserabal, obwohl doch das Wörterbuch versichert, sie seien ein und dasselbe? Dann Rebhühner, gefolgt von dicken, saftigen französischen Koteletts, die nichts mit der winzigen Portion am Ende eines schmächtigen Knochens zu tun haben, die von englischen Metzgern unter diesem Namen feilgeboten wird. Außen waren sie braun gebraten und innen fast roh. Plötzlich erschienen auch noch gekochte Eier und schmale Streifen von mit Butter bestrichenem Toast, für den Fall, daß noch jemand hungrig sein sollte. Dann ein ganzer Brie auf Stroh und schließlich Windbeutel mit Schokoladenfüllung. Langsam gewöhnte ich mich an diese Mahlzeiten, aber nachher fühlte ich mich immer ein oder zwei Stunden lang wie betrunken und ganz benommen.

Als Mme. de Sauveterre vom Salat kostete, sagte sie nur: «Essig!»

«Jacques ist zutiefst betrübt, Mme. la Duchesse, er hat vergessen, eine Zitrone mitzubringen.»

«Das ist nicht statthaft. Irgend etwas vergißt dieser Bursche immer. Letztes Mal waren es die Trüffel. Wo hat er seinen Kopf? Gott sei Dank besitze ich keine Aktien von seinem Konzern.»

«Gott sei Dank besitze ich welche», sagte Valhubert, «ihr Wert verdoppelt sich jedes Jahr.»

Die Herzogin stellte hundert Fragen über die Botschaft und wollte vor allem wissen, was aus all den Engländern geworden war, die sie dort früher kennengelernt hatte.

«Et cette adorable Ava – et la belle Peggy – et ce vieux type si agréable du Service, Sir Charles?»
Aber sie erkannte bald, wie wenig ich über diese Leute zu berichten wußte, und betrachtete mich als das, was ich bin: provinziell. Valhubert jedoch konnte all ihre Fragen beantworten. Er erzählte ihr auch, daß wir einander schon begegnet waren, in Hampton, und sogleich kam sie auf Lady Montdore und ihren Kreis zu sprechen. Hier konnte ich mehr beitragen.
«Ja, sie starb vor dem Krieg, an Herzschwäche während einer Operation in der Schweiz.»
Ich erzählte ihr nicht, daß es eine Schönheitsoperation an den Beinen gewesen war, zu der Cedric, der derzeitige Lord Montdore, sie entgegen dem Rat der Mediziner überredet hatte. Er hatte erklärt, er werde sich strikt weigern, am Lido mit ihr zu erscheinen, solange sie die Operation nicht hinter sich gebracht habe. Ihr von den vielen Diäten und einem ausgiebigen gesellschaftlichen Leben strapaziertes Herz hatte in der Narkose aufgehört zu schlagen. Da dies zu einem für Cedric sehr günstigen Zeitpunkt geschah, schien die ganze Sache ziemlich faul, und viele Leute hatten offen behauptet, er habe sie umgebracht. Wenig später brach der Krieg aus, und er floh nach Amerika.
«Liebling, du *kannst* nicht erwarten, daß *man* zum Sturmangriff antritt!»
Es war tatsächlich schwer vorstellbar. Doch da er nun zwar Lady Montdore, aber keinen einzigen Deutschen umgebracht hatte, war er bei seiner Rückkehr nach dem Krieg in England nicht sehr freundlich empfangen worden. Er war sehr bald wieder umgekehrt und hatte sich auf seinem Heimatkontinent niedergelassen.
«Der jetzige Montdore? Ja, er lebt auf den Westindischen Inseln. Ich vermisse ihn sehr. Polly? Sie ist glücklich und völlig aus der Form geraten, hat tausend Kinder bekommen.»
«Das hat Fabrice immer prophezeit. Und der Liebhaber von Lady Montdore – *ce vieux raseur* – ich habe seinen Namen vergessen?»
«Boy Dougdale? Er ist inzwischen einer unserer bedeutendsten Biographen.»

«Und jetzt erzählen Sie mir von sich, *charmante Ambassadrice*. Wie ich höre, haben Sie zwei Jungen, die auf die gleiche Schule gehen wie dieses kleine Ungeheuer von Charles-Edouard? Ich weiß nicht viel über junge Leute, weil ich nie welche sehe, aber man hört ja Geschichten!»

«Tatsächlich?» fragte Charles-Edouard amüsiert. «Was für Geschichten dringen denn bis nach Boisdormant, *ma tante*?»

«Sie wissen sicher, ob es wahr ist oder nicht», sagte sie zu mir, «aber es heißt, Mädchen und Jungen seien heutzutage gegen die Geburt.»

«Gegen die Geburt?»

«Meine Tante meint, es sei ihnen gleichgültig, ob sie aus gutem Hause stammen oder nicht.»

«Ach, ich verstehe.» Ich hatte vermutet, sie habe etwas über die Geburtenregelung sagen wollen. «Aber ist denn das bei jungen Leuten jemals anders gewesen?»

«Als ich jung war, war uns die Geburt nicht gleichgültig. Und es ist jedenfalls schockierend, dagegen zu sein. Die Enkelkinder einer Freundin haben sogar eine Zeitung gegen die Geburt gegründet – schrecklich! Und so mußte es dahin kommen, daß eines der Mädchen jemanden geheiratet hat, der nicht geboren ist –»

«Ja», sagte Valhubert mit einem spöttischen Blick in meine Richtung, «so kann es wirklich nicht weitergehen, obwohl ich sagen muß, daß dieser Ungeborene für einen körperlosen Geist eine recht solide Figur abgibt.»

«Jetzt lachst du darüber, Charles-Edouard, aber wenn deine Töchter erwachsen sind, wirst du diese Dinge mit anderen Augen sehen. Erzählen Sie mir mehr über Ihre Jungen, Mme. l'Ambassadrice, wie ich höre, heißt einer von ihnen Fabrice?»

«Er ist das Kind meiner verstorbenen Cousine. Ich habe ihn adoptiert.»

Plötzlich hatten wir beide das Gefühl, wir könnten diese Unterhaltung so nicht fortsetzen. Wir sahen zu Valhubert hinüber, der uns prompt zu Hilfe kam. «Wenn alle drei in den Weihnachtsferien herüberkommen, werde ich sie für ein paar Tage hierherbringen.»

«Ja, unbedingt. Der alte Oudineau kann ihnen Fahrradfahren beibringen – Kinder mögen das, wie ich feststelle. Heizen Sie Ihre Botschaft eigentlich mit Kohle oder mit Öl?»

16

ALS WIR WIEDER bei der Botschaft eintrafen, kam Philip gerade über den Hof. Charles-Edouard lehnte eine Tasse Tee dankend ab; Grace wolle gewiß erfahren, wie unser Tag verlaufen sei, und er halte es für besser, sofort heimzukehren. Philip betrat zusammen mit mir das Haus. Ich sagte: «Valhubert gefällt mir sehr.»

«Herzensbrecher brechen Herzen, so ist das nun mal», entgegnete er mürrisch. «Diese närrische Northey ißt heute abend schon wieder mit ihm.»

«Oh, Philip – allein?»

«Keine Ahnung. Hast du heute morgen die Zeitungen gelesen?»

«Kaum – ich hatte es eilig.»

«Auch den Artikel von Mockbar nicht?»

Ich blieb stehen. Wir standen mitten auf der Treppe. «Und?»

«Er hat herausgefunden, daß der berühmte Franzose, der deine Mutter bei einer Lotterie gewann, kein anderer ist als der arme Bouche-Bontemps. Er schreibt, er könne nachweisen, daß der französische Premierminister einer der Ex-Stiefväter der Botschaftergattin Lady Wincham ist.» Philip zog einen Zeitungsausschnitt aus der Tasche. «Hier – kann nachweisen, ja – ihre dreiundsechzigjährige Mutter, schreibt er weiter – hör dir das an, es ist hinreißend –, Ex-Lady Logan, Ex-Mrs. Chaddesley Corbett, Ex-Viscountess Tring, Ex-Madame Bouche-Bontemps, Ex-Mrs. Rawle, Ex-Mrs. Plugge, Ex-Señora Lopez, Ex-Mrs. Chrisolithe ist jetzt mit einem Mann aus Pimlico, ‹Opa› Markson, 22, verheiratet, dem Manager von ‹Opa Tours›. Bei einem Interview in London erklärte Mrs. Markson, sie habe den Kontakt zu ihrem vierten Mann verloren. ‹Wir haben uns wahnsinnig geliebt›, sagte sie. Auf die Frage, ob es zutreffe, daß M. Bouche-Bontemps sie bei einer Lotterie gewonnen habe, sagte sie: ‹Ich glaube, es war eine Tombola.›»

«Und nun?»

«Bouche-Bontemps ist außer sich, er hat schon ein dutzendmal bei mir angerufen. Er sagt, er erinnere sich sehr genau daran, daß er mit dieser verrückten, wenngleich sehr hübschen und lustigen Dame zusammengelebt habe, er schätzt, es waren zwei oder drei Monate, aber er habe sie mit Sicherheit nie geheiratet.»

«Du liebe Zeit!» sagte ich. «Da ist er jetzt in einer unangenehmen Lage, nicht wahr? Wie wenn jemand gefragt wird: Wann werden Sie aufhören, Ihre Frau zu schlagen? Wenn er die Hopse geheiratet hat, ist es schon schlimm, aber noch schlimmer ist es, wenn er sie nicht geheiratet hat, nicht wahr?»

«Nein, nein. Du verstehst die Franzosen nicht, würde Davey jetzt sagen. Wenn er sie geheiratet hätte, wäre seine Karriere beendet, aber wenn er mit ihr nur zusammengelebt hat, macht sich niemand etwas daraus. Kannst du sie nicht anrufen und fragen, wie es wirklich war?»

«Ach, herrje! Aber ich fürchte, sie sagt –» ich warf einen Blick auf Mockbars Artikel – «er sei Ehemann Nummer vier gewesen. Komm, wir wollen es gleich versuchen.»

Aber ein Anruf war gar nicht nötig. Im Salon vert lag ein Telegramm ganz oben auf meiner Nachmittagspost. «Nie mit ihm verheiratet Liebling es war einseitige Erklärung kein Interview gegeben habe mich an Old Grumpy herangemacht Dementi in Daily Post morgen verspricht Hopse.»

«Sehr gut», sagte Philip, als ich ihm das Telegramm gab. «Wenn sie in der *Daily Post* wirklich dementieren, werden es die französischen Zeitungen nicht abschreiben. Sie achten viel strenger auf Genauigkeit als unsere.»

«Glaubst du, daß Mockbar diesmal zu weit gegangen ist? Könnte es sein, daß sie ihn hinauswerfen?»

«Den doch nicht! Eher bekommt er eine Gehaltserhöhung, damit er seine Bälger mästen kann, bis ihn die nächste sprunghafte Steigerung der Lebenshaltungskosten zwingt, einen neuen Knüller zu landen.» Er nahm den Hörer ab. «Katie, bitte stell doch eine Verbindung mit dem Président du Conseil her, für Lady Wincham.»

«Spricht da mein Stiefvater?» sagte ich und wurde von dem schallenden Gelächter fast umgeworfen. «Hören Sie – ich habe ein Telegramm von meiner Mutter bekommen, von dem Philip meint, es werde alles klären. Sie sagt, die Zeitung werde die Heirat dementieren. Es war nur eine einseitige Erklärung.»

«Was bedeutet das?» fragte Bouche-Bontemps mißtrauisch.

Ich fragte Philip danach und gab seine Antwort weiter: «*Acte unilatéral* – aber das, was es bei uns bedeutet, gibt es bei Ihnen gar nicht. Es bedeutet, sie hat Ihren Namen angenommen.»

«Tatsächlich? Aber einen *acte* hat es darüber bestimmt nicht gegeben. Und warum soll sie meinen Namen angenommen haben?»

«Wegen der Nachbarn, vermute ich.»

«Aber *chère Mme. l'Ambassadrice*, das war in Harar, die Nachbarn waren Äthiopier – sei's drum, fahren Sie fort.»

«Wichtig ist, morgen gibt es ein Dementi. Oje, es tut mir wirklich leid – obwohl ich ja nun eigentlich nicht schuld bin.»

«Hauptsache, man hält mich nicht für einen Bigamisten. Das wäre wirklich sehr ärgerlich – den Leuten im Departement Haute-Pyrénées würde es nicht gefallen und den Angehörigen meiner verstorbenen Frau, den Pucelards *(textiles Pucelard)* aus Lille, auch nicht. Die einzige, die sich freuen würde, wäre meine Schwiegertochter, die mich nicht leiden kann, sie würde dafür gern in Kauf nehmen, mit einem Bastard verheiratet zu sein. Natürlich wird man mir jetzt das Etikett Intelligence Service anhängen, aber da General de Gaulle der einzige Franzose ist, von dem das nie gesagt worden ist, werde ich es wohl ertragen können. *Sacrée Dorothée* – ist sie wirklich Ihre Mutter? Wie sonderbar! Keinerlei Ähnlichkeit – obwohl ich inzwischen eine verblüffende Ähnlichkeit zwischen ihr und Mieß sehe.»

«Bitte nicht, ich versuche sie immer zu übersehen!» Nach dem Gespräch mit Bouche-Bontemps wollte ich mit Northey sprechen. Ihr Zimmer war erfüllt vom Gewimmer junger Katzen.

«Mélusine, die Gute, hat sechs niedliche Babys bekommen.»

«Hattest du nicht gesagt, sie sei alt?»

«Ja. Es sind Wunderkinder.»

«Und nun? Sollte sie nicht sofort jemand ersäufen, bevor sie anfängt, sie gern zu haben?»

«Fanny!»

«Ich weiß. Aber hierbehalten können wir sie nicht.»

«In diesem riesigen Haus? Erst gestern habe ich auf dem Hof eine tote Ratte gesehen.»

«Dann war diese Ratte auf der Durchreise. Wir haben keine Ratten im Haus, und in der Küche haben wir eine großartige Katze.»

«Die süße Minette. Na schön, wenn du so ungastlich bist, gebe ich sie eben weg.»

«Ja. Das mußt du. Wie hat dir die Rückkehr der Asche gefallen?»

«Es war schön. Wir haben gerufen *Vive l'Empereur* - etwas spät, aber trotzdem.»

«Wie ich höre, gehst du wieder mit M. de Valhubert aus?»

«Geschäftlich, Fanny. Ich muß mich mit ihm ernsthaft und ausführlich über mein *porte feuille* unterhalten. Wenn das *assainissement de notre place* so weitergeht, werden alle meine Profite verschwinden, und was soll dann im Alter aus mir werden? Kannst du es dir leisten, mir eine Rente zu zahlen? Die Sache ärgert mich langsam wirklich.»

«Dein Pidgin ist noch schlimmer als das von Grace. Bitte, rede doch immer in *einer* Sprache. Ich vermute, du hast den Artikel von Mockbar heute morgen gelesen?»

«Ein schlaues Kerlchen! Übrigens, ich soll dir von Davey auf Wiedersehen sagen.»

«Er hat sich verp...?»

«Aber Fanny! Na, laß nur, ich werde Alfred nichts sagen. Ja. Er sagt, er spürt geradezu, wie mit jedem Atemzug, den er in Paris tut, der Lungenkrebs in ihm hochsteigt.»

«So ein Unsinn! Zwischen all den Bäumen! Hier gibt es nirgendwo Benzingestank.»
«Er sagt, es seien die geruchlosen Dünste, die schwerer als Luft sind, welche allen Schaden anrichten.»
«Ich finde, das geht ein bißchen zu weit. Erst macht er aus David einen Erotomanen, und dann läßt er uns allein mit ihm.»
«Er wird tapfer zurückkommen, sobald er entgiftet ist, und sich dann um David zu kümmern. Inzwischen hat Doktor Lecoeur David eine Beruhigungsspritze gegeben, und wir dürfen annehmen, daß unsere Tugend damit für die nächste Zeit gerettet ist. Katie hatte es gestern abend furchtbar schwer mit ihm – sie sagt, es hätte nicht viel gefehlt –, aber dieser Bart und die Füße, wie erträgt die arme Dawnie das nur? Warum haben Zen-Männer immer so furchtbare Füße?» Sie schüttelte sich.
«Wenn Doktor Lecoeur doch auch Mockbar eine Beruhigungsspritze verpassen könnte!»
«Nein, Fanny, das wäre unfair. Er wirbt gerade um die Gunst der Frauen.»
«Um die Gunst welcher Frauen?»
«Um die von Phyllis McFee, zum Beispiel.»
«Sag mal, Northey. Gibt es diese Phyllis McFee überhaupt?»
Große Augen, gekränkter Blick. «Was soll das heißen: überhaupt?»
«Du hast sie nicht zufällig erfunden?»
«Sie ist eine uralte Freundin von mir. (Arme Schlucker finden keine neuen Freunde – diese verflixte Börse!) Und diese eine werde ich ja wohl haben dürfen.»
«Dann verstehe ich nicht, warum du sie nicht einmal mitbringst und uns miteinander bekannt machst.»
«Sie arbeitet.»
«Wo?»
«Bei World Soundso.»
«Aber doch nicht abends?»
«Gerade abends, die Welt ist nämlich rund, und deshalb ist es in Amerika später als hier. Wenn das große pulsierende, hektische Herz des guten alten New York zu schlagen beginnt, dann

muß Phyllis McFee, entspannt, tüchtig, lächelnd (hinsehen ohne Grinse-en ist Sünde), in ihrem neusten Kleid von Mainbocher, mit tadellos sitzender Frisur und lackierten Nägeln am Transatlantikkabel sein. Sie kann ihre Zeit nicht mit Menschen wie dir vertun.»

«Bringst du sie irgendwann mal zum Lunch mit?»

«Sie ist viel zu beschäftigt. Mehr als *un queek dans un drog* ist nicht drin – das ist französisch und bedeutet ‹Mittagessen in einer Drogerie›. Stell dir vor, ein prima Essen und drum herum überall Watte – allein schon die Vorstellung!»

«Also gut, dann bring sie eben nicht mit. Mir ist es egal. Anscheinend hat sie sehr viel mehr zu tun als gewisse andere Leute.»

«Soll das eine Anspielung sein? Nicht sehr freundlich, Fanny. Tatsache ist, Phyllis McFee hat Ambitionen, sie will ihren Boß umarmen (Boß wäre das französische Wort für Chef, wenn es nicht zufällig Beule bedeuten würde). Ich dagegen will meinen Boß nicht umarmen.»

«Da wir gerade bei den unsichtbaren Wesen sind: M. Cruas sehe ich auch nie.»

«Er ist menschenscheu. Er möchte von dir nicht gesehen werden. Und als deine Sekretärin, genauso auf der Höhe der Zeit, genauso gründlich und genauso tüchtig wie Phyllis, darf ich dich daran erinnern, daß ihr, du und Alfred, heute am Nationalfeiertag der Nordkoreaner teilnehmen werdet und danach zu einem frühen Abendessen bei den Italienern geladen seid, um nachher ein nettes Stück im Théâtre des Nations zu sehen, in dem es um Kühlschränke geht. Ihr habt's gut!»

Es war, als hätte sie gesagt, ich könne jetzt gehen. Ich ging nach oben in mein Zimmer und versuchte meine vielfältigen Besorgnisse in einem langen, heißen, duftenden Bad zu vergessen.

Wir brauchten ziemlich lange von der nordkoreanischen zur italienischen Botschaft. Zwischen sieben und acht Uhr holen alle in Paris lebenden Amerikaner ihre lastwagengroßen, protzig glänzenden und furchtbar billig aussehenden Autos hervor und machen sich auf den Weg, um einander zu besuchen,

Whisky zu trinken und ihren Akzent aufzufrischen. Zufällig sind um die gleiche Zeit auch die Bewohner von Paris auf dem Weg von der Arbeit nach Hause, so daß die Straßen fast unpassierbar werden.

Während wir in einer Geschwindigkeit von ungefähr einem Stundenkilometer auf den Pont de l'Alma zufuhren, sagte Alfred: «Du machst so ein gequältes Gesicht, Liebling. Bedrückt dich etwas?»

«Etwas! Alles mögliche!»

«Zum Beispiel?»

«Zunächst einmal Mockbar. Du hast es wahrscheinlich nicht gelesen –»

«Doch, habe ich. Philip hat es mir vor die Nase gehalten. So etwas Albernes habe ich selten gelesen. Bouche-Bontemps sagt, es sei ganz und gar unwahr, und er muß es ja wissen. Wirklich – wenn das alles ist –»

«Wenn es so wäre! Northey macht mir furchtbare Sorgen.»

«Northey? Warum?»

«Jedes Mädchen, das so attraktiv ist wie sie, muß einem Sorgen machen, solange man es nicht verheiratet hat. Diese Verehrer –»

«Je mehr es sind, um so geringer die Gefahr.»

«Es gibt da ein oder zwei, die ich nicht für ungefährlich halte.» Ich wollte Valhubert Alfred gegenüber nicht nennen, solange ich nicht mehr Beweise dafür hatte, daß er wirklich eine Gefahr war.

«Wunderst du dich denn darüber, daß sie sie verehren? Neulich – nach deinem Lunch – begleitete sie Mme. Meistersinger nach unten. Ich hatte gerade die Burmesen verabschiedet und danach in Mrs. Trotts Zimmer kurz telefoniert. Als ich wieder in die Eingangshalle kam, war sie leer – der Lakai half der alten Dame beim Einsteigen, und oben auf der Treppe, hinter ihrem Rücken, zelebrierte Northey eine Glanznummer aus lauter Knicksen und Verbeugungen. Es war unbeschreiblich komisch! Natürlich wußte sie nicht, daß jemand sie beobachtete. Da wurde mir klar, daß man dieses kleine Wesen furchtbar gern haben kann.»

«Wir haben sie alle furchtbar gern», sagte ich, «außer Philip. Wie schön wäre es, wenn sie im Leben glücklich würde, anders als die Hopse.»
Da sagte Alfred etwa Ungewöhnliches: «So sehr ich deine Mutter und ihr Treiben mißbillige, ich glaube nicht, daß man sie als unglücklich bezeichnen kann.»
Ich sah ihn erstaunt an. In meiner Familie waren wir uns immer einig darin gewesen, daß das Verhalten der Hopse zu beklagen sei und sie sich selbstverständlich, schon deshalb, weil es nicht anders sein durfte, ins Unglück gestürzt habe.
«Versuch mal die Dinge so zu sehen, wie sie sind, Fanny. Ob ihr Betragen wünschenswert ist oder nicht, das ist die eine Sache, aber ob es sie unglücklich gemacht hat, ist etwas ganz anderes. Ich jedenfalls glaube, sie ist vollkommen glücklich und ist es immer gewesen.»
«Vielleicht. Trotzdem würdest du diese Art von Glück Northey nicht wünschen, oder? Ich bete darum, daß sie Philip heiratet und zur Ruhe kommt.»
«Einverstanden. Dieses Glück wünsche ich ihr nicht. Aber ich wünsche mir auch nicht, daß sie ihn heiratet, denn, glaube mir, dann würde sie nicht zur Ruhe kommen. Dann würde sie hopsen.»
«Alfred, wie kommst du denn darauf?»
«Philip könnte sie nicht halten. Er hat nicht genug Phantasie, nichts Kantiges. Er ist Tony Kroesig zwar in jeder Hinsicht weit überlegen, aber er ist doch auch nicht völlig anders. Wie Tony für Linda zu wenig war, würde Philip auch für Northey zu wenig sein.»
«Ich verstehe, was du meinst – beide, Tony und Philip, sind reiche, konventionelle Engländer –, aber Philip gegenüber ist das eigentlich ziemlich unfair.»
«Ich mag ihn sehr, ich sage nur, daß er nicht der richtige Mann für sie ist.»
«Wir werden sehen! Zum Glück liegt es nicht in unserer Macht – das müssen sie mit sich selbst ausmachen. Fängst du an, dich auf deine alten Tage für Menschen zu interessieren?»
«Alte Tage?» Falsett.

«Ja, ich denke, daran muß es liegen. Früher hast du mich immer ausgelacht, wenn ich solche Spekulationen angestellt habe.»

«Ich interessiere mich für die Kinder, und Northey zähle ich zu ihnen.»

«Manchmal wünsche ich mir, sie wäre unser Kind und unser einziges – nein, natürlich meine ich das nicht im Ernst, aber mir wäre es lieber, David und Baz würden diese schwierige Phase nicht gerade in einer Zeit durchleben, in der du und ich alle Hände voll zu tun haben. Wir können unter diesen Umständen so wenig für sie tun.»

«Ich weiß nicht. Mir scheint, wir sorgen immerhin dafür, daß David und seine Familie ein Dach über dem Kopf haben, daß sie medizinischen Beistand und alles bekommen, was sie brauchen. Basil kommt und geht, wie es ihm gefällt – was sollen wir denn noch tun? Und daß wir viel zu tun haben, ist, glaube ich, gar nicht so schlecht; auf diese Weise grübeln wir nicht immer über sie nach. Es hat keinen Zweck, wenn wir uns Sorgen machen, und wir haben keinen Anlaß, uns Vorwürfe zu machen. Ich denke, sie leiden unter Wachstumsschmerzen – nichts Ernsthaftes.»

«Ich werfe mir vor, daß wir sie nicht nach Eton geschickt haben. Dann hätten sie sich vielleicht anders entwickelt.»

«Dieser Meinung bin ich nicht. Eton bringt genauso viele schräge Vögel hervor wie andere Schulen auch. Im übrigen hatten wir damals einfach nicht das Geld dazu. Wir haben unser Bestes für sie getan.»

«Wir müssen dankbar sein für das, was wir haben. Ich freue mich schon so darauf, am St. Andrew's Day hinüberzufahren und die Kleinen auszuführen. Sie sind einfach perfekt.»

«Perfekt?» Wieder das Falsett.

«Ich meine, sie sind wie andere Leute.»

«Ach. Ist man perfekt, wenn man wie die anderen Leute ist? Grace erzählte mir, sie haben nur Beat im Kopf.»

«Das ist eine Phase.»

«Genau wie die verschrobenen Allüren von Basil und David, ganz bestimmt...»

«Ich meine nur, daß Charlie und Fabrice in Eton sind, verringert die Gefahr, daß sie in solche extremen Phasen geraten.»

«Unberufen», sagte Alfred, als wir im Hof des Hotel de Doudeauville anhielten.

17

Dieses «Unberufen» klang aus dem Mund von Alfred so ungewohnt, daß es sich mir einprägte. Ob es an seinem Alter lag oder an seiner neuen Position – er wirkte abgeklärter als früher; noch vor einem Jahr hätte Alfred unser Gespräch im Auto ganz anders, strenger, geführt, und «unberufen» hätte er auch nicht gesagt. Aber als mir Katie am nächsten Tag vor dem Lunch einen privaten Anruf aus Windsor für ihn ankündigte, da wußte ich, daß Alfreds «unberufen» vergeblich gewesen war. Er war zur Feier des Waffenstillstands zu dem berühmten Eisenbahnwagen im Wald von Compiègne gefahren; ich sagte, ich würde den Anruf übernehmen. Ohne Zweifel war etwas ganz Furchtbares passiert; kleinmütig betete ich im stillen darum, dieses Furchtbare möge moralischer und nicht physischer Natur sein. Für einige Sekunden gab es ein Durcheinander in der Leitung: *«Allô Wienzorr – parlez Wienzorr»*, in dessen Verlauf mir eine erstaunliche Menge von Schreckensvorstellungen durch den Kopf schossen. Als ich jedoch die unverkennbar grämliche, aber keineswegs betrübte Stimme des Housemasters hörte, war ich beruhigt: Charlie und Fabrice waren offenbar noch unter uns. Er machte keine großen Umschweife, um mich auf schlechte Neuigkeiten vorzubereiten; er erklärte mir, die Jungen seien gegangen.

«Ausgerissen?» fragte ich, in meiner Erleichterung vielleicht ein bißchen zu munter.

«Heutzutage reißt man hier nicht mehr aus. Der verheulte Knabe, den der Hilfslehrer aus der Postkutsche zerrt, gehört der Vergangenheit an.» Ich lachte nervös über diese scherzhafte Einlage, mit der er mich womöglich beruhigen wollte.

«Nein, so kann man es kaum nennen. Jedenfalls handelt es sich beim Ausreißen um eine spontane Handlung, für die man vielleicht noch eine gewisse Sympathie aufbringen kann. Das hier jedoch war eine geplante, geradezu organisierte Abreise. Sie baten mich nach dem Vormittagsunterricht um ein Gespräch und verkündeten mir – übrigens in höflichem Ton, wie ich sagen muß –, was sie vorhatten. Dann stiegen alle drei in einen anscheinend eigens zu diesem Zweck gemieteten Rolls-Royce und fuhren davon –»

«Alle drei?»

«Valhubert war bei ihnen.»

«Ach, wirklich! Und haben sie einen Grund genannt?»

«Die Entschuldigung war das Essen – mit anderen Worten, es war keine Entschuldigung, denn ich glaube, sagen zu dürfen, daß das Essen in meinem Haus vorzüglich ist. Ich esse es selbst. Sie behaupteten, der arme kleine Billy im letzten Halbjahr – Sie erinnern sich an die Tragödie – habe sich wegen des Essens absichtlich in das Stauwehr gestürzt. Nichts könnte von weiter hergeholt sein. Sie behaupteten auch, es gebe nur die Wahl zwischen gemeinschaftlichem Selbstmord und sofortiger Abreise.»

«Wie ungehörig!» Ich unterdrückte ein Kichern.

«Ich brauche Ihnen wohl kaum zu sagen, daß ich nach diesen Vorgängen nicht in der Lage sein werde, sie wieder aufzunehmen. Das Drama hat sich in der Öffentlichkeit abgespielt – die halbe Schule sah zu, als sie abfuhren. Wie es scheint, haben sie in Slough haltgemacht, weil sich Fabrice von seiner Geliebten und drei Kindern verabschieden wollte.»

«Unsinn», sagte ich gereizt. «Diese Geliebte in Slough begleitet mich schon mein Leben lang – seit meine Cousins zur Schule gingen. Genau wie die sieben Frauen des Königs von Siam, die über dem Postamt wohnen. Typische Eton-Geschichten.»

«Möglich. Ich will Ihnen auch nur verdeutlichen, welche Wirkung all das auf die anderen Jungen hat, und daß es mir unmöglich ist, über ihr Betragen hinwegzusehen.»

«Ja, ich verstehe. Weiß M. de Valhubert schon Bescheid?»

«Noch nicht. Ich werde ihn anschließend gleich anrufen.»

«Sagen Sie mir noch, wohin sie gefahren sind, bitte.»
«Ich bin ahnungslos.»
«Ahnungslos? Haben Sie sie denn nicht gefragt?»
«Selbstverständlich nicht.»
Meine Gereiztheit schlug in Zorn um. Wofür bezahlten wir diesen elenden Mann? Mit einer Leichtfertigkeit sondergleichen ließ er zu, daß die Kinder, die wir in seine Obhut gegeben hatten, während wir im Dienste unseres Landes jenseits des Meeres weilten, mir nichts, dir nichts verschwanden. Ihm mochte es recht sein; er war sie ein für allemal los. Meine Sorgen fingen gerade erst an, aber das ließ ihn offenbar kalt.
«Ist das alles, was Sie mir zu sagen haben?»
«Leider, ja.» Wir legten auf.
Ich sagte Katie, sie solle die Leitung freihalten, bis Mme. de Valhubert angerufen hatte. Dann fragte ich sie: «Was ist eigentlich mit Northey? Ich habe sie heute morgen noch gar nicht gesehen.»
«Sie hat die ganze Nacht bei den Kätzchen gewacht. Mélusine hat anscheinend keine Milch – wahrscheinlich ist sie zu alt –, also muß der Füller herhalten. Die arme Northey versucht gerade, ein bißchen zu schlafen; ich vertrete sie. Alle zwei Stunden, eine von ihnen saugt außerdem nicht richtig. Ich glaube, jetzt ist Mme. de Valhubert dran – das war die Stimme ihres Butlers –»
«Fanny – bist du *au courant*?»
«Ja, allerdings. Dieser Idiot hat mich zuerst angerufen. Ich bin ganz einfach wütend –»
«Der alte Heuchler! Hat man so etwas schon gehört!»
«Es ist eine Schande, Grace. Ich werde Alfred sagen, er soll für dieses Halbjahr keinen Penny mehr zahlen.»
«Nein, wirklich nicht. Die Jungen haben diesen Kerl nie viel gekostet – Sigi lebte von den Hilfssendungen, die ich ihm durch Hédiard schicken ließ. Dieser Wicht! Ruft seelenruhig an, um uns mitzuteilen, daß er die Jungen hat gehenlassen, ohne sich die Mühe zu machen herauszufinden, wohin! Ich fürchte, sie werden gerade in diesem Augenblick bei dichtem Nebel von einem Erotomanen ermordet, die Ärmsten –»

«Also, das glaube ich nun wieder nicht –»
«Du weißt doch, wie es in England ist, Liebling. Ich habe mich schon gefragt, ob wir nicht gegen die Schule klagen können.»
«Was sagt Charles-Edouard dazu?»
«Er ist wegen der Gedenkfeier zum Waffenstillstand in seinem Wahlkreis – und Alfred ist ja wohl nach Compiègne gefahren? Was sollen wir bloß tun? Ein schrecklicher Gedanke, die Kinder ganz allein in London.»
«Wir wissen doch gar nicht, ob sie nach London gefahren sind.»
«So gut kenne ich Sigi! Wer wird ihnen etwas zu essen geben?»
«Ich überlege mir ernsthaft, ob ich nicht hinüberfahre und nach ihnen sehe.»
«Du wirst sie nicht finden. Es ist neblig, wie üblich. Hast du nicht gemerkt? – Keine englischen Zeitungen heute. Und hier? Ein himmlischer Tag!»
«Jedenfalls hätte es wenig Zweck, wenn ich in London herumlaufe und nach ihnen suche, wie die Mutter von Thomas à Becket – ohne jeden Hinweis darauf, wo sie stecken könnten. Ich glaube, wir müssen abwarten und mit unseren Männern sprechen, sobald sie zurück sind. Wir bleiben in Verbindung, aber morgen könnten wir uns doch auf jeden Fall treffen und die Sache besprechen. Ich denke, bis dahin wissen wir mehr.»
«Du bist eine Optimistin!» sagte Grace. «Also *à demain*, falls es vorher keine Neuigkeiten gibt.»
Aber schon um die Teezeit rief sie wieder an. «Wirklich zu ärgerlich», sagte sie. «Ich habe eben mit meinem Vater telefoniert, weil ich dachte, daß er vielleicht etwas weiß, und natürlich: Er hat sie alle zum Lunch zu Wilton's eingeladen. Dieser alte Tunichtgut steht auf ihrer Seite – natürlich! Wie alle englischen Männer ist er im Grunde seines Herzens immer ein Schuljunge geblieben. Engländer! Er sagt, sie hätten alles vertilgt, was ihnen unter die Augen kam, und sie haben ihm die Speisekarten aller Mahlzeiten gezeigt, die sie in diesem Halbjahr bekommen haben. Sie haben sie als Belastungsmaterial gesammelt, und er sagt, er könne sich nicht erklären, wie sie

überhaupt so lange durchhalten konnten. Meine Hilfssendungen haben sie natürlich nicht erwähnt. Sigi ist schlau, der Weg zum Herzen meines Vaters führte schon immer durch seinen Magen.»

«Diese kleinen Unholde!» sagte ich. Einen Teil meines Zorns hatte ich inzwischen von dem Housemaster auf die Jungen verschoben, genau wie Grace.

«Es ist wirklich zum Verrücktwerden», fuhr sie fort, «er gibt sogar zu, daß er ihnen Geld gegeben hat.»

«Wieviel?»

«Er behauptet, er wisse es nicht mehr – ein paar Pfund, sagt er. Aber wie ich Papa kenne, hatte er mindestens fünfzig Pfund bei sich, und wie ich Sigi kenne, hat er sie ihm alle abgeschwatzt. Weiß der Himmel, wann wir wieder von ihnen hören werden. Um die Mittagszeit lebten sie also noch, aber davon abgesehen, ist die Lage schlimmer, als wenn er sie nicht getroffen hätte.»

«Hast du ihn nicht gefragt, wo sie übernachten?»

«Natürlich habe ich das. Er sagte nur, nicht bei ihm. Und das wird stimmen, denn die eigene Bequemlichkeit geht ihm über alles!»

In diesem Augenblick schaltete sich Katie ein und sagte: «Nehmen wir ein R-Gespräch aus London an?»

«Oh, ja», sagte ich, «das ist bestimmt einer der Jungen. Ich rufe dich gleich wieder an, Grace.»

«Ma?» Es war Basil. «Hör mal, Ma. Die Sache ist die. Charles, Fabrice und Sigi sind hier.»

«Basil, du bist ein lieber Junge. Ich habe mir solche Sorgen gemacht!»

«Du weißt also schon, daß sie aus diesem Irrenhaus weg sind?»

«Ja, ihr Tutor hat heute morgen angerufen und Sigis Mutter natürlich auch, und ich hatte furchtbare Angst um sie.»

«Bestimmt hast du gedacht, die Rotkehlchen würden sie schon mit Laub bedecken, stimmt's? Im Sich-Sorgen-Machen bist du wirklich unschlagbar. Aber ich kenne dich ja, und da dachte ich, ich sollte dich vielleicht beruhigen. Sie sind quietschvergnügt, und bis jetzt hat ihnen noch keiner was getan.»

«Was haben sie denn vor?»
«Auf den Putz hauen. Gerade eben sind sie losgezogen, zu einem Konzert von ihrem Idol Yanky Fonzy.»
«Haben sie viel Geld?»
«Du mit deiner bourgeoisen Einstellung. Geld! Weißt du denn nicht, daß es darauf in der Welt von heute überhaupt nicht ankommt? Das Zeug hat heutzutage jeder. Anscheinend sind sie ganz gut damit ausgestattet – sie haben die Ersparnisse von Charles, die Kamera von Fabrice und das, was Sigis Ahnen herausgerückt haben, in einen Topf geworfen.»
«Wo wohnen sie denn?»
«Mein Opa hat sie in einem Schuppen untergebracht, der ihm zufällig gehört.»
«Dann gib mir doch bitte schnell die Adresse – ich habe einen Stift. Gut! Und eine Telefonnummer – gibt es die auch?»
«Die darf ich nicht weitergeben. Sie wollen sich von den APs am Telefon nicht die Ohren vollmeckern lassen – vor allem Sigi nicht.»
APs, das wußte ich, bedeutete Alte Paare, damit waren wir und die Valhuberts gemeint.
«Fürchten sie denn nicht, daß die APs selbst kommen und ihnen die Ohren direkt vollmeckern und obendrein langziehen könnten?»
«Eigentlich nicht. Sie vermuten, daß Vater zu beschäftigt ist – Sigis Mutter ist schwanger – Sigis Vater würde es für unter seiner Würde halten – und wenn du kommst, mit dir würden sie fertig, meinen sie.»
«Na, wunderbar! Ich muß dir eins sagen, Baz, ich bin selten so wütend gewesen.»
«Das ist nicht sehr klug, Ma. Wie kannst du bloß annehmen, die Kinder würden die besten Jahre ihres Lebens in diesem Schallerkasten vertun.»
«Trotzdem, Liebling, es war furchtbar nett, daß du angerufen hast.»

Zu meiner Überraschung nahm Alfred diese Neuigkeiten sehr übel auf. Ich sagte: «Ich weiß gar nicht, warum dir das mehr ausmacht als die Sache mit David und Baz. Immerhin sind sie Intellektuelle und viel intelligenter als die Jungen, da ist es doch furchtbar traurig, daß sie so sonderbar geworden sind. Aber gestern hast du gesagt, es sei nur eine Phase, Wachstumsschmerzen. Genauso ist es bei den beiden Kleineren wahrscheinlich doch auch.»

«Die Sache mit David und Basil macht mir weniger aus, gerade weil sie gescheiter sind. Sie haben ihre Abschlüsse. Wenn sie erkennen, wie sinnlos das ist, was sie jetzt treiben, dann können sie zu lohnenderen Betätigungen zurückkehren. Außerdem haben sie schon etwas im Kopf. Wir können uns darüber ärgern, daß sie nicht den Weg eingeschlagen haben, den wir uns für sie erhofft hatten, aber als Menschen haben sie das Recht, selbst zu entscheiden, was sie tun wollen. Diese Jungen dagegen haben die halbe Schule noch vor sich – ich sehe nicht, wie die Lücke in ihrer Bildung je geschlossen werden soll. Es gibt keine philosophische Basis für ihr Betragen; es erwächst aus reiner Verantwortungslosigkeit. Du weißt, wie ich über Erziehung denke.»

Ich erkannte, daß Alfred, auch wenn er es nicht zugab, genau wie ich darauf gebaut hatte, daß dieses Eton mit seiner magischen Kraft zwei gewöhnliche, ehrenwerte, wenn auch nicht besonders gelehrte junge Männer hervorbringen würde und daß ihn dieser neue Ausbruch von Nonkonformismus ebensosehr enttäuschte wie verwirrte.

Die Valhuberts kamen herüber, und nun hielten zwei geplagte Ehepaare eine Konferenz ab. Charles-Edouard war wütend, während Grace auf eine ärgerliche Weise zu triumphieren schien.

«Natürlich ist der arme Charles-Edouard jetzt böse auf mich, weil ich am Ende recht behalten habe. Wie schade, daß wir den Jungen nach Eton geschickt haben, wo wir ihn auch hierbehalten und hier verköstigen und zu den Jesuiten von Sainte-Geneviève hätten schicken können.»

«Meine liebe Grace, in Sainte-Geneviève hätten sie Sigi nie genommen. Das ist eine Schule für kluge Jungen. Die Schule in der Rue Franklin vielleicht – sicher ist es nicht. Nein. Ich habe ihn wegen der Erziehung nach Eton geschickt, nicht wegen der Bildung. Sigi hat ein Spatzenhirn, das mußt selbst du zugeben. Ich wollte, daß er wenigstens ein Vogel wird, der sich sehen lassen kann, mit guten Manieren. Außerdem vermag ich seine Gesellschaft nur in begrenztem Maße zu ertragen. Nun haben wir ihn wieder das ganze Jahr über bei uns, es sei denn, ich könnte die Leute in Les Roches überreden, ihn zu nehmen.»

«Wenn er von Eton ausreißt, wird er in Les Roches ganz bestimmt nicht bleiben. Er wird zu den Jesuiten gehen – du mußt mit dem Superior in der Rue Franklin sprechen.»

«Würden Sie so freundlich sein, bei dieser Gelegenheit nach einem Hauslehrer für unsere beiden zu fragen?» sagte Alfred. «Ich denke, wir werden sie hierbehalten, wo wir ein Auge auf sie haben können; so bekommen sie wenigstens eine ordentliche Grundlage im Französischen, bevor sie sich auf Oxford vorbereiten.»

«Hierbehalten?» fragte ich, genausowenig angetan von dieser Aussicht wie Valhubert. Mir schien, wir hatten schon alle Hände voll zu tun mit unserer heiligen Zen-Familie, mit der Karawane von Northeys Verehrern, mit Basils unverhofften Auftritten und seinen schwindelhaften Projekten.

«Was bleibt uns denn anderes übrig?» sagte Alfred. «Diese Schule, die man immer das Eton für Schwererziehbare nennt, würde sie vielleicht nehmen – aber überleg mal, was für Freunde sie da finden würden!»

Alfred vergrub den Kopf in seinen Händen.

Da sagte Grace vollkommen richtig, wir würden viel zu weit vorgreifen. Wir sollten sie zunächst einmal aus London und dem Schuppen, den mein Stiefvater für sie gefunden habe, abholen und unter unseren Einfluß bringen, bevor wir solche detaillierten Pläne schmiedeten. Wir gelangten zu dem Schluß, es sei besser, so lange zu warten, bis ihnen aller Wahrscheinlichkeit nach das Geld ausgegangen wäre, und dann solle einer von uns hinüberfahren und sie zurückholen.

«Aber was ist mit deinem Vater, Grace? Wenn er sie weiter damit versorgt, wird es ihnen nie ausgehen.»
«Zum Glück hat er London gerade verlassen, er hat ein paar Einladungen zur Jagd bekommen und wird mindestens einen Monat fort sein.»
Und dann zeigte sich, genau wie die kleinen Ungeheuer es vorausgesehen hatten, daß ich diejenige sein würde, die sie ausfindig machen sollte. Die einzige Alternative war Valhubert, der aber erklärte, er sei viel zu wütend und werde bestimmt die Geduld verlieren, wenn er sie zu Gesicht bekomme. Die Worte «mit dir werden sie fertig» klangen mir noch höhnisch in den Ohren, aber ich hatte keine andere Wahl; ich nahm den Auftrag an.
So machten wir Pläne für unsere Söhne und hofften, den Schaden zu beheben, den sie sich selbst zugefügt hatten. Auf den Gedanken, daß sie sich weigern könnten mitzumachen, kamen wir nicht. Wir sollten bald erfahren, daß dies ein Fehler war.

Wir ließen den November verstreichen; dann schickte ich ihnen ein Telegramm (mit bezahlter Rückantwort), in dem ich sie für den folgenden Tag zum Essen ins Ritz einlud. Sie waren so freundlich, die Einladung sofort anzunehmen. Alfred sagte, daran sehe man, daß sie Hunger hätten, man werde sie leicht fangen können, wie Tiere im Schnee.
«Die Sache hat ihren Reiz inzwischen verloren – sie begreifen langsam, was es heißt, allein und ohne Geld in London zu leben. Es war ganz richtig, nicht sofort hinüberzufahren.»
Am St. Andrew's Day kam ich im Ritz an. Nachdem ich ausgepackt und ein Bad genommen hatte, blieb mir noch eine halbe Stunde bis zu unserer Verabredung; ich hatte nichts weiter vor, ging nach unten und setzte mich auf eines dieser kleinen Sofas vor dem Wintergarten, wo ich im Laufe meines Lebens in gewissen Abständen immer wieder gesessen habe, und bestellte mir ein Glas Sherry. Da ich in London nie ein eigenes Haus hatte, war mir das Ritz immer nützlich, wenn ich für einen Tag oder ein paar Nächte in der Stadt war; hier konnte man sich mit Leuten treffen, Pakete abstellen, Briefe schreiben, Zuflucht vor

dem Regen finden. Heute ist das Ritz eines der wenigen Häuser in London, an deren Innenausstattung nicht das geringste verändert wurde; die Sesselschoner aus Spitze sind immer noch mit riesigen Haarnadeln an den Armlehnen festgesteckt; der Brunnen plätschert, wie er es seit fünfzig Jahren tut; das Geräusch zuversichtlicher Schritte auf dem dicken Teppich hat sich ebensowenig verändert wie der köstliche Duft nach reichen Frauen und vielversprechenden Speisen. Wie im Ritz von Paris war die Hotelleitung so klug, die von M. Meuwes, dem ausgezeichneten Architekten, den M. Ritz sich genommen hatte, entworfene Innenausstattung nicht anzutasten. Jemand hat mir erzählt, die inzwischen verstorbene Lady Colefax habe einmal den Auftrag, das Erdgeschoß neu auszugestalten, mit der Begründung abgelehnt, es sei eine Sünde, irgend etwas daran zu verändern.

Ich nippte an meinem Sherry und dachte über die gewaltige Länge des menschlichen Lebens und seine seltsamen Wendungen nach, Gedanken, die mir oft in den Sinn kommen, wenn ich an einem Ort bin, an dem ich mich im Laufe der Jahre immer wieder wohl gefühlt habe. Einige Bekannte von mir sind zuweilen betrübt über die Kürze des Lebens; ich hingegen staune darüber, wie lang es sich hinzuziehen scheint. Und je länger, desto besser wird es. Paris hatte mich, wie ich es erhofft hatte, von den Bedrückungen der mittleren Jahre befreit; Sorgen und Unruhe gab es auch dort, aber nie fühlte ich mich deprimiert oder gelangweilt oder kam mir nutzlos vor wie in Oxford. Ich kam mit der Erfüllung meiner Aufgaben viel besser zurecht, als ich erwartet hatte. Weder hatte ich dem Präsidenten einen Kuß gegeben, noch hatte ich die ewige Flamme zum Erlöschen gebracht, und auch sonst hatte ich, soweit ich wußte, keinen größeren Fauxpas begangen. Da ich nicht schüchtern war und die meisten Menschen, die ich kennenlernte, verantwortungsvollen und deshalb interessanten Tätigkeiten nachgingen, fiel es mir nicht schwer, mich mit ihnen zu unterhalten. Philip hatte mich mit einigen nützlichen Eröffnungen ausgestattet. («Ich nehme an, Sie sind sehr erschöpft, Monsieur le Ministre.» tut als Einleitung zu einem Gespräch wahre Wunder.)

Alfred hatte bei den Franzosen ohne Zweifel Erfolg, gleichgültig, was Mockbar darüber sagte. Er entsprach eher ihrer Vorstellung vom bedächtigen, ernsthaften, schweigsamen Engländer als der brillante Sir Louis mit seiner ausgeprägten Neigung, die Franzosen auf ihrem eigenen Feld zu übertreffen. Die Sorgen, die mich bedrückten, hatten mit meinen eigenen Kindern zu tun; die von Alfred waren allerdings ernster. Er sollte die Europa-Armee bei den Franzosen durchsetzen, obwohl er selbst inzwischen von ihrer Unannehmbarkeit überzeugt war. Auch die Îles Minquiers machten ihm immer noch eine Menge unerfreulicher Arbeit. Aber Mr. Gravely schien ganz zufrieden damit, wie sich die Dinge entwickelten. Die Amerikaner hatten ihm versichert, die Europa-Armee sei so gut wie sicher. Mr. Gravely war auch der Ansicht, er selbst habe M. Bouche-Bontemps dazu überredet, die Minquiers aufzugeben, und es sei nur noch eine Frage der Zeit, bis diese Inseln britisch würden.

Zwei Männer, die aus dem Wintergarten kamen und an meinem Sofa vorübergingen, rissen mich aus diesen Gedanken. «Als ich in die Fabrik kam», sagte einer von ihnen, «hieß es, sieben der Mädchen seien plombiert – schwanger, verstehst du. Das kommt nur von dieser neuen deutschen Maschine.»

«Wundert mich überhaupt nicht», sagte sein Freund, «diese neuen deutschen Maschinen sind wirklich eine Landplage.»

Ich habe im Leben schon manche Bemerkung zufällig mit angehört; aber keine erschien mir so rätselhaft wie diese. Während ich über sie nachdachte, sah ich vom Eingang Arlington Street drei Gestalten auf mich zuschlendern. Sie waren als Teddy-Boys verkleidet, aber welcher Gattung sie wirklich angehörten, war trotzdem unverkennbar. Mit ihrer latschenden, unbekümmerten Gangart, die Hände, als würden sie nicht dazugehören, wie tote Fische an den locker herabhängenden Armen, die Münder leicht geöffnet, in Kleidungsstücken bibbernd, die in jeder Dimension um einiges zu klein waren und aussahen, als vermöchten sie keinerlei Wärme zu halten, wären sie, trotz ihrer Kostümierung, auch auf dem Mond sofort als Etonians erkennbar gewesen. Dies waren also, noch im Stadium der Verpuppung, die eleganten, weltgewandten Engländer, als die ich meine Söhne dereinst gern sehen wollte; dies war die äußere Erscheinung, die mir seit meiner Jugend bekannt und deshalb immer als die einzig richtige erschienen war und die ich in der frühreifen Männlichkeit der beiden anderen Jungen vermißt hatte. Charlie und Fabrice hatten ihre Kleider gewechselt, aber noch nicht ihren Charakter; ich atmete auf.

18

«Wir sind doch nicht zu spät?»
«Nein. Ich war zu früh.»
«Hübsches Kleid, Mum. Wir haben dir Blumen mitgebracht.»
«Oh, wie nett von euch. Vielen Dank – Rosen!» (Aber ein böses Omen. Rosen sind am St. Andrew's Day besonders teuer; sie mußten also noch Geld haben.) «Meine Lieblingsblumen! Sei so nett und gib sie dem Portier, Charlie, und bitte ihn, sie für mich in eine Vase zu stellen. So – und nun wollen wir etwas essen.»
Ich vermutete, die Jungen seien genauso verlegen wie ich, und hoffte, das Essen werde uns alle etwas auflockern. Sie bestellten, wie ich schon im voraus gewußt hatte, Räucherlachs und Brathähnchen und bemühten sich dann höflich, mir meine Befangenheit zu nehmen.
«Hattest du eine schönes Reise?»
«Bist du in einer Viscount geflogen?»
«Hast du das neue Stück von Anouilh in Paris gesehen?»
«Hast du *Pinfold* von Evelyn Waugh gelesen?»
Ich sagte zu allem ja, war aber zu sehr mit anderen Gedanken beschäftigt, um auf diese Themen einzugehen. Konversation zu treiben war unter diesen Umständen fast nicht möglich; ich bestellte eine Flasche Wein und faßte mir ein Herz. «Vielleicht erzählt ihr mir mal, was das alles zu bedeuten hat?»

Charlie und Sigi sahen Fabrice an, der offenbar ihr Wortführer war. «Seid ihr wütend auf uns?» fragte er.
«Ich bin weniger wütend als besorgt, aber eure Väter sind sehr zornig. Warum habt ihr das bloß getan?»
«Dieses abscheuliche Essen –» jammerte Sigi.
«Erzählt mir nichts über das Essen», sagte ich entschieden, «ich weiß genau, daß es damit nichts zu tun hatte. Ich will den wirklichen Grund wissen, also bitte!»
«Du mußt dich mal in unsere Lage versetzen», sagte Fabrice, «wir verschwenden die besten Jahre unseres Lebens (nur noch drei als Teenager – jeder Tag unendlich kostbar, wir könnten einen draufmachen wie später nie wieder), aber wir vertun sie in diesem finsteren Kaff mit Son et Lumière (so nennen wir den Direx) und den anderen Gruftis, die uns von morgens bis abends anmotzen, und all diesen grauenhaften Kindern, die im gleichen Grab wie wir verschimmeln. Lebendig begraben, Mum; das ödet uns schon seit Monaten an. Zuletzt wurde es einfach unerträglich. Kannst du uns das übelnehmen?»
Ich wußte nicht, wie ich sagen sollte, was zu sagen war. «Was steht denn da auf deinem Trikot, Charles?»
«*Yank's the Boy for Me*. Gefällt es dir?»
«Nicht direkt. Wer ist Yank?»
«Wer Yank ist? Yanky Fonzy natürlich, die Bombe aus Birmingham. Hätte gedacht, daß selbst ihr von ihm gehört habt – Yank, der Schlaks aus Brummagem – der tollste Typ überhaupt. Ein Schallplattenstar.»
«Und er ist der Junge für dich?»
«Aber sicher! Er ist natürlich eher was für Männer, vielleicht stehst du nicht so auf ihn wie wir, das geht vielen Mädchen so und den Älteren sowieso. Aber wir sind Fans von ihm, die kreischenden Kids, die keine Beat-Show auslassen. Der Kerl ist 'ne Wucht!»
«Oh», sagte ich verwirrt.
«Sie sollten mal mitkommen und ihn sich ansehen», sagte Sigi. «*Tout comprendre c'est tout pardonner!*»
«Glaubst du denn, ich würde etwas verstehen?»
«Wenn du ihn sähst, würdest du», sagte Fabrice. «Yank geht

gleich zum Angriff über – geht mit den Kids um, als würde er eine Apfelsine auspressen. Das Mikro ist wie Wachs in seiner Hand; er wälzt sich auf dem Boden damit – benutzt es als Gewehr, wirft es hoch, wirbelt es herum, faucht hinein. Dann plötzlich ein dramatischer Moment, er senkt die Stimme zu einem *religioso*: ‹Ich zähle sie, zähle jede für sich, mein Rosenkranz.› Anschließend kommt der Schehera-Jazz: ‹Bleiche Hände liebte ich neben dem Shalimar.› – ‹Oh, Shenandoah, dein Geplätscher.› Und zuletzt patriotisches Zeug: ‹Schießt, sagt sie, auf dieses graue Haupt, doch schont die Fahne meines Landes.› Für jeden etwas.»

«Oh, Mum, da kommt einem das schönste Ausflugswetter wie Grießbrei vor, verstehst du das denn nicht?»

«Vielleicht doch. Aber das alles hat doch nichts mit dem wirklichen Leben zu tun, das sehr lang und sehr ernst ist und auf das ihr euch in eurem Alter vorbereiten sollt.»

«Nein. Das ist es doch gerade: Wir sind inzwischen zu alt, um uns vorzubereiten. *Hier* ist das Leben, es hat angefangen, wir wollen es leben.»

«Lieber, darüber entscheiden eure Eltern. Da wir für euren Unterhalt sorgen, haben wir ja doch wohl auch ein Wörtchen bei dem mitzureden, was ihr tut, oder nicht?»

«Ah! Darauf wollte ich gerade hinaus. Teenager sind heutzutage nämlich geschäftstüchtig. Da geht es nicht zu wie Anno Tobak – bei David Copperfield. Der moderne Copperfield tippelt nicht nach Dover, um dort seine Tante Betsy zu suchen – nein – der ist reich – der verdient neun Pfund die Woche. Soviel kassieren wir nämlich; nicht schlecht für den Anfang, wie?»

«Neun Pfund die Woche?» Ich war verblüfft. Hungernde Tiere im Schnee! Das würde die Erfüllung meiner Aufgabe schwierig, wenn nicht unmöglich machen. «Und was tut ihr dafür, wenn ich fragen darf?»

«Packen.»

«Das sind fast fünfhundert Pfund im Jahr!»

«Aber sicher!»

«Und was packt ihr?»

«Rasierapparate.»

«Und macht es euch Spaß?»
«Wem macht Arbeiten schon Spaß?»
Diese Chance ließ ich mir nicht entgehen.
«Oh, vielen Leuten macht das Arbeiten Spaß, wenn das, was sie tun, interessant ist. Darum geht es doch in der Schule, daß man am Ende eine Arbeit tun kann, die mehr Spaß macht als Packen.»
«Ja, gehört haben wir das auch schon. Aber glauben tun wir es nicht. Wir finden, alle Arbeit ist gleich, und leben tut man in der Freizeit. Es ist sinnlos, diese kostbaren Jahre mit der Vorbereitung auf irgendwelche Jobs zu verschwenden, die vielleicht noch viel schlimmer als Packen sind, und nachher ist man alt und bekommt überhaupt nichts mehr mit. So aber haben wir zwei freie Tage und die Abende. Zwischendurch inspiriert uns Yank.»
«Aber liebe Kinder, ihr könnt doch nicht euer Leben lang pakken. Ihr müßt an die Zukunft denken.»
«Warum eigentlich? Ihr Alten habt immer an die Zukunft gedacht, immer für die Zukunft geschuftet und gespart, und wohin seid ihr gekommen?»
«Dein Vater zum Beispiel nach Paris.»
«Und was hat er davon? Wieviel freie Tage hat er? Wie verbringt er seine Abende? Wer ist sein Idol?»
«Wir wollen uns jedenfalls jetzt amüsieren und nicht erst mit dreißig, wenn wir stehenden Fußes verfaulen oder sonst irgend etwas Grauenhaftes losgeht.»
«Eins möchte ich wissen», sagte ich, «wart ihr in Eton unglücklich? Nach meiner Erfahrung kommt das ziemlich selten vor.»
Sie sahen einander an. «Nein – unglücklich eigentlich nicht. Es war bloß dieses Gefühl von Zeitverschwendung.»
«Und es hatte nichts mit der Clique aus Perthshire zu tun?» Ich wußte, daß da anfangs ein paar schottische Jungen gewesen waren, größer und älter als sie, die sie aufgezogen und gehänselt und (nach ihren eigenen Berichten, die ich allerdings nicht ernst nahm) sogar regelrecht gefoltert hatten. Einer dieser Jungen war Sigis *fag-master*, für den er allerlei Dienste verrichten

mußte und der ihnen angeblich Geld gestohlen und sich Kostbarkeiten wie Fotokameras ausgeliehen und kaputtgemacht und ihnen außerdem entsetzliche körperliche Qualen bereitet hatte.

«Ey, die Klotzköppe von Pitlochry», sagte Fabrice, «hier umßtaigen nach Ballachulish.» Die anderen schüttelten sich vor Lachen. Es war offenbar ein alter, sehr beliebter Witz. «Nu simmir ja nich mehr so lütte Jungs, dassi uns noch verbimsen könn' täten.»

«Aber ihr seid doch nicht ihretwegen weggegangen?»

«Sie sind immer noch grauenhaft (inzwischen zum Pop übergegangen), aber nein, sicher nicht.»

«Und ihr habt in diesem Halbjahr auch keine Prügel bekommen?»

«Aber sicher haben wir. Ich bin geprügelt worden, weil ich einen Jungen mit Babypuder eingenebelt habe, und Sigi, weil er einem Jungen den Kopf unter die Wasserleitung der Badewanne gehalten hat.»

«Sigi!» Es lag so viel Entsetzen in meiner Stimme, daß er ganz erschreckt aufblickte und rasch sagte: «Aber ich habe ihn gar nicht so lange festgehalten, wie sie meinten.»

«Mum – Prügel machen da keinem etwas aus, weißt du.»

«Das meinst aber auch nur du, Charlie», sagte Fabrice und zog eine Grimasse.

«Natürlich ist es grauenhaft, wenn man vorher in seinem Zimmer hin und her rennt. Aber zum Ausreißen reicht es längst nicht. Unsere Gründe waren positiv, nicht negativ.»

Die anderen stimmten zu. «Aber sicher! Dieses Gefühl, daß das Leben an uns vorbeigeht und wir das Beste versäumen.»

«Packen und Rock and Roll sind auch nicht das Beste. Bald wird das für euch auch nicht mehr die Wucht sein, und dann?»

«Dann ist sowieso alles egal. Dann sind die Teenagerjahre vorbei, wir sind alt und werden sterben. Traurig, echt!»

«Sehr traurig, aber nicht ganz wahr. Alt werdet ihr, und sterben werdet ihr auch, aber zwischen eurer Teenagerzeit und dem Sterbebett liegen noch endlos viele Jahre, die ihr irgendwie

ausfüllen müßt. Wollt ihr diese tausend und abertausend Tage damit zubringen, daß ihr Rasierapparate einpackt? Seid ihr dazu auf die Welt gekommen?»
«Du verstehst uns nicht, genau, wie wir befürchtet hatten.»
«Warum kommt ihr morgen früh nicht einfach mit nach Paris?»
Sie sahen sich verlegen an. «Wir glauben, in London lebt es sich in unserem Alter besser, weißt du. Paris ist nichts für Teenager.»
«Mit Sicherheit kein Pflaster für geschäftstüchtige Leute wie uns.»
«Ihr wollt also nicht mitkommen?»
«Wir sind vertraglich gebunden.»
Es hatte offenbar wenig Zweck, dieses Thema weiter zu vertiefen, deshalb sprachen wir über andere Dinge. Sie erkundigten sich nach Northey. «Übrigens», sagte ich, «sie ist auch ein Teenager – und fühlt sich in Paris sehr wohl; sie liebt die Stadt.»
Spöttisch und doch mit einer gewissen Sympathie sagten sie, Northey sei nie wie ein Teenager aufgetreten.
«Auftreten ist das richtige Wort», sagte ich und verlor nun langsam die Geduld, «auftreten und angeben. Wenn ihr Eton unbedingt verlassen mußtet, warum dann nicht am Ende des Halbjahrs, warum einen Rolls-Royce mieten und eurem Tutor vor aller Augen diese Szene machen? So etwas Ordinäres, ich schäme mich für euch. Und ihr müßtet euch mal selbst sehen, wie kindisch ihr in dieser albernen Kostümierung ausseht!»
«Mit dieser Dinnerparty geht es abwärts», sagte Fabrice.
«Kann man wohl sagen», sagte Sigi.
«Grauenhaft», sagte Charlie.
«Ja. Ich glaube, ich bin von der Reise erschöpft.» Ich sah meine Kinder an und überlegte, wie wenig ich von ihnen wußte. David und Baz waren mir viel näher. Es lag zweifellos daran, daß die beiden Jüngeren immer unzertrennlich gewesen waren. Mit den Kindern ist es wie mit den Hunden, einer für sich allein wächst einem mehr ans Herz als zwei oder drei. Durch den Tod meines zweiten Kindes war zwischen David und Basil eine

Lücke entstanden; im Kinderzimmer hatte ich jeden von ihnen allein gehabt. Aber mit keinem der beiden Jüngeren, so schien es mir, war ich je in meinem Leben allein gewesen; ich wußte eigentlich gar nicht, wie sie in Wirklichkeit waren.

«Sei nicht erschöpft», sagte Fabrice. «Wir wollten dich ins Finbury Empire mitnehmen. Leider spielt dort nicht Yank (er ist in Liverpool), aber es wird trotzdem eine ganz gute Pop-Show werden.»

«Liebling – ich kann nicht. Ich habe Sigis Mutter versprochen, sie anzurufen. Sie erwartet ein Baby, Sigi.»

Ich hatte erwartet, ich würde ihn mit dieser Mitteilung milder stimmen, aber daraus wurde nichts. «Ich weiß Bescheid!» sagte er wütend. «In dieser Beziehung ist sie einfach unmöglich. Was wird aus den Kapitaleinkünften? Wenn sie so weitermacht, wird keiner etwas davon haben.»

«Ein Glück, daß du so gut im Packen bist.» Ich spürte, das war ein Punkt für mich.

Sobald die Kinder mit ihrem Nachtisch fertig waren, bezahlte ich die Rechnung und verabschiedete mich von ihnen. Es schien sinnlos, dieses Gespräch weiter in die Länge zu ziehen, nur um mir noch einmal sagen zu lassen, was ich schon aus Davids und Basils Mund nicht mehr hören konnte: Wie schrecklich (oder grauenhaft) Alfred und ich im Leben versagt hätten; daß wir unsere Jugend vertan hätten und wozu? Ich war wirklich müde und obendrein sehr niedergeschlagen und verstimmt. Ich hatte mein Dinner nicht angerührt; ich wollte allein sein und im Dunkeln daliegen. Aber vorher rief ich Grace an. (Alfred war, wie ich wußte, an diesem Abend nicht zu Hause, mit ihm würde ich am nächsten Morgen sprechen.) Was ich ihr über den Schnulzensänger zu berichten hatte, überraschte sie nicht.

«In Bellandargues ging das den ganzen Sommer über so – der lässige Yank, der Boy aus Brum, zuletzt hätte ich sie umbringen können. Du hast es nicht ganz begriffen, als ich dir davon erzählte. Es ist eine absolute Manie. Aber, Fanny, sind sie denn inzwischen nicht knapp bei Kasse?»

«Darauf wollte ich gerade hinaus», sagte ich, genau wie Fa-

brice, «jetzt kommt's! Sie haben Arbeit gefunden – Geld haben sie reichlich, rate mal, wieviel sie verdienen.»
«Vielleicht – ich weiß nicht – bestimmt nicht mehr als drei Pfund die Woche.»
«Neun!»
«Pfund in der Woche? Jeder? Aber das ist doch völliger Wahnsinn! Da werden wir sie niemals zurückholen.»
«Eben.»
«Aber wofür bekommen sie soviel Geld?»
«Packen, Grace. Sie packen den ganzen Tag, fünf Tage in der Woche, damit sie die Abende frei haben für die Bombe aus Birmingham.»
Sie brauchte einige Zeit, um diese Nachrichten zu verdauen. Dann sagte sie: «Also, wer Sigismond für neun Pfund in der Woche als Packer anstellt, muß den Verstand verloren haben. Du solltest seinen Koffer sehen, wenn er nach Hause kommt!»
Am nächsten Tag in Orly entdeckte ich unter den Leuten, die am Eingang auf Freunde warteten, das Gesicht von Northey. Der bloße Anblick dieses Kindes hatte etwas Aufmunterndes, das der Anblick meiner eigenen Jungen für mich leider nicht mehr besaß. Sie hatte gesehen, wie der Rolls-Royce von der Botschaft abfuhr, und war einfach hineingesprungen. «Ein Grund mehr, die Arbeit für ein, zwei Stunden ruhen zu lassen», sagte sie aufrichtig und fügte hinzu: «Heiße Nachrichten!»
«Bitte nicht, Northey!»
«Gute Nachrichten – Coffirep hat Nachwuchs bekommen. Oh, ich bin so aufgeregt –!»
«Liebste – der Dachs?»
«Fanny, wo bist du mit deinen Gedanken? Konzentriere dich bitte auf mein Leben. Coffirep sind meine Aktien – ich bin jetzt reich, mein Alter wird eine schöne Zeit werden, so freu dich doch!»
«Ich kann dir gar nicht sagen, wie froh ich bin, vor allem darüber, daß es nicht der Dachs ist.»
«Als ob er alles allein könnte, der Ärmste. Im Frühjahr werde ich ihm eine nette kleine Frau besorgen – er hat da unten be-

stimmt schon eine Brutkammer angelegt, und wir wollen ihn doch nicht enttäuschen. Oh, ich mußte es unbedingt jemandem erzählen; Alfred hat nicht richtig zugehört (er regt sich auf wegen der Jungen); Philip sagte nur, er würde gern wissen, ob es wirklich marktfähiges Öl in der Sahara gibt; die Heilige Familie macht sich nichts aus Geld oder behauptet es jedenfalls. (Aber wenn wir ein Taxi nehmen, lassen sie immer mich bezahlen.) Und Charles-Edouard ist zum Schießen in der Champagne, er nennt es Jagen. Furchtbar langweilig, wenn niemand da ist, der sich interessiert – ein Glück, daß du zurück bist.»
Sonst kein Wort über die Jungen; entweder war sie taktvoll oder zu sehr von ihren eigenen Dingen in Anspruch genommen – ich vermutete das letztere. Sie plapperte, bis wir zu Hause waren. Als wir in den Hof der Botschaft fuhren, erblickte ich vor dem Eingang zu Northeys Wohnung eine Ansammlung wartender Menschen, offensichtlich keine Verehrer.
«Mr. Ward in der englischen Buchhandlung von W. H. Smith», erklärte sie mir, «war so freundlich und hat mir erlaubt, einen Zettel aufzuhängen, ich biete meine Kätzchen an, aber ich gebe sie nur in gute Häuser. Es macht eine Menge zusätzlicher Arbeit, Referenzen besorgen und so weiter; es müssen schon besondere Leute sein, wie du dir vorstellen kannst. Sie müssen versprechen, daß sie sie nicht – nun ja – kastrieren; sie müssen im Erdgeschoß wohnen und einen Garten haben (ich gehe selbst hin und sehe es mir an), und vor allem dürfen sie weder mit einem Naturwissenschaftler noch mit einem Apotheker noch mit einem Kürschner verwandt oder verschwägert sein. Die Kätzchen sind noch nicht so weit, daß ich und Katie sie weggeben können; wir bauen nur vor.»
Natürlich informierte Mockbar die Welt prompt darüber, daß die Söhne des Botschafters Eton verlassen hätten, weil der Schulleiter ihnen Prügel angedroht habe, und daß sie nun in der Versandabteilung der Londoner Firma Soundso angestellt seien. Über Mockbar ärgerte ich mich kaum noch, er entlockte mir nicht mal mehr ein bitteres Lachen; ich gewöhnte mich langsam an seinen Stil und die Bemerkungen, mit denen er alles, was wir taten, begleitete. Seine Artikel ließen mich nicht

mehr um Alfreds Karriere bangen. Sechs Millionen Menschen, so hörte man, lasen sie und betrachteten sie offenbar als Unterhaltungsliteratur. Zu oft hatten ihn die Anwälte seiner Opfer gezwungen, eine Äußerung zu widerrufen, als daß die Öffentlichkeit seinen Worten noch viel Glauben geschenkt hätte.

Einige Tage später reiste Charles-Edouard ganz plötzlich nach London. Insgeheim ärgerte ich mich und war wütend, als er noch am gleichen Abend mit Master Sigismond im Schlepptau zurückkehrte. Grace berichtete mir ausführlich und fügte hinzu: «Er hat ein Machtwort gesprochen, Liebling. Gott sei Dank habe ich einen Franzosen geheiratet. Sag, was du willst, aber bei ihnen besitzt die Familie noch Autorität!»

«Alfred kann im Moment einfach nicht hinüberfahren; ich glaube, ich sollte ihn mit einem solchen Vorschlag jetzt nicht belasten. Er hat im Augenblick viel am Hals.»

«Das kann wohl nicht anders sein! Diese Engländer! Mir fehlen die Worte! Sie sind mal wieder unausstehlich. Ich bin sicher, daß auch Alfred damit nicht einverstanden ist. Diesen Niam zu einem Staatsbesuch zu empfangen! Fanny, das geht wirklich zu weit. Der hat buchstäblich Hunderte von Franzosen gefressen, und jetzt hat er sich bei Stalin einen Kredit geholt – ja, ich weiß, aber für mich heißen sie alle Stalin, ich kann mir nicht andauernd diese neuen Namen merken –, damit kann er sich noch mal ein paar hundert fangen und verspeisen.»

«Unsinn, Grace. In einem Artikel über Dr. Niam habe ich gelesen, er sei Vegetarier und im Grunde seines Herzens ein großer Franzosenfreund.»

«Im Grunde seines Magens, meinst du wohl! Ein guter Witz, was? Den muß ich Charles-Edouard erzählen. Die Schwangerschaft ist in letzter Zeit einfach ein bißchen viel für mich.»

«Es heißt, Dr. Niam sei im Westen fest verankert und habe viel Sinn für Humor.»

«Ach, hör auf. Sind die Engländer unsere Verbündeten oder nicht?»

Ich hätte zu gern gewußt, welches väterliche Machtwort Sigi gefügig gemacht hatte. Machtworte waren etwas, wozu anscheinend weder Alfred noch ich fähig waren. Wenn unsere Söhne sich weigerten, auf die Stimme der Vernunft zu hören, wußten wir nicht weiter. Mir wurde immer klarer, daß wir als Eltern furchtbar versagt hatten. Solange die drei Jungen gemeinsam revoltiert hatten, hatte ich es gerade noch ertragen können; nun aber, nachdem Sigi unter die elterliche Autorität zurückgekehrt war, trat das üble Betragen unserer beiden besonders deutlich hervor. Auch wir mußten doch einen Weg finden, sie zu bändigen.

«Heiße Neuigkeiten!» sagte Northey. «Rat mal, warum Sigi hier ist!»

«Ich dachte, M. de Valhubert sei hinübergefahren und habe ein Machtwort gesprochen?»

«Also, wenn du es wirklich wissen willst: Er ist hinübergefahren, weil Sigi Schwierigkeiten mit der Polizei bekommen hat. Man hat ihn dabei ertappt, wie er Rasierapparate geklemmt hat.»

«Was hat er getan?»

«Sie haben Rasierer verpackt – das weißt du doch, oder? Und verdienten neun Pfund die Woche, übrigens, im Vergleich dazu muß sich eine qualifizierte Botschaftssekretärin einigermaßen unterbezahlt vorkommen, aber lassen wir das. Nun fiel dem schlauen Sigi ein, er könnte sein Gehalt noch ein bißchen aufbessern, wenn er jeden Tag ein paar von den Apparaten klemmt (nein, Fanny, jetzt frag nicht andauernd, was irgendwas bedeutet, denk nach und hör zu). Aber da er keine Erfahrung im Klauen hatte, wurde er erwischt, und es gab einen fürchterlichen Aufstand. Charles-Edouard mußte ihn freikaufen, sonst wäre er in Jugendhaft oder so etwas gekommen. Stell dir vor!»

Eine Funke von Selbstgerechtigkeit blitzte in mir auf. «Die arme Grace», sagte ich, «wie furchtbar.»

«Übrigens, die alte Dame darf es nicht erfahren.»

«Ach ja – natürlich nicht. Ist Charles-Edouard nun wütend?»

«Überhaupt nicht. Er findet es furchtbar komisch und ist froh,

daß Sigi jetzt wieder bei ihm ist. Ob er nun doch zu den strengen Jesuiten muß?»
«Ich denke, auch die strengsten Jesuiten werden bei diesem Jungen nichts ausrichten – mit ihm wird es noch ein böses Ende nehmen.»
Northey machte meine selbstgerechte Genugtuung mit der Bemerkung zunichte: «Charlie und Fabrice haben den Dreh jetzt auch heraus.»
«Den Dreh, wie man klemmt?»
«Ja. Sigi sagt, er habe sich auf der Heimreise eine narrensichere Methode einfallen lassen und habe die beiden nachher gleich angerufen. In Null Komma nichts würden sie wunderbar reich, sagt er.»

19

Der fromme David sah entschieden besser aus, seit sich Doktor Lecoeur seiner angenommen hatte, sogar ein wenig sauberer. Sein Interesse an irdischen, nicht mit dem Zen verbundenen Dingen schien wiedererwacht; mit mir kam er eines Tages in den Louvre, und mit Dawn ging er ein paarmal ins Theater. Ich hatte sie in mein Herz geschlossen, was immerhin zeigt, daß die Sprache keine notwendige Bedingung für das Verständnis zwischen den Menschen ist. (Northey fragte nur, wer so etwas denn je behauptet habe. Denk an die Tiere und daran, wie gut wir mit ihnen auskommen.) Ich war guter Hoffnung, daß David, wenn sich sein Zustand in diesem Tempo weiter besserte, an die Universität zurückkehren und seine Karriere fortsetzen würde.
Doch dann sagte er mir eines Tages beiläufig, er und Dawn hätten nun vor, ihre Reise in den Osten fortzusetzen. Ich bedauerte zwar, daß es der Osten und nicht der Westen sein sollte, aber, um die Wahrheit zu sagen, meine Erleichterung war so groß, daß es mir zunächst ziemlich gleichgültig war, welche Richtung sie einschlugen. Davids Anwesenheit im Haus

führte immer wieder zu Unannehmlichkeiten. Die Hausangestellten und Alfreds ganzer Stab mochten ihn nicht. Den englischen Staatsmännern und den hohen Beamten, die regelmäßig zu uns kamen, kann der Anblick seiner Gestalt beim Frühstück, im Morgenmantel mit nackten Füßen, nicht besonders zugesagt haben. Auch seinem Vater ging er auf die Nerven. Und jedesmal, wenn Mockbar nicht wußte, was er schreiben sollte, kam er auf den Sohn des Botschafters zurück und sonderte irgendeine gehässige Notiz ab. Wie herrlich war da die Vorstellung, daß die Zen-Familie endlich wieder zum Aufbruch rüstete! Meine Freude verbergend, sagte ich: «Ihr gebt mir Bescheid, wann Jérôme euch zum Bahnhof bringen soll, nicht wahr?»
«Nicht zum Bahnhof. Die Straße! Er soll uns nach Provins bringen; von dort aus werden wir uns allein durchschlagen.»
«Mit Dawn, in *ihrem* Zustand? Aber nein, David, das ist unmöglich.»
«Schwangere Frauen verfügen über ein erstaunliches Durchhaltevermögen. Jeder große Exodus der Geschichte hat das aufs neue bewiesen. Trotzdem, ich denke, den kleinen Chang lassen wir hier.»
Die Erleichterung legte sich, die Freude erlosch. Ich hätte mir denken können, daß irgendein Haken an der Sache war. «Nein, das könnt ihr nicht», sagte ich, aber ich wußte schon, daß mein Widerstand vergeblich war. «Wer soll sich denn um ihn kümmern?»
«Mrs. Trott und Katie lieben ihn heiß und innig.»
«Wir alle lieben ihn heiß und innig; darum geht es nicht. Aber weder Mrs. Trott noch sonst irgend jemand hier hat die Zeit, für den kleinen Chang zu sorgen. Ihr seid für ihn verantwortlich; ihr habt ihn adoptiert; ihr hättet es nicht zu tun brauchen! Warum habt ihr es eigentlich getan?»
«Wir wollten einen Bruder für unser Baby, damit sie zusammen groß werden können. Für mein eigenes kindliches Seelenleben war es sehr schlecht, daß ich drei Jahre älter als Basil bin; Dawn und ich wollen euren Fehler von damals nicht noch einmal machen.»

«Aber wenn Chang hier ist und euer Baby im Osten?»
«Sobald unser Baby geboren ist, muß es zu dem kleinen Chang. Ich schicke es euch dann sofort, damit sich ihrer beider Bewußtseinsentwicklung gemeinsam vollziehen kann.»
«Ich soll also deine Familie großziehen?»
«Du solltest froh darüber sein! Frauen im mittleren Alter, die nichts zu tun haben, stellen für Psychologen heutzutage eines der schwierigsten Probleme dar.»
«Aber ich habe schon jetzt viel mehr zu tun, als ich bewältigen kann.»
«Cocktailpartys – Anproben – nichts, wobei du die Ärmel aufkrempeln mußt. Du solltest nicht immer nur an dich denken. Denk doch mal an die arme Dawn, du kannst wirklich nicht verlangen, daß sie die Tragetasche so weiterschleppt wie bisher. Chang hat viele Pfunde zugenommen, und sie fühlt sich nicht besonders.»
«Laß sie hier. Ich kümmere mich gern um sie. Dann kann sie ihr Baby in geordneten Verhältnissen bekommen, die Gute.»
«Ich habe Dawn nicht geheiratet, um sie hierzulassen. Ich brauche ihre Gesellschaft.»
In diesem Augenblick erschien sie, mit dem Weltbürger auf dem Arm, der ein furchtbares chinesisches Gekreisch angestimmt hatte. Ich fand, sie sah sehr hinfällig aus.
«Dawnie, David hat mir gerade gesagt, ihr wollt euch wieder auf den Weg machen. Warum machst du es dir nicht bequem und bleibst mit dem kleinen Chang einfach hier bei uns, wenigstens so lange, bis das Kind da ist?»
Ich hatte vergessen, daß sie stumm war; ihre großen Augen wanderten zu ihrem Gemahl hinüber und dieser sprach für sie.
«Sie hat nicht den Wunsch, es sich hier bequem zu machen, weißt du. Derart bürgerlich hat Dawn sich ihr Leben lang nie verhalten.»
Ich ging auf mein Zimmer und rief Davey an. Ich bat ihn, zu kommen und die Situation zu retten. Er war unwillig und nicht sehr verständnisvoll und sagte, er sei zur Zeit einfach nicht abkömmlich. «Mit den Vorhängen für meinen Salon ist alles

schiefgegangen – sie sind zu kurz und in der Breite zu knapp. Jetzt müssen sie ganz neu gemacht werden, und ich muß hierbleiben und aufpassen. Früher hat sich deine Tante Emily um solche Dinge gekümmert – alles im Haus war perfekt, als sie noch lebte. Ich hasse dieses Witwerdasein; es war nicht richtig von ihr zu sterben.»

«Davey, du hast nicht verstanden, wie ernst die Sache mit David ist.»

«Meine liebe Fanny, ich finde, du bist ziemlich undankbar. Ich sollte dir helfen, ihn loszuwerden; jetzt geht er, oder etwa nicht?»

«Ich weiß – aber –»

«Wenn er nach Osten und nicht nach Westen geht, dann ist das allein deine Schuld, weil du Dr. Jore nicht wolltest. Ich habe dir gesagt, daß man neben dem Arzt auch einen Psychologen hinzuziehen sollte. Doktor Lecoeur hat Davids Willenskraft gestärkt, indem er sich um seine Drüsen gekümmert und seine Trägheit behoben hat. Dr. Jore hätte seinem Denken eine andere Richtung gegeben. Durch die Ablehnung von Jore hast du ihn dem Zen-Meister überlassen – die Tempelglocken rufen, und die fliegenden Fische tummeln sich. Nächstes Mal wirst du vielleicht auf mich hören.»

«Es würde mir alles nichts ausmachen, wenn Dawnie nicht wäre. Ich fürchte, er bringt sie um, die Ärmste.»

«Bestimmt nicht. Frauen sind praktisch nicht totzukriegen, weißt du.»

«Aber denk doch auch mal an Alfred und mich, jetzt soll es mit dem Kindergroßziehen bei uns noch einmal losgehen.»

«Es wird sehr anstrengend werden», sagte Davey. «Ich muß jetzt Schluß machen, sonst verpasse ich im Radio die Archers.» Er legte auf.

David und Dawn fuhren am Nachmittag ab. Der Rolls-Royce brachte sie bis Bar-le-Duc und kam erst am nächsten Tag zurück. David hatte sich von jedem in der Botschaft Geld geliehen; und alle hatten ihm aus Mitleid für die geplagte Dawn und wahrscheinlich im Vertrauen darauf, daß ich es zurückzahlen würde (was ich natürlich auch tat), soviel wie eben möglich gegeben. Am Ende kam eine erkleckliche Summe zusammen. Mrs. Trott fand ein kräftiges Bauernmädchen aus der Bretagne, das sich um Chang kümmern konnte.

«Heiße Neuigkeiten!» sagte Northey zu Alfred. «Der liebe Amy hat Befehl von Lord Grumpy bekommen, Ihnen die Behandlung erster Klasse angedeihen zu lassen.»
«Ach wirklich?» Falsett. «Und worin unterscheidet sie sich von der bisherigen?»
«Bis jetzt war es eine Behandlung dritter Klasse, völlig verwässert, weil der gute Amy uns alle so liebt.»
«Er liebt mich?»
«Aber ja – immerzu sagt er, ich liebe diesen Mann. Er verehrt Sie. Es macht ihm schwer zu schaffen, daß er all diese schrecklichen und nicht ganz wahren Dinge über uns schreiben muß, während er alles dafür geben würde, wenn er zur Familie gehören könnte.»
«In welcher Eigenschaft, wenn ich fragen darf?»
«Vielleicht könnten Sie ihn adoptieren?»
«Vielen Dank. Wir haben schon Chang und den Dachs, ich glaube, mehr Haustiere wollen wir nicht.»
«Der Ärmste.»

Gescheitert
Es ist kein Geheimnis, daß sich Sir Alfred Wincham in Paris als Mißerfolg erwiesen hat und daß Whitehall ihn nun durch eine dynamischere Persönlichkeit ersetzen will. Sir Alfreds bekanntes Geschick beim Anknüpfen akademischer Intrigen hat ihn auf den verschlungenen Pfaden der französischen Außenpolitik nicht sehr weit gebracht. In einer Zeit, da es um die englisch-französischen Beziehungen so schlecht wie nie steht, sei, so die allgemeine Ansicht, mehr professionelles Talent vonnöten.

Freundschaft
Im Hinblick auf die alte Freundschaft zwischen M. Bouche-Bontemps und der Mutter von Lady Wincham (die in dieser Kolumne erstmals aufgedeckt wurde) sind politische Kreise in Frankreich der Auffassung, daß unsere Botschaft seine Partei, die L.U.N.A.J.R., auf eine höchst unglück-

liche Weise gegenüber den anderen bevorzugt. Angehörige der Oppositionsparteien werden in unserer Botschaft gar nicht mehr empfangen. Sir Alfred hat den Kontakt zur öffentlichen Meinung in Frankreich verloren.

Rangun
Gutunterrichtete Kreise spekulieren bereits über Sir Alfreds Zukunft, und gerüchteweise verlautete, daß er in Kürze möglicherweise nach Rangun versetzt wird.

An dem Morgen, als diese freundlichen Zeilen erschienen, kamen Northey und Philip hintereinander in mein Schlafzimmer gestürzt. Northey ließ Chang auf mein Bett plumpsen. Ich nahm ihn immer eine Zeitlang nach dem Frühstück und freute mich an seiner Gesellschaft; ein zufriedenes, gesundes Kind, das leicht zu unterhalten war und allen Freude machte. Wenn ich mit ihm zusammen war, dachte ich manchmal, daß seine Generation den Anti-Charme vielleicht wieder ablegen würde, der heute in Mode ist, daß sie vielleicht sogar einen Sinn für Humor entwickeln und bestrebt sein könnte, anziehend zu wirken, statt abzustoßen. Wenn mein eigenes Enkelkind sich auch nur als halb so nett wie der Weltbürger erweisen sollte, würde ich nichts dagegen haben, die beiden für immer zu behalten.
«Jetzt hat Mockbar den Bogen endgültig überspannt», sagte Philip. «Ich glaube, dagegen können wir gerichtlich vorgehen; Alfred muß mit seinem Anwalt sprechen, und vielleicht werden wir ihn sogar ganz los, wer weiß?»
«Dann wird der arme Kerl verhungern», sagte Northey.
«Macht nichts.»
«Fanny, du Scheusal. Was wird aus den Babys?»
«Sie werden es überleben», sagte ich. «Steht es denn um die Beziehungen zwischen England und Frankreich wirklich so schlecht, Philip?»
«Dieser Abschnitt trifft leider zu. Es ist nicht Alfreds Schuld (im Gegenteil), aber es braut sich da eine Krise erster Ordnung zusammen. Wir wollen unbedingt diese dummen Inseln haben und den Amerikanern helfen, Deutschland wieder zu bewaffnen.»

«Das erscheint mir völlig verrückt.»
«Nicht, wenn wir sie als Verbündete wirklich brauchen.»
Northey sagte: «Ich möchte wissen, warum irgend jemand die Deutschen auf seiner Seite haben will. Wann haben die je einen Krieg gewonnen?»
«Da passen sie gut zu den französischen Generälen.»
«Mir wäre es jedenfalls lieb, wenn diese Sache bald geklärt würde. Die Börse ist durch all diese Faktoren stark verunsichert.»
«Mir wäre es genauso lieb», sagte Philip.
«So hat jeder sein Päckchen zu tragen. Darf ich Chang hierlassen? Ich habe viel zu tun.»
«Ja, bitte. Du hast in letzter Zeit sehr ordentlich gearbeitet; du bist ein liebes Mädchen, ich bin sehr zufrieden mit dir.»
«Es ist das bekannte Heilverfahren bei gebrochenem Herzen», sagte sie und warf Philip einen tragischen Blick zu.
«Mach weiter», sagte er, «mir gefällt es.»
Ich fragte sie: «Liebling, was hast du heute abend vor?»
«Doktor Lecoeur.»
«Lecoeur soupire la nuit le jour, qui peut me dire si c'est l'amour?» sagte Philip.
«Ja, sie ist es.»
«Und ich nehme an», fuhr er fort, «jedesmal, wenn du am Palais Bourbon vorübergehst, erheben sich die Statuen von Sully und l'Hôpital und verbeugen sich vor dir?»
«Ja, ganz recht. Es sind die Engländer, die mich nicht zu schätzen wissen. Auf Wiedersehen.»
Wir sahen einander an, als sie gegangen war, und lachten. «Diese Northey!»
Er sagte: «Die Diplomatenfrauen in der Stadt sind wütend auf Mieß, weil sie sich Tony de Lambesc geangelt hat – ja, Fanny, diesen kleinen blonden Kerl, den man überall sieht. Ihn und mich halten sie für die einzigen in Frage kommenden Junggesellen – wir müssen auf all ihren Dinnerpartys erscheinen. Es gibt Hunderte von ungebundenen Franzosen, die gern eingeladen werden würden, aber du weißt ja, wie diese Frauen sind, zu ängstlich, es mit jemand neuem zu probieren. Das Gespräch

könnte ja mal ein neue Wendung nehmen, und das wäre natürlich furchtbar. Die Unterhaltung muß so ablaufen, wie man sie kennt, nach einer alten, abgeleierten Formel. Stell dir vor, jemand kommt auf den Fürsten Pierre zu sprechen – die richtige Fortsetzung lautet natürlich: Er verehrt seine Schwiegertochter über alles! Ein Fremder dagegen könnte nun fragen: Meinen Sie den Entdecker? Oder noch schlimmer: Meinen Sie den Fürsten Pierre aus *Krieg und Frieden*? Und die ganze Gesellschaft hätte das Gefühl, etwas sei schiefgelaufen – vielleicht müßten sie sogar anfangen, ihren Kopf zu benutzen. Das wäre furchtbar. Sie wollen ein zahmes Pingpong und empfinden kein Verlangen nach jungen Absolventen der École Polytechnique, die über die Stränge schlagen. Lambesc und ich kennen die richtigen Antworten im Schlaf. Aber jetzt geht er immer mit Mieß aus oder macht sich Hoffnungen auf einen Abend mit ihr. Er wartet bis zum letzten Augenblick und betet darum, daß jemand sie versetzt; es ist zwecklos, ihn eine Woche im voraus einzuladen. Die einzige Hoffnung besteht darin, daß man ihn um halb neun anruft und ihn, mißmutig, wie er ist, fragt, ob er nicht sofort kommen wolle. Das gesellschaftliche Leben ist darüber ganz durcheinandergeraten. Es wird wirklich Zeit, daß Mieß heiratet!»

«Ja, aber wen?»

«Wen haben wir denn? Bouche-Bontemps ist ein bißchen alt – dieser Chef de Cabinet (ich vergesse immer seinen Namen) ist zu häßlich – Cruas ist angeblich zu arm –»

«Wäre das so wichtig?»

«Für Mieß? Sie würde einen armen Mann im Nu ruinieren.»

«Gibt es diesen Cruas überhaupt? Ich habe ihn noch nie gesehen, du?»

«Irgend jemand hat ihr jedenfalls Französisch beigebracht; sie plappert es mit hundert Meilen in der Stunde. Weiter, Lecoeur ist zu beschäftigt – Charles-Edouard ist zu verheiratet (leider) – der Botschafter der Kanalinseln verehrt einen *fort des halles* – und Amyas, wie wäre es mit ihm? Ein Witwer und passabel –»

«Ich bin dagegen», sagte ich, «obwohl dabei Vorurteile im Spiel sein können.»

«Dann ist da noch Lambesc, aber er hat ein Familienwappen auszuschmücken.»

Ich sagte kühn: «Warum heiratest du sie nicht?»

«Also, vielleicht tu ich's ja. Trotz dieses ganzen Trubels kann ich mir jetzt, da ich mich an sie gewöhnt habe, ein Leben ohne Mieß nicht mehr vorstellen. Ich vermute, sie ist das letzte reizvolle Geschöpf auf dieser Welt. Die Pferdeschwanzmädchen interessieren sich anscheinend für nichts von dem, was mir gefällt, und am allerwenigsten für Sex. Die tun sich mit Teds und Beats zusammen und ziehen mit ihnen durch Europa, teilen mit ihnen die Betten, wenn es sich gerade so ergibt; im Bett zu dritt, da spart man mit (erinnert an Sir Charles Dilke), und wahrscheinlich passiert nicht mal was! Sex ist Nebensache. Kommt ein Baby oder kommt keines? Sie scheinen es kaum wahrzunehmen. Northey dagegen ist zwar ein verruchtes kleines Ding, aber sie will zumindest gefallen, und das gelingt ihr!»

«Sie ist überhaupt nicht verrucht. Ich glaube sogar, sie ist tugendhaft.»

«Jedenfalls ist sie ein menschliches Wesen. Sehr gut möglich, daß ich ihr am Ende einen Antrag mache.»

«Aber warte nicht zu lange, Philip, sonst verliebt sie sich noch in jemand anderen.»

20

Sir Harald Hardrada kam und hielt seinen Vortrag. Dieser Vortrag war sehr brillant und ein großer Erfolg, denn Sir Harald gehörte zu der kleinen Zahl von Engländern, denen selbst die Franzosen eine vollkommene Beherrschung ihrer Sprache bescheinigen. Da sie es verabscheuen, wenn man ihre Sprache mißhandelt, und anderen Sprachen nicht gern ihr Ohr leihen, macht man ausländischen Referenten am Ende ihres Auftritts oft eher Komplimente, als daß man sie lobt (wobei diese den Unterschied allerdings gar nicht wahrnehmen). Wir fuhren zur

Sorbonne, wo der Vortrag stattfand, und nachher gab Mildred Jungfleisch eine Dinnerparty. Zu den Gästen gehörten: Sir Harald, M. Bouche-Bontemps, die Valhuberts, das Ehepaar Hector Dexter, ein amerikanisches Paar namens Jorgman, Philip und Northey, Alfred und ich. Den Dexters hatte das State Department zur großen Erleichterung aller anderen Amerikaner in Paris ihre Unbedenklichkeit bescheinigt. Mr. Dexter hatte, wie es schien, genug von der Politik und betätigte sich nun als Verbindungsmann zwischen führenden französischen und amerikanischen Kunsthändlern.

Mrs. Jungfleisch bewohnte ein Haus in der Nähe des Bois de Boulogne, das im frohgemuten Modernismus von 1920 eingerichtet war. Der Salon, in strahlendem Weiß gestrichen und bar allen Zierats, besaß eine ungewöhnlich hohe Decke und eine Treppe, die zu einer Galerie hinaufführte; das Ganze wirkte wie ein Schwimmbecken. Man hatte ständig das Gefühl, es könnte jemand von oben hereinspringen, der englische Premierminister zum Beispiel oder ein lächelnder junger Kandidat für den amerikanischen Thron. Eines der ganz wenigen Möbelstücke war ein gewaltiges Sitzpolster mitten im Raum, auf dem alle, die Platz nahmen, einander den Rücken zukehren mußten. Wie es bei den Amerikanern üblich ist, ließ Mrs. Jungfleisch zwischen dem Eintreffen der Gäste und der Ankündigung des Dinners eine gute Stunde verstreichen, in deren Verlauf man Bourbon (eine Art Whisky) zu sich nehmen konnte.

Auch Bouche-Bontemps hatte den Vortrag gehört. Er und Sir Harald waren alte Freunde. Jetzt saßen sie auf dem Polster und reckten die Hälse nach hinten, um miteinander reden zu können.

«Großartig, mein lieber Harald! Verteufelt schlau deine Darstellung von Faschoda – du hast deinen Victoria-Orden wirklich verdient! Die Begegnung zwischen Kitchener und Marchand im Argonner Wald hat mir gut gefallen – lies mal die Stelle, wo Kipling die naive Freude der *poilus* beschreibt, die Zeugen dieses Ereignisses wurden. Sie glaubten, das Kriegsbeil sei für immer begraben, und wenn wir den Krieg gewännen, würden *les Anglais* wirkliche Freunde und uns die wenigen Besitzungen lassen, die wir noch haben. Na ja –»

«Wie alle Franzosen», sagte Sir Harald in liebenswürdigem Ton, an alle gewandt, die die Hälse verdrehten, um nichts zu versäumen, «kennt Monsieur le Président die Werke des großen Vorkämpfers unseres Empire auswendig.»

«Wir schützen uns, so gut wir können», sagte Bouche-Bontemps. «Der arme Marchand, ich kannte ihn gut.»

«Lebten sie schon mit der Hopse in Faschoda, als er dort eintraf?»

«Nein. Bei aller Frühreife – mit sechs Monaten lebte ich noch bei meinen Eltern.»

«Sie können sich nicht vorstellen, wie fasziniert wir alle waren, als wir erfuhren, daß der berühmte Franzose in ihrem Leben niemand anders gewesen ist als Sie. Ich hatte mir immer einen alten Zöllner mit Bart und Holzbein vorgestellt.»

«Keineswegs. Ein munterer junger Ethnograph. *Sacrée Dorothée – tellement gentille* –»

«Ich wußte gar nicht, daß Sie früher längere Zeit in Afrika waren, Jules. Was haben Sie dort getrieben?»

«Damals hatte ich eine große Leidenschaft für die Ethnographie entwickelt. Es gelang mir, einen Platz in der Expedition Dakar-Djibouti zu bekommen.»

«Oh, Sie Unhold! Jetzt wird alles klar. Haben *Sie* damals die Wandbilder in Harar gestohlen?»

«Gestohlen? Wir haben sie umgetauscht.»

«Ja. Seien Sie doch so nett und erzählen Sie Mrs. Jungfleisch und ihren Gästen, wogegen Sie sie umgetauscht haben.»

«Ein guter Tausch ist kein Raub. Harar hat auf diese Weise ein paar köstliche Wandgemälde in der frühen Manier meiner Wenigkeit und der begabten Mutter der Frau Ihres Botschafters bekommen. Oh, wie haben wir uns amüsiert und angestrengt, als wir diese riesigen Fresken malten – es waren vielleicht die schönsten Tage meines Lebens. Alle waren zufrieden – den Wuschelköpfen waren unsere leuchtenden, lebhaften Werke viel lieber als die verstaubten Altertümer, die vorher dort gewesen waren.»

«Wir sagen nicht mehr Wuschelköpfe», meinte Sir Harald.
«Wirklich?»
«Das alles ist altmodisch, genau wie Ihre Außenpolitik.»
«*Hélas*! Ich bin altmodisch und außerdem auch alt. *C'est la vie, n'est-ce pas, Mieß?*»
«Wann werden Sie denn wieder stürzen?» fragte Northey. «(Au, mein Hals!) Man sieht gar nichts mehr von Ihnen, sehr langweilig.»
«Wenn die hier Versammelten kräftig mithelfen, kann es nicht mehr lange dauern. Was haben Sie vor mit uns, Harald?»
Sir Harald wurde ziemlich rot und machte ein schuldbewußtes Gesicht.
Hector Dexter hatte bei dem Wort Fresken die Ohren aufgestellt und sagte: «Aber wo sind die Bilder aus Harar denn heute, Monsieur le Président?»
«Sicher untergebracht in den Kellern des Louvre, wo kein Mensch sie je zu Gesicht bekommen wird, dafür habe ich gesorgt.»
«Ein Kunde von mir in den Staaten ist an afrikanischer Kunst von zweifelsfreier Provenienz interessiert. Gibt es noch mehr alte Fresken in Harar oder der Umgebung?»
«Nein», sagte Sir Harald, «die *frogs* haben alles geklaut.»
«Wir sagen nicht mehr *frogs»*, meinte Bouche-Bontemps, «das ist genauso altmodisch, wie anderen Leuten ihre Inseln wegzunehmen.»
Es entstand eine kleine Stille. Eis klirrte in den Gläsern, die Leute schluckten, Mrs. Jungfleisch reichte Kaviar herum. Sir Harald wandte sich von Bouche-Bontemps der entgegengesetzten Seite des Sitzpolsters zu und sagte: «So, Geck, jetzt wollen wir aber alles über Rußland hören.»
Hector Dexter räusperte sich und setzte an: «Meine täglichen Erlebnisse und Erfahrungen in der Union der Sozialistischen Sowjetrepubliken sind auf einer Langspielplatte festgehalten, die an alle Mitglieder des Nordatlantikpaktes kostenlos abgegeben werden soll. Sie erhalten sie, wenn sie beim NATO-Botschafter Ihres jeweiligen Landes ein Exemplar bestellen. Ich war, wie Sie vielleicht wissen, zwischen neun und acht Jahre

lang drüben, aber schon nach der ersten Woche gelangte ich zu der Schlußfolgerung, daß die Lebensweise des sozialistischen Sowjetbürgers für jemanden, der Kenntnis vom amerikanischen Way of Life hat, einfach nicht akzeptabel ist und auch niemals werden kann. Es dauerte dann zwischen neun und acht Jahre, einen Ausweg ausfindig zu machen, auf dem ich Carolyn und den kleinen Foster aus dem Land und wohlbehalten hierherbringen konnte. Es wurde für mich um so wichtiger, das Land zu verlassen, als mein inzwischen fünfzehn Jahre alter Sohn Foster nur zehn Punkte unter der Geniegrenze rangiert, und dieses Genie wäre jenseits des Eisernen Vorhangs überzählig und überflüssig gewesen, mit anderen Worten verschwendet worden.»

«Warum? So viele Genies kann es da doch gar nicht geben?»

«Es herrscht dort diese unzeitgemäße, nicht nach vorn gerichtete Lebensauffassung. Man hat dort die riesigen Potentiale, den gewaltigen, bislang ungenutzten Reichtum der Weltkunst noch nicht erkannt. Es besteht eine Fixierung auf die Literatur; anscheinend hat man bislang nicht begriffen, daß die Tage des geschriebenen Wortes gezählt sind – Bücher entsprechen einem völlig veralteten Konzept. Wir in Amerika sind Ihnen hier in Westeuropa in dieser Beziehung wieder einmal einen Schritt voraus und haben das Bücherkaufen vollständig aufgegeben. Nie würden Sie in der New Yorker U-Bahn eine Frau oder einen Mann mit einem Buch in der Hand sehen. In Moskau dagegen liest jeder.»

«Wirklich schlimm, Heck», sagte Mr. Jorgman schwerfällig.

«Warum schlimm?» fragte ich.

«Weil es in Büchern keine Anzeigen gibt. In einem großen modernen Industrieland sollte das Publikum Zeitschriften lesen oder fernsehen. Die Russen sind nicht auf der Höhe der Zeit; sie sind nicht realistisch; sie verströmen den Modergeruch der Vergangenheit.»

«Der junge Foster geht also in die Kunst?»

«Ja, Sir. Wenn mein Junge einundzwanzig ist, soll er mit untrüglicher Sicherheit jeden Farbfleck auf jeder Leinwand

(ebenso auf Holz und Gips) zuschreiben können, er soll jede bekannte Porzellanmarke, jedes bekannte Silberschmiedzeichen und jede Manufaktur erkennen, aus der irgendein Teppich oder Gobelin stammt –»
«Kurz», sagte Sir Harald, «er wird dann den Unterschied zwischen Rouault und Ford Madox Brown kennen.»
«Nicht nur das. Auch den Kunsthandel soll er von der Pike auf erlernen; er muß lernen, ein Objekt zu putzen und in Lattenkisten zu verpacken, aber er muß auch lernen, dieses Objekt erst einmal zu entdecken, zu erwerben und wieder zu verkaufen. Vom Flohmarkt bis in das Boudoir von Jayne Wrightsman, wenn ich mich so ausdrücken darf.»
«Ich könnte mir vorstellen, daß man ein solches Talent auch im Winterpalast gebrauchen könnte.»
«Dort herrscht zuviel Voreingenommenheit gegenüber dem Westen. Die Russen haben da nicht die richtige Einstellung. Es war höchst unerfreulich, mit Individuen zu diskutieren, deren Denken es so sehr an Objektivität fehlt, daß man spürt, es ist psychisch bedingt und ließe sich nur durch einen Einstellungswandel verändern. Außerdem gehören Hypothesen, Theorien, Ideen, Verallgemeinerungen, ein Bewußtsein davon, daß es unbeantwortete und / oder nicht zu beantwortende Fragen gibt, nicht zu ihrem geistigen Rüstzeug. Daher blieben die geistigen Verbindungen, die Carolyn und ich und der junge Foster Dexter zu Bürgern der Sozialistischen Sowjetrepubliken knüpfen konnten, in sehr, sehr hohem Grade unbefriedigend.»
«Aber, Geck», sagte der boshafte Sir Harald (mir fiel ein, daß es im russischen Alphabet kein H gibt), «ohne besserwisserisch sein zu wollen – obwohl jeder von uns Ihnen das alles gleich hätte sagen können, wenn Sie uns gefragt hätten –, weshalb um Himmels willen sind Sie eigentlich hinübergegangen?»
«Als ich vor vier oder drei Wochen hier ankam, wäre es mir wahrscheinlich schwergefallen oder sogar unmöglich gewesen, hierauf zu antworten. Doch seit ich in Paris bin, habe ich mich in die Behandlung eines ausgezeichneten jungen Arztes begeben, den Mildred mir empfohlen hat: Dr. Jore. Er kommt jeden Abend, wenn er mit dem Oberbefehlshaber fertig ist. Dieser Dr.

Jore hat mein Leiden nun sehr, sehr rasch diagnostiziert. Anscheinend litt ich, als ich dieses Land vor ungefähr neun oder acht Jahren verließ, unter einem Drang nach Osten, der in meinem Fall so stark ausgeprägt war, daß kein Mensch ihm hätte widerstehen können. Als Dr. Jore seinen Bericht an das State Department geschickt hatte, wurde ich sofort von jedem Verdacht antiamerikanischer Umtriebe oder eines Verstoßes gegen Rechtschaffenheit, Redlichkeit und Rechtmäßigkeit freigesprochen, und man hielt mir zugute, daß ich zu dem Zeitpunkt, als ich dem Westen den Rücken kehrte, ein sehr, sehr kranker Mann war.»

«Armer Heck», sagten die Jorgmans.

«Noch einen Bourbon?» sagte Mrs. Jungfleisch.

«Danke. *On the Rocks.*»

Sir Harald fragte: «Und wie kuriert er nun diesen Drang nach Osten?»

«Was mich angeht, so hatte ich den wirksamsten Teil der Kur ja schon hinter mir, einen langwierigen Aufenthalt daselbst. Aber wir müssen auch jedem Wiederaufflackern der Krankheit vorbeugen. Nun, die Behandlung des Doktors sieht folgendermaßen aus. Ich liege auf seiner Couch, schließe die Augen und zwinge mich, den Hafen von New York zu sehen, das Empire State Building, die Wall Street, die Fifth Avenue und das Modehaus Bonwit Teller. Dann schwenke ich sehr, sehr langsam meinen inneren Blick zur Freiheitsstatue hinüber. Währenddessen rezitieren Dr. Jore und ich unisono und sehr, sehr leise Lincolns Gettysburg-Ansprache. *‹Four score and seven years ago our fathers –›*»

«Ja, ja», sagte Sir Harald fast unwirsch und unterbrach damit Mr. Dexters glühende Darbietung. «Sehr schön, aber wir alle kennen das. Es steht im Zitatenlexikon.»

Mr. Dexter machte ein gekränktes Gesicht; für kurze Zeit trat Stille ein. Philip fragte: «Haben Sie etwas von Guy und Donald gesehen?»

«Als Guy Burgess und Donald Maclean ankamen, wohnten wir zuerst in derselben Datscha. Ich kann nicht sagen, daß das Zusammenleben mit ihnen sehr angenehm war. Sie betrugen sich mir gegenüber keineswegs so höflich, wie es angebracht gewesen wäre. Von der erhofften angelsächsischen Solidarität war wenig zu spüren. Sie schenkten meiner Analyse und meinen Erörterungen über die Lage in der Sowjetunion kaum Beachtung; sie lachten, wo Lachen unangebracht war; allem Anschein nach gingen sie mir sogar aus dem Weg. Mit den Umständen ihrer Abkehr vom westlichen Lager bin ich zwar nicht völlig vertraut, aber ich neige zu der Ansicht, daß sie durch reinen Verrat motiviert war. Und Verräter sind mir nun einmal nicht übermäßig sympathisch.»

«Und wie sind Sie dann herausgekommen?»

«Zuletzt war es ganz leicht. Nach acht oder neun Jahren in der UdSSR, in denen das Zentralkomitee völliges Vertrauen in meine Zuverlässigkeit gewonnen hatte, konnte ich sie dazu bringen, mich zu Ermittlungen ins Ausland zu schicken. Ich erklärte ihnen, wenn ich in Begleitung meiner Frau und meines Sohnes hierher käme, würde das den Eindruck einer dauerhaften Reintegration meiner Person in das westliche Lager verstärken, und ich könnte um so leichter meine Landsleute davon überzeugen, daß ich allen kommunistischen Tendenzen abgeschworen hätte. Sobald deren Vertrauen zu mir wieder völlig hergestellt wäre, wäre ich dann in der Lage, Informationen von der Art, wie sie sie drüben brauchen können, an den Kreml zu schicken.»

«Nom de nom!» sagte Valhubert.

Bouche-Bontemps schüttelte sich vor Lachen: *«C'est excellent!»*

Alfred und Philip wechselten einen Blick.

Die Jorgmans riefen: «Wie schlau du bist, Heck!» Mrs. Jungfleisch sagte: «Wollt ihr nicht etwas essen?»

Wir standen auf und reckten unsere Hälse wie die Gänse. Diese Stunde auf dem Sitzpolster war eine absolute Qual gewesen.

Am Tag nach Sir Haralds Vortrag mußte Alfred dem Quai d'Orsay tatsächlich eine sehr scharf formulierte Note zum Thema der Îles Minquiers übermitteln. Die Franzosen wurden darin aufgefordert, ihren Anspruch auf die Inseln sofort aufzugeben; dieser Anspruch, so hieß es, sei völlig unhaltbar, er laufe ihren eigenen Interessen zuwider und untergrabe das westliche Bündnis. Gleichzeitig wurde in London eine antifranzösische Kampagne von nie dagewesenem Ausmaß entfesselt. Der Holzhammer wurde geschwungen, aber es wurde auch die spitze Nadel hervorgeholt. Dr. Niam absolvierte seinen Staatsbesuch, und die Berichte darüber waren so angelegt, daß sie die Franzosen in Rage bringen mußten. Bouche-Bontemps wurde im Londoner Unterhaus und in den englischen Zeitungen heftig attakkiert, weil er sich mit geradezu kriminellem Starrsinn der Schaffung eines vereinigten Europas widersetze. In der UNO stimmten die Engländer in einer wichtigen Frage gegen die Franzosen. Nach diesen Schlägen mit dem Holzhammer kamen die Nadelstiche. In den Zeitungen war zu lesen, spanischer Champagner sei besser als der echte. Den Touristen wurde der Rat erteilt, nach Deutschland oder Griechenland zu reisen und das teure Frankreich zu meiden. Den Frauen riet man dringend, ihre Kleider in Dublin oder Rom zu kaufen. Mehrere führende Literaturkritiker entdeckten plötzlich, daß Françoise Sagan weniger Talent besitze, als man bisher angenommen hatte.

Nach solcherlei Vorgefechten wendete sich die Kampagne ihrem eigentlichen Ziel zu, den Îles Minquiers. Fakten und Zahlen wurden ins Gespräch gebracht, Köpfe über ihnen geschüttelt und strenge Urteile gefällt. Es stellte sich heraus, daß die Inseln nach tausend Jahren unter französischer Verwaltung noch immer keine Straßen, kein Postamt und keine öffentlichen Versorgungseinrichtungen besaßen. Sie schickten keinen politischen Vertreter nach Paris; es gab keine Rentenkasse; die Kinder bekamen keine Vitamine, und gegen Diphtherie wurden sie ebenfalls nicht geimpft; das kulturelle Leben lag danieder. Daß es darüber hinaus auch keine Bewohner auf den Inseln gab, wurde selbstverständlich nie erwähnt. Die gutherzige englische Öffentlichkeit war über all diese Enthüllungen tief betrübt. Als Geste der Solidarität mit den Inseln wurde eine Expedition nach der Île Maîtresse organisiert, die dort ein Gesundheitszentrum errichten sollte (auch Opa beteiligte sich daran, und er profitierte davon). Außerdem wurde die Textile Soforthilfe unverzüglich auf den Weg gebracht. Die Wandernden Gewänder, abscheuliche alte Kleider, die zur Zeit der großen Flutkatastrophe in Holland gesammelt wurden, sind in großen Ballen verpackt und wurden seither immer wieder um die ganz Welt geschickt, um den Opfern von Tornados, Feuersbrünsten, Erdbeben, Vulkanausbrüchen, Dürrekatastrophen und Flutwellen, den Vertriebenen, den Internierten, den Verhungernden Trost zu spenden; alle Menschengruppen, die unter extremem Unglück oder extremer Mißwirtschaft leiden, kommen für die Textile Soforthilfe in Frage, die so glänzend organisiert ist, daß sie fast noch bevor die Katastrophe sich ereignet hat, am Ort des Geschehens eintrifft. Es herrscht ein stillschweigendes Einvernehmen darüber, daß man die Ballen mit den Wandergewändern nie öffnet. Niemand, auch wenn die Not noch so groß ist, würde es wagen, das Ungeziefer und die Krankheiten freizusetzen, die aus ihnen wie aus einer Büchse der Pandora hervorströmen würden. Die Empfänger sehen in ihrem Erscheinen ein glückliches Omen oder eine Mitleidsbezeugung. (Fairerweise muß man allerdings hinzufügen, daß in Fällen großer Not den Gewändern oft Geldspenden folgen.) Es blieb gerade genug Zeit, die Bündel bei Ebbe auf den Felsen der Île Maîtresse zu fotografieren, bevor sie nach Oakland in Kalifornien weitergeleitet werden mußten, wo ein Großfeuer riesige mit Wolkenkratzern bebaute Flächen verwüstet hatte.

Die Franzosen nahmen alle diese Beleidigungen sehr übel auf. Ihre Presse und ihr Rundfunk, die mindestens so geschickt sind wie die englischen, wenn es darum geht, Gift zu verspritzen, bekundeten plötzlich einen abgrundtiefen Haß gegen ihre alte Busenfreundin von gegenüber. Die längst verloren geglaubte Regierung von M. Bouche-Bontemps überstand ungeschoren eine Debatte über saisonfremde Gemüsesorten, die unter normalen Umständen ihren Ruin bedeutet hätte. Keine der Oppositionsparteien war erpicht darauf, mitten in einer solchen Krise die Regierung zu übernehmen. Nachdem die ganze Tücke Albions einige Tage lang angeprangert worden war, er-

wachte die französische öffentliche Meinung, entzündete sich und loderte zu unbändiger Wut empor. Einzelne Bürger begannen dem allgemeinen Unmut Ausdruck zu verleihen. Ein Laden, der bisher Old England geheißen hatte, wurde in New England umbenannt. Die Scheiben der englischen Buchhandlung in Paris gingen zu Bruch. Englische Orden und Medaillen, signierte Fotografien von König Eduard VII. und Northeys Kätzchen wurden, zusammen mit unfreundlichen Begleitschreiben, in der Botschaft abgegeben. Englisch-französische Sportveranstaltungen wurden abgesagt, Einfuhrgenehmigungen für Christmas-Puddings nicht erteilt. Grace war natürlich außer sich. Sie erklärte, sie werde ihre Adern entleeren und das englische Blut, das bisher darin geflossen war, aus den Beständen der Blutbank des 7. Arrondissements erneuern.
Alfred schickte einen alarmierten Bericht an das Außenministerium und erhielt die Antwort, solche Unmutsregungen kämen und gingen und seien nicht ernst zu nehmen. Philip aber sagte, er hätte noch nie erlebt, daß die beiden alten Damen so böse aufeinander gewesen seien.

21

Zu keiner Jahreszeit ist Paris schöner als Anfang Dezember. Ein seltsames Licht, das zu den Besonderheiten der Île de France gehört und das der Maler Michel so genau wiedergegeben hat, läßt alle Farbschattierungen, die im Beige und Grau der Landschaft und der Gebäude enthalten sind, von Blaßgelb bis Schwarzblau, deutlich hervortreten. Aus dem Fluß wird ein stählerner Strom, der zu den großen, am Himmel dahinziehenden Wolken paßt. Da diese Jahreszeit, anders als der Herbst oder die ersten warmen Frühlingstage, nicht dieses fast animalische Verlangen nach Feld und Wald weckt, kann man am Kamin sitzen, aus dem Fenster schauen und den Ausblick friedlich genießen. Genau dies tat ich eines Nachmittags im Salon vert und war sehr zufrieden bei dem Gedanken, daß wir für den Rest der Woche keine gesellschaftlichen Verpflichtungen hatten (ihre Zahl war in letzter Zeit stark zurückgegangen). Ich schrieb gerade an Tante Sadie, wollte ihr über uns alle und besonders über ihre Enkeltochter Northey berichten. Mein Federhalter stand still, während ich nach einer hübschen Formulierung für den Schluß suchte.

Da bemerkte ich draußen ein Rumoren, einen Lärm, von dem ich nicht wußte, woher er kam, und der vielleicht schon einige Zeit dagewesen war, vom Gehör aufgenommen, aber vom Gehirn nicht verarbeitet. Ich trat ans Fenster, sah in den Garten hinunter und war völlig verblüfft von dem, was ich dort unten erblickte. Eine große Menschenmenge trampelte auf dem Rasen herum, vorwärtsgeschoben von einer immer noch größer werdenden Masse, die von der Avenue Gabriel hereinwogte; zwischen den Leuten und dem Haus standen ein paar Polizisten und zupften, wie träge Hausmädchen, die hier und da ein bißchen mit dem Staubtuch wedeln, halbherzig an ihren Capes herum. Im Augenblick hielten sie die Menge noch in Schach; aber man konnte sehen, daß sie bei einem entschlossenen Vorstoß einfach untergehen würden. Als die Fischweiber nach Versailles stürmten, war die erste Regung der Königin, nach ihrem Mann zu suchen; dasselbe tat jetzt auch ich. Und wie Ludwig XVI. bei dieser Gelegenheit hielt Alfred verzweifelt Ausschau nach mir. Wir vergeudeten mehrere Minuten, in denen wir einander in dem großen Haus verfehlten; ich stürzte in die Kanzlei – er hatte sie gerade verlassen und fand den Salon vert leer; wir trafen uns schließlich in Northeys Büro neben dem Vorraum oben an der großen Treppe.

«Lauf hinüber ins Kinderzimmer», sagte ich gerade zu ihr, «und hole Chang. Im Garten ist ein Aufruhr oder so etwas. Wir sollten jetzt zusammenbleiben.»

Alfred sagte: «Den Franzosen reicht es, und eigentlich kann man ihnen keinen Vorwurf daraus machen. In meinem letzten Bericht habe ich geschrieben, daß es dahin kommen werde; und jetzt ist es soweit. Aber vielleicht ist das gar nicht schlecht, es wird beide Regierungen zwingen, Vernunft anzunehmen.

Ich hoffe nur, diese Randalierer berücksichtigen, daß die Person eines Botschafters heilig und das Gelände einer Botschaft unantastbar ist.»

«Die Sache mit dem Gelände haben sie jedenfalls schon vergessen. Sie zertrampeln alle unsere schönen neuen Sträucher – kommt her und seht es euch an.»

Wir kehrten in den Salon vert zurück und sahen hinaus auf die Krawallmacher.

«Ich werde Beschwerde einlegen. Die Polizeikräfte sind meiner Ansicht nach völlig unzureichend. Was rufen sie eigentlich? Es klingt wie eine Parole.»

«Mal hören – nein, ich verstehe es nicht.» Sie schrien anscheinend zwei Wörter und stampften dazu im Gleichtakt mit den Füßen.

Philip kam hereingestürzt, atemlos, er war in seiner Wohnung gewesen. «Der ganze Faubourg ist voller Demonstranten», sagte er. «Lieber Himmel – der Garten auch! Mit anderen Worten, wir sind umzingelt. Sie rufen: *‹Minquiers Français.›* Hört ihr?»

«Natürlich», sagte Alfred, «das ist es: *‹Minquiers Français - Minquiers Français.›* Ich hoffe bloß, das zeigt dem Außenministerium, daß man ein bestimmtes Maß an Ungeschicklichkeit nicht überschreiten darf. Beim nächsten Mal hören sie dann vielleicht auf den Mann vor Ort.»

Ich sagte: «Sie sind jetzt schon fast bei der Veranda – solltest du nicht vielleicht Bouche-Bontemps informieren?»

«Alles zu seiner Zeit», sagte Alfred, «kein Grund zur Panik. Er ist für uns verantwortlich.»

Northey erschien mit Chang auf dem Arm und murrte wegen ihres Dachses.

«Schade, daß wir nicht alle bei ihm da unten in Sicherheit sein können», sagte ich.

«Ich habe eben mit B. B. gesprochen», sagte Northey, «er ist wirklich unmöglich. Konnte sich kaum halten vor Lachen. Er sagt, die Belagerung würde sich möglicherweise in die Länge ziehen, er hoffe nur, wir hätten uns reichlich mit spanischem Champagner eingedeckt. Er könne die Polizei nicht dazu brin-

gen, hart durchzugreifen, sagt er, es sei nur eine Horde von Kindern.»
«Ja, sie sehen wirklich ziemlich jung aus – das ist mir auch schon aufgefallen. Aber was liegt diesen Jungen und Mädchen an den Îles Minquiers?»
«Agitatoren. Eine Masse kann man mit jedem Thema aufhetzen.»
«B.B. ist entzückt. Er sagt, alle hätten geglaubt, diese Teenager würden an nichts anderes als Beat denken – aber sieh sie dir an! Völlig besessen von ihrem Patriotismus.»
«Er wird uns also nicht zu Hilfe kommen?»
«Der bestimmt nicht!»
«Wer denn dann? Die NATO vielleicht?»
«Was die NATO angeht, wissen wir nur eines ganz sicher – um Streitkräfte in Marsch zu setzen, braucht sie mindestens sechs Wochen.»
«Und außerdem», sagte Philip, «ist der Oberbefehlshaber um diese Zeit bei Dr. Jore – niemand darf sie unterbrechen, in diesem Augenblick sind sie wieder in Gettysburg zugange, ich höre es bis hier!»
«Erzähl mir nicht, der Oberbefehlshaber leide unter einem Drang nach Osten!»
«Selbstverständlich, alle Patienten von Dr. Jore leiden darunter.»
Alfred sagte: «Sie müssen versuchen, diesen latenten Antiamerikanismus in den Griff zu bekommen, Philip – ich habe Ihnen das schon einmal gesagt –»
«Ja, Sir.»
«Ich gehe jetzt in die Kanzlei, um ein paar Telefonate zu erledigen. Sie nehmen Northey und Fanny bitte mit in Ihre Wohnung, geht das? Diese Randalierer können jeden Augenblick über die Veranda ins Haus eindringen, die schlappen Polizisten werden sie nicht aufhalten.»
«Minquiers Français – Minquiers Français –» erscholl es immer drängender vom Garten her.
«Wenn sie bloß aufhören würden, mit den Füßen zu stampfen – sie ruinieren den Rasen.»

«Die französische Regierung muß für alle Schäden aufkommen.»
«Kommt mit», sagte Philip, «Alfred hat recht, drüben seid ihr sicherer. Außerdem will ich sehen, was im Faubourg vor sich geht.»
Wir überquerten den Hof, betraten Philips Wohnung und sahen vom Fenster seines Eßzimmers auf die Straße, die, soweit das Auge reichte, vollgepfropft war mit jungen Leuten, die mit den Füßen stampften und *«Minquiers Français»* riefen. Ich war froh, daß eine ziemlich starke, allerdings, wie mir schien, ziemlich belustigt dreinblickende Streitmacht der Polizei die Menge von unserem Tor fernhielt und mehr Autorität an den Tag legte als die im Garten.
«Seht doch mal!» sagte Northey. «Da drüben, der liebe kleine Amy – tapferer Kerl!»
«Ich sehe ihn nicht.»
«Da, in dem Nippesladen gegenüber, er tut so, als wäre er eine Porzellanfigur.» Sie lehnte sich aus dem Fenster und winkte Mockbar zu, der ein dummes Gesicht machte und sie offenbar nicht sah. Dann rief sie: *«Aimée!»*, woraufhin er begann, etwas in sein Notizbuch zu kritzeln.
«Er schämt sich deinetwegen», sagte Philip. «Trotzdem, ich bin froh, daß er schon bei der Arbeit ist. Ausnahmsweise brauchen wir wirklich alle *publicity*, die wir überhaupt bekommen können; nur so werden wir dieses alberne Gezänk endlich beilegen – es wird Bouche-Bontemps und unserem Außenminister einen kleinen Schock versetzen. Einen wirklichen Krieg wollen sie ja wohl beide nicht.»
«Wüßte nicht, welche Schuld B. B. dabei hat.»
«Er hätte die ganze Sache lieber Den Haag überlassen sollen, dann wäre sie ein für allemal geregelt worden.»
Plötzlich ebbte das Schreien und Stampfen und Klatschen ab. Eine bedrohliche Stille senkte sich über die Menge. Philip meinte besorgt: «Das gefällt mir aber gar nicht, hoffentlich warten sie nicht auf ein Signal.»
In diesem Augenblick erwachte die Menge zu neuem Leben. Sie wogte in der engen Straße, als wollte sie die Häuser ausein-

anderschieben; die Parole nahm einen Klang an, der einem das Blut in den Adern gefrieren ließ. Chang fing an zu schreien; das Getöse war ohrenbetäubend. Die Polizisten bildeten nun eine Kette und drängten die Demonstranten von der Einfahrt zu unserem Hof ab; mit Schrecken beobachtete ich, wie sich langsam das große hölzerne Tor öffnete.

«Seht doch», sagte Northey, «das Tor – ein Verräter!»

«Lieber Himmel», sagte Philip und wollte nach unten stürzen.

«Laß uns nicht allein –» Ich hatte Angst um das Baby, das leicht verletzt werden konnte, wenn der Mob eindrang und uns überwältigte. Ich sah wieder nach draußen. Die Polizei schien die Situation unter Kontrolle zu haben. Durch die schreiende Menge schob sich, eskortiert von Polizisten, ein Londoner Taxi im Schrittempo die Straße entlang. Am Steuer saß Payne; Onkel Matthew reckte interessiert den Kopf zum Fenster hinaus, und auf dem Dach des Wagens, von Kopf bis Fuß in glänzenden schwarzen Kunststoff gekleidet, standen unsere Söhne Fabrice und Charlie zusammen mit einem anderen Jungen in glänzenden weißen Sachen, den ich nicht kannte. Dieses Kind winkte der Menge mit einer Gitarre zu und schien offenbar zu glauben, die Schreie und das Kreischen würden ihm gelten. Je mehr die Leute *«Minquiers Français»* schrien, desto mehr grinste und winkte er. Mit einer übermenschlichen Anstrengung räumten die Polizisten eine Schneise für das Taxi frei, geleiteten es in den Hof und schlossen hinter ihm wieder das Tor. Wir liefen nach unten.

Charlie und Fabrice halfen Onkel Matthew beim Aussteigen. Der andere Junge zappelte unterdessen herum und schnippte mit den Fingern. Er schien verärgert und ungeduldig.

«Nervöses Pack, diese Ausländer», sagte mein Onkel. «Wie geht es dir, Fanny? Hier ist deine Brut, sicher und wohlbehalten, dank Payne. Wir sind im Flugzeug auf sie gestoßen, oder vielmehr sie auf uns, denn ich hätte sie natürlich gar nicht erkannt. Aber sie erkannten uns und setzten sich zu uns in den Wagen. Stell dir vor, wir haben ihn herübergeflogen – das hat sich dein Stiefvater ausgedacht, tüchtiger Bursche.»

«Das ist Yanky Fonzy, Ma», sagte Fabrice und deutete auf den dritten Knaben. Er war ein nicht besonders sympathischer Schnösel mit teigigem Gesicht, ein bißchen Rührseligkeit in den Mundwinkeln und einer Frisur wie Königin Alexandra nach dem Typhus. «Haben ihm die Kids nicht einen wunderbaren Empfang bereitet – hast du gehört, wie sie immer wieder schrien ‹Yanky Fonzy, Yanky Fonzy›? So ist es in London noch nie gewesen.»
«Willst du behaupten, dieser entsetzliche Aufruhr habe ihm gegolten?» fragte ich.
«Es war nur ein Begeisterungssturm», sagte der junge Bursche. «Die Kids sind nicht bösartig, und mit Körperverletzung haben sie nichts im Sinn. Sie kaufen meine Platten und unterstützen mich. Warum werden sie hier ausgeschlossen? Von wo kann ich ihnen zuwinken? Warum klappt plötzlich alles nicht mehr? Wo ist mein französischer Agent?» Er schoß alle diese Frage in die Runde und schnippte dazu mit den Fingern. Er schien außerordentlich schlecht gelaunt.
Nachdem sich die Lage plötzlich in einem ganz neuen, sonderbaren Licht darstellte, brach Philip in lautes Gelächter aus und ging ins Haus, gewiß, um Alfred zu finden.
«Er sieht nach nichts aus», sagte Onkel Matthew und deutete auf Mr. Fonzy, «und seine Sachen würden einer Vogelscheuche gut stehen, aber ich muß sagen, auf seiner Gitarre kann er einem höllisch einheizen. Den ganzen Weg bis hier hat er gespielt.»
Ich nahm Charles beiseite, so daß die anderen uns nicht hören konnten. «Jetzt sag mir bitte, was hat das zu bedeuten? Eure Stelle als Packer – habt ihr gekündigt?»
«Aber sicher. Hingeschmissen haben wir.»
«Sei bitte ehrlich, Charlie, habt ihr Rasierapparate geklemmt?»
«Oh, nein, Ma, fast überhaupt nie. Aber du wolltest doch sowieso nicht, daß wir für den Rest unseres Lebens weiter packen, oder? Es stellte sich heraus, daß es ziemlich grauenhaft war und ohne jede Zukunft. Nein, wir haben uns verändert. Wir sind jetzt im Showbusineß, da kann man ein Heidengeld verdienen!

Im Augenblick kümmern wir uns um Yankys Publicity. Opa hat das für uns arrangiert – er ist wirklich ein hinreißender Urahn! Er hat sich die Ankunft im Taxi zusammen mit diesem Grufti ausgedacht – Junge, was für ein Gag! Yanks Debüt auf dem Kontinent ist mit einem grandiosen Knaller losgegangen, wie? – Diese Hütte hier muß momentan von Tausenden von Kids umstellt sein.»

Fabrice kam zu uns herüber. «Hör mal, Ma, die Kiddos haben Sehnsucht nach Yank. Sie könnten leicht ungemütlich werden, wenn du ihn hier im Hof ewig unter Verschluß hältst.»

«Kann man wohl sagen», sagte Charles.

«Aber woher wußten sie überhaupt, daß er kommen würde?»

«Dafür hat Sigi gesorgt, unser Pariser Agent. Erstklassige Organisation!»

Der Schnösel führte sich jetzt auf wie eine Primadonna.

«Wo kann ich bei meinen Fans sein? Was ist hier eigentlich los? Sie werden gefährlich, wenn sie mich nicht bald zu sehen bekommen. Hört mal, ihr beiden, irgendwas läuft hier schief. Bitte schickt mir sofort meinen Pariser Agenten.»

«Da bin ich.» Wie aus dem Nichts tauchte Sigi auf.

«Gut gemacht, Sigi», sagte Fabrice, «eine tolle Schau da draußen.»

«Bis jetzt», sagte Yanky. «Aber jetzt nicht nachlassen. Wo sind die Kids momentan? Ich will zu ihnen.»

«Sie sind alle auf die andere Seite des Hauses gegangen», sagte Sigi. «Da ist ein großer Garten und ein Balkon, für deinen Auftritt genau richtig. Ich habe das Mikro schon aufgebaut. Los, wir wollen keine Zeit verlieren. Entschuldigen Sie uns», sagte er, indem er mir, stets höflich, die Hand küßte, «aber wenn sie ihn nicht bald zu sehen bekommen, werden sie den Laden hier stürmen.» Er lief ins Haus, gefolgt von den anderen Jungen.

Ich wandte mich Onkel Matthew zu, denn es kam mir so vor, als hätte ich mich in all dem Trubel nicht genug um ihn gekümmert. «Guten Tag, Payne.»

«Payne hat gerade mit dem Pförtner gesprochen», sagte Onkel Matthew, «anscheinend ist die Straße jetzt frei, ich denke, wir machen uns wieder auf den Weg. Ich wollte euch nicht stören – Paris liegt gar nicht auf unserer Route – wir sind nur hier, weil wir den Jungen einen Gefallen tun wollten.»

«Jetzt seid ihr hier und bleibt erst mal. Wohin wollt ihr denn überhaupt?»

«Nach Ypern», sagte mein Onkel. «Payne und ich hatten die Idee, es könnte ganz nett sein, das alte Städtchen mal wiederzusehen. Ein Kerl im Oberhaus hat mir erzählt, es gebe dort einen Abschnitt, den sie genauso gelassen haben, wie er früher war. Ist die schönste Zeit unseres Leben gewesen, in den Schützengräben dort, als wir noch jung waren, stimmt's, Payne?»

«Um die Wahrheit zu sagen, Mylord, mir sind sie unter den heutigen Bedingungen genauso recht.»

«Unsinn! Es wird sehr langweilig sein, aber immer noch besser als gar nichts.»

«Aber es besteht doch kein Grund zur Eile, oder? Bleibt doch erst einmal ein paar Tage hier.»

«Ach, mein liebes Kind, aber wo?»

«Hier bei uns, natürlich.»

«Aber habt ihr denn Platz?»

«Lieber Onkel Matthew – in diesem riesigen Haus? Jérôme, unser Chauffeur, wird Payne zeigen, wo er das Taxi unterstellen und auftanken kann.»

«Sehr freundlich, Fanny. Ich bin tatsächlich ziemlich erschöpft. Gibt es denn auch eine Cocktailparty?»

«Ja, fast jeden Abend. Soviel ich weiß, kommen nachher ein paar Leute.»

Onkel Matthew warf mir einen triumphierenden Blick zu.

«Wußte doch, daß du es früher oder später begreifen würdest. Also, das ist ja großartig. Wenn ich mein Zimmer sehen könnte, würde ich mich dort gern ein paar Minuten setzen, danach bin ich zu allem bereit.»

«Begleite deinen Großvater bitte im Aufzug nach oben», sagte ich zu Northey. «Ich denke, wir geben ihm das violette Zimmer. Und dann sag Jérôme, er soll sich mit Payne verständigen. Ich muß nachsehen, was diese Jungen vorhaben.»

Auf der Treppe überholte mich Philip. «Dieser unsägliche Sigi», sagte er.

«Wo ist Alfred?»

«Er ist zum Quai d'Orsay gefahren, um sich zu beschweren – er ist durch die Kanzlei hinaus, sobald sich die Straße zu leeren begann. Hör mal, Fanny –»

«Was ist denn? Ich muß hinüber und dafür sorgen –»

«Es ist sehr wichtig. Sag Alfred nichts! Ich glaube nicht, daß die Journalisten auf dem Faubourg wirklich begriffen haben, was hier vor sich geht – ich hoffe, sie geben gerade in diesem Augenblick ihre Artikel über einen Aufruhr wegen der Minquiers durch. Alfred hat das Außenministerium schon informiert. Wenn wir diese Fiktion aufrechterhalten können, erreichen wir genau, was wir wollen. Beide Seiten denken dann, sie seien zu weit gegangen, und es kommt zu einer wunderschönen Versöhnung.»

«Das wäre großartig, aber ich fürchte, es ist zu schön, um wahr zu werden. Sigi sagt, sie sind noch alle im Garten.»

«Ja, ich habe gerade nachgesehen. Dieser Knabe gibt seine Schnulzen zum besten, und seine Fans fallen in Ohnmacht. Aber alle dort, die wie Journalisten aussehen, gehören zu irgendwelchen Musik- und Beat-Zeitschriften – die liefern nichts für den Nachrichtenteil, die wissen gar nicht, daß sie im Garten einer Botschaft stehen. Ich gehe jetzt ins Crillon und kümmere mich um die Jungs von der Presse dort. Also, kein Wort, ja? Und sieh zu, daß du Yanky los wirst – das ist deine Aufgabe.»

«Ja, gewiß. Aber Philip – du mußt mit Mieß reden, sonst weiß der liebe Amy bald alles. Sie ist, glaube ich, mit Chang ins Kinderzimmer gegangen.»

«Gut, das wird zuerst erledigt.»

Ich lief hinauf in den gelben Salon und sah, daß die Jungen sich völlig närrisch aufführten. Die Balkontüren standen weit offen; auf dem kleinen Balkon jaulte Yank Fonzy in ein Mikrofon; hinter ihm auf dem Parkett stampften und klatschten meine Söhne und Sigi, während die Masse der Kinder im Garten außer Rand und Band geriet. Eine anschauliche Schilderung dieser Szene erschien später in *Le Discophile*: «Die Atmosphäre war unbeschreiblich. Dieser Beat-Mann sang mit einer Leidenschaft, die sonst nur großen Predigern eigen ist. Man tanzte, man fiel in Trance, man wälzte sich auf dem Boden wie besessen. Der Rasen wurde zertrampelt, die Sträucher zerfetzt – ein trauriges Spektakel.»

Ich stürzte vorwärts, zerrte Master Yanky zurück in den Salon, zog das Mikrofonkabel heraus und warf die Balkontüren zu. Er war so überrascht, daß er keinen Widerstand leistete; jedenfalls war sein ganzer Körper wie aus Teig. Sigi öffnete die Tür wieder, trat hinaus und schrie: *«Tous au Vél d'Hiv»* – was zur Folge hatte, daß sich der Garten tatsächlich bald leerte. Unter *Yanky Fonzy, Yanky Fonzy*-Rufen zogen die Fans in Richtung des Flusses ab.

«Verzeihen Sie, Mme. l'Ambassadrice», sagte Sigi höflich wie immer, «aber es war die beste Methode, sie loszuwerden.»

«Und nun?» fragte ich. Ich war so wütend auf Sigismond, daß ich kaum sprechen konnte, aber ich muß sagen, er war der einzige Junge, der nicht die Selbstkontrolle verloren hatte. Die anderen hampelten und stampften immer noch herum, als wären sie ein für allemal übergeschnappt.

«Bitte, machen Sie sich keine Sorgen, wir gehen jetzt. Ich nehme Yanky, Charlie und Fabrice mit in den Club, dort treffen wir den Duke. Und danach geht es zu den Kids im Vélodrome d'Hiver, wo dann die große Yanky-Fonzy-Pop-Session stattfindet; Sie haben doch bestimmt die Plakate an allen Zeitungskiosken gesehen.»

«Club? Duke? Welcher Herzog denn?» Voller Schrecken sah ich im Geiste vor mir, wie Yanky in weißem Leder und meine Söhne in schwarzem Leder im Jockeyclub auf den Duc de Romanville losstürmten.

«Im Popclub de France. Wir haben dort eine Verabredung mit Duke Ellington.»

«Jetzt hör mal, Sigi, ich will nicht, daß dieser Junge bei uns wohnt.»

«Nein, nein.» Sigis Schmunzeln erinnerte mich an seinen Vater. «Er hat die Honeymoon-Suite im George V. Ich war dort, um nachzusehen, ob alles in Ordnung ist, deshalb habe ich mich etwas verspätet. Diese Massen von Blumen und Pralinen können Sie sich gar nicht vorstellen. Ein paar habe ich für Sie abgezweigt. Ich habe sie der Concierge gegeben.»

«Sehr freundlich. Und nun, ab mit euch, und benutzt dieses Haus nicht noch einmal für eure üblen Machenschaften.»

«Verlassen Sie sich auf mich, Mme. l'Ambassadrice», sagte er mit seiner aufreizenden Höflichkeit.

22

Punkt sechs kam es im Salon vert zu einer bemerkenswerten Demonstration englischer Pünktlichkeit. Onkel Matthew stand am Kamin bereit, während eine kleine Prozession, wie sie mir inzwischen schon vertraut war, durch den Salon jaune schritt. Es vergingen nur wenige Tage ohne diese Art von Andrang. Vorneweg Brown, der Butler. Ihm auf den Fersen folgten zwei gutaussehende, aufrechte Männer, älter, als sie aussahen, was man an den grauen Strähnen in ihrem Haar erkennen konnte, aber ohne Falte im Gesicht und ohne Sorge in der Welt. Ich erkannte sofort, daß sie Konservative waren, entweder aus dem Unter- oder dem Oberhaus. Zwei ältere Damen versuchten humpelnd und schnaufend, mit ihnen Schritt zu halten, jeweils ein Arm herabgezogen von jenen schweren Taschen, die konservative Frauen so schätzen und in denen sie außerordentlich große Mengen von Müll sowie außerordentlich geringe Mengen von Bargeld aufbewahren. Zwei oder drei Knaben mit jenem Auftreten, das bereits weiter oben beschrieben wurde und deutlich zu erkennen gab, daß sie Eton erst kürzlich verlassen hatten, trotteten hinter ihnen drein, dann zwei oder drei hübsche, muntere, elegante Schulmädchen, die ihre Angehörigen mit einem ziemlich distanzierten Blick zu betrachten schienen. Sie sollten wahrscheinlich in die Obhut von «Familien» gegeben werden, und mich würde man bitten, ein Auge auf sie zu haben. Aber diese Mädchen sahen so aus, als wären sie zu allem bereit, und waren es ohne Zweifel auch, und ich konnte nur

hoffen, daß man mich nicht dafür verantwortlich machen würde, wenn ihnen irgend etwas zustieß.
Gleichzeitig trat Alfred, den ich seit dem Aufruhr nicht mehr gesehen hatte, durch die Tür, die in sein Zimmer und seine Bibliothek führte. Ich hatte noch gerade genug Zeit, um zu sagen: «Alfred, Onkel Matthew ist hier, er wird ein paar Tage bleiben. Stell dir vor, er hat unsere beiden Kleinen mitgebracht. Sie sind mitten in diesem Aufruhr angekommen» – da gelang es den konservativen Frauen, indem sie in einen humpelnden Galopp fielen, zu Brown aufzuschließen und vor ihren Männern durch die Doppeltür zu treten.
«Wir haben die ganze Familie mitgebracht!» Laute englische Stimmen, seit ewigen Zeiten vertraut. «Dachten, es würde Ihnen nichts ausmachen! Also, das ist meine Schwägerin, ich glaube, Sie kennen sie noch nicht, oder?»
Ich glaube, ich kannte keinen von ihnen, obwohl am Telefon, als sie darum gebeten hatten, kommen zu dürfen, davon die Rede gewesen war, wir hätten uns vor ewigen Zeiten in Montdore House einmal kennengelernt; ich versuchte, ein freundliches Gesicht zu machen, aber ich wollte unbedingt mit Alfred sprechen. «Was möchten Sie trinken?»
«Oh, meine Liebe! Feuerwasser, wenn Sie welches haben! Wodka – genau das Richtige! Wir sind fix und fertig! Den ganzen Morgen durch die Läden, natürlich nur zum Ansehen – diese Preise! Dann das Essen – kostete uns einiges. Dann waren wir bei Myrtles künftiger Madamm – hier ist der Name (Sie wissen doch, gestern am Telefon konnte ich mich nicht erinnern).» Sie grub in den urzeitlichen Ablagerungen in ihrer Tasche und förderte schließlich einen knittrigen Zettel zutage. «Comtesse de Langalluire – wenn das kein Zungenbrecher ist! Sie haben nie von ihr gehört? Na, so was, ich hoffe bloß, da ist nichts faul. Die Wohnung (Boulevard Haussmann) war nicht übermäßig sauber, und als wir kamen, war Madamm gerade zur Polizei gegangen; eines der Mädchen ist weggelaufen.»
«Nein, Ma, am Ende stellte sich doch heraus, sie ist gar nicht weggelaufen. Du weißt es ganz genau, sie ist nur ausgegangen, um etwas zu essen, und hat vergessen, Bescheid zu sagen.»

«Deshalb sprachen wir dann Mössjö – einen finsteren kleinen Buckligen.»
«Der Concierge war doch sehr nett.» Myrtle war offenbar wild entschlossen, sich in die Obhut von Madamm zu begeben.
«Sie hatten einen Sohn, der ziemlich idiotisch und furchterregend dreinblickte.»
«Ja, aber von dem sehe ich sowieso nichts, denn ich bin ja den ganzen Tag an der Sorbonne.»
«Aber als Madamm dann selbst kam, fanden wir sie recht nett.»
«Sie hatte einen Bürstenschnitt», sagte einer der Jungen.
«Ich fand, sie machte einen sehr vernünftigen Eindruck.»
Währenddessen gaben die konservativen Ehemänner ihrer Verwunderung darüber Ausdruck, daß sie hier Onkel Matthew antrafen, den sie gut kannten, während er offensichtlich nicht wußte, wohin mit ihnen.
«Das ist Lord Alconleigh, Peggy.»
«Guten Tag. Ich bin eine gute Freundin von Jennifer.»
«Um Himmels willen! Was finden Sie denn an der?»
«Anscheinend hatten Sie hier heute nachmittag ziemlichen Ärger?» fragte der andere Abgeordnete Alfred.
«Es ist kein Schaden entstanden; ich persönlich glaube sogar, es wird sich günstig auswirken. Beide Seiten müssen wieder aufeinander zugehen – beide trifft Schuld. Das klärt die Atmosphäre.»
«Verstehe gar nicht, warum man soviel böses Blut wegen dieser Inseln macht. Massigli sagte mir, sie lägen die meiste Zeit unter Wasser.»
«Einen nutzloseren Streit als diesen hat es noch nie gegeben», sagte Alfred entschieden. «Ich hoffe, die ganze Sache geht jetzt an den Internationalen Gerichtshof im Haag und wir hören nichts mehr davon.»
Als alle munter miteinander plauderten, fragte mich Alfred leise: «Hast du eben gesagt, Charlie und Fabrice seien hier?»
«Onkel Matthew hat sie mitgebracht.»
«Großartig von dem alten Knaben. Wo sind sie jetzt?»
«Zu einem Konzert gegangen, mit Sigi.»

«Gut. Sehr gute Nachrichten. Jetzt müssen wir ernst machen – sie in einem Lycée anmelden, wenn wir können –»
Brown erschien wieder und verkündete: «Madame la Duchesse de Sauveterre und Monsieur le Marquis de Valhubert.»
«Wir haben gerade von Ihren Unruhen gehört», sagte Charles-Edouard, «und sind nur vorbeigekommen, um zu sehen, ob Sie noch leben. Als die Concierge sagte, Sie seien zu Hause, sind wir heraufgekommen. Tante Odile ist ein paar Tage in Paris.»
«Wie nett von Ihnen.» Ich war ganz verzweifelt, weil ich nicht wußte, welche Namen ich den lauten englischen Stimmen geben sollte. Zum Glück übernahm Alfred das Vorstellen. Als er zu Onkel Matthew kam, sagte ich: «Mein Onkel hat von dem Aufruhr mehr gesehen als wir anderen, er kam gerade in dem Augenblick an, als er besonders heftig tobte, und fuhr mitten hindurch, von der Polizei eskortiert –»
«Das nenne ich mutig», sagte einer der Parlamentarier.
«Mein Lieber, eine vollkommen harmlose Truppe – eine Horde Kinder. Hat mir nicht imponiert – wenn sie nicht mehr auf die Beine stellen können –»
«Unterschätzen Sie nie eine französische Volksmenge», sagte die Herzogin. «Ich weiß, wovon ich spreche. Drei meiner Großmütter sind unter der Schreckensherrschaft umgekommen.»
«Drei!» sagte Onkel Matthew interessiert. «Hatten Sie auch drei Großväter? Was ist aus ihnen geworden?»
«Wir sagen hier Großmütter, wenn wir Vorfahren meinen», erklärte Charles-Edouard. Die Herzogin sagte: «Was aus ihnen geworden ist? Oh, der eine wurde während der Jacquerie ermordet, und das beste Hausmädchen, das ich je hatte, wurde bei den Stavisky-Unruhen erschossen. Also erzählen Sie mir nicht, französische Volksmengen seien harmlos.»
Onkel Matthew strengte offenbar sein Gedächtnis an und sagte schließlich: «Jeanne d'Arc – hat es mit ihr nicht auch ein böses Ende genommen? Ich nehme an, sie war eine Verwandte von Ihnen?»
«Gewiß, wenn sie eine d'Orléans war, wie die meisten Leute heutzutage annehmen.»

«Wirklich?» fragte Charles-Edouard mit seinem verhaltenen Lachen. «Warum nehmen sie das an?»
«*Voyons, mon cher*! Die Jungfrau von Orléans! Saß sie nicht an der Tafel des Königs? Diese Tatsache allein genügt doch zum Beweis. Denn daß eine Frau, die nicht geboren ist, an der Tafel eines Königs von Frankreich sitzt, wäre ein größeres Wunder als alle Stimmen, das kann ich dir sagen.»
«Meine Tante nimmt historische Gestalten nur zur Kenntnis, wenn es sich um Verwandte von ihr handelt. Zum Glück trifft das auf fast alle zu. Charles X. war ein Urgroßvater, auf diese Weise sind die legitimen Königshäuser aller Länder mit Ausnahme von Rußland dabei, während durch ihre Großmutter Murat die Verbindung zu Napoleon und den Marschällen hergestellt ist.»
Mme. de Sauveterre bat Alfred, ihr seine Bibliothek zu zeigen, die in der Zeit von Sir Louis Leone renoviert worden war. Sie sagte, sie habe Farbaufnahmen davon in einer Zeitschrift gesehen, die Jacques Oudineau ihr nach Boisdormant mitgebracht hatte. «Er weiß, daß ich gern Illustrierte lese, und wenn er seinen Vater besucht, bringt er mir alle Hefte mit, die er zu Ende gelesen hat. Sie würden nicht glauben, wie verschwenderisch er ist – hat alles abonniert, was es überhaupt gibt, und Sie wissen ja, was das heute kostet. Die Leute werden viel zu reich, das kann zu nichts Gutem führen.»
«Ich würde Jacques Oudineau gern einmal treffen», sagte Charles-Edouard, «ich habe gehört, er besitzt ein Bild von Moreau dem Älteren und hat nichts dagegen, es zu verkaufen –»
Onkel Matthew fing nun an, den Konservativen von Yanky zu erzählen. «Ein Teenager-Beat», hörte ich ihn sagen. «Den Namen Yanky Fonzy müssen Sie sich merken, und fragen Sie nach seinen Schallplatten, denn für jede, die verkauft wird, bekommt er Geld. Natürlich, mit der Galli-Curci ist er nicht zu vergleichen –»
Ich zog Valhubert beiseite. «Ich muß mit Ihnen sprechen», sagte ich und fügte mit lauter Stimme hinzu: «Kommen Sie doch bitte, die National Gallery hat uns ein großes, langweiliges Bild geschickt, und ich möchte, daß Sie mir einen Rat ge-

ben, wohin ich es hängen soll.» Wir gingen in den gelben Salon hinüber. «Haben Sie Grace heute abend schon gesehen?»
«Noch nicht. Als wir vom Land zurückkamen, sagte mir meine Concierge, es habe diesen Aufruhr gegeben, deshalb bin ich gleich hierhergefahren, um zu sehen, was los ist.»
Ich erzählte ihm die ganze Geschichte. Er schüttelte sich vor Lachen, vor allem, als ich auf den Club und den Duke kam.
«Aber, meine liebe Fanny, was nun? Was sagt denn Alfred dazu?»
«Er darf nie erfahren, daß der Aufruhr gar kein richtiger war. Er würde wie ein Dummkopf dastehen, wenn es herauskäme – Grace habe ich übrigens auch nichts erzählt –»
«Nein, besser nicht. Es wäre schade, ihr den Spaß zu verderben – englandfeindliche Unruhen sind genau das Richtige für sie – sie muß begeistert sein!»
«Sie ist einfach boshaft! Philip sagt, wenn es uns gelingt, die Fiktion aufrechtzuerhalten, besteht Hoffnung, daß alle zur Vernunft kommen. Und was die Jungen angeht, so kennt Alfred die schreckliche Geschichte nicht ganz. Wenn diese Leute wieder fort sind, werde ich ihm die Sache mit Yanky und dem Showbusineß beibringen müssen. Oh, Charles-Edouard, Kinder!»
«Keine Sorge. Bald werden sie sich selbständig machen – und ins Gefängnis wandern.»
«Da kommt Philip. Wie steht es?»
«Wunderbar! Ich habe mit den Presseleuten gesprochen. Die beste Zeitungsente aller Zeiten. Kein einziger hat es kapiert. Die Artikel werden bestimmt hinreißend.»
Die Zeitungen spielten genauso mit, wie Philip es erhofft hatte. Die angesehenen meldeten nüchtern und in gewissem Maße korrekt, daß sich vor der britischen Botschaft mehrere hundert Schüler und Studenten versammelt und in Sprechchören Parolen gerufen hätten und daß sie sich nach ungefähr einer halben Stunde freiwillig zerstreut hätten. Diese Berichte wurden von Kommentaren begleitet, die besagten, wenn es ein ernsthaftes Mißverständnis zwischen Frankreich und England gebe, dann sei es nun an der Zeit, dieses auszuräumen. Die Engländer seien

bei der Durchsetzung ihrer rechtmäßigen Ansprüche auf die Minquier-Inseln vielleicht nicht besonders taktvoll vorgegangen. Zwar sei es ohne Zweifel notwendig gewesen, Dr. Niam zu empfangen (der sich inzwischen in Peking aufhielt), aber der Zeitpunkt seines Besuches sei unglücklich gewählt gewesen. Was die Europa-Armee angehe, so hätten wir in England erkannt, daß sie wünschenswert und unumgänglich sei, hätten aber zu wenig Verständnis für die Schwierigkeiten der Franzosen in dieser Beziehung gezeigt. Alles in allem würden wir gut daran tun, uns mit unseren Freunden zu vertragen, denn unsere Feinde seien Legion. Die französischen Zeitungen waren noch versöhnlicher, erinnerten an die Geschichte der Entente und erklärten, ein derart stabiles Gebäude könne durch ein paar Schüler mit schlechten Manieren nicht erschüttert werden.

Die Grumpy-Gruppe berichtete über die Affäre auf die ihr eigene unnachahmlich Weise:

«Post»-Korrespondent bei Pariser Unruhen
Ich marschierte mit den schreienden Zehntausend.

Mockbar zufolge hatte ein furchteinflößender, nach britischem Blut geifernder Mob im Faubourg sein Unwesen getrieben, völlig unkontrolliert von den Polizisten, die vielmehr den Eindruck erweckt hätten, als würden sie am liebsten selbst mitmachen. Das alles hatte ihn an die Tage der Pariser Kommune erinnert. Kein Wort über sein Versteck zwischen altertümlichem Nippes; der heroische Mockbar hatte sich mitten unter diese jungen Teufel gemischt, die ihn, wenn sie geahnt hätten, daß er ein Brite war, auf der Stelle niedergemetzelt hätten. Während im Inneren der Botschaft Frauen jammerten und Babys schrien («Das bist du und Chang, Northey», sagte ich.), sei der Botschafter durch eine Hintertür entwichen und habe Zuflucht im Quai d'Orsay gesucht. Sein erster Sekretär habe in der Bar eines nahe gelegenen Hotels dem Alkohol zugesprochen.

In Lord Grumpys Leitartikel hieß es: Britische Leben sind in Gefahr, britisches Eigentum wird bedroht. Wo? Hinter dem

Eisernen Vorhang? In barbarischen Ländern jenseits des Ozeans? Keineswegs. Diese Dinge ereignen sich in Paris. Und wie reagierte unser Botschafter, der Pastoraltheologe, auf diese empörenden Vorgänge? War er auf seinem Posten? Unserer Meinung nach müssen die Vorgänge während dieses schwarzen Tages in der Geschichte der britischen Diplomatie genau und in allen Einzelheiten untersucht werden. Wenn Sir Alfred seine Pflicht nicht getan hat, dann sollte er gehen.

Wie üblich erweckten Lord Grumpys Äußerungen viel Heiterkeit. Mehrere Millionen Engländer lasen sie mit großem Vergnügen und schenkten ihnen keinerlei Glauben. Gegen Ende der Woche reiste Alfred nach England, um über die Lage, die sich inzwischen sehr gebessert hatte, zu berichten und mit den Fachleuten des Außenministeriums zu beraten, was für die Wiederherstellung der Entente getan werden könne. Dies wurde dadurch erleichtert, daß der Junior auf der gegenüberliegenden Seite des Atlantiks Mutter und Tante mit einem Betragen ärgerte, das er, wie man zugeben muß, auf ihrem Schoß gelernt hatte. Unter dem listigen Vorwand des Antikolonialismus kurbelten die Amerikaner ihren Handel in einem Teil der Welt an, in dem bisher französische und englische Interessen vorherrschend gewesen waren. Der Streit um die Ielz wirkte im Vergleich hiermit geradezu lächerlich; sobald die Zeitungen das Interesse an ihm verloren hatten und sich wichtigeren Themen zuwandten, wurde der Konflikt dem Internationalen Gerichtshof im Haag unterbreitet, der die Inseln schließlich England zusprach. Ganz im Geist der Zeit gewährte England ihnen daraufhin die volle Unabhängigkeit.

Im Laufe der nun beginnenden englisch-französischen Flitterwochen setzte Basil seine Atommarschierer in Calais ab. Sie waren allesamt kostümiert, die Männer in Kilts, die Frauen in Hosen; das Wetter war schön und nicht zu kalt; die ganze Expedition ging von Anfang an in einer Urlaubsatmosphäre vonstatten. Da es in Frankreich keine Atomgegner gibt und da die Franzosen nur in einer einzigen politischen Frage übereinstimmen, nämlich darin, daß ihre eigene, die französische Bombe erwünscht sei, glaubten alle Franzosen, der Marsch ziele auf eine Vereinigung von Aldermaston und Saclay. Das Wort *jumelage* wurde in den Zeitungen reichlich benutzt; die beiden Kernforschungszentren waren von nun an Zwillingsschwestern, Freunde für immer. Als die Briten ihr Schiff verließen, wurden sie mit Blumen, Fahnen, Reden und Wein begrüßt; vom Augenblick ihrer Landung an waren sie kaum noch nüchtern. Keiner von ihnen war des Französischen mächtig, und so glaubten sie, von Basil auf das klügste angeführt, die gesamte französische Bevölkerung denke genau wie sie; in einer fröhlichen Kirmes tanzten sie eher durch die Normandie, als daß sie marschierten. Nirgendwo ließ man sie für ein Essen, ein Glas Wein, ein Bett bezahlen; Basil und sein Opa, die ihnen für diese Pauschalreise beträchtliche Summen abgeknöpft hatten, machten einen riesigen Gewinn. In Saclay wurden sie vom Atomminister persönlich begrüßt, den Northey geschickt hatte. Es gab noch mehr Blumen, noch mehr Fahnen, noch stärkeren Wein und noch längere Reden. Die Briten wurden auch herzlich in die Sahara eingeladen, um dort der ersten französischen Atomexplosion beizuwohnen, sofern und sobald sie stattfinden würde. In einem fröhlichen Dunst aus trunkenen Mißverständnissen wurden sie dann in Automobilen der Regierung, eskortiert von einer blitzenden Motorradstaffel, nach Orly gebracht und kostenlos von der Air France zurück nach Hause befördert.

«Seit dem Krieg waren die englisch-französischen Beziehungen noch nie so gut», schrieb die *Times*. Und im *Daily Telegraph* konnte man lesen: «Sir Alfred Winchams kluges, feinfühliges Lavieren hat sich in einer schwierigen Lage als äußerst erfolgreich erwiesen.» Lord Grumpy sagte, die hinterlistigen Franzosen hätten den britischen Löwen wieder einmal am Schwanz gezogen, und ihr gehorsamer Diener, Wincham, solle unverzüglich nach Rangun geschickt werden. Die Pläne und Vorbereitungen für den «Besuch» wurden nun in Angriff genommen.

23

«Ich hätte ja nichts dagegen, daß mich die Jungen *Daddy* nennen», sagte Alfred (der großen Wert darauf gelegt und mit viel Mühe dafür gesorgt hatte, daß David und Baz ihn *Vater* nannten), «wenn es bloß nicht immer wie *Teddy* klingen würde.»

Es war am Morgen nach den Unruhen; Grace und Charles-Edouard waren gekommen, um noch einmal darüber zu beraten, was mit den Kindern geschehen solle. Unsere beiden hatten mit Alfred gefrühstückt; es hatte eine lange, vollkommen fruchtlose Debatte nach dem inzwischen hinreichend bekannten Muster gegeben. Ernsthaft um eine für Alfred verständliche Sprache bemüht, hatten sie erklärt, wer im Showbusineß sei, gehöre zur Aristrokratie der modernen Welt; deren König sei Yanky, und als seine Kammerherren seien sie in einer Position, um die alle Teenager sie nur beneiden könnten. Alfred fragte sie nach ihren Plänen für die unmittelbare Zukunft. «Mit Yank nach Rußland gondeln», lautete die Antwort. (Gondeln war im Showbusineß anscheinend das Wort für «eine Tournee machen».) Sie wollten durch Frankreich, die Schweiz und die Tschechoslowakei gondeln und möglicherweise auch den Balkan «mitnehmen»; ihr letztes Ziel war Moskau. «Ein Glück, daß wir in der Schule alle Russisch gewählt haben.»

«Und überall, wo wir auftreten», sagte Fabrice, «werden die Kids einfach ausrasten, denn da drüben hat jeder die Platten von Yanky, die kaufen sie auf dem Schwarzmarkt. Du solltest die Fanpost sehen, die er von den eisernen Teenagern bekommt.»

Dann ergriff Alfred das Wort, in der Art unserer Vorfahren. Er bot all seine Weisheit, all seine Beredsamkeit auf, und Tränen traten ihm in die Augen, während er für die Zivilisation plädierte. Sie hörten ihm höflich eine Stunde lang zu. Als sie ganz sicher waren, daß er geendet hatte und daß sie ihn nicht unterbrachen, entgegneten sie, sein Schicksal sei für sie ein abschrekkendes Beispiel. Es sei ihnen nicht verborgen geblieben, daß er jahrein, jahraus ein sorgenreiches Leben geführt habe, daß er alt geworden sei, ohne Freude, Spaß oder Vergnügen irgendwelcher Art erlebt zu haben, und daß er infolgedessen in dieser erbärmlichen, altmodischen Narrenakademie gelandet sei, der englischen Botschaft in Paris.

«Beim Hinausgehen», so schloß er seinen Bericht, «hörte ich, wie Charlie zu Fabrice sagte: ‹Armer Teddy – sie haben ihn reingelegt!› Darin zeigt sich ihre ganze Einstellung. Wir sind Versager, Valhubert, man hat uns reingelegt. Ja, sogar für Sie gilt das.»

«Was heißt hier: sogar? Gerade für mich, möchte ich meinen.»

«Sie sind ein Mann der Tat, und insofern haben diese Jungen vielleicht einen gewissen Respekt vor Ihnen. Natürlich wissen die Kinder ganz genau, daß Sie im Krieg Ihren Mann gestanden haben, aber ich fürchte, es bedeutet ihnen überhaupt nichts, denn wofür haben Sie gekämpft? Freiheit, Gleichheit, Brüderlichkeit sind denen völlig gleichgültig – und König und Vaterland erst recht. Für sie besteht der Endzweck des Lebens darin, daß man seinen Spaß hat. Sie glauben, unter Hitler hätten sie genausogut Rock and Roll tanzen können, und wahrscheinlich stimmt es sogar.» Alfred vergrub sein Gesicht in den Händen und sagte bekümmert: «Die Schwarzen behaupten, bei uns sei die Dekadenz auf dem Vormarsch. Und sie haben recht, wenn diese Jungen typisch für ihre Generation sind und wenn sie all das, was sie mir eben gesagt haben, wirklich glauben. Die Barbaren sollten nicht mehr lange fackeln und das Ruder übernehmen. Wir haben uns ihnen entgegengestemmt, solange wir konnten. Zumindest darauf können wir stolz sein. Aber der Kampf war vergeblich, das Werk meines Lebens ist vernichtet – und dieser Posten hier ist wahrscheinlich das Sinnloseste von allem.»

«Mein lieber Botschafter», sagte Valhubert, «Sie nehmen das alles zu tragisch. Junge Leute in wohlhabenden Verhältnissen leben zu ihrem Vergnügen. Das war immer so und wird immer so sein. Wenn ich daran denke, wie Fabrice und ich früher waren, bis zu der Zeit unmittelbar vor dem Krieg! Zwischen Frauen und Jagden haben wir nie einen ernsthaften Gedanken gefaßt. Gewiß, in Sigis Alter waren wir durch ökonomische Zwänge genötigt, hart zu arbeiten. Aber wenn wir neun Pfund in der Woche damit hätten verdienen können, Rasierapparate zu verpacken – glauben Sie wirklich, daß wir dann noch eine Stunde länger im Lycée geblieben wären? Und übrigens, ich wette, wir hätten eine wasserdichte Methode gefunden, um den einen oder anderen Rasierer mitgehen zu lassen.»

«Ich kann Ihnen da leider nicht zustimmen, Valhubert. Viele junge Leute, auch solche, die reich sind, lieben die Bildung um ihrer selbst willen. Ich weiß das, denn in meiner Zeit als Professor sind Hunderte von kultivierten, reichen jungen Männern durch meine Hände gegangen.»

«Aber bei diesen Jungen müssen Sie berücksichtigen, daß sie nun einmal keine Intellektuellen sind und auch nie sein werden. Es fällt Ihnen schwer, ich weiß – und trotzdem, von vier Söhnen haben zwei ihre Examen mit Auszeichnung bestanden, das kann sich doch sehen lassen. Die anderen beiden werden nicht dahin kommen, in hundert Jahren nicht. Am Ende werden sie wahrscheinlich trotzdem völlig angepaßt sein.»

«Aber ohne akademischen Abschluß kann heutzutage niemand eine seriöse Karriere machen.»

«Sehen wir die Sache einmal praktisch. Sigi wird sehr reich sein – ich habe nie arbeiten müssen, wie soll ich ihm da vorwerfen, wenn er es auch nicht tut? Der kleine Fabrice muß nur seine Karten ausspielen und darauf achten, daß er sie Tante Odile nicht geradezu ins Gesicht wirft, dann wird für ihn das gleiche gelten.»

«Aber Charlie muß seinen Lebensunterhalt verdienen.»

«Verstehst du denn nicht, Liebling», meldete ich mich zu Wort, «er *kann* es ja. Er hat in London diese riesige Summe verdient, und jetzt, mit sechzehn, ist er einer der Könige des Showbusineß!» Ich hoffte nur, daß der Stolz in meiner Stimme unbemerkt blieb.

«Haben wir dieses Menschenkind vielleicht großgezogen und gefördert, damit es nachher Popkonzerte organisiert?»

«Aber Lieber, was sollen wir denn machen? Charles-Edouard hat ganz recht. Wir können für unsere Jungen (für alle) jetzt

nur noch eines tun, geduldig zusehen, wie sie ihre Launen ausleben, und sie gelegentlich, wenn sie es brauchen, ein bißchen unterstützen.» Ein Gewissensbiß – hatte ich für David wirklich genug getan?
Valhubert sagte: «Ganz recht. Sie sind erwachsen. Zuletzt ist jeder Mensch für sich selbst verantwortlich. Man muß sie das sein lassen, was sie sind – man muß sie gehenlassen. Sigi sagte mir, sie würden morgen mit Yanky Fonzy losziehen, sie bekommen zwanzig Prozent von seinen Einnahmen plus Spesen und allem, was sie sonst noch mitgehen lassen können. Na, schön. Betrachten Sie es als ihre Grand Tour; sie werden etwas von der Welt sehen; das ist besser als Packen. Wenn sie zurückkommen, sind sie achtzehn, dann können sie in den Krieg ziehen wie alle anderen. Aber bitte, sorgen Sie dafür, daß Fabrice heute nachmittag Tante Odile besucht.»
«Wie französisch du bist, Charles-Edouard», sagte Grace lachend.

«Heiße Neuigkeiten!» Northey kam mit meinem Frühstück herein. «Der Birmingham-Bomber hat sich verpißt!»
«Schon? Und die Jungen haben nicht mal auf Wiedersehen gesagt!»
«Er hat sie gar nicht mitgenommen. Gestern im Popclub hat es einen furchtbaren Krach gegeben, und jetzt ist er weg.»
«Tatsächlich? Was ist geschehen?»
«Es ging um die *publicity*. Als Yank die Kids auf der Straße sah – nie hätte er sich so einen Empfang träumen lassen –, da glaubte er, er sei im siebten Himmel. Er glaubte, er würde in die Schlagzeilen der Zeitungen kommen. Er glaubte, Großvater im Taxi sei der große Extragag gewesen, das, worauf die Journalisten fliegen. Dann dieser Auflauf, die Polizei, Alfred, der zum Quai d'Orsay ausweicht (es tat mir in der Seele weh, daß ich dem Guten nichts davon erzählen durfte).»
«Wenn du das getan hättest, Northey –»
«Schon gut, ich hab ja nicht, oder? Yank jedenfalls hielt die Jungen für Genies, und ehrlich gesagt, Fanny, in gewisser Weise waren sie das auch. Das muß man Sigi lassen – er setzte

diese riesige Volksmenge in Bewegung, und das *Vél d'Hiv* war eine Wucht, alle Teenager von Paris müssen dagewesen sein, und die Einnahmen brachen alle Rekorde. Im Club gratulierten sie Yank zu seinen großartigen Agenten, und er war so froh, daß er immerzu Travellerschecks unterschrieb und sie den Jungen gab. Natürlich konnte er die Zeitungen am nächsten Morgen kaum erwarten. Und dann das Erwachen – *quelle horrible surprise*! Ihr wißt ja, der liebe Amy und alle anderen waren auf dem falschen Dampfer – was die anging, hätte Yank genausogut in London bleiben können, und das schlimmste war, der wunderbare Auflauf wurde auf diese blöden Inseln geschoben. Sein Name kam in den Nachrichten überhaupt nicht vor – keine Fotos mit kreischenden Kids – die Sache mit dem Taxi: für die Katz. In ein paar Artikeln auf den Unterhaltungsseiten wurde gemeldet, daß er in Paris angekommen sei und auf einem Balkon in der Avenue Gabriel gesungen habe. Die Musikzeitschriften werden noch ausführlicher darüber berichten, aber die hat er ohnehin auf seiner Seite, und diesmal hatte er auf die Tageszeitungen gesetzt. Kurz, Sigi hat wahre Wunder vollbracht, aber er hat nur Beat-Journalisten verständigt und hatte sie im Garten auch alle beisammen. Auf die Idee, auch die anderen zu benachrichtigen, ist er gar nicht gekommen – er hatte natürlich nicht erwartet, daß so viele Kids auf die Straße gehen würden. Das Ganze ist also in sich zusammengesackt wie ein schlapper Pfannkuchen. Yank sagte, das habe man davon, wenn man sich mit blutigen Anfängern einläßt; er hat seinen früheren Agenten in London angerufen, und kaum war er da, sind sie abgerauscht –»

«Northey! Das ist ja sehr interessant! Und was sagen die Jungen dazu?»

«Wenn du mich fragst – sie sind erleichtert. Ihnen war langsam klargeworden, daß Yanky ein äußerst unangenehmer Mensch ist. Und meiner Ansicht nach, Fanny, sind sie es leid, ihr Geld selbst zu verdienen. Sie geben jetzt zu, daß die Rasierapparate furchtbar langweilig waren – man sitzt anscheinend in irgendeiner stickigen Bude, in der man Kopfschmerzen bekommt. Da wäre es schon lustiger gewesen herumzugondeln, aber nicht mit Yank. Er hat sie entlassen – die Leute im Club waren ihnen ohnehin nicht besonders sympathisch (außer dem Duke, der ist hinreißend). Alle waren auf Yankys Seite. Aber dann hat einer von ihren Freunden aus Eton sie für Januar zu einer Jungensjagd eingeladen, und das wollen sie nun unbedingt annehmen. Anscheinend ist es ein tolles Haus, in dem die Alten wissen, wohin sie gehören. Sie wollen wieder normal werden, weißt du – sie würden alles dafür geben, nach Eton zurückzugehen.»

«Das kommt gar nicht in Frage – diese Wirrköpfe. Wir müssen sehen, was wir hier für sie tun können – das Condorcet wahrscheinlich, bevor sie sich auf Oxford vorbereiten. Es sind ja schon bald Weihnachtsferien, und zu dieser Jagd können sie ruhig fahren. Oh, Liebling, du glaubst nicht, was für ein Stein mir vom Herzen fällt.»

Beim Dinner an diesem Abend gaben sich die Jungen große Mühe, normal zu erscheinen. Sie trugen Smokingjacken, ihr Haar war gewaschen und gekämmt; sie waren sauber. Die Blicke, die sie uns zuwarfen, erinnerten mich an ihre frühen Kindertage und an die Blicke, mit denen ich selbst als Kind die Erwachsenen betrachtet hatte – Blicke, die sagten: Wenn alles vergeben und vergessen wird, werden wir wieder brav sein. Sie redeten Alfred mit Vater an und erkundigten sich nach der EVG. Sie fragten mich, welche Bücher ich gerade läse – ich glaubte schon, sie würden auch noch fragen: «Waren Sie in letzter Zeit im Ausland?», eine Gesprächseröffnung, die sie gern bei Leuten benutzten, von denen sie kaum etwas wußten. Onkel Matthew gegenüber waren sie nett und aufmerksam und erzählten ihm von der Jagd, zu der sie eingeladen waren. Sein altes Gesicht leuchtete auf, weil das Revier einem Mann aus der Verwandtschaft gehört hatte und er selbst dort früher oft gejagt hatte.

«Wem gehört das jetzt?»

«Dem Vater von unserem Freund Beagle. Er hat seit dem Krieg neun gemacht (weißt du, die großen, ich meine, Millionen).»

«Genau wie der wunderbare Jacques Oudineau», sagte Northey halb zu sich.

«Aber paßt auf», sagte Onkel Matthew zu den Jungen, «daß

ihr nicht in die falsche Richtung schießt. Mich hat da mal einer ordentlich gesprenkelt. Wo ist denn Fonzy heute abend?»
Verlegene Blicke. «Nach Moskau gefahren», sagte Northey.
«Wozu denn das? Payne und ich haben in einem Lokal gegessen, wo sich die Taxifahrer treffen. Richtige Freizeitzentren haben sie hier nicht. Ein Restaurant. Verteufelt gut. Wir kamen mit einem Russen ins Gespräch, der ziemlich unzufrieden mit seiner Regierung war – kaum zu glauben, was der uns da erzählte. Aber dieser Fonzy ist ein sehr höflicher Bursche. Er hat mir viele von seinen Platten geschenkt, mit Autogramm. Das nutzt mir zwar überhaupt nichts – ich meine, man kann es nicht hören –, aber es war bestimmt nett gemeint.»
«Was hast du tagsüber getan, Onkel Matthew?»
«Nach dem Lunch waren wir im Museum. Sahen den Mantel des alten Foch und jede Menge ausgestopfte Pferde und ein paar Schlachtengemälde, die uns sehr gefielen. Dann bin ich zurückgekommen, weil ich dachte, es würde vielleicht eine Cocktailparty geben, aber du warst ausgegangen.»
«Ja, wie dumm – wir mußten zu einem Nationalfeiertag.»
«Macht nichts. Ich war ziemlich müde.»
Nach dem Dinner sagte er, es sei Zeit, schlafen zu gehen, und er werde sich am besten schon jetzt verabschieden. «Wir wollen früh los – ich werde dich morgen nicht stören, Fanny – ich weiß noch, vor sieben war mit dir nie viel anzufangen, und ich will um halb sechs aufbrechen. Vielen Dank. Payne und ich haben uns sehr wohl gefühlt.»
«Kommt mal wieder», sagte ich.

Die drei Jungen wurden zusammen nach Boisdormant eingeladen. Ehe sie abfuhren, nahm ich meinen ganzen Mut zusammen, um mit Fabrice ein seit langem immer wieder aufgeschobenes Gespräch zu führen. Ich hatte den Augenblick immer gefürchtet, in dem ich ihm sagen mußte, wer sein Vater war. Er wußte, daß meine Cousine Linda seine Mutter war, und mußte wohl denken, daß ihr Mann, Christian Talbot, dessen Nachnamen er trug, sein Vater sei. Er hatte Christian nie gesehen und nie irgendein Interesse für ihn gezeigt, und da er keine Fragen gestellt hatte, war ich von mir aus nie auf dieses Thema zu sprechen gekommen. Es war mir aus irgendeinem Grund äußerst peinlich.

«Fabrice, mein Lieber, du bist jetzt sechzehn –»

«Aber sicher.»

«Das heißt, eigentlich erwachsen. Und du hast dein Leben ja auch schon wirklich in die Hand genommen; du bist kein Kind mehr. Deshalb meine ich, ich kann offen mit dir sprechen –»

«Wenn das eine Moralpredigt wird, soll ich dann nicht auch Charlie holen?»

«Nein, es wird keine Moralpredigt geben. Leuten, die erwachsen sind wie man selbst, hält man keine Moralpredigten. Ich will dir nur etwas über deine Eltern erzählen. Ich habe dir ja immer gesagt, daß meine liebe Cousine Linda deine Mutter war.»

«Aber sicher. Und mein Vater war der Sohn dieser alten Frau, die wir bald besuchen.»

«Ja. Aber woher weißt du das denn?»

«Ma, du bist zum Schreien! Selbstverständlich weiß ich das, seit ich neun bin – seit dem Augenblick, als ich Sigi zum erstenmal in Easterfields besuchte. Er hatte die Nannys belauscht, als er längst schlafen sollte.»

Ich glaube, als ich das hörte, erging es mir genauso wie einer Mutter, die plötzlich feststellt, daß ihre Tochter mit den Tatsachen des Lebens seit ihrer Kindheit wohlvertraut ist. Im Grunde war ich dankbar dafür, daß ich mich nicht auf schwierige Erklärungen einzulassen brauchte, und doch kränkte mich die Vorstellung ein wenig, daß Fabrice all die Jahre hindurch diese wichtige Erkenntnis vor mir geheimgehalten hatte. Auch die Art, wie er sie erworben hatte, gefiel mir nicht sehr.

«Dieser Sigi bekommt ja offenbar alles hin», sagte ich. «Na ja, macht nichts. Also, Liebling, sei bitte sehr nett zu deiner Großmutter, ja?»

«Dann adoptiert sie mich vielleicht und hinterläßt mir eine Menge Geld, nicht wahr?»

«Oje. Wie abgebrüht ihr seid –»

Aber ich wußte, daß junge Leute mit sechzehn Jahren sich oft abgebrüht geben, weil sie Angst haben, Gefühle zu zeigen, die sie in Verlegenheit bringen könnten. Fabrice würde in diesem Augenblick auch nicht sagen können, daß im Grunde seines Herzens Alfred und ich seine Eltern waren; das würde erst später kommen, wenn überhaupt.

Er fuhr fort: «Sigi meinte, wir sollten eine Gewerkschaft gründen, um so viel aus ihr herauszuholen, wie wir können. Sie kann in unserem Leben den Platz von Yanky einnehmen.»

«Na, dann viel Glück!» sagte ich. «Ich nehme an, die Herzogin kommt auch allein zurecht – genau wie Yanky. Ganz so schlau, wie ihr glaubt, seid ihr nun auch wieder nicht.»

«Sei nicht grauenhaft, Ma.»

Sie blieben eine Woche in Boisdormant und kamen dann in bester Laune zurück. Es hatte ihnen sehr gefallen. Oudineau hatte sie jeden Tag zum Jagen mitgenommen, und Jacques Oudineau, der ein kleines Flugzeug in einem Aeroclub in der Nähe stehen hatte, hatte sie nach Herzenslust mit Fallschirmen daraus abspringen lassen. Abends hatten sie mit echtem, nicht vorgetäuschtem Interesse den endlosen Geschichten der Herzogin über ihre Familie und die Vergangenheit von Boisdormant gelauscht. Sie machten sich Notizen zu den Episoden, die sich in das *Son-et-Lumière*-Spektakel einbauen ließen, das sie neben anderen Touristenattraktionen für den nächsten Sommer dort planten. Jacques Oudineau würde sich um die technischen Probleme kümmern, Sigi war in Paris für die Öffentlichkeitsarbeit zuständig, während unsere beiden Jungen in Zusammenarbeit mit Basil und Opa für den Zustrom der Briten sorgen würden. Da diese Aktivitäten die Jungen schwerlich in Schwierigkeiten bringen konnten und sich außerdem leicht mit ihren schulischen Pflichten vereinbaren ließen, konnte ich für diese Wendung in ihrem Leben nur dankbar sein. Der junge dynamische Jacques Oudineau schien binnen einer Woche einen beherrschenden Einfluß auf sie gewonnen zu haben, wie ihn Alfred und ich unser Leben lang nicht gehabt hatten; sie sprachen nur noch von ihm. Er hatte die Weisung ausgegeben, sie müßten von nun an sehr hart arbeiten und sämtliche Examen bestehen, mit denen das Kind von heute geplagt sei; dann würde er sie in seine Branche übernehmen, und sie könnten fortan ein glückliches Leben führen. Fabrice, so berichtete Valhubert, übertraf die Erwartungen der Herzogin noch bei weitem. Schon als sie Onkel Matthew gesehen habe, erklärte sie, sei ihr klar gewesen, daß diese Familie *bien* sei. Fabrice eroberte ihr Herz durch seine Ähnlichkeit mit ihrem verstorbenen Sohn und durch sein vollendetes Betragen. Anscheinend war ihr Testament schon zu seinen Gunsten geändert worden.

24

Kaum war Weihnachten vorüber, da wurde Philip nach Moskau versetzt. Plötzlich kam es mir so vor, als seien alle entweder schon dort oder dorthin unterwegs. M. Bouche-Bontemps mit Pelzmütze konferierte mit Mr. K. im Kreml; die französischen Zeitungen waren voll mit Berichten aus und Artikeln über Rußland, und es erschien kein Foto ohne Zwiebelturm. Am zweiten Weihnachtsfeiertag bekamen David und Dawn zwischen Omsk und Tomsk ihr Kind und verursachten damit dem Amtskollegen Alfreds in Moskau die denkbar größten Schwierigkeiten; Telegramme gingen hin und her. Das Paar befand sich illegal auf russischem Territorium; es war nicht leicht, die Erlaubnis dafür zu bekommen, daß sie bleiben durften, bis David außer Gefahr war. (Die beiden anderen hatten sich wacker gehalten, aber ihn hatte es fast umgebracht.) Die Frau des Botschafters nahm sie freundlich bei sich auf; da ich aus Erfahrung wußte, wie schwer es war, sie wieder loszuwerden, tat mir der Botschafter schon jetzt sehr leid. Yanky Fonzy erlebte eine triumphale Saison im Bolschoitheater. Basil und Opa hatten soeben ihre Visa für Moskau bekommen, wo sie ein langfristiges Abkommen über den Austausch von Touristen aushandeln wollten.

Die Nachricht, daß wir Philip verlieren würden, kam also nicht sehr überraschend. Trotzdem war sie ein schwerer Schlag. Wir hatten immer gewußt, daß er für eine Beförderung längst vorgesehen war und daß man ihn in Paris nur gelassen hatte, damit er uns den Einstieg erleichterte, ehe er selbst anderswo Botschaftsrat werden würde. Als er mir die Neuigkeit mitteilte, sagte ich: «Der Drang nach Osten – ich komme mir vor wie im letzten Akt von *Drei Schwestern*. Im Gegenzug bekommen wir aus Moskau nur Hector Dexter, ein ungleicher Tausch gegen dich und Northey.»

«Wieso Northey?»

«Ich nehme doch an, du nimmst sie mit. Erzähl mir nicht, du willst sie mit gebrochenem Herzen zurücklassen, Philip!»

«Liebe Fanny, glaubst du, ich will, daß sich ständig das ganze Politbüro auf meiner Datscha tummelt? Von den niedlichen Wölfen und den süßen sibirischen Krähen, die man dann im Schlafzimmer hätte, ganz zu schweigen!»

«Sobald sie verheiratet ist und ein Baby hat, hört das alles auf; ich habe das schon oft erlebt. Wie steht es denn mit deiner Liebe zu Grace?»

«Völlig hoffnungslos, aus mehreren Gründen. Ich hätte Mieß nichts vom heiligen Expeditus erzählen sollen. Jedesmal, wenn ich St. Roch betrete, ist sie schon da und stellt eifrig Kerzen auf. Es ist einfach lachhaft – der Heilige weiß gar nicht mehr, was er tun soll, er ist hin und her gerissen, das hat Mieß selbst gesagt, als wir uns das letzte Mal dort trafen.»

«Laß die Sache sausen und heirate sie.»

«Was bist du für eine Kupplerin!»

«Es wird Zeit, daß die Kleine zur Ruhe kommt. Außerdem, überleg dir mal, wie einsam du in Moskau sein wirst, wenn keiner von uns da ist.»

«So kommt man voran», sagte Philip, «Beförderung, wichtige Posten und so weiter, aber allzu große Erwartungen habe ich wirklich nicht. Ich fände es viel lustiger, wenn ich Mieß dort hätte. Aber was würdest denn du ohne sie anfangen?»

«Es wird zwar nicht das gleiche sein, aber ich kann jetzt ihre Schwester Jean bekommen. Dieser Chelsea-Mann hat schon wieder ein anderes Mädchen mit noch mehr Geld und einem noch größeren Diadem gefunden, und Jean sieht sich nach einer Stelle um.»

«Oje – ich hasse es, unwiderrufliche Entscheidungen zu fällen.»
«Los, Philip. Jetzt oder nie. Sie ist in ihrem Büro – geh hin und mach ihr einen Antrag, jetzt sofort.»
«Na gut. Aber vergiß nicht, du bist verantwortlich.» Er küßte mich auf beide Wangen und ging davon.
Plötzlich kamen mir Zweifel. Wenn ich Philip in Ruhe gelassen hätte, hätte er dann nicht weiter gewankt und geschwankt und wäre zuletzt gegangen, ohne einen Entschluß zu fassen? Ich hatte ihn gedrängt, ihr einen Antrag zu machen, ich hatte die klugen Überlegungen Alfreds einfach beiseite geschoben, obwohl ich wußte, daß viel Wahres daran war. Auf den ersten Blick besaß Philip alles, was einen großartigen Ehemann ausmacht. Er war attraktiv, freundlich, klug, fröhlich, amüsant, nie langweilig und obendrein sehr reich. Trotzdem fehlte ihm etwas, eine Art Intensität, eine Glut, mit der er, wenn er sie besessen hätte, Grace durchaus hätte gewinnen können – oder damals in Oxford vielleicht auch mich. Außerdem war er in uns verliebt gewesen, in Northey hingegen nicht. Sie hatte sich auf den ersten Blick in ihn verliebt, sie liebte also ein Bild, das sie selbst erfunden hatte und das im Auf und Ab des Alltagslebens leicht verwischen konnte. Andererseits, so sagte ich mir, gibt es keine festen Regeln für erfolgreiche Ehen. Northey und Philip paßten doch ganz gut zueinander, sie so lebhaft, er so konventionell; ihre überströmende Vitalität, die Mütterlichkeit, mit der sie ihre Tiere überhäufte, würden in die richtigen Bahnen gelenkt werden, wenn sie Kinder hatte; sie hatte sich inzwischen an das Leben in einer Botschaft gewöhnt.
Und noch etwas kam hinzu. Mockbar hatte Northey in letzter Zeit zur Heldin seiner Paris-Seite erkoren. Es war für die Leser der *Daily Post* kein Geheimnis mehr, daß der Marquis de Valhubert, der den schönsten Frauen der Welt sein Geleit gegeben hatte, jetzt ihr «Freund» war. Seine aus England stammende Frau erwartete im März ihr fünftes Kind; Mockbar erweckte den Eindruck, Valhubert werde nach diesem frohen Ereignis seine Verlobung mit Northey bekanntgeben.
«Wirklich, Liebling», sagte Grace, «ich werde mich bald dar-

um kümmern müssen, was die Frau des Bräutigams bei der Hochzeit trägt.»

«Der Ärmste», so überlegte Northey, «er hat die Wahrheit über den Aufruhr herausgefunden und ärgert sich. Es war nicht leicht, Lord Grumpy wieder zu besänftigen, gerade jetzt, da die Kinder in das Alter kommen, wo sie zum Essen ein Glas Wein möchten, weißt du. Aber heiße Neuigkeiten heute: M. Cruas und Phyllis McFee haben sich verlobt!»

Ich fragte mich, warum diese Gestalten plötzlich aus dem Verkehr gezogen wurden. M. Cruas mochte es ja vielleicht wirklich geben; aber Phyllis McFee war gewiß ein Geschöpf aus Northeys Phantasie; beide spielten eine nützliche Rolle in dem, was Philip das «Theater» nannte. In den letzten beiden Wochen hatten sie ungewöhnlich viel zu tun gehabt – es verging kaum ein Tag, an dem sich Northey nicht auf den einen oder die andere berufen hätte. Daß sie nun plötzlich reinen Tisch machte, schien mir ziemlich voreilig; ein unbehagliches Gefühl beschlich mich. «Ist es wirklich klug, beide auf einen Schlag abzuschaffen?» fragte ich.

«Sosehr ich diese beiden lieben Menschen vermissen werde, ich muß zuerst an ihr Glück denken. Jeder für jeden. Sie verpissen sich, zu langen, sehr langen Flitterwochen in Kleinasien.»

War ich es, alles in allem, Louisa nicht schuldig, dieses unberechenbare Geschöpf zu verheiraten, wenn ich konnte?

Da stand Northey plötzlich in der Tür. Ihre Augen leuchteten wie blaue Brillanten; sie strahlte vor Glück. Sie stand ganz still und sagte: «Ich bin's, Fanny! Ich habe mich verlobt!»

«Liebling – ja, ich weiß. Ich kann dir gar nicht sagen, wie sehr ich mich freue!»

«Du weißt es?»

«Philip hat es mir gesagt.»

«Aber ich habe es doch gerade eben erst ihm gesagt!»

Ich erkannte meine Taktlosigkeit. Natürlich mißfiel es ihr, daß Philip schon vorher darüber gesprochen hatte.

«Er hat überall nach dir gesucht, und ich vermute, er war so glücklich, daß er es einfach nicht für sich behalten konnte.»

«Ach, ich verstehe – er machte mir einen sehr netten Antrag. Und stell dir vor, Fanny, noch vor zwei Wochen hätte ich bestimmt angenommen.» Sie schüttelte sich.

«Aber, Liebling, ich verstehe nicht ganz. Hast du nicht eben gesagt, du seist verlobt?»

«Ja. Mit Jacques Oudineau.»